決めないことに決めた

つれづれノート⑯

銀色夏生

角川文庫 15752

JN283250

決めないことに決めた

つれづれノート⑯

2008年8月1日㈮
〜
2009年2月7日㈯

2008年8月1日（金）

（夏休みなので宮崎の家。息子さく（小4）とふたり。娘カーカ（高1）は東京。後日、こっちに来る予定）

昼間は暑いので、仕事部屋のクーラーをつけてじっとしている。兄せっせが使ってないパソコンを一時的に貸してくれて、仕事をする環境も整った。

昨日、車屋さんが、「明日へんちくりんなのが取り替えにきますから」と言っていた男の人が車のキーの電池を替えに来てくれた。お笑いの誰かにそっくり。だれだっけ。思い出せないのがくやしい。ひと目見て、この人は悪い人じゃないと思えるような顔だ（レギュラーの左の人だった！）。

8月2日（土）

今日は近くに住む友人くるみちゃんと温泉へ。その前に私の家の庭の草取りを9時から1時間ぐらいしてから行こう、その方が気持ちいいよ、ということになった。

すでに暑い9時の陽射しの中、黙々とくるみちゃんは草むしり、私は枝払い。切っても切っても行く手に現れる強敵。いたるところから枝をのばしてる柿なんて、まる裸にしてしまった。案外こういう草むしりが好きだというくるみちゃんは時間がきても、まだむしっている。私も好きなのでつい目に入ったものに手がのびる。でも、この繁殖ぶりは手に負えないし、切った枝の捨て場所にも困るなと思ったので、「造園屋さんにお願いしようかな？　いいよね？　こんなにすごいんだもん」と言ったら、いいんじゃない？　とくるみちゃんも賛成。

くるみ「前、庭を森のようにしたいって……」

私「思ってたけど、もういい。もう森になった。やっぱり、……森よりも、林とか、草原の方がいいかも」石庭でもいい。

で、汗をかいたまま車に乗り込む。11時ごろ温泉に着いた。時々行く栗野岳《くりのだけ》温泉。下界は暑かったのに、暑くない。ずいぶん涼しい。休憩部屋を借りて、お昼に「鶏《とり》の丸蒸し（温泉の蒸気で1時間半蒸す、1260円）」とご飯とお味噌汁《みそしる》を予約する。できあがるまでのあいだ、さっそく温泉へ。3つの温泉があって、白濁した桜湯、泥湯といわれる竹の湯、温泉の蒸気で蒸される蒸し風呂《ぶろ》。まずは桜湯へ。風が通って、気持ちがいい。年季の入った石の床は斜めに傾いている。冬のころは熱かったけど、今日はそれほど熱くなく、ちょうどいい。カナブンがお湯に浮かんでいたので、洗面器ですくって出す。それも気持ち悪くなく、自然な感じがした。よく掃除されていたので清潔感があったから。30分ほど入ってからスリッパをはいて離れたところの蒸し風呂に行く。行く途中の外で、私たちの鶏が温泉の蒸気で蒸されているセイロみたいなのを見た。

さあ、蒸し風呂。私は何度も来てるけど、くるみちゃんは初めてだと言う。「熱いよ～、狭いよ～、暗いよ～、閉所恐怖症じゃないよね？」と言いながら、私はにやりとする。狭い脱衣所の奥に湧き水とかかり湯の浴槽があり、その奥に小さな引き戸。それを引いて入る。天井の低い、木でできた小屋。底から蒸気があがってくる。中は真っ暗で、ものすごく熱い。だれも人がいなかったので、いっそう熱くなっていた。床にタオルを敷いてそこに横になる。2~3分入っていたけど、あまりの熱さにこれはもうたまらないと、出ることにする。腰をかがめて立ち上がると上の方に熱い空気が上がっているので、もっと熱くなった。外に出るまでの1~2メートルほどが最高に苦しい。息もできないし、熱くて体が痛い。ピリピリする。あわてて水をかぶる。

ザバーッ！

ああ~、熱かった。

「あのままいたら『人の丸蒸し』になっただろうね。鶏が1時間半だったら、人間は1日？　……いや、1週間ぐらいかなあ……」

そのあと再度チャレンジ。今度は戸を開けたままで、入り口近くに、濡《ぬ》らしたタオルと水を入れた洗面器をもって入る。これなら大丈夫だ。

くるみ「このあいだコウモリが家に入ってきたの。3度」

私「へえ~っ、まず1度目はどんなふうに？」

くるみ「何か飛んでるなと思って、最初蛾かなと思ったら、家の食卓の上の天井にぴたっと止まって、見たらコウモリ。どうしようと思って、コロコロを持ってきてそれにくっつけて外に放した」

私「2度目は？」
くるみ「また飛んできて、今度は風呂に浮かんでた」
私「死んで？」
くるみ「生きて。どうしようどうしようって言ってたら、旦那《だんな》がハエタタキ、って。それですくって外に出してしばらく見てたら、犬がくんくん触り始めて。そうしたらトコトコ歩き出して、いなくなってた」
私「3度目は？」
くるみ「私の部屋でくるくるくるくる回ってたの。それで、網戸を開けてコロコロを持って追いかけたら外に出た」
私「へえ〜っ」
くるみ「娘が、巣があるんじゃない？　おかあさんの部屋にコウモリの巣があるんじゃない？　って。でも、うちってよくいろんな生き物が出るよ。このあいだびっくりしたのが、ムカデ」
私「細くて足がたくさんある？」
くるみ「そう。洗濯物を干そうとしたら、娘のパンツにビシーッとくっついてた。キャアーと振り払って、あわててほうきの柄でつぶしたけど」
私「いつくっついたんだろうね。洗濯したあとかな」
くるみ「さあ」

部屋に戻ると、おばちゃんが来て、鶏をもってくると言う。が、なんとご飯を炊き忘れていて、ご飯ができるのは40分ほど後になるとのこと。しょうがないから鶏だけ持ってきてもらう。くるみちゃんが「じゃあご飯はもういいです」と言ったら、「下の管理室にありました」と言って持ってきてくれた。それはそこの家族のご飯じゃないのかな。ちょっと固まってた。鶏はよく蒸されて油が落ちている。おしりの先のプリッとした部分が気になったようで、くるみちゃんがさかんにそれを話題にしていた。鶏にコショウをかけ忘れたとおばちゃんが言う。そのコショウがおいしいところなのに。コショウを持ってきてもらった。大きな業務用のだった。自分でかける。

鶏を食べてから、昼寝。とてもすずしくて気持ちがいい。こんなにすずしいとは思わなかった。

他に休憩室を借りてるお客さんは隣の女性ふたりだけ。おいしいねといいながらお昼を食べ、とりとめもなくおしゃべりしている。その感じがなんとも楽しそう。女性の楽しみってこれなんじゃないかと思う。

寝転がりながら、

くるみ「生ゴミコンポストってまだ使ってるの?」

私「うん。蓋《ふた》に石を乗せて飛ばないようにしてたら、中の土がさらさらに乾いてた。砂《すな》埃《ぼこり》が立つぐらいに。ぶどうとかバナナの皮がちょっと出てもすぐ入れるよ。暑い時に生ゴミがあると、すぐ小バエがでてくるから」
くるみ「だよね」
私「あれはいいよ。生ゴミを台所に置いとかなくていいんだよ。土に混ぜ込んだらすぐに水分を吸うから。……くるみちゃんは、あれがいいんじゃない？　ミミズコンポスト」
くるみ「ミミズを飼うの？」
私「うん。3段に分かれてて、一番上に生ゴミを入れたらミミズが食べてくれて、下にいい土ができるらしいよ。一時、調べたことがあって……。ミミズに慣れたら気持ち悪くないと思うんだけど」
くるみ「いやだ〜」とお気に召さない様子。
さくは毎日友だちの家に遊びに行ってると言うと、
くるみ「さくちゃんはもう、ママママって言わない？」
私「ぜんぜん」
くるみ「ぎゅうして、は？」
私「まったく」
くるみ「はやいね」
私「きのう、シャツが脱ぎにくそうだったから、手伝って上にひっぱってあげたら、外耳炎の耳にあたって痛かったみたいで、やめて、余計なお世話だよ、って言ってた」

カーカからこっちに来て初めてのメール「お肉って、ナチュラルハウスがいちばん安いの?」、返事「その向かいのアズマかピーコックの方が安いと思う」

さくに教えたら「そういうこと考えるようになったんだね」

しばらくしてから電話「ママ、ご飯ってどうやって炊くの?」「白いカップにすりきりに入れたら1合で、2杯で2合。2合だったら炊飯器の内側の、白米の目盛りの2のところまでお水を入れるの。洗ってね」「わかった。じゃあね」と切れた。

こういうこともやるようになったんだね。

さくとふたりの暮らしは、とても落ち着いている。それぞれに自分のしたいことをやっていながら、相手の邪魔に少しもなっていない。平和だ。

8月3日(日)

『ばらとおむつ』のカバーにはバラを散らしたので、『珊瑚《さんご》の島で千鳥足』にもなにか散らそうと思い、ちょうどしげちゃんが以前に広告の裏に描いたにわとりとひよこの絵をみつけたので、それプラス鳥の足跡にしようと、足跡を描いてもらいにしげちゃんちに行ったら、裏の畑で畑仕事をしているとせっせが言う。畑に行こうとしたらそこまでの道が草ぼうぼうで通れない。せっせが鎌を持ってきて、今から私の通り道を刈ってやるという。しげちゃんはその草ぼうぼうの中を通って畑に行っているのだそう。私は草を刈ってもらってまでして今行かなくてもいいので、しげちゃんはいつ家に帰ってくるのか聞いたら、お昼ごろと言う。じゃあ、あとでまた来るからといって帰る。

時々ハッとなって、周りの人を大事にしなきゃいけない、今の環境に感謝しなきゃいけないと、あせるほどの思いで謙虚になる時がある。今がそうだった。やばいぞ、と思う。大事に丁寧に、周りのものと接しよう。


夕方6時にまたしげちゃんちに行ったら、もう夕食をすませてベッドに寝ながらテレビを見ていた。あんまり食欲もなかったそう。鳥の足跡を描いてもらったけど、あまりにぶるぶるした線に、これは使えない……と思う。じゃあね、と言って帰る。

あとで知ったが、その日の昼間、暑い外で作業したせいで、熱中症みたいになってふらふらベッドに倒れ伏したのだそう。気分が悪かったらしい。だからぶるぶるだったのか。もう熱い日中は外の作業は控えた方がいいと、本人もせっせも思ったという。

8月4日（月）

非常にさわやかな朝。いつまでも寝ていたい。シーツがさらさらしてる。

きのう、さくの友だちがふたり泊まりにきたので、朝ごはんを作った。

私は子どもの頃、親戚《しんせき》とか人の家に泊まった時、ご飯をそこの家族の大人と一緒に食べるのがとても気詰まりで嫌だったので、自分が大人になった今は、さくの友だちと一緒には食べない。作ってテーブルの上にひととおり並べて、自分たちで自由に食べてね～と言って去る。そのあと、たまにちらちらと様子を見にいく。

とにかく今日はとてもさわやかで、数日前のもわっとする家の中の暑さに比べたら天国。もしかしたら家に蓄えられていた熱がやっと抜けたのかもしれない。

さくの友だちがもう二人来て、どったんどったん走り回って遊んでいる。昼、みんなとソーメン流しに行った。冷たい湧き水の流れ込む池のほとりのところ。ソーメン6人前、またたく間にぺろり。もうちょっと多めにたのんでもよかったかな。

池の水に足をひたすと、ものすごく冷たい。この水をためたプールが近くにあって、今度連れてきてあげると約束したけど、そこはホント、死ぬほど冷たい。私も昔1～2回行ったことがあるけど、まるで氷水だった。どんなに暑い日でも、一瞬で体が冷える。

家に帰って、また遊びの続きを始めてる。ボクシングの特訓？　とかいって、2階の廊下を100周走る！　などとみんな元気。汗がぽたぽたたれている。買っただけで使ってなかったボクシングのグローブやサンドバッグも活用してくれていて、うれしい。

カーカからVHSレコーダーとゲームのコントローラーを送ってほしいと電話がきた。どうやらゲームを熱中してやってる様子。

来月でる『ドバイの砂漠から』のチェック。最初に文章の方を読んだスガハラくんが、あとで写真を見て、文章だけ読んだ時は食事が大変だったんだなと思ったそうだけど、写真を見たら、いいですね～と言っていた。砂を子どもたちがコロコロころがってるのとか。

そう、私が文章で書いてるほど実際は悪くはなく、写真だけの印象ほど実際はよくはないということです。文章だけ読んだら大変そうで、写真だけ見たら、楽しそうだし素晴らしい景色だと思うだろう。現実はいつもその中間だ。

8月5日（火）

男の人で照れ屋で、友だちの前なんかで自分の母親を「シッシッ」なんて追い払う人がいるが、そういう人は私は嫌いだ。甘えてるんだなと思う。照れくさいとか恥ずかしいからと愛情を極端に反対の方向に表現することしかできない人って、感情表現において未熟な人だと思う。私の昔からの持論で、「男性の母親に対する態度＝その人の妻に対する将来の態度」というのがある。


さて、きょうはくるみちゃんが人吉市《ひとよし》にトイプードルのキングくん（キンちゃん）をシャンプー、カットに連れて行くので一緒に行かない？　と誘われたので、一緒に行く。待ってる間に温泉に入ろうということになる。10ヶ月のキンちゃんはとてもわんぱく。でも昨日、足を痛め、右後ろ足をひきずっているそうで、心配してる。

「私はやっぱり犬アレルギーだ。犬がいるとのどの奥がこもこもして変な感じがする」

「いつから？」

「マロンを買いにペットショップに入った時もそうだった」

どうも、閉ざされた部屋の中で、犬が近くにいるとのどの奥が変になる。

キンちゃんを預けて、「しらさぎの湯」という温泉へ行く。まずは昼食。鯉の南蛮というのがおいしいと聞いたので、鯉の南蛮定食と、鯉の洗い定食をひとつずつ注文して、半分に分けて食べよう。どちらも750円。通された座敷は池のほとりにあって、池には鯉がたくさん口をぱくぱくさせていた。他にお客さんが二組。しばらく待ったら定食がきた。鯉の南蛮はかなり濃い色をしている。食べてみる……甘い。そして、あまりにも味が濃い。鯉の洗いを食べてみる。

「……私は鯉はあんまり好きじゃないかも」

今まで食べた他のお店の洗いはまだ好きだったけど……ここのは生っぽい……。くるみちゃんは、南蛮に硬いうろこがついていたそうで、それからぱったり食欲をなくしている。私はかなり残してしまった。なにか、口直ししたいねと言いながら、温泉へ行く。食事をした人は温泉の入浴料はタダなのがうれしい。温泉に入った。ものすごく熱い。あまりの熱さに、私はすぐに出た。脱衣所で扇風機にあたりながら待つ。脱衣所も、もわっと熱い。この温泉、お湯はいい感じだと思ったけど、とにかく熱かった。冬はいいかもしれません。

ちょっとどんよりとした気持ちで、どこかでコーヒーかデザートを食べたいと言ったら、さっきそこに「氷」の旗があったよとくるみちゃんが言う。え？　ホント？　カキ氷、食べたい！　車を走らせたら、あったあった。大きな温泉旅館だ。昼間なのでお客さんはだれもいない。ロビーに入って、「氷、食べられますか？」と聞くと、受付の男性が「はい」

と言う。その場でメニュー表をみせてくれて、私はいちごミルク、くるみちゃんは抹茶ミルク。ロビーのソファに座って待つ。温泉水で作った「温泉かき氷」と書いてある。へえー。かなり待って、氷が運ばれてきた。

その氷……今まで見たことのない形だ。まるでアイスのカップをひっくり返したよう。まさか買ってきたカップアイスをそのまま出したんじゃないよね？　そうかもよ～、などとぶつぶつぼやきながら食べていたら、「いかがですか？」と運んできた女性が声をかけてきた。聞こえたかなとハッとして「これは、この形はめずらしいですね。どうやって？」と質問したら、温泉で作った氷なのでものすごくキメが細かくてさらさらですぐに溶けるので、押し固めながらつくっているんですよ、とのこと。だからカップアイスみたいな形だったんだ。そして、そういえばさらさらしてるし、最初のひとくちはすごく甘く感じたけど、だんだん食べていくうちにそうでもなくなってきて、最後、食べ終わった時の感じは、普通のカキ氷を食べたときみたいに甘ったるくなく、とてもさっぱりとしている。もう1杯食べたいぐらいだ。帰りに受付で400円払った時にも、受付の男性がこの氷は不思議とこめかみがキーンとならないんですよと楽しげに言っていた。私はたいそう気に入って、今度ここに温泉に入りにこよう。そして昼も食べて、最初と最後に氷を食べよう、2個食べよう、とくるみちゃんに提案する。鯉料理で沈んでいた気持ちがいきなり盛り返す。

キンちゃんを迎えに行ったら、あと30分ぐらいかかりますと言われたので、じゃあどうしようか、お茶でも……ということで、私の知ってる喫茶店に向かった。数年ぶりだけど、まだあるだろうか。町から離れた川沿いで……、あったあった。「花の木」っていうところ。中にはひとりで来ているおじさん3人と、子供連れのおかあさん仲間。私の座った席には、クーラーの冷たい風がびゅーびゅー吹いてくる。私は、当店人気の、と書いてあったミルクシェイク、750円を注文してみた。くるみちゃんはホットコーヒー。ミルクシェイクにはいろいろな種類があったけど、プレーンなミルクシェイクにした。ミルクシェイクなんて、近頃めずらしい。すると、氷を削る機械のしたに銀のボウルを置き、そこにゆっくりと氷をかきながら女主人がシャカシャカと泡だて器でなにかをかき混ぜている。かなり長い時間、10分ぐらいその音が続き、やがて、「おまたせしました」という女主人の声にふりむくと、そこには見知らぬ物体が。こ、これは……。

「なにこれ〜」というくるみちゃんの声が響く。名物のミルクシェイクは、アイスクリームとカキ氷を混ぜたようなものだった。味は、卵とハチミツとミルクの味。

私は溶ける前に早く食べなければと必死になって言葉もなく食べ始めた。それでも溶けて下に落ちていく。やっと、ほとんど食べおえた時には、両腕に鳥肌が立っていた。それを見てくるみちゃんが笑っている。

でも、なかなかおもしろかった。それからキンちゃんを迎えに行き、車に乗せて帰る。くるみちゃんの旦那《だんな》さんがさくに会いたがってるから、夜、バーベキューをするからおいでといわれる。

夜、さくと行く。庭におにぎりや飲み物や焼くものがきれいに並べられていた。けど、炭がまだそれほど燃えていない。30分まえから火をつけたと言ってたけど、まだ全然だ。炭は時間がかかるからもっと1時間とか早めにつけとかないと、と言いながら、肉やエビを網に乗せる。「そうなの？　いつも子どもたちがやってたから」とのんきなくるみちゃん。しょうがないのでおにぎりと小鉢のきんぴらなどを食べる。ゆっくりと牛肉を焼く。鶏《とり》や豚肉は時間がかかるけど、牛肉は早いので、牛肉だけ食べる。1時間ほどしてやっとカンカンに熱くなってきた。今ならどんどん焼ける。でももういい。もって帰る？　と聞かれたので、「明日カレーにしようかな」と思いつき、鶏肉や豚肉を焼いて持って帰ることにした。じゃあね〜と言って帰る。くるみちゃんたちはひとり3杯ぐらいビールを飲んで、それでいい感じに酔いが回っていた。「落ちないようにね」と注意する。5月、家に来て飲んで、帰るときに田んぼ道で溝にカクンと落ちたそうなので。

8月6日（水）

朝早く目覚めたので、庭の草とり。すでに草の山がいくつもできている。でもまだまだだ。端っこから、すこしずつやっていこう。草とりをしてるといろいろ考えが浮かんでくる。

人によって、人の解釈はいろいろだなあと、思う。先日のこと。私がある尊敬する人のことを褒めたら、もうひとりの人もその人についての感想を言っていたのだけど、それはどう聞いても素敵な人っぽくなかった。私ほどにはその人は認めてないんだな、あの人の素晴らしさがわかんないんだろうなあと思った。それを聞いていたもう一人の人がいて、その人は素晴らしさをわかる人だったので、素晴らしさがわからない人と素晴らしさがわかる人の間に立っていた私はちょっとあせった。わかんない人は、本当にわかんないんだな。

草とりや仕事、さくは勉強と、静かで平和な時間。午後からあの冷たい湧き水のプールに連れて行ってあげると約束したのでうれしそう。あのプール、私なら5分も入っていられないが、子どもはかえって体力を消耗していいのかも。

さくの友だちも誘って、冷たいプールへ送っていく。駐車場に着いたら、幼稚園の子たちが30人ほど先生に連れられてきたところだった。さくの友だちがそれを見て「最低〜」なんて言う。「でも幼稚園生は小さい方のプールだからいいじゃん」と私。プールの水をさわってみたら、それほど冷たくはなかった。

青空の下、敷地の隅っこでさっきの幼稚園生たちがそれぞれの方向をむいて服を脱いで水着に着替えている。半裸になってる子どもたち、めちゃかわいい。若い先生が真ん中にひとり。目があったのでかるく会釈して通り過ぎる。もっと見ていたかったが、子どもの裸をかわいく思いながら見てるということがばれるといけないと思って。

4時に迎えに行ったら、他には誰も人がいなかった。プールは3時半までだったのだそう。カキ氷を食べながら待っていたと言う。けだるい雰囲気。プールのあとってそうだった。ぼーっとなるよね。

夕食は昨日のお肉を使ったカレー。

「家はいいね～」とさくが言う。「中学はどうする？　こっち？」「当然」

こっちが好きなようだ。そうだなあ。その方がいいかもなあ……。

さくの好きな「爆笑レッドカーペット」を一緒に楽しく見て、就寝。

8月7日（木）

帰ってきてから、初めての曇り。とてもすごしやすい。庭の草むしりや枝はらいを熱心にする。汗びっしょり。シャワーをあびて、お昼を食べる。さくもあれこれ何かをしている。今日は友だちとも遊ばず、しずかなのんびりした一日だ。

さくがマンガを買いたいみたいで「買い物に行かない？」と誘うので、午後から出かける。ひと気のないスーパーでゆっくりと買い物。パジャマや涼しげなブラウスを買う。しげちゃんによさそうな湯上りにもなりそうなワンピースも買った。帰りがけ、ちょっとドライブしようというので、音楽を聴きながら遠回りする。しげちゃんにワンピースを渡しにいく。今日は元気になっていて、もう一度鳥の足跡を描いてもらったら前よりは上手に描けたけど、やはり昔描いたにわとりとひよこがかわいいので、それだけにしようかなと思う。家に帰って仕事をしていたら、せっせが来た。私がこっちの家用のパソコンを買おうと思っていて機種はどれがいいか相談していたので、そのことについての提案。せっせは慎重なので面倒くさいほどに細かくシミュレートしてくれる。で、また考えてみるといって帰っていった。しげちゃんにあの服、入るだろうかと言いながら。

8月8日（金）

くるみちゃんと、また温泉へ。一度行ってみたかった「白木川内《しらきがわうち》温泉」。この温泉は私の好きな出水《いずみ》市の「かじか荘」と同じような温泉らしい。浴槽の中の岩場から温泉が湧き出ていて、お湯が透明。伊佐《いさ》市から薩摩川内《さつませんだい》市に行く途中にある。かじか荘も載っている、くるみちゃんと家の近くの温泉めぐりをした本が完成したので、渡す。『南九州温泉めぐりといろいろ体験』（幻冬舎）。この本の原稿を以前に確認のために読んでもらったとき、「私のこと、褒めすぎてない？」と言っていたくるみちゃん。本を見て、とても懐かしくうれしそう。いろんなところに行ったよね。

どんな町にも、よく見てみればおもしろいもの、いいところはたくさんある。

山道を通って進む。道を茶色の鳥がトコトコ歩いて横切った。「コジュケイかなあ」とくるみちゃんがいう。

約1時間ほどで到着した山の中の一軒宿。駐車場には車が1台もない。山荘の方へ行くと、ご主人らしき女性がいた。温泉に入りたいのですが、ふたりです、と言うと、３００

円です。と言う。600円出したら、いえ、ふたりで300円。ひとり150円だった。お風呂場は2ヶ所あって、小さいところと、ちょっと広いところがある。小さい方の写真を撮る。「もう来ないかもしれないから」と言うと、「こない」とくるみちゃんが即答していた。広いほうへ入った。脱衣所も小さく古びているけど、その奥に見える温泉は、かじか荘に似たきれいなエメラルドグリーン。神秘的な湖とか、山奥の清流のようだ。わあ……と思いながら、入る。

くるみ「わあ〜、すごい〜、つるつるしてる〜」

透明な川のようなのに、入ると温泉で、あったかい。ちょうどいい温度。お湯はぬるぬるすべすべとしていてやわらかく、とてもきもちがいい。下と横は岩だ。周りの壁はぼろぼろでカビみたいなのが生えているけど、温泉がきれいなのでちっともいやじゃない。温泉だけが天女のよう。しばらくつかっていると、すごく熱くなってきた。長くいられない。10分もいないで、出る。「建物がボロボロでも温泉がきれいだと全然気持ち悪くないのが不思議だね〜」なんてくるみちゃんもつぶやいている。本当にお湯が青くてきれい。

ここはよかったね〜、と言いながら、だれもいないので男風呂《ぶろ》ものぞいてみた。こちらは窓が広く、川に面していて明るい。岩の壁も2方にあって雰囲気がいい。でも宿泊棟に面してるので、男性用なのだろう。川には滝があった。この宝石のような浴槽だけを残して、あとのボロボロの建物をすべて取り壊し、客室6部屋ぐらいのこぢんまりとした雰囲気のある隠れ宿を作ったらよさそう……と想像がふくらむ。宿の名は、エメラルドグリーンのお湯からとって「瑠璃《るり》の里」。

なかなか汗がひかないね〜と言いながら、帰る。帰り道、私が道を間違えた。しまった。道好きの私は、くやしい。くるみちゃんが右じゃないの？　って言うのに、ううん、左、そのうち右に行く道にでるから、なんて自信たっぷりに言った自分が情けない。「もう言わないね……」なんてしゅんとして言ったら、「いいよ、言ってよ、私は道はわからないから」と明るく慰めてくれる。

お昼に食べようと言っていたおそば屋さんへ向かう。

途中の道で鳥が轢《ひ》かれてた。茶色くて、ちょっと大きかった。来る時、山で見たあの鳥と同じ種類だろうか。「道に鳥ってどうしてだろうね」。横切ろうとしたのかな。

おそば屋さん「さかえ屋」へ到着。玄関に入ると、店主からの但し書きが。どれどれ。「一身上の都合により、手打ちそばをやめました」。どうしたんだろう。今はうどんや天丼しかないようだ。うどんでいいやと入る。前に一回だけ来たことがあって、ここのかきあげがおいしかったので、ふたりともかきあげうどんにした。

来ました。かきあげがふわりとしていて、サツマイモの細切りなどがぱりぱりとしておいしかった。おだしもおいしく感じられ、ふたりとも最後のおつゆまで残さず完食。

できた本を見ながら、写真を見ながら、あれこれ思い出話をする。えびの高原の売店にあった屋久杉で作られた犬の置物の写真を見て、「ああ〜、これ、見るたびに買っときゃよかったって思うんだよ〜。家に似合うと思わない？　まだ、あるかな？　あれから1年以上たってるから、もうないかな」
　くるみ「あるよ。これから、行く？」
と言うので、行ってみることにする。ヒマだね、私ら。
ここからだと、1時間ぐらい。車を走らせていたら、雨が強く降ってきた。
私「洗濯物、干してたのに。シーツ……でも、もういいや。また洗えばいいよね」
くるみ「うん。わたしも。もういい」

山に登るにつれ、雨と霧がひどくなった。午前中の温泉が遠いことのようだ。

私「きょうは鹿も出てこないね」

売店に着いた。

私「私の犬が待ってる！」と、急ぐ。

中に入ると、内装が変わっていた。木工品も移動してる。屋久杉の置物……、あったあった。恵比寿《えびす》様みたいなのはあるけど、犬はいない。私の犬。

くるみ「あった？」

私「ない……。買った人がいるんだね……。でもいいや。目があんまり好きじゃなかったから。貼り付けられてて……」

がっくり。外に出ると、かなり寒い。鳥肌がたつ。これほどまでにすずしいとは思わなかった。駐車場も閑散としていた。でも充実した気持ちで家に帰る。シーツは風に飛ばされて落ちていて雨でびしょぬれだったので、もう一度洗濯する。

カーカからメールがきて、「21日に帰りたいけど」と。「調べてみる」と返事する。さくに話したら、「来ないで欲しい〜」と言う。たしかに、今の静かで平和な日々はもう失われるだろう。ネットで航空券を調べた。どの時間もあいている。ちょうど20日はしげちゃんたちと温泉に泊まりに行く日なので、次の朝10時にチェックアウトして、そのまま空港に迎えに行けばいい。となると11時ごろ着く飛行機があれば都合がいい。カーカは朝早く家を出なければならないけど、それぐらいはいいだろう。家を朝7時半ごろにでなきゃいけないけど、その時間の飛行機ならあったから、それでよければ予約するけど……とウソついたら、「それしかないなら、それでよろしく」という返事。さっそくその時間のを予約する。

さくの宿題で都道府県を覚えるというのがあったので、地図を見ながら一緒に覚える。うつぶせに寝させて、おしりをリズムよくたたきながら覚えていたら、続きを覚える時も「おしりたたいて」なんて言ってくる。おしりをたたかれないと覚えられなくなったようだ。思い出すときもたたいてたりして。

8月9日（土）

さくが数日前から、こんどは左耳が痛いといいだした。様子を見ようといってたら、昨日から膿《うみ》がでてる。今朝は耳が痛くて眠れないといって4時ごろ起きた。さすがにこれは病院だと思い、朝いちばんに耳鼻科に行く。するとお休みだよと先に来てたおばちゃんが玄関前で車の中の私に教えてくれた。どうしようと思い、よく行く小児科に行ってみようと思って行ったら、耳もみてくれるようだった。よかった。だったら前に耳垢《みみあか》がつまった時もここにくればよかった。せっかく子どもなんだから。先生は元気で看護師さんも明るく、待合室も楽しくて、患者も子どもばっかりでかわいい。

いつもの先生が「おかえりなさい」と言って、耳をみてくれた。内耳炎ですね、と。すぐにお薬を処方してくれた。痛い耳掃除もされなくて、さくはほっとしてる様子。食べるものを買って、帰りがけに耳の薬を耳に入れて10分ほど帰り道の車の中でじっとして、帰ってごはんを食べてすぐにお薬を飲んで、眠いといって寝た。

今日も曇りですごしやすい。午後からさくはいつもの友だちの家に泊まりに行く予定だ。私は今日からオリンピックを見る予定。ずっと使ってなかった乗馬マシンに乗りながらじっくり見ようと、マシンをテレビの近くに移動させて準備万端整えた。私もこれに乗って一緒にがんばります。

薬を飲んでさくは昼寝。友だちから「まだ?」と電話が2回きて、2回目の3時の時に、もう起こして送って行った。あまり寝ると夜眠れなくなるから。帰ってからテレビをつけたら、ちょうど柔道、谷亮子《たにりょうこ》の準々決勝。少し離れて遠くから手で引っかき合うようなしぐさは、猫が喧嘩《けんか》する姿と似てるなあ~なんて思いながら見る。帰るときの顔が好きだった。真剣。まったくの素《す》。よくテレビで見る気を遣った営業的な笑顔の片鱗《へんりん》もない。これでなくっちゃ。戦ってるんだから。スポーツ選手はこういう顔しか見たくない、私は。こういう険しい顔しか見せないんだったら、好きだと言えるのに。……にしても、谷亮子とウッチャン。同じような顔のまま、同じように時を重ねていってるな。

親が子どもに自分の希望を無理に託すのはいけないと思うということはよく書いているが、子ども自身が親の希望を叶《かな》えたい、親が喜ぶのがうれしく誇らしいと思う、というような子どもも時々見かける。ああいうのは、生まれつきそういう思いがそなわっているんじゃないかなと、さっきそういう家族をテレビで見て思った。十代の長男、長女、次男がみんな親の仕事を手伝いたいと言っていた。山師だった両親が災害で山が崩れて木を流されたために、生計をたてるために苦労して民宿を経営し始めて、山師と民宿を両方がんばっている。それを手伝いたいと、父を追い越したいと、恥ずかしそうに、でもはっきりと言っていた長男。ああいうのは、やれといってやるものじゃなく自然に生まれてくる決意なんだろう。長女は農業をやりたいと言っていた。次男は木をトラックで運ぶ仕事をしたいと、なんだか具体的なことを言っていた。その家族、6人家族なのだけど、丸くがっちりと固まって、顔も似ていた。そういう家族というのを、時々見かける。家族でひとつの塊みたいな。

8月10日（日）

朝起きたら、雨の音。
雨の朝って大好き。低い雨音を聞きながらベッドでごろごろする。
さくは泊まりに行ってるので、私ひとり。とても気持ちがいい。

オリンピック初日のきのう、「金メダルなしの柔道、出鼻くじかれる」なんてニュースでいってたけど、子どもならわかるけど、大人が金メダル金メダルって言うなよと、また思う。応援する方は、成果に注文をつけるなよと。ただ無心に応援すればいいじゃん。金メダルをほしがるなんて、お金を欲しがってるのと同じぐらい品がない。金メダルがほしいと言えるのは練習を積んだ選手とその周りだけだ。練習もしてない第三者が茶の間で気楽に金をとれとれ言うのを聞くとむっとする。結果的に金だったら、そのとき大きく褒めればいいんだ。あんまり金金言うから、選手も金じゃないと価値がないような妙なプレッシャーを感じて気の毒。金メダルがとれるかどうかってことばかりに注目するのはおかしいと思うけどなあ。

8月11日（月）

朝、いつも気持ちよくて早く目覚める。外は明るい天気雨。今日もさわやか～。床に布団を敷いて寝ているさくを見てみると、目をうす～く開けて寝ている。中耳炎がまだ治らないので、今日は家で休養。

オリンピックの水泳、北島選手の平泳ぎ決勝を見る。1位になってインタビューされ、うっうっ……と声を詰まらせて答えられなかったところがよかった。さくに「さくも頑張って中耳炎治すよ。中耳炎を治す人の金メダルとって！」「なに、それ」。

午後からくるみちゃんと温泉へ。それまで庭の木の剪定《せんてい》。草の汁に染まったり枝に引っ掛けてあちこちがやぶれているぼろぼろの私の服を見て、くるみちゃんが写真を撮ってくれた。

今日は、ぜひ行きたかった温泉ふたつの、ふたつ目。安楽《あんらく》温泉みょうばん湯。温泉本で行った境田《さかいだ》温泉の隣。そこへ向かいながら、

私「温泉本、読んだ？　私、読みながら笑ったよ」

くるみ「読んだよ。私も笑った。きのう、母が来てて、みきちゃん（私のこと）の新しい本がでたよってテーブルに置いといたら、読み始めて、……このくるみちゃんてあなた？　って。笑って答えなかったら、内容を読んでわかったみたいで、熱心に読んでたよ」

私「ええーっ！　おかあさんに？　どうしよう、あんないろいろ書いちゃった！　黙ってたらわかんなかったのに〜」
くるみ「大丈夫。そういうふうに思ってるってわかってもらった方がいいし。友だちに、これ、うちの娘よって教えたいけど、言えないわ〜って言ってた」
私「ハハハ。あー、どうしよう」
くるみ「境田温泉の人も友だちだから見せたいけど、バスマットで足を拭《ふ》く気になれないなんて言ってるから見せられないわ、って」
私「ああ〜っ」
くるみ「でも、あなたたち、まあ楽しそうにいろいろとしゃべってるわね〜、なんて言いながら、興味深〜く見てたよ。ここはあそこだ、知ってる、なんて言いながら」
私「ホント？　じゃあよかった」
冷や汗がでる。かなり、くるみちゃんちの内情をいろいろ語っているので。
くるみ「それでね、母ったら、顔に何かシュッシュッってつけてて、すごく臭かったから、それなに？　って聞いたら、黒酢を薄めたのを顔につけたらいいんだってって。すごく臭くて、あっち行ってって言っちゃった」
私「ああ〜。くるみちゃんのおかあさん、美容の、好きだもんね。美人だし。私も前にもらったよ、ビタミンE溶液。
前に石けん作りに凝ってた時、シャンプーも石けんで、リンスはそれを中和するためにビネガーを薄めてハーブを入れて使ってたんだけど、カーカにもそれ使ってたら、学校で臭いって言われたって。今思うと悪かったわ」

くるみ「臭いよ、酢は」

私「ハハハ。その頃そういう自然のに凝ってて、カーカの遠足の弁当箱もプラスチックはやめて、ステンレスの超重いやつにしたら、重かったって」

みょうばん湯についた。階段をあがって民宿の玄関を開けて声をかけたけど、だれもいない。お湯というのれんのでている温泉の方へ歩いて行ったら、住居なのか、隣の家の中にいた少年が気づいて出てきてくれた。「お風呂《ふろ》に入りたいのですが」と言ったら、「ひとり200円です」とのこと。お金を渡して、お湯の方へ進む。女湯、男湯、混浴の露天風呂があった。だれもいなかったので全部のぞいてみる。女湯がいちばん雰囲気があった。楕円《だえん》形で、周りが湯の花で茶色にコーティングされている。温度はちょうどいい。お湯を飲むと、すっぱい。「でもおいしいね」とくるみちゃん。隣の境田温泉のお湯もみんなペットボトルに入れて持って帰ってると言ってたけど、ここも同じかも。何度も飲む。くるみちゃんが髪を洗ってる間、私は床に寝転んで休む。

「いいねえ〜。だれもいないっていいよね。人がいるかいないかって、大きいよね。人がいたら気を遣うよね」

露天風呂にも入ってみようと、そのまま走って露天に入る。男風呂からは露天に直接行けるようになっているようだ。露天はちょっと熱かった。上にはもみじが屋根のように張り出し、紅葉の時期はきれいだろう。枯れた葉っぱのような蝶《ちょう》がいた。
くるみ「ある宗教に入ってる人がいて、うちの旦那《だんな》が病気になったり、子どもが就職しなかったことを、うちのじいちゃんが昔動物を撃って剥製《はくせい》を作ってたせいだ、一度お払いをした方がいいって言いだして、もう、嫌だった〜」
私「嫌だね。そんなの、根拠はなに？　って聞きたいよ。不幸そうな人をみつけてやって来るんだよね、そういう人って」
くるみ「弱ってる人はつい頼っちゃうんだろうね」
私「何かにすがりたい時ってあるしね。そういう弱みにつけこむ変な人はいるよね。そういう人たち、だいたい断定的っていうか、決めつけるよね。それだけで私は変だと思うよ」
くるみ「変」
私「宗教が嫌なんじゃなくて、宗教の名のもとに宗教を利用して宗教的じゃない利己的なことをする人が嫌なだけなんだけどね」

8月12日（火）

朝早く目が覚めたので、庭の草とり。まだまだ終わらない。
やってるうちに天気雨が降り始めたけど、やめられなくて濡《ぬ》れながら草を切る。

学生の試験は試験日にあるけど、人生の試験は毎日の中に潜んでいるなと、思う。私が人を採用……というかこの人は素晴らしいと認めるのも、ふだんの日常の中でだ。だから、毎日が心地よい緊張の連続でなければいけない。私も誰かに採用されるかもしれないから。人に会うのも面接のようなものだ。毎日がオーディション。

うわあっ。洗濯機を開けたら、洗濯物に白いものがたくさん。ティッシュの袋もあった。さくがポケットに入れっぱなしだったんだ。洗濯物すべてに白い紙の切れ端がはりついている。はたきながら干したけど、庭にも紙が散らばってしまった。

8月14日（木）

朝、気持ちよく2度寝してたら、さくが死んだ夢を見た。ショックな気持ちで目覚めたら夢だった。助かった〜。ほっとしてさくの寝ているかたわらに近づいたら、中耳炎の耳からの赤茶色の汁と、よだれがシーツに点々とついている。今もまさに大きなよだれの染みがシーツにできているところ。もう朝だよ、9時半だよと起こす。

一緒に買い物に行く。車の中で、さくが生きててよかった〜と何度も言う。さくも私が死んだ夢を3回ほど、前に見たことがあるそうだ。

友人が遊びに来た。彼女は三十代後半なんだけど、最近まわりで10歳以上年下の男性とつき合ってる人たちがよくいて、楽だって言ってるけど私はダメ、なんて言ってた。かわいがるのではなく、男らしい人が好きなのだそう。10歳ほど年下の男性（人気のある職業でちょっと素敵な顔をもつ自称モテる人）とつき合いそうになったけど、その人が食事代を奢《おご》ってもらうのが当然みたいなことをいうので、「つきあってない年下の人だったらいくらでも奢ってもいいけど、つきあってる彼氏にはご馳走《ちそう》して欲しい」と言ったら、「今までつき合った年上の女性はみんな奢ってくれた」と当然のように言ってきて、嫌になったという。そりゃ嫌だね。

「今すぐ会いたい。来て」って言うから車で行ったら、乗ってくるなりゴロ〜ンって甘えてきて、「やめてよ」って言うのにやめないから、しばらく走って「もう帰るよ」って車から降ろしてさっさと帰ったら、電話が来て、「今までどういう人とつき合ったのか知らないけど、ああいう時、ふつうは引き返してくるものでしょう。もうあなたには電話しない」って言われて、そうかと思って放っといたら、1ヶ月後に電話が来て「どうして電話してこないの?」って言われて、はあ?　って思ったと言う。

「ハハハ。それ、男と女が逆転してるね。その人、モテるからっていろんな人を渡り歩いてる感じだね」と私。男女の話は、どれもなんか、おもしろい。

カーカの言葉は、ほとんど謎かけ。主語を言えと、いつも注意してる。カーカに言わせれば、主語がないのは私もらしい。

さくがおもちゃの録音機を差し出したので、さくが生きていてよかった、という歌をいれる。

～目が覚めたら、耳だれとよだれをたらして、さくが生きてた～

夕食時、大食いのテレビを見ていたさく。名古屋コーチンのなんとかという料理を見ていて、急にくるっとふりむいて何か言いたげ。

なに？　とうながしたら、「名古屋チンコ」。「それを言いたくてこっち見てたの？」「うん。だって、みんなそろってるでしょ？」「そうだね」。チとンとコ。

8月15日（金）

朝、ペットボトルをゴミステーションに持って行った。そこにいつもゴミの仕分けを手伝ってくださる女性と男性がいた。前にほうきの柄をぐいぐい踏んで小さくまとめてくださった男性だ。女性もいつものおばさま。「いつもありがとうございます～」と言ってゴミをだす。おばさまたちもにこやかに挨拶《あいさつ》を返してくださる。夏の朝霧に包まれた盆地の早朝。よく見ると霧が白いてんてんになって流れていく。さわやか。すずしい。

帰ったら、さくが寝ていた。生きている。うれしい。昨日の朝は死んでいたので（夢で）。でも夢の中では本当だから、マジでうれしかった。生きてて。

さくが、僕はやっぱりこっちで暮らしたい。ひとりで住むよ。お料理も教えてもらって、という。ふうむ。どうしよう。たしかにこっちの方がのんびりしてて楽しいんだろうな。友だちもいるし。さくだけこっちに帰ってきて、私が行ったり来たりとなると、東京でカーカとふたり暮らしか……。やだな。カーカが早めにどこかに行ったら、私も帰ってきてもいいのだけど。何かこの夏で変化がなかったか聞いてみよう。ボランティアでどこか外国にでも行きたいって言い出さないかな。言わないな。でも、この3週間カーカと離れたことは、すごくよかった。カーカも一人暮らしの練習になっただろうし、目の前にいないと私もまったく気にならない。もう精神的には私とカーカは親離れ子離れしていると思う。このまま二度と会わなくてもいいぐらい。向こうもそうだろう。まだ高校1年生というのがネックだ。まだ15か。まだ……。せめて18歳にならないとね。世間も私を非難するだろう。学校も許さないだろうし。もうすぐ……16歳になったら結婚できるんだから、だれか責任感のある人と結婚して出て行かないかな。そうしたら「こんなに早くに、心配じゃないですか?」などという世間の声に「ええ〜、ホントに……」などとしおらしく口ごもりながら、心の中でバンザイ三唱するのだが。などと妄想はふくらむ。

すると、カーカからメールが!「うちに双眼鏡ってある?」

「こっちにはあるけど」と返信。双眼鏡……いったい何に使うのだろう。

8月16日（土）

草とり、枝払いを精力的にやったので、ずいぶん地面はすっきりした。あとは木。そっちは造園屋さんにお願いするので手をつけない。大きな草の山がふたつできた。

さくに、子どもの頃から掛け合いで歌っていた「さくのこころは〜？」と言ったら、次を忘れていた。「どうしても思い出せない？」「うん」。タタッタ〜ンと足をたたいてリズムを教えたけどダメだった。「きゅきゅっきゅ〜でしょ」

「さくのこころは、きゅきゅっきゅ〜」。これを知ってたら、さくの証拠。

買い物に行ったら、高校生か大学生ぐらいの少年がひとり、お米の袋の前に座り込んで、お米をじーっと見ながら真剣に何かを思案していた。なにを考えていたのだろう。力になれたかもしれないが、勇気がなくて声をかけられなかった。

せっせがやってきて「僕の人生はあの家に食われる」と言う。

さくに、夏休みが終わって東京に帰るのうれしい？　と聞いたら、「ぜんぜん。東京に帰りたくない」という。いやなんだ。いろいろ聞いたら、本当にいやなんだなとわかったので、じゃあ来年の4月、5年生になったら宮崎に帰る？　ママが行ったり来たりするからといったら、「いいよ。我慢する」という。気の毒……。これから2ヶ月に1回はこっちに帰ってくるよ、庭の手入れもあるし。11月の連休は1日学校を休んで4連休で帰ってこよう、など帰る予定を教えてあげる。
オリンピックのレスリング女子、銀メダルの伊調千春《いちょうちはる》と金の吉田。どちらも好きな顔。伊調は冷たい静けさがあるし、吉田は熱い暗さがある。体操の富田みたいな。

8月17日（日）

昨日の夜中にものすごい雨が降って、2回ほど目が覚めた。ときどき豪雨が降る。昼間は降ったりやんだりで、夕方からまた豪雨。
女子マラソンをちらちら見た。一番印象的だったのは、解説の有森裕子《ありもりゆうこ》の声のトーン。落ち着いてる、というのを通り越して生気がないという感じだった。時おり入る笑い声の脱力感もすごかった。山あり谷ありの人生で酸いも甘いも嚙《か》み分けて、もはや抜け殻になったのかと思わせるような力の抜け方だった。でも、元気すぎてうるさい声の人よりもいい。オリンピックの解説者でときおりみられる肩に力の入った、無理やりふるいたたせてるみたいなのは聞いてて疲れる。

8月18日（月）

さて今日は、あの温泉カキ氷をふたたび食べに人吉へ。今日は私の運転。くるみちゃんを乗せて山を越える。最初食べた日はものすごく暑くておいしかったけど、近頃は雨がよく降って、今日も降ったりやんだりしていて、それほど暑くもない。カキ氷を2個食べるんだ、2個、とずっと言ってたけど、2個も食べたくないかもしれない。
くるみ「うちの母がよろこんでたよ。本。友だちにこれ、娘よって見せたって」
私「ホント？　よかった～」あの内容で？　すごいね。乗り越えたんだね。
くるみ「うん。あの人も成長したんだって思って、私もよかったなあって思ったよ」
途中の雑貨屋さん「むかしむかし館」に寄って小ぶりのごはん茶碗《ちゃわん》を買う。木という字が3つ描かれた湯飲みがおもしろかったので、それも買った。525円。本当はお気に入りの「梨入り焼肉のたれ」を買いたかったのだけど、なかった。出ようとしたらすごい雨。待ってる間にもどんどん激しくなっていく。お店の人に傘を借りて、20メートルほど先の車まで行った。
走っているともう雨はやんで、青空が見えてきた。本当に最近は天気の変化が激しい。
私「そういえば、この近くのひな祭りのお雛《ひな》様がたくさん陳列されてるとこ、行った？」
くるみ「行った。気持ち悪かった。その中で、ひとつ、髪の毛がものすごく長いのがあったでしょ？」
私「知らない。なに？　それ」
くるみ「お雛様の中で」

聞けば、あのたくさんの中にあったのだそう。私は見なかった。

私「それ、見たいな。ちょっと見に行こうよ」

くるみ「今はもう飾ってないんじゃない？」

行ってみたところ、今はやってなくて、そこはひな祭りの時期だけのようだった。

温泉旅館「翠嵐楼《すいらんろう》」に着いた。昼食休憩を予約していたので、まず部屋に通された。それから温泉に案内される。昔からのレトロな温泉と、展望風呂《ぶろ》があって、私はレトロな方が目的だったので「古いほうへ」と言ったら、なぜか仲居さんはそれをよろこんでいないようで、「そちらは見晴らしはよくないですよ」と戸惑いながらそちらに案内してくれた。電気もついていなくて、窓を開けて下にある湯船をまず見ていた。私も見て、こっちに入りますと言うと、電気をつけてくれた。

くるみちゃんが「入ってすぐ電気をつけないとね」と厳しいチェック。私も最初からその仲居さんの態度に、あれ？　と思うようなところがあり、どうも落ち着かなかった。お客さん本意じゃないのだ。なにもかも。でもまあ、気を取り直して、お風呂に入る。ここも階段を下りていく造りになっている。広い浴場に石造りの浴槽で、いい感じだ。お湯は源泉かけ流しで、加水、加温なし。つるつるすべすべした人吉のお湯だ。しばらく入っていたら、すぐにあったまって、もう出ようかと、短時間で出る。部屋に帰って生ビールを注文する。お料理は1品ずつでてくる会席風で、薄味でおいしかった。特に鮎《あゆ》そうめんとヤマメのから揚げが。鮎そうめんは盛り付けがきれいだったので写真に撮ったら実物よりもきれいに写った。ヤマメのから揚げは今日いちばんおいしいと思ったもので、カラリと揚がっていて、すべてがさくさくしていた。どこにも硬いところがなく、頭もしっぽもすべてがさくさくだった。

そのあとしばらく部屋で休む。さっきの仲居さんにそのことを褒めるけど、手ごたえなし。

くるみ「木崎《きさき》さんって、何歳？」

私「60歳ぐらい」

くるみ「ええっ？　そうなの？　思えないね。年上だとは思ったけど。何歳か上ぐらいかなって」

私「だから年齢じゃないよね」

くるみ「この頃からしたら、みきちゃん、痩《や》せたね」と家の中にいる私の写真を見ている。その写真はくるみちゃんが撮ってくれたものだ。

私「鍼《はり》のせいかな」

くるみ「食も細くなったよ」と、私が残してる料理を見る。

私「鍼だね」

くるみ「でもすぐにもとにもどるよ」とうれしそうに言う。

それから30分ほど昼寝する。

最後に展望風呂に行く。2階の川沿いで、大きな水風呂と露天風呂もついていた。展望はそれほどよくはなかったが、水風呂が大きいのがいい。

窓の外に杉の木が植えられている。
私「見て。杉の木だ」
くるみ「ふつう、温泉にはもみじとかじゃない？」
私「うん」
温泉につかりながら、私が最近考えた、今、こんな人がいたらいいという人の話をする。話してる途中で口を挟もうとしたので、最後まで聞いて、と制する。そして、最後まで聞いたくるみちゃんの感想は、妄想を広げすぎないように、みきちゃんだから考えつくようなことだね、そんなのは理想、そんな人は１００パーセントいない、などなど。真の自由人は、いないかな。
私「でも、そういうイメージがでてきたっていうだけでも進歩かも。いままでは何にも浮かばなかったから」
温泉と水風呂に交互に入って、ゆっくりつかる。
出て、温泉カキ氷に向かう。コーヒーミルクを注文した。出てきた。前よりも小さく見える。氷がこまかくてさらさら。おいしい。あっというまに食べ終わった。もう1個食べられる。「食べない？」と聞くと、くるみちゃんは「もういい」と言う。「私は食べようかな」と言うと、「食べたら？　気がすむよ」。そうしよう。食べなかったら後悔するはず。作ってくれたお姉さんが「どうでしたか？　ミルク、少なくなかったですか？　慣れてないので……」と言う。慣れてないのか！　それでどうも氷があんまり押し固められてなかったんだ。前はもっと押し固められてて、それがよかったのに。作る人が慣れてないと、味も変わるしな。前は氷だけの白い部分がすごくおいしく感じられた。今日はその部分が少ししかなかった。素人の作は嫌だな、プロがよかったなあと思いながらも、「イチゴミルクを一個お願いします」と頼む。作ってくれてる。ちらちら見てたら、イチゴシロップをずいぶんたくさんかけている。「みつはあんまりかけなくてもいいです」と言ったけど、おそかった。すごく赤い。くるみちゃんがいる外のテラスに出て食べる。「シロップ、あんまりかけなくてもいいですって言ったけど、おそくて、こんなに赤い」とくるみちゃんに見せる。かけすぎで甘く、白い部分も今回はなかったけど、食べたので落ち着いた。

売店をのぞいたら、陶器がちょっと置いてあって、その中に非常に素朴な線で魚の絵が描かれた皿があり、これってまるで絵の下手な人が書いた観光地の楽焼の絵みたいだよとくるみちゃんに見せる。ちょっと他にはないぐらいの絵だった。

帰りはふたりともぼんやりと夢見心地。仕事の疲れが全部出たような気がする……とくるみちゃんがつぶやいていた。この日は帰ってから、ものすごく眠かった。

8月19日（火）

今日もさくはヒマで、私と一緒にごろごろ。そしてまたいろいろとふたりで話してて、さっきは、さくがこっちにもっと早くに帰って来たいと言って、じゃあこうしようかと考えたのは、東京にカーカ、宮崎にさくが住んで、私は東京に月10日、宮崎に20日ずつ住む。

私がいない間は、カーカは今すごしているように一人で東京、さくはしげちゃんちの暗いタタミの部屋を私がきれいに掃除してあげて、そこですごす。そうすれば私はどちらにも住めて、行ったり来たりできるので、息が苦しくならない。それがすごくいいような気がしてきた。まずは、それでいいかどうか、カーカにきかなくては。さっそくメールしてみた。なんて書いたの？　とさくが聞くので、

「カーカ、どう？　一人暮らし。もしよかったら、さくはこっちがいいっていうから、来年からさくは宮崎に帰ってきて、ママはこっちに月20日、そっちに月10日で行ったり来たりしてもいいよ。その場合、恵比寿《えびす》に住もうよ」

13分後、返事が来た！　さくに「来た来た！」と言って一緒に見る。ドキドキ。

考えてみる

「どう？　ちょっと暗い感じじゃない？」と私。

「あはは。そう？」とさく。

「だって、ああ～、それもいいねえ～、考えてみる。じゃなくて、ただぽつりと」

「……考えてみる」

「カーカにとっては、ママがいないあいだはお弁当を作ってもらえないし、洗濯も自分でするってことだもんね。負担が増えてうれしくないのかもね。自由でいいと思ってるかと思ったら」

ワンマン夫に妻が月10日だけはお仕えしますが、残りの20日はお暇を取らせていただきますと言った図か。いいでしょうかと尋ねたら、ノーと言うに決まってるな。ここは断固として決行するしかないか。考えてみる、ってどういう答え方なんだろう。考えたらなにかが変わるのだろうか。考えないとわからないようなことかな。いいか悪いかで答えて欲しいけど。

庭の草をとって、小さな枝を払ったら、ずいぶんすっきりした。造園屋さんにみてもらったら、まだ大丈夫ということだったので、剪定《せんてい》は来年にすることにした。造園屋さんの娘さんのミサちゃんに温泉の本をあげたかったので、帰りに寄ってもらった。

「このへんの知ってるところがでてるよ」

手に袋を3つ持っている。そういうのを見ると、なにをくれるのだろうと思い、そこから目が離せなくなる。「これ、なに？　スイカ？」と自分から言ってしまう。

おとうさんが作った大きなスイカと、買ってきた梨と、お母さんから焼酎《しょうちゅう》「野うさぎの走り」をいただく。「たまにはじっくり先生と話したい」と言ってくれた。私もそう思ってる。なかなかゆっくり話す機会がない。冬に帰ったら、焼き鳥を食べながら飲もうねと約束する。

8月20日（水）

さくが「カーカが帰ってきたらどうなるだろうね」と言う。
「そしたらわかるね。カーカって何かっていうことが」と私。明日帰ってくる。
さて、今日は母たちと温泉に泊まり。
しげちゃんとせっせを迎えに行く。バタバタといつものように大慌てのふたりだ。
行きの車の中であのことを話す。さくを月に10日預かってもらうかもしれないけどいい？
しげ「いいわよ」
せっせ「でも、家族は一緒に住んだ方がいいんじゃないかな？　せめて小学生の間は」
さくにもう一度どっちがいいか聞いてみた。
さく「別に、どっちでもいいよ」
私「え？　そうなの？　どっちでもいいの？　帰りたいって言ってたのに！」
せっせがオリンピックの話題で「(観客の中の) おにぎりのかぶりものをしていた人は有名になったね」
私「ああ〜、あの人ね、見たけど、どこで有名になったの？」
せっせ「みんな言ってたよ」
私「だからどこで評判だったの？」

せっせ「……カキコミで」
私「せっせの情報源はいつもカキコミだね」

旅館「松苑《しょうえん》」に到着。離れ形式で、各部屋に露天風呂《ぶろ》と岩盤浴がついている。露天風呂はテーブルのある部屋の外にある。

露天風呂と岩盤浴にはいる。おなかもすいてきたところで、食事処で夕食。最初はおいしかったけど、だんだんおなかいっぱいになってきて、食べきれない。しげちゃんが「ちょっとは箸《はし》をつけないといけないわ。吉兆《きっちょう》みたいなことになるから」というので、「そう」と、ちゃんと食べた形跡をのこす。ソフトボールの宇津木《うつぎ》さんの解説がすごくおもしろいとせっせが言う。「ああ〜、これじゃあ、打てませんよ……」などと低い声で、茶の間でぼやいているような感じなのだと言う。見てみたら、確かにおもしろかった。シンクロも見て、また露天風呂に入って、眠る。

8月21日(木)

朝食後、しげちゃんが離れに下りる坂の手すりを見て「いちばん簡単な手すりだわ」と言う。木に竹をクギで打ちつけているだけ。くさったらまた取り替えればいいのだから、見た目も感じいいし自然に帰るし、いいなと私も思う。

さて、チェックアウトして空港へカーカを迎えに行く。無事にチェックインしたことは連絡があった。元気そうに帰ってきた。髪の毛が前よりも茶色になっている。
私「また染めた？」
カーカ「うん」
私「自分で？」
カーカ「友だち」
私「眉《まゆ》がマッチ棒みたい」
カーカ「それ、誰かも言ってた」
私「どうだった？　ひとりぐらし」
カーカ「長すぎた」
そこで東京と宮崎に分かれて暮らすあの話をカーカとする。
カーカ「東京がいいよ。ツタヤがあるから。コンサートもあるし、便利だし」
私「カーカぐらいになったらそう思うだろうけど、さくはまだそういう恩恵を感じない年頃だからさ」
カーカ「毎月行ったり来たりなんて、絶対疲れるよ。ママ、嫌になるよ」
さくにまた宮崎に転校することをどう思うか聞いてみた。
さく「学校は宮崎がいいんだけど、転校した時、全校朝会で朝礼台の上に立って挨拶《あいさつ》するのが嫌なんだよ」
カーカ「でしょ？　カーカと同じ！」

私「それだけの理由で？　それが嫌ってだけで、転校するのが嫌なの？」
さく「うん」
カーカ「ね？　どっちでもいいんだよ。さくは東京の方がいいよ。長い間にいろいろ身につくものがあるから。カーカは途中、宮崎でよかったと思うけど。あのままあっちにいたら悪くなってたかもしれないから」
私「どこにでも飛んで行きそうだったからね〜」
などと和気あいあいとしゃべる。私とカーカのしゃべりだけが続き、まるでさくは存在がなくなったようだ。「さく、いる？」と途中聞いたほど。にぎやかになった。
さくが朝礼台で挨拶するのが嫌だから転校したくないっていうんだったら、それぐらいの理由なら、それほどどうしても宮崎に帰って来たいわけじゃないんだな。そうか。まあ、ゆっくり考えようということにした。さくが帰りたいと本気で言いだしたら、その時に迅速に対応しよう。9月末からはカーカの部屋ができるし、今よりはすごしやすくなるだろう。とにかく今の楽しみは広い部屋への引っ越し。それに伴い、今までなかった食事用のテーブルや本棚、カーカの机も買いたい。

午後、せっせが「君が好きそうな記事が載っていたから」と市の広報誌を持ってきた。特集「生きるということ」という自殺予防の記事。平成18年の宮崎県の自殺死亡率は全国で5番目の高さで、その中でもここの地域は県内で最も高く、そしてその中でもこの市はダントツ。全国平均の5倍にもなっている。いったいなぜ？　警視庁の調べによると、自殺の原因・動機は多い順に、健康問題、経済問題、家庭問題となっている。この地域で行われたアンケートによると、男女共に約1割が自殺願望を持ち、2～3割の人が自殺はしかたのないことと認識しているそうだ。せっせは極貧だからだと言う。私は、風水かなにかの立地が悪いんじゃないの？　景色はきれいだけどねと言う。

さくがせっせのどんぶりを一度食べてみたいと言う。「りんごは入れないで」

ソフトボールの決勝戦を見る。勝って、宇津木さんが声をつまらせていた。

遊びに出ていたカーカが今夜は友だちの家に泊まるといって、夜に友だちと着替えだけ取りに来た。今はまだカーカと普通に会話できる。暴君ではない。不機嫌ではない。普通に会話できる。この状態だったら問題ないのに。明日は友だちを家に泊めるという。何かおいしいものを作って欲しいと言うので、そうしてあげよう。

その友だちと3人でちょっとしゃべってて、みんながカーカが痩《や》せたと言ってるって。

私「そういえば3月頃よりも痩せたかもね。最近食生活、悪いから。栄養のあるもの食べてないしね」

カーカ「また戻るわ。軽音に入ったし、家で食べるようにする」

私「それがいいよ」

カーカ「最近、なんでこんなことしてるんだろうって思うんだよね」
私「やっぱり。飽きるよね。飽きると思った。カーカってだいたいやりつくしたら飽きて戻るんだよ」
家に遅くまで帰らずに、だらだらといつまでもしゃべってること。それも最初は楽しいけど、やがてきっと虚《むな》しくなるよね。やらなきゃいけないことをやらずに遊ぶんだから。
オリンピックで優勝してソフトボールの選手が泣いてた。他の競技の選手も勝つと、みんな泣く。それは今までどれだけ厳しくつらい練習をしてここまできたかということだ。勝利は一瞬の賜物ではなく、今までの長い努力の積み重ね。簡単なことではない。長い長い鍛錬があってこその感動だとしたら、鍛錬しない茫漠《ぼうばく》とした月日のお返しは、同じような茫漠とした思いしかないだろう。

私は、人に会って、その人に対する正直な感想を言ったらいけないのはどういう人かというのがわかった。部下のいる会社の社長とか、ファンのいるスターなどのように、信奉者がいる社会的立場のある人。イメージというものを作っていて、それを壊したらいけない人。そういう人の虚飾を暴いたり、おもしろいところをつっこんではいけない。そうすると信奉者の怒りを買ったり、本人の立つ瀬がなくなる。実際に会わずにテレビや雑誌で見ての感想は自由だから、そっちにしよう。私は人に会って強い印象を持ったら、それを書きたくなるから、書いちゃいけないような人にはできるだけ会わないようにしなくては。

会って、なにかを強烈に思って、それを書けないって、苦しいものだ。街で垣間《かいま》見たのはいいよね。仕事でちゃんと会ったりしてしまうと、批判的なことを書けなくなるってだけで。そこではみんなお互い様でやってるんだなあというのは感じる。大人の世界。共犯者的な。たとえ個人的には嫌だと思っても、そうしなきゃいけない仕組みなんだろう。たとえ最初はそうじゃなくてもあきらめなきゃいけないことも多く、だんだん染まってしまうのだろう。そういう匂いを感じるたびに、私はひとり旅だと思うし、それでよかったと思う。自分の意思でUターンも進路変更も自由だから。

やはり私が好きなのは、自分の意思で、自分のしたいことができる人、やる人。他人や世間はどう思うだろうと考えない人。常識的にはこれは変かもしれないからしたいけどしないと思わない人。まわりの評価に左右されない人。

結局は、自分しかいない。どんなに身近な人、家族や愛する人と共になにかをするとしても、行動は自分の分しかできない。相手の行動は相手のものだ。共に何かをするということは、ひとつのことをふたりでお互いに依存しあってやるのではなく、それぞれがそれぞれに自分の責任と判断で、決断するということだ。生きている限り決断は、常に目の前に存在し続ける。

かかえた荷物を持つ腕を放さないでいられる強さ、かかえた荷物の大きさと重さを意識できる冷静さ、それから、それから、かかえた荷物の本当の無意味さを知っている自由さ。

8月22日（金）

今日は朝から雲が重く垂れ込めている。雨が降ったりやんだり。
この町の、自殺率の高さのことを考えていた。
そんなに死にたくなるような気持ちにさせる気質がここではぐくまれたのはなぜだろうと、私はまた別の観点から興味を持つ。全国平均の5倍もの自殺率を持つ町……死の扉に近い町……苦しくなったら死ぬことがしょうがないと思ってる人が多い町……、いったいなぜ？　案外、気の弱い、心優しい人が多いのだったりして……。

夕方6時。カーカたちのためにと、宮崎名物チキン南蛮を作っていたら、カーカからメールで「今日、遅くなるわ」。「ええーっ！　泊まりは？　夕食は？　今、作ってるんだけど」。そんなふうに変わる可能性があるのなら、作り始めなきゃよかった。脱力。タルタルソースとか、サラダ、パスタ、仕込んだのに……。言ってみれば、ドタキャン。腹立つ。今後同じ状況になったら、このことを踏まえて、考えよう。

さくは友だちの家に遊びに行ってて、私が帰ってきたときには家にいなかった。そのあとすごい雨が降ってきたので、5時に迎えに行くからと電話したら、5時近くになってすっかり雨があがった。それでやっぱり自転車で帰ってきてと電話したら、迎えに来て欲しかったみたいでぐずぐず不満を言っていた。帰ってきた時もただいまも言わず、さっさと私の部屋に行ってしまった。用事があったのでしばらくしてその部屋に入ろうとしたら、鍵《かぎ》がかかっている。「どうして鍵をかけたの？」ときいたら、「ひとりになりたかったから」と初めてそういうことを言う。チキン南蛮ができたので呼んだ。ものすごくお腹がすいていたようだ。だから機嫌が悪かったのだ。

カーカが10時ごろ帰ってきた。山盛りのチキン南蛮を皿いっぱい全部たいらげて、あ〜苦しい、おなかいっぱいと、まるいおなかを見せていた。

8月23日（土）

カーカは遊びに出かけた。今日は友だちの家に泊まるので、あとで着替えだけ取りに来ると言う。夕べからすごい雨だった。昼間すこし雨が上がったので、残りの木の剪定《せんてい》をする。ここにいるのはあさってまでなので、ちょっと急ぐ。雨が降ったり止んだりの中、濡《ぬ》れながら切る。雨に濡れても、もうちょっと、ここまでと、つい作業に夢中になる。このあいだくるみちゃんともしゃべったのだけど、草とりや木の剪定という作業、特に勢いよく茂っている時期の作業は、かなり精神力が必要だ。生きてる生命を切るのだから気合がいるのだ。生命力を攻撃するのに見合う力がこちらも必要。疲れる。くるみちゃんは夏の草いきれの中で草とりをしていて、そのむせ返る匂いに気分が悪くなったことがあると言っていた。それほど春から夏の草や木からは何かが出ている。というわけで、青々としている今頃の木の枝払いには、立ち向かう、という気持ちで対する。雨が強くなったので、ひとまず退散。昼食。

カーカが帰ってきても出ずっぱりで家にはほとんどいないので、あまり変わりはなかった。

オリンピックの男子400メートルリレーで銅メダルをとった選手たちの直後のインタビュー。全員、きれいな涙だった。今まで陸上界を支えてきてくれたすべての選手たちとったメダルだというようなことをみんな言ってて、「大人のチームですね」とアナウンサーが言っていた。歴史を背負い、苦しさを乗り越え、周りへの感謝の上を流れるきれいな大人の涙だった。

8月24日（日）

でもカーカがいると、さくも陽気になるようだ。怖いけど、楽しくもあるという感じなんだろう。

カーカが「どうだった？　こっちの暮らし」と聞くので、「よかったよ。やっぱり自然があるといいよね。仕事のあいまに庭に出られるし」と答える。「ママ、東京にいる時はいつもなにしてるの？」「仕事してるよ」「向こうの家の近くに、いい感じの並木道があったって、友だちが言ってた。そこ歩いたら？」気にしてくれてる。

最後の庭仕事。残りの部分を一気にやる。大きな枝をたくさん切った。

人から信じられないひどいことをされて恨みそうになった時、なぜその人はそんな驚くようなことをしたのだろうと考えてみる。いろいろな方向から、めったにないことまで。そうすると、たぶん、なにかそうしてしまう理由があったのだろうと、許しはしないけど、理解はできる気がしてくる。

近所で花火。ひとり、2階から見る。あいだにまぶしい電灯が1個あるので、それを木や手で隠しながら。静かで穏やかな、夏の夜の花火だった。

8月25日（月）

朝からバタバタバタバタしながら東京へ。何か忘れてるかもと思いながら出発する。思い出したのは、冷蔵庫の梨と麦茶パック。持ってくればよかった。おいしいフレッシュな梨だったのに。あとのことはすべてせっせにお願いした。帰りの車でせっせに倉庫のドアに無数の穴を開けた話を詳しく聞いた（『珊瑚《さんご》の島で千鳥足』参照）。

私「しまった！　倉庫のドアの穴を見るのを忘れた〜。今度見よう。あの写真にはビックリしたよ。あまりにも驚いたから大きく使ったよ」

せっせ「カンちゃんに恐いって言われるのももっともかもしれない」
私「あれってなに？　急に考えたの？」
せっせ「いや、あのドアが台風で遠くに飛ばされて床屋のガラス戸を打ち破った時からず〜っと、何かいい方法はないか、何かいい方法はないかと考えていてね」
私「あれって、釘《くぎ》か何かを金槌《かなづち》で打って穴をあけたの？」
せっせ「80センチぐらいの木の板に釘を打ちつけたのを、トタンのドアにバンバンぶつけて穴を開けたんだよ」
私「うそ！　それってすごく恐いね。近所の人、恐かったかもよ。音も大きかったんじゃない？」
せっせ「金属をガンガンたたく音がかなり響いたと思うよ」
私「夜はやらないよね。昼間やったんでしょ？」
せっせ「そう。だいたい午後1時ぐらいから2時間ぐらい」
私「何日かかった？」
せっせ「けっこうかかったよ」
私「10日ぐらい？」
せっせ「いや、そんなには……」
私「1週間ぐらいか……」
せっせ「ある程度範囲を決めて、その区間を。今日はこの区域をって見当をつけて」

私「その棒で、一回にひと穴あくの？」
せっせ「そう。最初は釘3本でやったら、穴があかなくてね。1本にした。終わって、しばらくして倉庫に入ったら、開いた穴が無数の星のようにきれいに見えて、その時だけ一瞬ほわあぁ～ってなった」
私「だろうね。穴で絵を描けばよかったのに。銀河系とかの」
それで成果があって、強風が吹いても以前のようにバッタンバッタンいわなくなったそうだ。もう台風でドアがちぎれて飛んでいくこともないだろう。

飛行機は鹿児島空港を離陸し、私は上空で枕崎《まくらざき》産のかつおのお弁当を食べた。
私「カーカ、何してたの？　3週間、ひとりで」
カーカ「言ったじゃない」
私「外と中、半々？」
カーカ「うん」
私「カーカ、ひとり暮らしって、どう？」
カーカ「う～ん……微妙。恐かった」
東京に着いて、小雨の中、家に帰りつく。掃除したり、台所を片付けたり、しばらく落ち着かない。

手紙がきてた。去年サイン会にきてくれて、その後、インタビューにも協力してもらった永井さんから。サイン会の当日は実は北海道への一人旅に旅立つ予定の日で、その旅行をとりやめてきてくれたそうだ。インタビューの時、「銀色さんは『私に質問したいことがあるの？』と、さらりと根源的な問いをされ、私は一瞬びびりました。『はい。あります！』と答えると、銀色さんは間髪入れずに『何が訊《き》きたいの？』とシンプルかつ難易度の高い質問を投げてこられて、とてもエキサイティングなひとときでした」と。

彼女は私のことを、「取り扱いが困難な『自由さ』を使いこなしている数少ないうちの一人で、恐らく、限りなく一貫して、嘘や隠しだてのないかたなのではないでしょうか」と書いてくれてる。「その姿勢の揺るがなさは何ゆえでしょうか。またお会いしたいです」。もしそう思ってくれるのなら、その理由を一緒に考えませんか？

で、メールした。「また会いたいですね。いつどこで、どんなふうに会いたいですか？」

8月26日（火）

今日の朝の5時ごろに音がしたので見てみるとテレビがついていてカーカが見ていた。カチンときて「もう寝なさい」と言ったら「寝るところ。今日は夕方から寝てたから目が覚めて」と言う。しばらくして寝ているベッドに行ってみた。まだ寝ていなかったので、勉強をしないことについてしばらく話す。勉強はしなきゃいけないとは思っているようだ。これからすると言う。夏休みにしたかどうか聞いたら、「軽く」と言う。していないようだ。どうしてしないのかと聞いたら、目が悪くて黒板が見えないからと言う。それは不便だろうけど、勉強をしない理由にはならないでしょと言ったら、カーカはそうなんだよと言う。このまま勉強しないのなら学校に行く意味がないから学校をやめなさいと言っとく。「やめてどうするの？」と聞くので、「働くんじゃない？」と答える。

さくが、自分の気持ちを人にうまく言えないとか、友だちに反論されたらそれ以上なにも言えなくなるとか言っていたが、それは私の子どもの頃と全く同じだ。私も思ってることをぜんぜん言えなかったし、言葉で人に応酬したり主張することができなかった。むむう……となってしまうのだ。静かに聞かれたら、ゆっくりと話すことはできるけど、感情的に勢いに乗って話せない。ずっと長い間そういうのが続いて、大人になったらわりと人の言うことにまわりも耳を傾けてくれるようになったので話せるようになった。それでも詳しくは話せない。でも文字にしたら書ける。それで、言えない分、文字にして言ってるんだと思う。今は言葉で伝えることも楽しくなったので、話し言葉でも少人数にならぺらぺらと言えるようになった。たぶん、さくも同じなんだろう。言えない時期に人は、いろいろ考えてるんだろう。

カーカの部屋がないのは問題だった。自分の部屋がなければ勉強もしにくいだろう。リビングの一角では、さくがテレビを見ててもうるさい。9月末に引っ越す予定だったけど、これは急遽《きゅうきょ》引っ越さなくてはと思い、部屋が空いてるなら今すぐにでも引っ越したいと不動産屋さんへ電話した。実は今日、契約の予定だったが、そのことで契約は明日に延期、新しい部屋へは8月29日から入れることになった。家賃は1ヶ月ダブるけど、それ以上にカーカの部屋が欲しい。そうなるとすぐにでも引っ越したい。ネットで調べて引っ越し屋の見積もりを申し込む。いろいろなところから電話が来た。今日2ヶ所、明日3ヶ所、来ることになった。すぐに電話をくれたのが小さな引っ越し業者、次が大手。家に最初に見に来たのが大手の引っ越し業者だった。値段を聞いて、明日連絡しますと言う。次に小さな業者さんが来た。見積もりの値段はさっきの大手の半額だったので、即決。同じマンション内の部屋の移動だから小さいところでもそれほど遜色《そんしょく》ないだろうと思い。それと、大手は9月2日と3日の二日かけてということだったけど、小さなところは今月29日に1日でやってくれると言うので。明日の見積もりはすべて断る。

そうなると、必要な家具をそろえなくては。リビングとさくのコーナーの間仕切り兼用の棚、私とカーカの本棚、書類ケース、食事用のテーブルと椅子など。こういうものをそろえてやっと、落ち着いた生活が営めるというものだ。今までは食卓もなく、まだ仮住まいという気分だった。カーカも家に寄りつかなかったが、そろそろ遊びも飽きただろうし、これからはできるだけ家でごはんも食べると言う。とはいえ、あまり大きな家具は持ちたくないので、本棚はパズルのようにパーツを重ねるものにした。食卓も木製の軽めのものにする予定。前もって近所の店で買おうと決めていたテーブルと椅子以外は、ぱっぱっとネットで注文する。すでにこれがいいんじゃないかというものを「お気に入り」に入れていたので、迷わず。

引っ越しでお金がかかり、通帳の残高を見るとかなり少なくなっている。しばらくは自転車操業だ。頑張ってこげよ！　俺。

さて、それとは関係ない気分で仕事を進める。『珊瑚《さんご》の島で……』の原稿チェック。これがまたとても長くて、大変。でも、ここを乗り切らなくては。なんなんだよ、この家族、とつっこみを入れたらいけない。この世界の中に突入して、この雰囲気を味わうのだ。

8月27日（水）

きょうが部屋の契約。カーカは風邪をひいて寝ている。不規則な生活と栄養不足で抵抗力が弱っているのだろう。声も出ないと言うので、用事があったらこれを振ってと、このあいだ買った鈴になっている日向夏キーホルダーを鍵《かぎ》から抜いて渡す。

午後1時。不動産会社に契約をしに行く。半年前に同じことをやったので、わりと簡単。前は緊張してたけど、2度目なのでなんともない。広い部屋に仕切られたブースが並び、いろいろな取引が行われている。それにしても賃貸や売買の契約というものは苦手だ。私の嫌いなムード。嫌いな価値観の世界。だいたい土地を誰かが所有して、それをお金で売るということが不思議。それってその土地を自分のものってツバつけた、早い者勝ち的行為が事の起こりじゃない？　地球はだれのものでもないのに。地球の表面を自分のものって誰かが区切って、所有したことにしたってことだよね。変。

まあ、それはともかく、今回案内してくれた担当者と、その上司の女性がきて、契約書の読み合わせ。すると突然、その上司の女性があわてて席を立ち、どこかへ行った。急ぎの電話かなと思ってたら、しばらくして帰ってきて、「すみません。更年期でいきなり汗がでてくるんです。それが目に入ると見えなくなって……本当に困るんですけど」とおっしゃる。「ああ〜、でもしょうがないですよね、自然な過程なんでしょうから」と、全面的に受け止めてる姿勢を見せる。

終わって、買い物して帰る。帰って、ごはんを食べて、テーブルと椅子を買いに行く。

2週間か3週間かかるそうだ。テーブルなどは早く欲しいところ。

30日に私の弟のてるくんがさくを釣りに連れて行ってくれるとかで、さくは楽しみにしている。そのことでてるくんの奥さんのなごさんとメールのやりとりをしていたら「……あと、お願いがあります。『こどもとの暮らしと会話』の本、お手元にあって、もし良かったら、くださいっ！　金沢に帰った時、幼なじみがものすごく面白かったと、いちばん好きかも、と言ってました。私も読みたくて探してますが近所の本屋三軒にはなくて」。こういうリアルな感想を聞くとうれしい。本を出してよかったと思う瞬間だ。てるくんに預けるつもりだったので、「てるくんに渡してもらう予定でした！　あと九州温泉本も！」と返事する。よろこんでいた。

夜、「キサラギ」を3人で観る。私は途中で眠ってしまったが、ふたりは最後まで観て、おもしろかったと言っていた。それで、起きてから続きを観始めた。前半はかったるかったけど、後半、面白かった。途中、涙する。

8月28日（木）

部屋代の相場が安くなって、同じ値段で広い部屋に移れたと喜んでいたら、その値崩れはますます加速しているようで、昨日見たら1ヶ月前に見た値段から、さらに安くなっていた。この同じマンションの間取り違いの同じ値段だった部屋が、なんと1割以上も安くなってる。ええっ！　ということは、私も1ヶ月遅かったらこの値段だったのか？　とブルーな気持ちで画面を見つめた。……でも、それを言ったらきりがない。縁だろう。出会った時が、私の縁。長い人生の中では、これと反対の恩恵にあずかったこともあるはず。つまり、値段が高騰している時代に借りた時には、1ヶ月後だったら値上がりして借りられなかったような部屋を借りられていたのだろう。長い目でみればトントンのはず。それはよく、預金の利子や株にも感じる。定期預金などの利率がよくてたくさんの利息をもらった時もあったけど、そのあと急に景気が悪くなって株価が下がって大きく損をして、それらプラスマイナスを合わせれば、結局トントンだなと昔思ったことがある。いい時と悪い時、均《なら》せば、だれもそう変わりはない。それ以来、人の儲《もう》け話にも興味がわかない。儲けた時って、それ以外のいろいろと面倒くさいものが生まれるので、かえってマイナスが勝る人も多いと思う。均せばだれも同じだと思うけど、アップダウンの大きい人ほど、こまごまとした面倒や嫌なことは多くなる。単純にお金持ちや事業の成功者をうらやましく思えない。というか、全く思えない。いろいろ大変だろうなあと思う。でも好きなんだろうなと。大変だけど好きだから事業をやるんだなと、そういうことをやってる人を見ると思う。なにもしないと本当に単純なことの繰り返しだもんね、人生。それもまたいいけど。その中に何かを感じつつ生きることも楽しいけど。

結局は、どこを見るか、何に焦点をあてるかということに尽きるのだろう。

朝のニュースを見ていたら、いいのがあった。

新潟十日町の廃校でひと夏かぎりの文化祭といって、体育館にたくさんのかぼちゃが縄でぶらさげられていた。それはその町から見える星座になっているのだそうだ。かぼちゃはそこの産物で、縄でさげていると甘みがのるということで昔から行われているそう。縄でぶらさげられたたくさんのかぼちゃ、かぼちゃ。1個や、2~3個ずつのもある。さまざまな色と大きさのかぼちゃ。寝ころんでみると壮観だと、レポーターの人が言っていた。

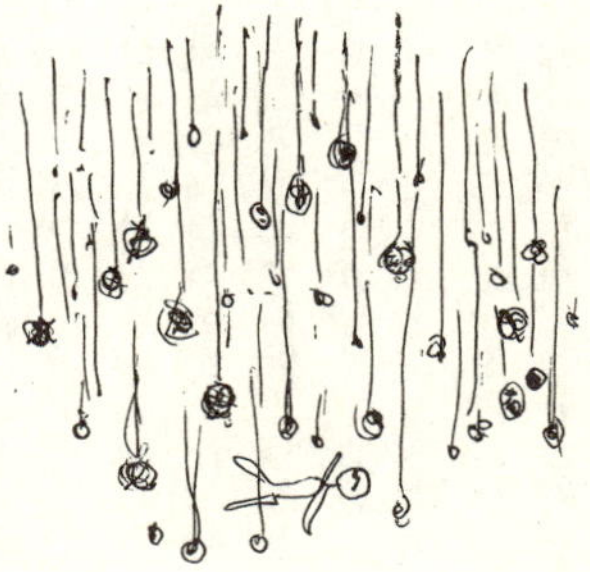

髪の毛を洗って乾かさないで寝ると、なぜこんなにもボリュームがでるのだろうと今日

も思った。

　明日引っ越しなので、今日はちょっとだけ片づける。おまかせパックにしたけど、できるだけいらないものは整理しないと。汗がでる。カーカはまだ風邪。さくは自由研究を書かなくてはいけないと悶々《もんもん》としている。一応、星の観察をしたのでそれを書く予定らしい。

　来年の4月にどこにいるかわからないけど、少なくとも半年はいるわけだから心地好く暮らしたい。昨日テーブルを買いに行ったところでカーテンを見たらいいのがあった。薄いグリーンの透きとおったカーテン。今度は外の道から見えるところなので昼間も目隠しが欲しい。外からは見えないけど中からは外が見えるような薄いカーテンが。いいなあこれ、と思いながらじっと考える。お店の人がいつでも計りにお伺いしますよと言う。考えよう。外は見えないけど、とりあえず今使っているのがある。それからソファも欲しいのがあった。今持ってるのは背もたれが低くて後ろに寄りかかれないのが難点。これならどっしりしてていいなあと、そのソファにも座ってみる。前来た時もそれに座っていいと思ったのだ。でも、これを買ったらどうなるだろう。今持ってるのは仕事部屋に移して、そのソファをテレビの前に持って行って映画を観る……。いいなあ。もし、お金に余裕ができたら買おうかなあ。……いや、やっぱりよく考えたら……そんな余裕はないんだった。今回の引っ越しでかなりまとまった出費があって、ドキドキしているところだった。敷金とか礼金とか保険料とか……。どうも今までよく考えてなかったけど、やっと目が覚めてきたんだけど、部屋代が高すぎる。この場所が高いのだ。ここじゃなくてもいいから、もっと安いところに移動したいけど、今はもう無理。ま、いいか。今後どうなるかわからないのだからとりあえず今は。

カーカが起きてきて、テーブル上のごはんを食べ始める。そばへ寄って、「カーカ……、一度暗い気持ちになると、しばらく暗いよね……」

カーカ「なに？」

私「今ね、今回の引っ越しにかかったお金を計算したら、手数料とかダブった賃料とか保証金とかで結構かかっちゃったんだよね。それを見たら急に気持ちが沈んじゃって……。うう〜ん、今日はしばらく気分が沈んでるかも。なにか気分が変わらないと……」

そのあと仕事をしてたら、さくが星の観察のレポートを書いてて、あれこれ、こうだよね？どう思う？といろいろ聞いてきたので、「ママ、今、なにしてると思う？」と低〜く静か〜な声で言ったら、「ああ、そうか……（お仕事）」と言いながら向こうに行った。

そうだった、今日は気分転換ができるんだった。寿司屋《すし》リベンジの日。竹村さんとやっと本当に行きたかったお寿司屋（美容院の店長おすすめのところ）に行く。3度目のチャレンジだ。雨模様の中を自転車で走る。ここ、ここ。確かに半地下。私と竹村さん担当の板さんは口数少ない職人風。つまみから頼んだ。いろいろとおいしく食べやすいものが出てくる。お寿司も小ぶりで、ちょうどいい。うにもいくらもそのものの味を味わうべく、海苔《のり》で巻いてない。全部食べて、最後の赤だしも飲んで、満足。女性同士でも大丈夫な雰囲気で、あの美容院の店長さんお勧めの店っていうのが、これで納得。うなずきあって竹村さんと気分よく別れる。

帰りがけ、急に雨が降ってきた。大粒の雨だ！

途中、細い道に面してホワイトハウスみたいなきどった宴会場がある。そこでは盛んにいろいろなパーティが催されている様子だが、なにしろ細い道ぞいなので、帰りの人々の誘導が大変。今日も黒いスーツを着た若いスタッフ数名が雨に濡《ぬ》れながら赤い点滅する棒をもって誘導していた。そして、「自転車通りまーす（私のこと）」とか、「タクシー通りまーす」とか、「両方いっぺんに停めるなよ！」と（同僚に）どなったりしていた。お客さんはドレスなど着て盛装してるんだけど、帰りのこの道路のすったもんだはなんとも貧乏臭い。このエントランスがネックだな。暑い夏の日に、盛装した女性や男性が道をあわてて横切ったり、小さなデジカメを持って通る車を気にしてあちこちうろうろしている姿はみっともないなあと、スーパーの買い物帰りなどにそこを通りながらちらりと見かけて、よく思ってた。

竹村さんと話したことの中に、先日会った北海道の早坂さんのこともあった。

「並んでお店に向かってる時にね、その子が『お店、どのへんですか？』って聞いてきたの。それを聞いて、ああ、楽だなって思った。つまり、いっぱいいっぱいじゃなくて、ちゃんと私の隣にいて次のことに一緒に向かってくれてるとこ」

「ああ、そうですね。緊張してついていくだけじゃなくて」と竹村さんも私の言ったことをよくわかってくれた。

8月29日（金）

引っ越しの日。「アリさんマークの引越社」の人が来た。男性3名、女性2名。運ぶ部屋などを指示する。女性はどちらも若い女性で、最初にこれはどこへというふうに簡単に説明をお願いしますと言われて説明したら、パッパッとガムテープにメモしながら貼っていく様子を見て、安心する。春に越してきた時の引っ越し業者の開封の方は食器類は床に並べておいてくださいって言ったのに、とにかく棚の中にしまわなきゃ仕事が終わらないと思ったのか、コップやお茶碗《ちゃわん》などの重いものを椅子を使わないと届かないような台所の一番上の棚に奥からぎっしりと詰め込んでいた。どう考えてもこれは使う人のことを何も考えてないだろうというしまい方だった。次の朝それを全部取り出すのに苦労したという嫌な記憶があるので、今日の方たちはちゃんとやってくれそうでよかった。こういうのって他の職種でもそうだけど、使う人のこと、お客さんのことを考えて先に先に知恵を働かせることのできる人は、なににつけいい仕事ができると思う。ちゃんと何を求められてて何をするのかがわかってる人。で、男性たちも一生懸命にやってくれて、思ったよりも早く、午後2時に終わった。みなさんよくやってくださったので、帰りにお菓子代を渡す。それから、洗面所の戸を開けたら、開封し忘れたらしい段ボールが3箱あった。しまった。

カーカの部屋もできて、私の部屋も広くなって、ふたりで自室の整理をしていたら、さくが「僕の部屋だけしょぼいね」なんて言う。リビングの一角。それでも今までよりも広くなってる。壁で仕切ってないだけで、広さは充分だ。でも壁がないと自分の部屋って感じはしないだろう。

片づいて、落ち着いた。まだテーブルがこないので、ひろく開いたリビングでボール投げをする。引っ越しの時に前の部屋と新しい部屋を行ったり来たりした時や、お昼にお弁当を買ってきて食べている時、さくの気配がしなくて「いる?」ときょろきょろ見回したことが何回かあった。さくは邪魔になっちゃいけない時など、すごく静かで、いるのかいないのかわからない、まるでいないようなところがある。気配がないのだ。そういうところ、私と似ていて、カーカと似ていない。カーカは黙っていても存在感がある。圧迫感というか。

今回の引っ越しですごくよかったことがふたつあって、ひとつはカーカの部屋ができたこと。これでカーカの檻《おり》ができた。今までは見えるところにライオンが放し飼いにされていたようなものだったので。もうひとつは、下に人が住んでいないこと。下の階に住居があると、どうしても音に気を遣ってしまう。最初は息をひそめ、足音を忍ばせて歩いていたぐらい。これでボール投げも普通に歩くこともできる。この建物は途中からフローリングに改装したようで、ひときわ音が響く気がする。

8月30日（土）

昨日からすごい雨で、ニュースを見ると大変そう。今日はてるくんが小3の息子のたいくんと一緒に、さくを釣りに連れて行ってくれる日。楽しみにしていたけど、雨でどうだろう。がけ崩れなど被害も多い。カーカも行くと言い出した。今日は大丈夫だろうかと様子をみてる中、てるくんは雨でも行く気まんまんで、朝、やってきた。高速道路が事故で渋滞しているらしいので、時間つぶしにちょっと家でしゃべる。この冬に心臓が痛くなって入院してから、今は体はどう？　と聞いたら、もう完全に健康、という。心臓の違和感の原因は不明なのだそう。だから用心もできないなどと言うが、あの時は生き延びたのが奇跡というぐらい心臓が機能していなかった。働きすぎはよくないよと言ったら、今、会社の労働状況はすごいことになっているそうだ。1日16時間以上働くこともあるそう。IT関連の会社はそういうところは多いと思うけど、毎日帰りは午前様、精神的にも肉体的にもストレス過重で、病気になったり、会社に出てこなくなったり、辞めていく人も多いのだそう。新しい人が入っても、内容をよく知らない人が来たらかえって困るらしいし、仕事を優先するか自分が壊れるかギリギリ、というような苦しい状況みたい。そのことで奥さんといさかいが起きている同僚もいるとか。奥さんが過労を心配して。

どう考えても間違っている……これは良くない……とみんな思いながらも、だれもどうすることもできないで、とにかく仕事は進み、耐えきれない人はバタバタと倒れ、その中でどうやら頑丈な人が生き残っている……もしくは何もできない人は必死でぶらさがっている……しがみついている……。この川の流れは速い……、手を離したらお終いだ……、ああでも、もう力尽きた……、ごめんなさい、さようなら……。という絵が目に浮かぶ。てるくんは困っている人を見たら助けるような性格なので、できることは人の荷物も背負うようなところがあるし、どうか死なないでと祈るしかない。「何のために生きているのかと考えると複雑だ」と、あのパカーッと明るくノーテンキだったてるくんが言う。が、会社は仕事を受けたいし、受けたらやる義務があるし、会社にいる以上はやるしかないのだろう。どうしてもいやだったら会社を辞めるか、どうなるかわからないけど働き続けるかだ。「じゃあ本当は今日だって休んだ方がいいんじゃないの？」と言うと、「釣りはかえってストレス解消になっていいんだ」と湖面を思い浮かべたのか、遠い目をしてうれしそうに笑っている。ゲームに夢中の子どもたちをせかして釣りへ出発。

　てるくんの同僚の奥さんが夫の働きすぎが心配で夜も眠れないそうなのだが、戦争写真家を見守る母親や妻と同じ心境になるしかないのかもしれない。あまりにも大変なら辞めるという選択もあるのだから、本人が辞めないというなら、もう覚悟の上なのだから心配してもしょうがない。戦争に行ってると思って死を覚悟して生きていくしかないだろう。

　注文していた本棚やラック類が届いた。どうして買ってしまったのだろうと思う折りたたみテーブルも。どれもネットで注文したので、やはり実物をみると思っていたのとちょっとイメージが違ったりする。そして、値段はちゃんと反映してるなと思う。安いものは安っぽい。高いものはしっかりしてる。

天気が回復してきたようだ。釣りは大丈夫だったかも。

夕方、帰ってきた。最初雨がすごく降ったけど、後半はあがってボートに乗って2～3時間釣ったという。カーカが「おもしろかった～」と言っている。さくもおもしろかった～と。そして「フライパン貸して」とてるくんが言って、わかさぎのムニエルを作り始めた。小さい小さい4センチぐらいのを5匹。それをジャンケンで勝った人から大きいのを取って食べていた。最後の1匹は私がもらった。おいしかった。

釣りして、ストレス解消できた、よかった！　とてるくんが言っていた。

夜、テレビをつけたら24時間テレビをやっていて、見るつもりもなく見ていたら、生まれつき障害のある女の子がバイオリンをひいて、浅田《あさだ》真央《まお》ちゃんがそれにあわせてスケートをするというところだった。パーソナリティーの仲間《なかま》由紀恵《ゆきえ》がスケート会場の観客にこれまでのいきさつを上手に説明していてさすがと思う。踊る場面では、真央ちゃんの堂々としたおねえさんらしさやその他いろいろに、つい涙する。カーカも向こうで同じ番組を拍手しながら見ていた。

8月31日（日）

夏休み最後の日。カーカは昼まで寝ている。カーカの部屋があってよかった。今まではぐだぐだ寝ているカーカの姿を遠くに見ながらごはんを食べていたので。今はまるでカーカがいないよう。自分の部屋って大事だね。カーカは、勉強も宿題も夏休みあけの試験勉強もしていない。

よく、人前でのカミングアウト……なんでこんなことまで告白するんだろう、言わなくてもいいのに、なんて思うことがあるけど、その人にとっては告白することに大きな意味があるのだろう。人はその人の世界に生きている。その人の世界にとって重要なことが重要なんだ。それぞれに生きてる世界は違う。

今日は頑張るよ、と言ってるのに、みんなだらだらテレビ見たりゲームしたりしている。24時間テレビを見ていたさくが「1年って、長いと思うんだよね～。結婚して6年なんて聞くと、よくそんな続くなあ～って思うよ」と言ったら、カーカがうけていた。

24時間テレビの、これは演出だろうなというシーンを見ると、なんか嫌な気持ちになる。

9月1日（月）

自転車で生活必需品を買いに行く。トイレットペーパーやティッシュペーパーやペーパータオル、洗剤、食器洗い洗剤などを買うとすごい大荷物。持って帰るのもひと苦労。こういうのは車でボンボンまとめ買いしたいところ。しょうがないので小分けされたものを買う。11時半からは小学校の防災訓練で、大きな地震がくるかもしれないという想定での引き取り訓練。保護者が迎えに行く。かなり面倒くさいが、しょうがない。学校の廊下で待機しながら校長先生の話を放送で聞く。それから各教室に行って子どもを引き取る。

引き取って、帰ってきました。昼なので昼ごはんを作る。ラーメン。なにかおいしいものでも買いに行かない？　と言うと、ゲームをしているさくは、行かないとつれない返事。本当に家にいるのが好きだねと言うと、うんって。おいしいおやつでも食べたい気分だけど。

何かがハッとわかって、ああ、このことを1年以上前に知っていたら1年前のあの失敗はなかったのに、などと思うことがある。が、その失敗をしたからこその、今のハッなのだろう。それを思うと、人生の歩みは小刻みだ。右足がわずかに進んで、それから左足。ちょこちょこちょこちょこ。すこしずつ、視界は広がる。するとまたその先に新たな地平が広がっている。

テレビをプチンとつけたら24時間テレビでマラソンを走ったエド・はるみのドキュメン

タリーをやってたので、そのまま見る。今すごい人気で忙しいので、睡眠時間は3時間ほどだと言っていた。めざましを7個かけて、電気をつけて寝るらしい。消して寝て真っ暗な中で起きるとなにがなんだかわからなくなるから、電気がついてると仕事なんだと思えるからと言っていた。マラソンも痛みをこらえて、いつも礼儀正しく頭を下げて、どうしてそこまでと思うような気力で走っていた。謙虚さは長い下積みの苦労があったからだと思うけど、仕事を引き受けすぎるのか、そのあまりのハードワークさに驚く。そこまでハードに仕事をするって……見ていて息苦しかった。頑張ってる姿を見て欲しいと言ってたけど、頑張りすぎてる姿はつらい。ふらふらになるほど苦しみながら頑張ってる姿よりも、肩の力をぬいて楽しみながら頑張ってる姿の方を私は見たい。人はいくつになっても変われるんだというのを見せたいと言っていたが、そこまでしなくては変われないのかと、逆に微妙に怖かった。

先日の「オーラの泉」でミッキー（東幹久《あずまみきひさ》）が、結婚したいのに人と暮らせないという悩みを相談していたが、「それがどうしていけないんですか？」と江原《えはら》っちにやんわりと言われていた。自己完結している人は他の人が必要ないんですよと。それを聞いて、私も同じかもと（ちらりと）思ってしまった。

江原っち「でもシーズンがあるんですよね。たまに、人に支配されたいという」

ミッキー「そう、そうなんです！」とわが意を得たりの表情。

だから、その時期だけを乗り切ったらいいのでは？　というアドバイスに、また残念そうなミッキー。そういう（大多数の人と違う）人って結構いると思う。そういう人たちは他の人みたいにしようと思わない方がいい。自分はそうなんだと受け入れるととても楽になると思う。

割りきり、あきらめ、受け入れる。

この3《スリー》ステップでどんどん楽になっていこう。

9月2日（火）

アメリカのハリケーンのニュースを見る。ハリケーンや洪水や台風のニュースが大好き。台風が来るのも好きで、その場にいると一種独特の空気感、匂いがある。台風がやってくる時の緊迫感、去っていく時の抜け感。

電話の移転完了。やっとネットやメールが使える。「北北西に進路を取れ」を見る。

夜、8時半にカーカが帰ってきた。今までよりも1時間早いし、ごはんも食べると言う。よかった。ごはんをたべながらテレビの話題で楽しくしゃべる。と、まもなくケンカみたいになってお互い気分が悪くなる。あまりにも説明を省略していて、カーカの言葉が理解できない。言葉足らずで意思の疎通ができない。それでしつこく言い合いになって、いつも変なふうになる。もういい、みたいに。いい時はいいけど、いい時って、短いものだ。

さくは放課後遊びをしてきたと言って、真っ赤に日焼けして、汗びっしょりになって帰ってきた。そして、すぐにゲーム。今は「絶体絶命都市」というゲームに夢中で、それをやるのが楽しみなのだそう。ふだんはあんまり説明などしないのに、そのゲームのことについてはいろいろ説明してくれる。が、それに関してはまったく興味がないので、どうしても聞けず、うんうんとカラ返事を繰り返してしまう。

9月3日（水）

仕事部屋で机に向かっていたらカーカが自転車で登校していくところが見えた。部屋が変わってから、出入り口がよく見えるようになった。たぶん遅刻なんじゃないかなという殿様出勤なのに、のんきにたらたら携帯を見ながらこいでいる。短いスカートで。あれっていったい何だろう、どんな生き物なのだろうと、しばしぼんやり物思いにふける。女子高生といえば、最近では一番気楽でわがまま気ままな生き物じゃないかな。その生態に現在のカーカはすんなりと浸《つ》かってるって感じ。絵に描いたように。そしてたぶん、女子高生を卒業したら、女子大生に浸かるだろう、それから働く女性（フリーターかも）……に行って、その世代なりの様式にはまって行くのだろう……と思わせるような、現代社会の女子高生ぶりだった。こないだまでは、いつもジャージの中学生。

今日は、引っ越しに伴う住所変更届を出しに行く。これがすごく嫌いだがしょうがない。1日かけて、ちょこちょこ移動するので自転車にした。

天気は快晴。青山墓地をぬけ、暑い中をぎこぎこいでいく。まず警察署で免許書の住所変更。警察官らしき人が若いのからいろいろいる。場所を聞いたら親切に教えてくれた。警察や世の中とはうまくつきあいたいものだ。何にだっていい面と悪い面がある。悪い面にかかわったら大変だ。いい面といいつきあいをしなくては。とくにお役所、警察関係とは慎重にあたらずさわらずをこころがける。すんなり終わり、次は途中の小さなスポーツショップで卓球とバドミントンとボールなどを買う。部屋で遊ぶため。店のおばちゃんがぼんやりしてましたと、ボールとシャフトの会計を忘れていたので、2度会計をする。次は郵便局。こまごまとした用事を済ませてから住所変更。次は区役所。保険証が私とさくの分しか見当たらず、それしか持ってこなかった。カーカの分も持参しなくてはいけなかったらしい。いつでもいいですよとのこと。2階の子どもの医療証関係にも行く。新しくてきれいな建物だ。都会のよさのひとつは、こういう公共の建物や交通機関の設備にあると思う。便利な建物や道具が多い。ただいるだけで恩恵に与《あずか》れる。

終わった。よかった。次は、東京ミッドタウンへ。自転車で行くのは初めてだ。太陽の光をサンサンと浴びて進む。着いた。まず、外のギャラリーで展示会を見る。人類がその痕跡《こんせき》を残してきた文字に関する展示。……そして思ったけど、私は言葉には興味があるけど文字にはあんまりないな。つるっと見て、中央のビルの地下の食品売り場へ買い物に。自転車をどこへとめようかと見ると、建物の地下に立派な自転車置き場があった。専用のスロープ。3時間まで無料。使ってる人は少ない。200台はとめられそうな広い部屋に自転車は十数台ほど。そこの機械に自転車を入れて、館内へのドアを開ける。するとすぐに店舗が、人が。便利だ。いろいろと食べたいものがあったけど、自転車だから厳選する。サラダとお惣菜《そうざい》を買い、お米も小さな袋で買い、ぶどうも買う。お豆腐、油揚げ、じゃがいもも買う。それから自転車置き場に帰る。すると、その自転車の機械の使い方がわからなかった。赤いランプが点滅していて、鍵《かぎ》がかかっている様子。困って、説明書きに書いてあった電話番号に電話する。状況を説明して出し方がわかりませんと聞くと、そのまま後ろに引いてもらえばガッチャンと出ます、とのこと。そしたら、出た。荷物をカゴに載せて、また暑い中、帰る。

疲れた……。へとへとになって、買ってきたものでお昼ごはん。そうこうするうちにさくも帰ってきて、さっそくゲームを始めた。私は以前の部屋の電気や水道を止める連絡などの雑事。

そこへめったに鳴らない家の電話がぷるると鳴った。なんだろうと思いながらとれば、どこかのお店の販売員の女性。ブラウスとかパンツとかお買いいただいた、と言う。この春以降、私が服を買ったお店は3つ。

……あ、すごく高いブラウスを衝動買いしたところだ！　秋冬物が入りましたというお知らせだった。「バルキーなカーディガンとか……」などと言ってたけど、バルキーって何？　調べたら、太い糸で編んだざっくりしたやつか。あの店は高級な店だった。服はけっこう可愛かったけど、もう行かない。他のお客さんを見たらやけに痩《や》せた金持ちマダムみたいな人だったし。私には場違いな店だった……。最近買った服で気に入ってるのは宮崎で買った2800円のインド綿のような軽いブラウスだ。

「お似合いになりそうなブラウスが」とも言ってたな……。思い出すたびに反省する苦いブラウスを買った店。

9月4日（木）

私は、来春からどうにかして宮崎と東京の両方に半々で暮らせないかと考え中。みんながすこしずつ我慢してくれれば可能だ。さくは私がいない間、しげちゃんちに行く。でもこれはさくが望んで宮崎に帰りたいのだから大丈夫だろう。ひとりでも暮らすと言ってたぐらいだから。カーカは私がいないあいだは一人暮らし。不便かもしれないけど、どうせ私の言うこともきかないんだからそれぐらいは我慢させよう。しかもその時は下にスーパーのついてる部屋に引っ越す予定なので暮らしは便利なはず。私は、行ったり来たりがちょっと疲れるけど、それはしょうがない。で、具体的にいろいろと研究中。考えてるだけでも楽しい。今の自分の硬直状態を打破できるかもしれないという思いで。

今日は3ヶ月ぶりのヘアカット&カラーリング。あの店長さんにお勧めのお寿司屋に行ってておいしかったことを報告すると、今度はひとりでも行けるいい感じのバーを教えてくれた。バーには行くかどうかわからないけど、場所は覚えた。カラーリング中、ファッション雑誌を読みながらすごす。とても疲れた。雑誌の中の世界に。でも最後のシャンプーは気持ちよく、寝てしまった。3時間もかかった。これだからたまにしか来たくない。

夜、友だちとごはん。男性との出会いという話になって、「私はもう期待はしてないけど、もし出会うとしたら死ぬことが恐くない人じゃないとダメだな（怖いもの知らずという意味ではなく、死をどうとらえているかということ）」と言ったら、「そういう人は男性にはあまりいないですよ～」と言う。うん。

9月5日（金）

『珊瑚《さんご》の島で千鳥足』のカバーの見本が送られてきた。

スガハラくんの感想「しかしカバーの写真、ものスゴイ瞬間を激写しましたね……」

さくはパパのところにお泊まり。これからも時間があったら、ちょくちょく頻繁に泊まらせてよ、とお願いする。カーカは夕食は食べてきたけど、時間は今までよりも早い。早く帰るようになって、よかった。自分の部屋ができたからかもしれない。

9月6日（土）

いただいた手紙に好きなのがあった。その内容を掲載したいと思い、「手紙を『つれづれノート』に掲載していいですか？　その場合、名前など希望ありますか？」という手紙を出したら、返事のメールが来た。

「こんにちは。こちらこそ、お手紙ありがとうございます。びっくりしました……。手紙、読んで頂けて嬉《うれ》しいです、とっても。『つれづれ』で！　もちろんです！　名前など、特に希望はありません。銀色さんにお任せします。どんな風に思って頂けたか楽しみです」ということで。

『「銀色夏生の視点」を読んで
こんにちは。銀色夏生さま。
「私が私らしく私のもとにとどまって心を開いている時、自然と私の前に現れるものが、かつて追いかけたなにかだ」
この答え、すごく、なんというか……。すごい……。そうだよな。私も、そう思ってもいいですか？（笑）

本を読み、銀色さんに私は何を質問したいか考えてみました。
でも考えてみると、銀色さんの肝心な部分は作品の中で答えをもらっているなと。
それはもちろん私の個人の解釈なのですが。

夏生さんは何も隠していないのに、なぜかなぞめいていて不思議です。

それで、私はそうですね。

身長何センチですか（↑なぜかこれが一番知りたい）

足、長いですよねーとか。兄弟観についてとか……。

ほんと、おしゃべりですね、これは。

そのおしゃべりの中にききたかったことがあるんだろうなと思っています。

そして「人を好きということについて」というテーマについても……。私はまさに銀色さんに対して、そういう対象です。


銀色さんの生みだす作品はもちろん、生活スタイル、信条、ユニークさなどなど。

おお、やってくれた、とか。

つれづれのイカちんさんとのお別れのメールのやりとりなど、何度読みかえしても息をのみます↑単純ですが……。

言葉のとりこぼしのないような会話が、言葉の重要さ、その人となりを表すということを意識します。


本の中でインタビューされてた読者の方々はそれぞれ銀色さんの魅力をひきだされていましたね。その方々をうまくチョイスした編集者の方の眼力にも拍手です。

パピくんとの会話が、もどかしくてハラハラしました（笑）。アンテナがちょっとずれると好意的にもかかわらず最初はこんな風だなと。自分の思いを伝えるのに精一杯で。この手紙もそうですが……。

私はギャラリーで陶芸作品を扱う仕事をしていますが、この本の会話の数々、勉強になりました。作家の作品だけでは理解しきれなく、信頼関係をきずくにはその人となりも大切なんだわ、などなど。

あ、ありました！　銀色さんにききたいこと。

声です。声をききたいです。

小さいのか大きいのか、ハキハキしているのか　息を抜くようなのか……。

一番理想はとなりのテーブルで話してるのをこっそり聞いたりする感じでしょうか（笑）。これは難しいですね。


こういうお手紙を書くのは初めてだったので、こんな感じになってしまいましたが、本の会話の中にちょっとお邪魔したくなり、一筆さしあげたくなりました。

この手紙が銀色さんのところに届くといいなという気持ちを込めてこの辺で。

もし、読んでくださっていたらありがとうございます。

自由人　銀色夏生氏の活動、楽しみにしております。それでは。

樋田　綾子

P・S　夏生さんの数々の本の中で学んだ事は自分の気持ち　思考のほどき方です。嫌な気分になった時、夏生さんの世界にふれると、ああ、その手があったかと別面から見ることができます。すごいです。そういう方がいるってだけで心強いだなんて。

本の世界は誠実です。』

私の身長は160センチです。

兄弟観については、たしか『珊瑚の島で千鳥足』にちょっと書いていると思います。またそのうちに機会があるごとに書いていくと思います。

お別れメールのやりとり、どんなこと書いたんだろう？　まったく覚えてないし、あれから読みかえしてもいないなあ。イカちんとは今では、普通に会ってますよ。人と人が近づく時は、お互いに同じ気持ちの場合が多く、けっこう簡単だけど、うまく離れるのは難しいですよね。私は友だちに、別れ上手、と言われたことがあります（笑）。自分の気持ちや相手の気持ちをよく把握して、相手の感情を理解しつつ、納得させるための心理的な手続きを冷静に段階的に進めることができれば、うまく別れられると思います。まあ、難しいですけど。相手によって違うし。山は逆から見れば谷、ということですね。笑った分だけ、泣くんじゃないかな。

私の声……、こんな声でよければ聞かせたいですよ〜。早口で、もさもさしてますよ。

滑舌悪いし。言葉に出すのが面倒くさいっていうような声ですね、自分で思うに。たぶん頭に浮かんでるのと、言葉にして口からだせることの差があまりにも大きい（とか距離がある）ので、かったるくなるのではないかな。疲れると口が回らなくなります。近くにいらしたら、ご一報ください。タイミングがあえば、お茶でも。声、聞かせるよ。同じテーブルでだけど。

伝えたいと思っていたことがきちんと受け止められているとわかること、リアクションしてくれるっていうことが、「手ごたえ」ということだと思います。樋田さん、手ごたえを、どうもありがとう。

　昼頃、カーカが起きて、一緒に朝ごはん。午前中にテーブルがきたので、その上で卓球をしてみる。けっこうできるね～と言いながら。カーカはずっと風邪気味でせきをしている。午後、外出したついでに買い物に行って買ってくるから、夜は何を食べたい？　と聞くと、クリームコロッケ。あと炊き込みご飯を作ることにしよう。実は外出というのは、ちょっと気が早いけど、もし来年の春にさくが宮崎に引っ越すことになったらカーカと一緒に住みたいと思っているマンションの内見。そのマンションがどんなところか見とこうと思って。カーカがヒマそうだったので、一緒に行く？　と誘う。映画を観たいというので、じゃあ、そのあとに観ようよ。確か観たいのがあったんだよ「イントゥ・ザ・ワイルド」。

「どういうの？　それ」

「観た人の感想だと、青春って感じなんだって。生きることに悩んでる人は観た方がいいって。実話で、成績のいい若者が大学を卒業して、すべてをすててアラスカへむけて旅立つっていう映画」

「ああ〜、予告で見たことある。あの顔が嫌いなんだよね。ジャック・ブラックみたいで。他にないの？」

「うん。ない。行こうよ。気楽に。なんか買ってあげるよ。こんなふうに買い物って行ったことないよね、ふたりで。ベルトもなかったよね、細いのが欲しいね」

で、ぱっぱっと準備して、タクシーに乗る。現地に着いて、内見する。だいたい思ったような感じだった。間取りも１Ｋや１ＬＤＫも多く、企業の出張者用って感じで、ホテルみたいで生活感がない。家族で住む人はあまりいないようなところだ。同じ金額だせば近所にもっと広いところが借りられる。でも出張で短期過ごすには、ホテルよりも安い。ホテルと住居の中間みたいなところだった。私はここでもいいと思ったし、カーカもいいねと言っていた（でも、今住んでるところの方がいいらしい）。

すぐに映画が始まるので行く。今日が初日で、その初回なので空いてないかも。あと数分で始まるというところだった。残席あとわずかで、どうにか入れたが、席は前から2番目で首が痛いところ。始まり、約2時間半。

長かったけど、飽きなかった。観てよかった。大自然の映像を見ながら自分がそこにいるみたいに思えたし。で、主人公についてはやるせない気持ちになった。

でも……、あの、主人公が大自然の中にひとりで入っていく時点で、もう普通の人とは違う感覚になっているはずだと思うから、死んでいくところの描写は、ちょっと違うんじゃないかと思った。実話の主人公よりも監督の方が小さいんじゃないかな。監督の恐怖がでてた気がする。あそこまで音や映像を平凡に恐ろしげに描写するなんて、しつこさが気持ち悪くて目をつぶってしまった。ああいう場面はもっと淡々と作った方が実際に近いんじゃないかな。死ぬことも自然の一環なんだと思うけど。ずっと普通じゃない人だったのに最後だけ普通の人みたいに描写されたのは、監督が普通だったからじゃないかと思ってしまった。でも、まあ、よかった。

そういうことをしゃべりながらパスタを食べて、ケーキを買って帰る。楽しかった。買い物する時間はなかった。私が見たくなくて目をつぶっていた場面のこと、「あそこ、目をつぶってた」と言ったら、「カーカも」と言っていた。

9月7日（日）

家でのんびり。

夜、さくが帰ってきたが、おなかのあたりに赤いブツブツができている。パパも数日前にそれができてかゆかったらしい。かゆいかゆいと言っている。なんだろう。寝るときもかゆいかゆいと言いながら寝た。

9月8日（月）

変わらずかゆいと言いながら登校。プールがあるから憂鬱《ゆううつ》そう。

最近好きになった「アメトーク」を見る。「中学生の時イケてなかった芸人特集」で、笑った。特に印象もなかったのにだんだん好きになってくる人っているけど、ロバートの秋山ってそうだな。「なんかこの人、好き」と言ったら、カーカも「カーカも」と言っていた。あと驚いたのが高橋って人。「エンタの神様」にいつも出てて大嫌いで、この人が出たら消していたあの芸人さんって、実はこんなに上品そうなかわいい人だったんだと。中学時代のイケてないエピソードをみんながしゃべって、最後にあの頃の自分にそれぞれがメッセージを送る、という場面。「今はつまんないだろうけど、心配するな！　高校デビューするからな、2ヶ月で終わるけど」とか、「今いちばん不幸だと思ってるかもしれないけど、10年後にもっと不幸な奴とコンビ組むぞ」（麒麟《きりん》の川島）などなど。笑うところだけど、私は笑いながらもじーんときて泣いてしまった。

過去の自分、現在の自分。だれでも過去の自分に今の自分から言いたいことや教えたいことがたくさんあるだろう。つらくても悲しくても大丈夫だから、心配するなと。今とても苦しく、おもしろくないと思ってても、それは未来から見たら乗り越えられるつらさで、もっといろんな見方がある。大丈夫、ってことをたぶんだれもが自分に言ってあげたいだろうな。励ましたいだろうな。

それを今の自分にあてはめて考えると、今つらくても、それを未来から見たら、大丈夫だから、乗り越えられるからって、未来の自分は現在の自分に言ってくれてるのだろうと思う。その声に力づけられて、生きていこうね。

午後、木崎さんとお茶。最近の仕事上のトラブルなどをにやにやしながら聞く。人の話はひとごとなのでおもしろい。いろんな人がいるよね〜と。「これ、だれにもいわないでって言われたんだけど、ミキンコだったらいいかな」って話してくれるのも楽しい。その関係者にとっては大事なことなのだろうけど、私には名前も知らない人の話だし、関係も興味もないし、口も堅いので大丈夫。ふむふむと聞きながら、客観的な感想を言う。まあ、自分のできる範囲ってあるから、自分のできる範囲のことは一生懸命やって、それ以外のところはたとえどうなっても、そういうものだと、それなりのものだと傍観してるしかないんじゃないか、みたいなこと。

今度ごはん食べようということになる。

私「このあいだ働く女の会っていうのを作って集まったんだけど、みんな木崎さんに会いたがってたよ。でもこのにぎやかな女性たちの中に入れるかな……って思って、チャンスがあったらねって言っといた。どう？」

キー「うん……。僕も働く女の方になっちゃうかも」

私「共感してね」

キー「うん」
私「でも5人もいるよ」
キー「3人ぐらいがいいかな」
私「全部で？」
キー「男3人ぐらい」
私「ああ〜。……あのさあ、長く生きてると、あ、この人にこの人を会わせたいなってピンと思うことない？」
キー「う〜ん……あんまりないな……」
私「私はあるんだよね。この人にあの人を会わせたら絶対いいんじゃないかって」
キー「僕、どっちかっていうと紹介されるほうかな。食事行こうっていわれて、ふたりだけかと思ったら、隣にだれかいて、だれだれだよって紹介されて……」
私「あ、そうだね！　紹介するタイプとされるタイプがあるよね。木崎さんはされる方だね。私はされるのはあんまり好きじゃないな。紹介されて親しくなることって、ほとんどないし。する方が好きかも。たまにしかないけど」
キー「紹介するのってエネルギーがいるでしょ」
私「うん。でも、楽しいよ」
キー「ああ〜」
私「今度さあ、食事の時、だれかをよばない？」

キー「いいよ」
私「どっちが？」
キー「どっちでも」
私「大人がいいよね」
キー「うん。……40歳以上かな。30代じゃ若いでしょ」
私「ううっ、40以上か……、だれがいるかな……、考えとこう」
紹介する場合、双方をよ～く知ってることが大事。どちらかをよく知ってて、どちらかをよく知らない場合、失敗することがある。勘って、当たる場合もあるし、完全に外れる場合もある。私は五分五分かな。勘ですごくいいと思っても、あとで、あ、間違った～ってこともしばしばなので、あまり自分の勘を信じすぎないようにしてる。でも、紹介って、本当にしていいのかなと、最近疑問も感じる。普通に信頼する人同士の淡々とした事務的な紹介はいいけど（行きつけのおいしい店を教えるとか、美容院とか、病院とか、単なる紹介。で、合うかどうかは自分で判断してみたいな）、個人と個人をくっつける的な、やけに自分がおもしろいとか、興味本位な紹介はやめた方がいいなと思う。もし、ある人がある人に出会うべき運命なのなら、私が紹介しなくても出会うだろうし、かえってそこの出会いの部分をはしょってしまう行為は、僭越《せんえつ》かもしれないと思うようになった。

男と女は違うよねって話になって、

私「ホント、全然違うんじゃないかと思うよ。なんていうか、同じことを言ってても、その中身がまったく」
キー「女は好きか嫌いか、だよね」
私「生理的なもの？」
キー「うん。嫌だから嫌なの、とか。男はどうしてもそれに理由が必要で、いろいろ理屈を考えちゃう」
私「難しいこと書いてる哲学者みたいな人の本なんか読んでると、よくまあくどくど言ってるなと思うことがある」
キー「そんなことどうでもいいのにってね」
私「うん。くどくど言ってる人がバカみたいに感じる瞬間がある。
女はしっかり地面とくっついてるけど、男はくっつきたいのにどうしても浮かんじゃってじりじり流されてるようなイメージがある。本当には自信がないっていうか、かわいそうな感じ。全員じゃないけど」
キー「女の人は子どもを産むからかな」
私「うん……そうかも。女ってだけで強いものがある。男は流されないように、なんかいろいろやらざるをえないような……。物を集めたり、集団を作ったり、その中だけの偉い人を作って安心して……」
男の人って仕事とかではもちろんすごい人もいるけど、いざひとりの人に立ち帰った時、結局はむなしいっていうか、とてつもなく宙ぶらりんっていうか。だからそのむなしさを受け入れて、ほよほよ楽しめる人は幸せだと思う。そこに真の強さってあるのかも。
キー「前にミキンコが言ったことで、すごく覚えてることがあんだけどさ」
私「なに？　フフフ」なんだろう……。
キー「キーちゃん、大人になっても楽しいことあるの？　って」
私「ハハハ。……あ、あるよねえ。大人になると、いろいろわからなかったことに気づくっていうか」
キー「でもそれ、楽しいっていうのかな」
私「う～ん………そうだね……、感動、っていうのに近いかな……」
私も前に木崎さんが言ったことでハッとして忘れないことがある。年とって、いろいろなものが見えづらくなった人って、気づかないうちに部屋の隅っこが散らかってたり、服に埃《ほこり》がついてたりするようになる、という話をしてて、「年とるってことは、そういうふうにだんだん見えなくなるってことなんじゃないかって思ったんだよね」と言ったこと。私も目が悪いから、その言葉はぐっと心に刻まれた。そうなんだろうなあと思う。それ以来、それが私の老いに対する心の準備みたいなものになった。そうなるだろうから、それと共に生きよう、注意しよう、みたいなこと。木崎さんが言ったことで、私にとっていちばんリアルに印象的な言葉は、（現在のところ）実はそれだ。そのあといろいろ、なにか忘れたけどしゃべって、じゃあ、今度ごはんね、と言って別れる。

家に帰るとさくが、今日、プールなかったんだよ、他のクラスと調整がつかなくて、とうれしそうに言う。

夜は、やよいちゃんと占い師のわ太郎くんと食事。待ち合わせ場所に行ったら、もうふたりとも来ていた。わ太郎くんがいちばん最初に来てたらしい。

わ太郎くんは、その風貌《ふうぼう》も雰囲気もまったく変わっていなかった。もう十数年ぶりなのに。つぶらな瞳《ひとみ》、しゃべる時せわしなくメガネを両手でさわるクセも。で、あいかわらず東京と大阪を行ったり来たりの生活で、じっくり腰を落ち着けるのが苦手らしい。

私「あの、なんだっけ、ころころころがる……、砂漠の、根のないころがる植物みたいだね。私もひとつのところにずっといるのはダメだからよくわかるけど。

わ太郎くん、この会ってなかった十数年を遊園地の乗り物にたとえたら何？」

わ太郎「遊園地の乗り物だったら……、ジェットコースターのもっとすごいやつ」

わ太郎くんって、人相手の仕事だから、やはり人の関係でいろいろとあるのだそう。

私「でも、絶対にダメにはならないでしょ？　いざとなったらどこからか誰かが助けてくれるでしょ？」

わ太郎「はい」

私とやよいちゃんとわ太郎くんがテーブルについている。3人とも3者3様のオタク的ムード。わ太郎くんは何十年も同じようにやってる占い師、やよいちゃんは何十年も同じことをこつこつやってる頑固な職人、私も何十年も詩などを書いている人。それぞれに話しながら、話が噛《か》み合ってるのかないのか、いや微妙に噛み合ってないこともあるけど、楽しかった。わ太郎くんの、占い師にありがちな、正確を期すために説明が長いというしゃべり方も変わらずで、なにか軽く質問したら、だーっと長く説明し始めたので、思わずやよいちゃんの方を見ると、やよいちゃんはぼーっとしてて、終わって話しかけたら、「聞いてなかった」と言う。思い出した、わ太郎くん節。やよいちゃんはわ太郎くんのことを、もう今では親戚《しんせき》みたいに思えると言う。私も気を遣わない。

メインの皿が来て、私のはタコのスパゲティ、やよいちゃんはとうもろこしのスープ、わ太郎くんは4種のチーズのラビオリ。やよいちゃんのスープは、あまくてすごくおいしいと言い、わ太郎くんは申し訳ないほどおいしかったと言い、私のタコのスパゲティはものすごくお腹がいっぱいで急に食べられなくなってしまい、やよいちゃんに食べない？と聞いても食べないし、タコは大きいし、すごく苦しかった（その苦しさはその後1時間ほども続いた）。

それからやよいちゃんちに移動して、わ太郎君が私にも、お得意の石で作るブレスレットを作ってくれるという。カバンの中からたくさんの水晶だのさまざまな丸や小さく形作られた貴石をとりだして並べ、石の意味を考えながら汗を流しながら一生懸命に作り始めた。私たちはお茶を飲みながら、ちゃちゃを入れながらそれを見ている。ごろんと寝ころぶ私。あれこれ楽しく言い合ってたら、ついに私のが完成。けっこうかわいい。3月生まれのアクアマリンとか、ガーネット、インカローズ、カーネリアン、爆裂アメジスト……などなど。意味も教えてもらった。意味を聞くとなんかいい感じに思えてくる。というか、たいがいいい意味だし。中になにか模様が入っている水晶は、特別な意識を実現させるという意味があるそうで、それは意味共々、気に入った。別にいつもつけてなくても、見てたり触ってるだけでいいんだって。天然の石っていうのがいいし、なによりわ太郎くんが一生懸命に私用のを考えながら作ってくれたってところが、うれしい。それだけでいいもののような気持ちになる。

こういうのをプレゼントって言うんだな。私もこういうプレゼントだったら人にあげたいな。あげたりもらったりってあまりしないけど、こういうのはいいよね。自分も楽しんで、相手もうれしい。心がこもってる。私は本当は石の意味なんてどうでもいい。その石がそういう意味だってことを「だれが決めたの？　昔からって言うけど、その昔からの言い伝えをどうして信じられるの？　その信じられる根拠は何？」ってついついつっこみたくなるし。私がこのブレスレットを好ましく思うのは、石のよさげな意味においてではなく、わ太郎くんの一生懸命な汗においてだ。

9月9日（火）

きのうのブレスレットをつけてみる。カーカが「かわいいじゃん」と言う。午前中はしばらくつけてたけど、邪魔に感じたのではずす。どうもアクセサリーは日常生活では使いづらい。でも大事に見たり触ったりしようっと。

昼間はずっといろいろなことをして過ごす。あっというまに夕方。買い物して、夕食の準備。さくと一緒に食べて、6時半にカーカが帰ってきて、カーカにも出す。早く帰ってくるようになって、なんかよかった。それで、おいしいおかずをたくさん作っておかなくてはと思う。

さくが「ぼく学校ではしゃべらないから、今日、給食の時、同じ班の女の子になんかしゃべってみてって言われてしゃべったら、初めて声聞いたって言われた」という。「ふうん。そんなにしゃべらなかったら、学校つまんないいんじゃない？」「うん。でも、いいよ」「でも、友だちの男の子とは、ちょっとはしゃべるんでしょ？」「うん」

夜、カーカが「メジャーない？　柔らかいの」と聞く。ウエストを測りたいそう。「金属のしかないけど」。そしたら、コードをおなかに巻いて、それをメジャーにあてて計っていた。「そうそう、そうするんだよ」

74センチ。「ちょっと大きくない？」と言うと、

「うん。カーカ、太ってるのかな」とつぶやきながら、学校に着ていく制服っぽい服をネットで注文している。

9月10日（水）

映画「タロットカード殺人事件」と「ミス・ポター」をみた。「ミス・ポター」のイギリスの湖水地方がきれいだった。前から行ってみたいと思っていたけど……、本当にいつか行ってみたい。その中で恋をしている場面が出てきて、恋……恋愛感情について考えてしまった。恋って、バーンと急に来て、お互いにどうしようもなく惹《ひ》かれ合ったり、あるいはものすごく自然に、なんで？　というまにみるみる親しくなったり、そういう恋は、人の考えや想像を超えてると思う。その場合は、観念して身を任せればいいと思う。というか、そういう恋はもう気づいた時に始まっている。そのあとそれがどうなるかはわからない。長くつきあうか、意外と短いか、結婚するか、嫌いになるか。それはわからないけど、惹かれあったことは事実だろう。そこにはピュアな何かがあると思う。そういうお互いに急に惹かれあうタイプの恋はあると思うし、縁ものだと思う。縁ものはしょうがない。そういうものと、そうじゃないものがあって、そうじゃないものの方は、それこそ個人の趣味の問題で、運動好きとか、ダイビング好きと一緒で、異性とつきあうのが趣味というレベルだと思う。そこの違いは明確だと思う。

秋晴れの1日。毎日には小さないろいろがある。たとえばこの午前中に届いたメールは、友だちからのランチのお誘い、カーカから「今の部屋、何号室だっけ？」、車の管理を頼んでるくるみちゃんから「プリウス、運転してきました。緊張したけど安全運転で無事終了」、学校から「本日午前10時ごろ刃渡り30センチほどの包丁をタオルに包んで歩いていた男性がいたという情報あり、警察がパトロールを強化。本校では児童を集団下校させます」。

夜、いつものようにさくと卓球。何回続くか数える。さくが何か話しながらやると続くみたいと言って、私が数えてて、さくはひとりでいろいろ学校のこととかしゃべっている。そうすると本当に緊張しないせいか長く続く。

注文していたアイスが届く。今回は大好きなすももを15本も注文した。さっそくすももキャンデーを食べる。

今日のフロはバブルにしてねとさくに頼まれていたのに、忘れてしまった。「じゃあ着衣浴してもいい？」と聞くので、いいよと答える。わーいと喜んでいる。「パンツは脱いだ方がいいよね」と聞いてくる。「うん」

パンツを脱いで、またズボンをはいて、フロに入ってきた。ザブンと入って、気持ちい～と言っている。服から泡が出てくるのがおもしろいらしい。立ち上がると「重い」って。

フロから出て仕事してたら、さくがやってきた。私の本『子どもとの暮らしと会話』を見つけて、「僕にも読ませてよ」と言う。
私「ええ～っ。だって、嫌なんじゃない？」
さく「いいよ。子どもとの暮らしと会話……」
私「それ、やめた方がいいよ。さくのことが書いてあるよ」
さく「じゃあ、エイプリル？」
私「う～ん」
さく「ばらとおむつ」
私「それはしげちゃん」
さく「銀色ナイフ」
私「それは難しいよ」
さく「カーカには本、見せてたのに」
私「カーカは見せるって言っても、見てないよ。……じゃあ、いいよ、見ても」
『子どもとの暮らしと会話』を読み始めた。時々、笑いながら読んでる。
さく「おもしろいじゃん」
私「そお？　よかった。前、嫌だって言ってたから」
さく「あの時はまだ子どもだったから。……（読んでる）……おもしろいよ。
……なんか『ピューと吹くジャガー』みたい。あれの小説版みたいな。最後に、ね、っていうところなんか、おとなっぽくっていいね」
私「ね？」
さく「うん。会話の最後に」
私「ね、って語りかけるようなところ？」
さく「うん」

きゃははと笑いながら読んでいる。
私「なに笑ってるの？」
さく「マン、カツ、サンド、ポヨンパン……きゃははは、ふふふ……ははは……やべえ、やべえ……」
私「なに？　やべえ、やべえって」
さく「え？　マンチンコカーンで泣いたの？　僕、泣いたの？……きゃはははは……ははははは……おしり、おしり、おしりからうなぎがにゅろーん……ふふふ」

おもしろがってくれてよかった。「でも、本に書いてあることは特に書きたいことだけをはっきりと書いてるから強調されるけど、本当はこう思ってたのかって思わずに、いつも、今、目の前にいるママが本当のママだからね」と言っとく。本よりも現実の方が、より曖昧《あいまい》で、より複雑で、より本当。

9月11日（木）

朝も、きのうの続きを読んでいるさく。しばらく借りとくね、なんて言ってる。短いのが僕はおもしろい、なんて言う。短くおもしろいエピソードの方か。そうだろうね。学校にもって行って続きを読みたいぐらい、なんて言う。なんか……反応がカーカと違う。カーカはこんなふうに私の本をじっくり読んだりしなかった（と言ったら、読んでたじゃん、と反論された。そうだっけ）。

落ち着いた快適な暮らし追求のために、観葉植物を4つ買った。今日、大きな箱が5つも届き、開封と段ボール処理がとても大変だった。箱のひとつは鉢カバー。ガジュマルを移動する時にひっぱる勢いが強すぎて、バッタンと倒れてしまった！　そして鉢の中の土がこぼれた！　オオ！　ごめんね、と謝る。チリトリで土をコツコツと拾い集める。なんだか木の大きさがちょっと大きすぎたけど（もうちょっと小さくてもよかった……。大きくて重い）、緑があると部屋がきれいだし、とても気持ちいい。

さくが帰ってきて、また本の続きを読み始めた。笑ってる。

『珊瑚《さんご》の島で千鳥足』のカバーの色などをチェック。

「『ばらとおむつ』のカバー写真と並べて見ると笑えます。これが、こうなったかと」

とスガハラくんにメールしたら、返事がきた。

「確かに、2冊ならべると「静」と「動」というか「静」と「爆発」という感じですね。先日、営業の会議にラフをもっていったのですが、一同大ウケでした」

おお、うれしい。この時は何度も跳びすぎてホコリが宙を舞い、それがフラッシュで光って薄く雪のように見えてる。

夜はまた卓球。「おっかあ、無表情」と言われる。

9月12日（金）

芸能人や有名人や商売で成功した人、権力者、お金持ちなどに、単純に憧《あこが》れる人が多いけど（特に若い時）、私が今まで見てきた経験から言うと、そういう人たちって普通の人ができることが許されなかったり、自由がなかったり、いろいろ大変なことが多い。独特な苦労もあるし、努力もしてる。あれを知って、それでもなりたいって人は少ないと思う。きれいな姿、強いところ、元気な様子だけを外に見せる仕事は、人前で泣き言をいえないだけに辛《つら》いことも多いだろう。だれでも誘惑には負けやすい。平凡がいちばんとよく言われる理由がわかる。

この人の言ってることとやってることとの、ここはいいけど、ここはちょっとなあと部分によって賛同できない人っている。そういう人には限定的に共感しつつも最終的な判断は保留にすべきだろう。本当にすごいと思える人で、どこを切ってもどこを見てもすごい人っている。そこまでいってる人は、もうすっかり「ある状態」の中にいるのだろう。

恋愛の苦しみも恋愛の喜びも、しょせん人と分かち合えるものでもなければ分かり合えるものでもない。自分の感情をコントロールできずに翻弄《ほんろう》され、とにかく人に聞いてもらおうとする人がいるけど。

今日、仕事でスガハラくんとツツミさんに会った時、いつかまだわからないけど、外国めぐりに行きたいねと話す。このふたりは外国には強いので。

ツツミ「スガハラ先輩は外国だとたよりになりますよ」

私「そういう姿を見たかった……」

スガハラ「やんなきゃしょうがないですからね」

私「移動とかホテルとか、てきぱきしてるの？」

ツツミ「はい。でも、もっとすごい人が……歩くガイドブックと呼ばれてるエージェントさんがいるんですよ。版権会社の方で。先輩はその人といつも一緒に行動してるんです」

私「ああ〜、ブックフェアの時、その人とシチリア行ったんだよね」

スガハラ「うまかったですよ、ウニ」

ツツミ「その方もゲイじゃないかと思われてて」
私「違ったんだよね」
スガハラ「オレも疑われたよ」
私「スガハラくんはそうなんだよね」
スガハラ「違います！」
私「ツツミさんは通訳できるよね」
スガハラ「英・仏いけますからね」
そこで私が今行きたい国をざっとあげる。
北欧、アイルランド、イギリス湖水地方、イタリアの島、アメリカ中西部、メキシコ、ギアナ高地、スリランカでアーユルベーダホテルに宿泊。
ツツミ「湖水地方は、ちょっと……清里みたいですよ」
私「観光っぽいの？」
ツツミ「はい」
私「じゃあ、やだ。アイルランドで行きたい場所があるんだけど、柱状節理の岩のある海岸」
スガハラ「アイルランドは荒涼としてますよ。どこまで行っても寒い荒地。飛び込んだパブでは冷たいビール」
私「北欧は食は期待できないよね」

スガハラ「できませんね。ニシンの酢漬けとか……。食だったらやっぱイタリアですよ……シチリアの……」
ツツミ「ブダペストのフォアグラがおいしいそうですよ」
私「食は私は、海外では期待しない。ツツミさんを靴屋から離さないとね」（靴好き）
スガハラ「先輩〜、ちょっと〜、いいですか〜？　なんて」
私「ぱっぱっと決まるの？」
スガハラ「いや、小1時間かかりましたよ。どっちがいいと思いますか〜？　なんて。聞かれても、わかんないし」
私「靴、私たちで選んであげようよ。安い靴屋でへんな靴を買って、それを履かせる刑」
スガハラ「そうしましょうか」
ツツミ「ええ〜っ」

今夜はなごさんとたいくんと私とカーカとさくで焼肉。てるくんのハードワークのせいで気持ちがイライラしてそうななごさんにおいしいお肉を食べてストレス発散してもらおうと、近所の焼肉屋の個室を予約した。たくさん食べよう。そこって大人っぽいお店だったようで、小学生がふたりいると言ったら、ちょっと待ってくださいと相談してた。あまり気どったお店だったらやめようと思ったけど、個室だからどうやらよかったみたい。でもちょっと緊張。なごさんとカーカは、会うの、ずいぶんひさしぶり。高校生になってからは初めて。カーカに会うのを楽しみにしているそう。カーカも楽しみだって。このふたりは嵐《あらし》の話やドラマの話など、前から気が合う。

さくが帰ってきた。今日は最後のプールの日で、水泳の検定があったはず。どうだった？　と聞くと、「悲しいことがありました……」としゅんとした後、「25メートル泳げました！」とバンザイ。「ホント？　やったね！」。いつもこういう時、さくは最初、だます。初めて25メートル泳げた。さっそくパパにメールで報告。テスト用紙の裏に、また「へのへのもへじ」。「べべべべ」と「すすべじ」っていうのが顔っぽい。

夕方カーカから電話がきて、「今日行かなきゃダメ？　文化祭の準備で」という。「もうー！　今日はなごさんも楽しみにしてるんだから今日は来てよ。今日だけだから」「カーカも今日だけなんだよ」。どうやら準備で盛り上がっている様子。でも今日は譲れない。「6時に予約したから帰りに直接来て。食べてまた行けばいいじゃん」「わかった」来るだろうか……。

なごさんと待ち合わせして、焼肉屋まで歩く。カーカが来るかどうかと話す。すると6時に来た。自転車に乗って。よかった。すぐに店に入ると、開店したばかりのようでまだ店員さんが落ち着いてない。個室に案内される。薄暗く、しんきくさい。

なんか、やばっ。ヤな予感。

店員さんがなかなかこない。やっときて、まず飲み物を注文。しばらくして飲み物を持ってきたが、私の生ビールになにか「不都合がありまして」と言って入れなおして来た。注文をしようとするけど、また店員さんがこない。待てど暮らせど。ボタンがあったので、それを何度も押すけど、こない。やっときたので、これはなんですか？　とそのボタンを聞いたら、呼び鈴だという。「何度も押したんですけど……壊れてるかもしれません」といったら、「いえ、聞こえてました」という。個室はコースと聞いてたのに、コースのメニューが来てない。個室の脇の小さなドアを店員さんが何度もバタバタ行ったり来たりしていてうるさい。まあ、どうにか注文を終え、コースが来た。どれもすごく上品な盛りで、店員さんが焼いてくれる。最初のユッケなどの前菜はおいしかったけど、焼肉はおいしいと思えなかった。量も、各種ひとり1枚から2枚だし。それでもいろいろおしゃべりして楽しくすごす。さくとたいくんは部屋の中を動き回りながら遊んでいる。しばらくしたらやけにきちんと真面目な顔でたいくんがカーカに向かって「高校どう？」と聞いてきた。カーカがきょとんとしたら、なごさんが言うには、カーカとたいくんはすごく性格が似てるから、たいくんの進路をいろいろ考えるのが面倒なので、カーカが楽しいところならたいくんもたのしいだろうから、カーカの学校に行けばいいかなって話してたらしい。

私「そんな安易に？」

なご「ぜんぜん安易じゃない」

私「確信して?」
なご「うん」
カーカの返事は「楽しいよ。男子は特に楽しいみたいだよ。勉強してたら楽しいよ」。
それからなごさんとカーカがアイドル談議。あの子かわいいとか、うすぼんやりしてる……などなど。私の知らないアイドルたちのことを熱心に話してた。それからマンガ談議。
なご「さく、ナルト、知ってる?」
さく「30後半までわかる」
なご「たい、聞いた?」
たいくん、ナルト大好きらしい。
それから、たいくんが「かあちゃ〜ん。『あたしンち』では、高校1年生が食べごろなんだって〜」と無邪気に言うので笑った。
私「ちょうどカーカじゃん」
コースも終わり、家へ行くことに。量が少なく、肉を食べた気がしない〜と、みんな。コンビニに寄って、たいくんはカップラーメンを買ってもらってた。
私「かえって腹減った……。まるでダイエットした気分。肉もおいしいと思えなかった。今度は別のところに行こうね〜」
家でお茶を飲みながらしゃべる。なごさんとカーカが今度テレビの公開録画を見に行こうという話で盛り上がっている。カーカが嵐のファンクラブに入って、すぐ申し込みをして、「宿題くん」を見に行こうねと。メルアド教えあってた。なごさん↓松潤《まつじゅん》、カーカ↓大野くん……らしい。

カーカ「小栗《おぐり》はもう全然？」

なご「全然。花男《はなだん》のファーストシーズンの小栗がいちばんよくて、それからだんだんよくなくなった。顔が変わった。山田優《ゆう》とつきあいはじめてからはもう全然。性格はいいと思うんだけどね～」なんてファン話。

ふたりとも、よかったよかったとうれしそう。どうやらカーカのまわりに嵐のファンはいないらしく、なごさんのまわりにもいなくて、ここで仲間発見！

なご「よかった。カンちゃんってもう、違うかと思ってた。大きくなったから話しても合わないかと思ったけど、逆に合ってきた」

私「ちょうど波が合ってきたんだね」

てるくんのハードワークに関しての悩みなども聞き、来週のカーカの文化祭にみんなで行こうという約束を交わす。行くつもりはなかったけど、なごさんが行くなら私も行こうっと。「来年、もしかしたらさくが宮崎に帰って、私は10日ごとに行ったり来たりになるかも」と話したら、「それもいいかもね、そうなったらカンちゃんとこに遊びに行こう」と言う。「そうしてくれたら助かる」。でもカーカは、ひとりでいるのは絶対イヤだと言う。どうして？　と聞くと、精神的にまいるのだそう。そうなんだ。この夏の3週間で懲りたのだろうか。でも、状況が変われば、気持ちも変わるだろう。

9月13日（土）

翌朝、カーカ「なごさんって若いよね」
私「うん。ホント。もう40だって」
カーカ「え？」
私「40。……子どもみたいだよね」
カーカ「そうなのよ！　かわいいよね、なんか」
私「そう。そいで、心がピュアな感じするし」
カーカ「そう」
私「てるくんのことを心配しすぎるところもね。なごさん、よろこんでたよ、カーカと嵐のことで気が合って。でも今までも、ドラマのロケを見かけて走って行ったりしてたじゃん」
カーカ「でもまだ子どもだったから」
私「そうか。ちゃんと大人同士の感じで話が合ったんだね、カーカと。初めてぐらいだって言ってた。記念日とまで言ってたよ」
カーカ「カーカもうれしいよ」

さくに今、学校の人間関係でちょっと憂鬱《ゆううつ》なことがあり、それについて3人で話す。ま

あ、しばらく様子をみようということになる。カーカはそんなの普通だよ、だれにでもあるよ、さくは弱っちいからもっと強くなって欲しいという。

私「そうだね、だいたい子どもの時の方が嫌なこと多いよね。ママも小学校の頃、嫌なことあったもん。みんなそうだよ。さくは気の弱いところがあるから、そこを鍛える訓練だよ、きっと」

うん……なんてうなずくさく。大人も子どもも人生は毎日いろいろ。

カーカ「カーカの学校の友だちたち、高校に合格した時みんな泣いたんだって」
私「カーカ、泣いたっけ」
カーカ「泣かなかったじゃん」
私「そうだったね。落ちたら、それはそれで別にいいやって感じだったもんね」
カーカ「うん。みんな、頑張ったんだって」
私「だから気持ちが違うんだね」カーカ、今は成績、クラスで下から3番目。
カーカ「みんな、あの学校に入りたいって思って、遠くから来てるんだよ。それぞれに理由があるの。ダンスをしたいからとか……。ある友だちは、学校を見学に来て、ここだ！　って思ったんだって」
私「へえーっ。そういう話、もっとたくさん聞けば？」
カーカ「カーカは、引っ越す家に近いからって理由だったよね……」

強いモチベーションがカーカにはあんまりないんだよね……。

夕方、さくと買い物。さくは大好きなマンガ、私は夕食のおかず。帰りに自転車をこぎながら道沿いのマンションの窓などを見てて思った。人は、どんどん年齢を重ねるたびにだんだん、より広い住居、車、家族、物、地位、名誉など、付加価値を増やしていく……。そうやっていろんなものを集めて集めて、その中に守られてどっしりと安心して暮らす。それが嫌いな私は、身軽に生きたい。私のようなタイプの人は、そういう安定を重く感じて、重くなったら苦しいんだろう。重さが落ち着きと安心になる人もいれば、軽さが居心地のよさになる人もいる。自転車こぎながらマンションを見上げながら思った。

今日の「オーラの泉」のゲストは辺見《へんみ》えみりで、おもしろかった。笑った〜。この番組ではゲストがいつもすごく感情的なのでおもしろいんだけど、今日は特に行間を読む、じゃないけど相づちや表情やちょっとした反応に、ぷっと吹き出すほど感情がこもっていて、非常に楽しめた。タレントだし、顔がかわいいから見ててもおもしろいけど、相談の内容は一般人と同じ。恋愛・結婚や親子・家族関係というスタンダードなもの。タレントじゃなかったらまったく興味ないだろうなと思う。人間、悩みはみんな同じだ。

今日の卓球の記録。69回。

カーカが帰ってきて、友だちの学校の文化祭に行ったそうで、いろいろ楽しく話してくれた。ひさしぶりの友だちに偶然会ったこととか。文化祭がすごくおもしろくて感動的で「カーカも学校生活楽しまなきゃと思った」と言うので、「カーカみたいに楽しんでる人はいないいんじゃない？」と皮肉に言ったら、とたんにヘソを曲げて「もういい！　なにも言わないで！」と急に怒り出した。「なんにも知らないくせに！」って。「なんでも知ってる方がおかしいよ。つっこみどころの多いことを言うからだよ」

わ太郎くんが作ってくれたブレスレットはいつも目に入るところに置いてある。たまに腕にはめてみるが、ふだんし慣れてないので邪魔に感じてすぐにはずしてしまう。

そんな今日、……ふと、ひさしぶりにわ太郎くんに占ってもらおうかな……という思いが浮かんだ。全然考えてなかったんだけど。この連休、ヒマだし。このあいだ、来年は変化の年ですとちょろっと言われたことも気になる。そう思うとすぐにやよいちゃんにメールして、その旨を伝言してもらう。すると夜、わ太郎くんから電話がきて、あさって来てくれることになった。「がんばります！」なんて言ってる。その謙虚さ、新鮮。

9月14日（日）

さくのおしりの穴はうす茶色だけどその奥はピンクだよという話をしたら、見たいと言って見ようとするけど見れないようなので、デジカメでとってあげようか？　と聞いたら、うんと言うのでとってあげた。それを見て、わあ、気持ち悪いと言う。ついでにおしり全体もとったらおもしろい写真になった。カーカにも見せてあげようかと、消去せずにとっておいた。それをさっき、カーカに見る？　と聞いたら、うんと言うので、見せた。黙って見て、きもい、なんて言ってる。かわいいおしりだね、とも。カーカのおしりは見たくないねと言ったら、見てみる？　と言うので、いやだと言う。

みんな今日は10時すぎまで朝寝坊。ミートソーススパゲティを作る。なすを炒《いた》めたりしていたら、「ちゃんと作ってるね」とのぞきにきたカーカが言う。「そう。昨日から決めてたの。昼はパスタ、夜はカレーって。そういう時はちゃんとだらだらせずにぱっぱっとやるよ」

スパゲティの麵《めん》がないことに気づいた。さくにコンビニに買いに行ってもらう。よかった。買い物ができるぐらい大きくなって。着替えながら「何で僕？」「いちばん身軽なんだもん」「お菓子買っていい？」「いいよ」

帰ってきた。「スパゲティが2種類あって、どっちがいいかなって思って安い方を買ってきた」「ホント？　ママ、そういう時は高い方が好みなのに、知らないの？」ジュースとスナック菓子とアイスとガムも買ってきてる。おつりの70数円は、「貯金箱に入れなさい」。麵をたくさんゆですぎて、ミートソースの水分が少なすぎて、みんなに不評。「味はおいしいよ」とすすめるが、たくさん残してる。

今日も卓球。記録が更新された。81回、125回、341回。長く続くと笑いがとまらない。もうラリーは面倒になったので、ちょっと速く打つことにした。スマッシュを打つときに、さくが、ポッポヤタランポッポなんとかかんとか、と言って打ち始めたので、私も「ケツのしり！」と言いながら決めのスマッシュを打ち始めたら、大笑いしている。

「ケツとしり……同じ……」なんて苦しそうに言いながら。

「明日、12時にわ太郎くんが来るけど、カーカ、いないよね？」「うん」「文化祭の準備？」「うん」などと話してたら、

さく「占い師の？　水晶玉とかで占うの？」

私「ううん。生年月日。中国のだから」

さく「へんなこと言うの？　示したまえ〜とか」

私「ううん。でもしゃべるのうまいよ。ずらずらでてきて。さく、聞いてもきっとわかんないよ」

4時ごろ、カーカが退屈そうにしている。

私「今日さあ、やっぱ晩ごはん外に食べに行く？」

カーカ「行こう」

私「じゃあ、5時になったら行こうか」

5時。近所のエスニック料理屋に行きながら、
カーカ「映画見たい」
私「メガネもってきた？」
カーカ「ううん」
私「ごはん食べてから、帰って調べようか」
行きたいお店は閉まってた。残念。しょうがないのですこし歩く。カーカが「水族館にいきたいなあ〜」と言う。
「モンスーンカフェ」があったので、そこにした。いつものように紙に顔と体を別々に書く遊びをさくとする。さくが頭。私が体。さくの絵、なんかうまくなってる、とカーカが言う。ホントだ。味がある。すると蚊にさされたと言い、さくはいきなりブルーになっている。生春巻きやショウロンポウなどを注文する。グリーンカレーは辛かった。ヤキソバのパクチーを食べたさくは、わあっと驚いて「カメムシの味！」と言って吐き出した。お店の人がすごく感じがよかった。ショウロンポウを出すのを忘れてましたと謝ってきたけど、もうおなかいっぱいだったし、私たちも忘れていたので、いいですと答える。帰りながら、
私「……あんまりおいしくなかったね」
カーカ「言わないでよ。みんなそう思ってるんだから」
私「でもあのお店の人はすごく親切だった。だからか、子ども連れも多かったね」

カーカ「会計しようとしてるのに、新しいお水もくれてね」
家に帰って映画を調べる。私の見たい「おくりびと」とさくたちの見たい「パコ」がちょうど時間があってるかも……。でも、「パコ」は昨日からだから混んでるよきっと、と言いながら家でグズグズ。カーカは行きたがってるけど、私とさくはあんまり。
私「渋谷が嫌だ。人が多い。特にツタヤの上の映画館は嫌だ。『パコ』はそこだもん」
カーカ「ツタヤに行きたい。スタバに行きたい」
カーカはスタバに入ったことがないので、行きたがってる。
映画に行きたい行きたいとしつこい。さくは？
さく「行こう」
私「行きたいの？」
さく「……うん。どんな映画も最後らへんはおもしろくなるから……」
私「そう？」
さく「……たぶん」
私「今日じゃなくてもいいでしょ。今日はどこも混んでるよ。連休だし」
カーカ「今日行きたいの！」
私「六本木ヒルズだったらいいよ」
調べてみると、「パコ」は完売。9時からの「デトロイト・メタル・シティ」がある。
△だ。あとすこし席がある。

私「これいいんじゃない？　おもしろいらしいよ。23時終了だって。年齢制限の確認しようよ。また見れないといやだもん」
電話したら、23時からは18歳未満は映画館にいられないけど、23時ちょうどに終わるのはいいのだそう。でもあと5席しかありません、と言われる。
私「5席だって」
どうする？　カーカがパソコンにかじりついてチケット購入の操作を始めた。座席を探す。残ってるのは一番前の列だ。
私「ええ〜、いちばん前？　顔、こんなだよ（斜め）。首も痛いし、やだ〜」
でもカーカがどうしてもと言い張る。あとは「購入する」のボタンを押すだけ。
カーカ「押すよ」
私「……うん……いいよ」
押した。
カーカ「デザート食べたい」
私「なにかいいとこあるか調べようか」
すると、今、展望台でアクアリウムをやってるのがわかった。カーカ、展望台で水族館やってるんだって。これ見ようよ。あと……、デザート屋さんみたいなの……。
BABBIってところにアイスクリームのエスプレッソがけがある。
さく「それがいい」

で、9時からなので、今7時。私とさくはシャワーをあびて着替えて、タクシーで出発。まずデザートから。8時に「BABBI」に到着。スタイリッシュな薄暗い店内に、客は他にだれもいない。イートインでデザートを注文する。あれ？　ここって……前にツッチーがお土産にくれた、あの小さくて高いウエファースのお店だ。私はフルーツの上にシャンパンアイスがのったもの（味は……ふつう）。カーカはコーヒーゼリーの上にアイス。アイスを選べて、コーヒーかカフェオレかミルク。ゼリーの味かと間違えてコーヒーと言って、失敗してた。ミルクにすればよかったって。ホントだ。私も気づかなかった。さくは、アイスにエスプレッソをかける時に、エスプレッソをツーッとこぼしてガラスのテーブルをべたべたにしていた。

食べていたら、人がたくさんアイスクリームを買いにやって来た。いっぱい来たねと、ホッとする。そして、アイスのチョイスを失敗したことが悔やまれるカーカは帰りに並んでアイスを買っていた。ストロベリーとココアクッキー。ちょっと味見したけど、甘かった。

それから展望台に向かう。エレベーターに乗ったら、さくが車椅子用のボタンを押そうとしたから、その話題になって、そこを押したら開いてる時間が延びるんだよねって話す。カーカ「みんなすっごい押してるんだよ……。東京と宮崎の違いってね、東京の人は頭いいかもしれないけど、普通のことを知らないっていうか……、簡単なことを知らない。いつも思うんだよね。宮崎の人は、頭はよくはないかもしれないけど、普通のことを知ってる」

私「生きる知恵があるって感じ？」

カーカ「うん」

展望台へのエレベーター乗り場がすごい列。聞いたら、30分待ち。休日だしね。別の日に来ようと、映画館へ移動。ネットで購入したチケットを受けとる。18歳未満は23時以降は映画館にいられないので、終わったらすみやかに出てくださいと言われる。時間まで外の植え込みのところに座ってしゃべりながら待つ。10分前になったので入る。
いちばん前の……いちばん端……。すごい画面の見え方……。ナナメになってる。平行四辺形だ！　ＣＭがはじまった。アップになると見慣れたタレントの顔でも、だれなのかわからない。笑える。カーカもここまでとはと、驚いてこっちを見ては笑ってる。

予告の途中、プチッと止まって、電気と非常口が点《つ》いた。なんだろう。災害か？　地震でもないし。すると、映写機のトラブルでしばらくお待ちくださいとのこと。フィルムがからみついたのだそう。5〜10分待てと。そうなると終わる時間が23時よりもあとになるけど……いいのかな。数分後、始まった。

終わった。すぐに出ろと言われたから、すぐに出る。すぐに出すぎて、さくがおしっこしたかったらしいのに、トイレに行きたいという声も聞かずに出て、外でトイレをさがす。カーカは売店でグッズを買ってくるというので別れる。人のいないショッピングモールにトイレを発見。入って、カーカに電話して、合流。
「おもしろかったね〜」と3人の感想。
カーカ「画面がゆがんでるんだけど、それがおもしろかった。ゆがんでて」
私「だれかわかんないほど」
カーカ「顔が楕円《だえん》形」
私「背の高さも」
カーカ「全員、鼻が高かった。松ケンなんて、こんな」
私「殺害〜殺害〜」
カーカ「おもしろかった〜。泣きそうになるほどおもしろかった。中高生にドンピシャ」
私「終わって、だれも席を立たなかったね。エンドロールまでずっと見てたね、みんな」
カーカ「いきなり終わったから。気持ちがまだ終わってないから立てないんだよね」
家に帰って、さくが「ぼく、このままで寝ていい？　まだあんまり着てないから」と、服のまま寝たい様子。「ダメ。服のまま寝るの、気持ち悪いから」。楽しかった。

9月15日（月）敬老の日

午前中、カーカがさくにツタヤに行こうと誘ってる。ゲームソフトを買いに。ポケモンのプラチナ。半分ずつお金を出して買おうよと、カーカが（無理に）提案した様子。さく「人、多いの？」と人混み嫌いのさくが嫌そうに聞いてる。
行くことにしたようだ。ま、いつもこう。さくがしぶしぶ従うことになる。
今日のカーカは朝から歌を歌ったりして気分がよさそう。行きがけ、
カーカ「なんか、カーカ、しなきゃ！」
私「そうだよ。なんかした方がいいんじゃないの？　ゲームを買うこと以外のことを！」
カーカ「そうなんだよ……。なんかしたいなあ〜、なんか」
私「でも、したいって言っても、したいことがないからね」
カーカ「そうなんだよ。夢もないからさ、カーカ。なんかないかな？　なにがいい？」
私「なにがいいって……、なんか言ってもやらないじゃん」
カーカ「このあいだの、吉本の……」
私「お笑いは才能がないとダメだよ。……こなかったね、吉本のスクールの申込書。
……お笑いを目指す人を見てるだけでも勉強になると思ったんだけど」
カーカ「そう。友だちがなにかのオーディションを受けて落ちたんだけど、いろんな人を見てすごくよかったって」
私「見るだけで刺激を受けるよね」
カーカ「なんかないかなあ。なんか思いっきりやりたい。カーカ、ダメだねえ〜」
私「あ、じゃあ、それをわ太郎くんに聞いとこうか？　何やったらいいかわかんないっ

て」

カーカ「うん」

わ太郎くんがきた。いろいろ聞きました。わ太郎くんの占いは中国系だから言葉がけっこう難しく、表現も生真面目だ。先祖とか因縁とか、古風なので私とは本質的にノリが違うけど、それはそれで勉強だと思って聞く。カーカの無謀な性格はみごとに言い当てられていた。おたく的集中力があるから、研究者タイプ。失敗して実感しないと悟らないから、大人になるとぐっと変わっていくけど、それまでは試したい気持ちが強いので、衝動は止まらないでしょうって。来年、再来年でキャラが決まってくるって。まあ、様子をみてよう。

私は……、41〜51歳までは子ども中心で、微妙に放浪癖がある。来年が集大成で、今までぶれていたラインがひとつにまとまってくる。3年後ぐらいまでに、不完全なものに最後のカードが加わって埋まり、自分ができあがる、自分とちょっと違うもうひとつの考えにぶつかって不完全な形がきっちりと正されてから何かに出会う……らしい（あれ？　これ、同じようなことを前に、だれかにも言われたような。欠けた部分が補われ、完全になり、完全なものと出会う……みたいなこと）。そして、長く保てるテーマを見つけ、落ち着く、と。あと、地元の宮崎との不思議な縁でのかかわりがでてくるかもって。来年、親的責任から逃れる。先生とかいい人が出てきて親の役目が終わる。48歳まででこの人生で背負い込んでいた役目が終わり、解放され、重たさやわずらわしさも抜け、人との関わり方も変わり、その後は自分の人生を生きればいい、っていうのがうれしい言葉だった。そのあとはもういつ死んでも悔いはないそう。それって私が自分の人生の必須《ひっす》科目と呼んでいたあれらの単位（結婚や子育てなど）を修得するということなのだろうか。

それまでの人生は「速いピッチで背負い込んでいたものが濃密にきたので、そのためにアップダウン、苦労も多かった」という。「苦労？　……でもそれ、私が知ってるあの程度だよね？」「はい」苦労とひとくちに言っても、人によって内容は違うはずで、それを受けた実感も違う。私はたぶん、苦労を苦労と呼んでない。私はそれをもっと細分化してそれぞれに対処してきたはず。でもあれを苦労と呼ぶのなら、私には人生はつらくない。思いがけないことが起こった最初の一撃さえ過ぎれば（最初だけはいつもけっこうショックだったり心配したりする。そのあと、それを現実として受け入れたら冷静になれる）。

それから、今後行きたい海外旅行先についていろいろ具体的なことを。これはけっこうおもしろかった。ええっ、そういうことまで（占いの本に）書いてあるの？　はい。どこに？　なんて言いながら笑いながら、興味深く聞いた。

最後にまとめを紙に書いてくれた。一生懸命に。

占いが終わって、カーカにもブレスレットを作ってくれるという。かわいいねって言ってたから喜ぶと思う。衝動をおさえて目的が明確になるのを作ってねとお願いする。そういうのを作ってくれたそう。一生懸命に。それからちょっと雑談。

私「人生って修行だと思う？」
わ太郎「思います」
私「このあいだ友だちと話してたんだけど、大人になっても楽しいのかな、って」
わ太郎「楽しい人は楽しいですよ。時間がないぐらいだって」
私「楽しそうな人とつらそうな人がいるけど、その差はなんだろう」
わ太郎「やることがない人はつらそうですね。ずっと決めてもらってきた人」
私「割合で言ったら？」楽しい対つらそう、の。
わ太郎「3、7でしょうか。その中でも3、7」
私「あのさあ、人の悩みって結局同じようなものだよね。恋愛、結婚、親子、家族、人間関係、仕事、お金……」
わ太郎「そうですね」
私「その中でも案外、親子・家族関係に悩んでる人が多いのに気づいた」
わ太郎「多いですよ」
私「大人になったら親子問題なんてないのかと思ったら……。でさあ、恋愛で、出会ったらすべて解決するって思ってる人がいるでしょう？　自分も変われるし、すべてなにかいいふうに変わるって」
わ太郎「はい」
私「でも変わらないよね」

わ太郎「変わりませんね」

私「ほしい物を人に求めても、その人はもってない、ってことがわかった」

わ太郎「はい。そうです」

自分にないものを求めて、それを持ってる人を欲するって、違うんだよね。

私「あんなに執着しなきゃいいのに。執着さえしなければ、かなりの悩みは解決すると思うんだけど、そういうわけにはいかないんだろうね。考えが凝り固まってて」

わ太郎「むずかしいでしょうね」

執着を手放す……執着から解放される瞬間って、いい気持ちになるよね。驚くほど。ふっ切れるって、そういうことか。でも自分が執着してるってことに気づかないことがほとんど。気づくことが、解放されるってことか。

また3人でごはんでも食べようね～と言ったら、はい、と言って帰って行った。

わ太郎くんってしみじみ系……、風にゆれる1本の痩《や》せた草のよう。自分から私語は交わさないけど、質問すると遠慮深げに素直になんでも答えてくれる。忙しそうだし、大変そうでもあるし、でも淡々としてるし、……変わらず、わ太郎くんだった。

占ってもらったあと、いつもしんみりしちゃう……と、お礼がてらやよいちゃんにメールしたら、「わかるー。わ太郎くんの占いは世の中の流れの中の私の流れだから、聞いてもモヤモヤしてるんだよね」と。

なんでちょっと気が滅入《めい》るのか考えてみた。すると思ったのは、たとえばさくだったら、さくのことをこう表現した。「妙に安定している。頑固で意地っ張り。集中力あり。組織を嫌う。意志が強い。中がぶれない。納得しないと前に行けないので、よき出会いがあればいいけど、ないと人にひきたてられにくい。苦労した方が器が大きくなる。恐妻家。家を継承しない」。……どう？　なんだか魅力を感じられないよね。けどこれが１９９９年3月3日生まれの男性である、さく。１９９２年12月16日生まれのカーカはこう、「縛られるのが嫌。とまらないタイプ。反発しながらぶつかっていく。最初から決められず、消去法で決まる。フィールドをどんどん広げていくけど、答えなく広がる。失敗して気づく。失敗しても気づかないかも。責任転嫁しやすい。本能的。止めたら走っていく。守りに入って初めて気づく。向き合ってくれる人がいないと自分を決められない。完全に孤立するとダメ。絶対軸がないから、経験して作り上げる」などなど。言い当ててるとはいえ、こういう性格の羅列って、自分の欠点を指摘されてるようで気が滅入ってくる……。そう……私の知ってるさくやカーカの魅力、おもしろさ、ユニークさが込められてないんだ。もっといろんないいところがあるのに……。そういうのが加味されてないから。私だって、頑固とか、あれこれ性格を羅列されると、聞けば聞くほど嫌になっちゃう……。自分の性格を言われるって、なんか暗くなっちゃうものなのかな。何歳以降病気に気をつけてとか、私がその日に生まれたことで、そういうことが決められちゃうんだよね。それ、聞かなくてもいいや……。と、思っちゃう。ま、いいや。心に響く箇所もあった。いくつかの言葉が、興味深いメッセージとして刻まれた。私が自分で自分の人生の流れとしてなんとなく思っていたこととも合ってる。この時期に一度、聞いておいてよかった。

カーカにブレスレットをあげる。喜んでる。「かわいいね。これをお守りにする」と言ってる。

カーカ「聞いた？　引っ越しのこと」

私「うん。カーカは強く自分を通す方だし、さくは周りの人の意見を聞いて、僕はどっちでもいいよって言う性格だから、カーカの意見を尊重すれば引っ越さないだろうって」このままだったらそうなるだろう。その通りだもん、性格。でも、最終的には私の気持ちだろうな。さくが宮崎の方がいいと言ったら、そうさせたい。私も今は宮崎がいい。カーカは、カーカたちは「急に」っていうのがいいんだから、今、先のことを決めないで、その時に決めようよと言う。そうしよう。

私「さくは苦労した方が、大きくなるって」

カーカ「だから言ったでしょ？」と得意げ。

私「カーカは、大学は選択肢の多いところがいいってよ」

カーカ「やっぱね」

カーカがイメチェンするんだと言って、髪の先をくるっと巻いていた。「かわいい写真を撮ろうか。ほっしゃんや塚地みたいなのばっかりじゃなく」と言って、かわいいのを撮る。でもそのあと、裸のさくとふざけた踊りを踊ってた。

9月16日（火）

占いのことを考えた。占いで私が苦手だと思うのは、時によって言葉が暗いしばりになることだ。先のことを言葉で表現してしまうことで、本来、どんなことも流れの中で見るべきもの、文脈の中で読みとるべきものなのに、聞く方は前後の文脈をカットして自分が気になる言葉だけを強く印象づけてしまう。離婚するとか金運がないとか、失敗するとか、身内の死、縁が薄い、病気などなど。そこだけを強烈に覚えがちなので、不必要にそこにとらわれてしまう。そういう人がいた。ひとつの言葉をすごく気にしていた。気にしすぎる人にはかえって毒になる。私に言わせれば、不幸も幸福も病気も成功も同じものの別の見え方にしかすぎない。つまり外から不幸に襲われたり幸運が降ってきたりするのではなく、自分の中に在るもののひとつの表れ方なのだと思う。そう思うと、ひとつひとつの単語に分けて使うことの方がおかしい。ま、考え方の違いでしょうが。

占いも表現ひとつ、暗号の解読みたいなものだから、解釈の仕方によって変わる。占い師というフィルターでひとつ、聞く側のフィルターでひとつ、ふたつのフィルターにかけられている。私は占いを、今現在の自分を整理するために聞く。自分のやり方、考え方は、占い師の言うこととどんなふうに合ってるか、ズレてるか。照らし合わせ、確認することで、自分のいる場所もわかり、その占いのこともなんとなくわかる。だから未来のことを聞いても、私にはあんまり意味がない。自分の未来は自分が最初に見たいから。自分の未来に踏み込むのは、つねに自分が最初でいたい。自分が自分の占い師でいたい。自分で臨床試験しながら。まっさらな先入観のない気持ちで、今の自分をうつす鏡として、1秒後に突入したい。……というのが静かな本心だけど、実際は単純にキャーキャー言いながらおもしろく楽しんでる。自分にとっていいことは信じるし、力づけられるところは支えにさせてもらおう。

先日会った友だちが「初対面でいきなり個人的で深刻なことをばーっと話しだす人って、変な人だってことがわかった。最初は自分が気に入られたのかなって思ったけど、違った。そういう人はいきなり態度が変わる」と言ったので同意した。私も経験がある。親しくもないのにいきなり深刻そうな話を打ち明けられて、こっちも親身になって聞いてたら、その人、ちょっとおかしい人だった。そういうのは本当には深刻ではない。感情の一方的な垂れ流しだ。やっぱり人はすこしずつ、ゆっくりと親しくなるのがいいんだ。

私は時々、地球以外の生き物が地球人ってどういう生き物かという夏休みの宿題を出されて、そのレポートを書くために地球に人間を観察にきている宇宙人の気持ちになったと想像して人々を興味深く見ることがある。そういう気持ちで人を観察していると、人間ってとても愛らしい。

朝、ソファの上でカーカがまたジャージに手を入れて寝ていた。この中はどうなってるの？　知りたかったんだよね、とジャージをひっぱってみたら、パンツ。パンツをひっぱったら、手があって、ハの字型にした両手を猫の手みたいに曲げていた。「こうなってるんだー。初めてわかった～」。長い間の疑問が氷解してすっきり。

カーカのお弁当、最近は曲げわっぱに。やはり木のお弁当箱の方が絶対においしいと思う。ただし、密閉できない。

「スラムダンク」完全版24巻セットが到着。遅ればせながら読みます。というのも、前から読みたかったのに、なかなかきっかけがなかったところ、最近好きな「アメトーク」のスペシャルが今週あって、そこで「スラムダンク」好きのコーナーがあるというから、それにあわせて。なごさんも読みたいと言ったので、読んだらそっちに回す予定。スペシャルまでには読み終わらないだろうが。

学校から帰ったさくがさっそく読み始めた。「おもしろいよ。おっかあにはどうかな？」だって。そこへやっと椅子が来た。注文してから2週間待たされた椅子。フーセンガムをふくらませながら椅子に座って「スラムダンク」を読むさく。

夕方、いろいろガチャガチャ忙しくしていて、さくをせかしてて、「早く早く。ぼんちゃんのおしりから毛がはえた、ピッピッ、ぼんちゃんのおならに毛がはえた、プップッ」と言ってたら、「おっかあ、どうしてそんなことといつもいうの？」「わかんない。口からでちゃうんだよね〜。病気かな」「病気だよ」。

9月17日（水）

今日のカーカのお弁当はうなぎ。
また占いのことを考えた。わ太郎くんの占いって一見ちょっと堅苦しくてしんみり暗いけど、あとからしみじみと真面目さが浮き上がってくる。誠実さがボディブローのように効いてくる。ごはん食べてないいんじゃないの？　っていうような、ふらふらした野ざらしっぽいあやうさも兼ね備えつつ、わ太郎くんとわ太郎くんの占いって似てる。

さくがマンガ読んで、アイス食べて、ゲームを持って私の部屋に来た。
さく「へんなんだよ〜。ぼく、ずっと心の中がもやもやしてるんだよ」
私「どうして？」
さく「わかんないんだよ」
私「いつから？」
さく「宮崎にいた頃から」

私「夏休みから？」
さく「ううん。もう小学校2年生ぐらいから」
私「ああ〜、それ、だれでもそうだよ。ママも子どもの時そうだったよ。大人になってもそうだよ。そいで時々何かに夢中になってるときだけパッと晴れてね」
最近たまにさくがすごく近くにいるとイライラすることがある。子どもの体温って高いので、熱いし。で、ああ……私は今、イライラしてるな……と思う。そういう時はできるだけ静かな声で「ごめん、あっちに行ってくれない？」と言う。

9月18日（木）

わ太郎くんの言ってたことが、ときどきよみがえる。カーカのこと……。カーカって無謀なようでいながら、案外ひとりでは何にもできないところがある。ひとりでもどんどん切り拓《ひら》いていくのと反対で、ひとりだと道に迷ったらすべてを投げ出して家に帰ってくる。そういう点も指摘されてた。で、さくは家とのつながりが深いようでいて、1回外へ出て行ったらそのまま、カーカは外に出て行くようにみえて、意外と家につながってるって……、オーノー！　ありえるだけに、考えたくなーい。

父親に徳があってそれを受けてるとか言ってたな。さんざんエッセイで兄のせっせと、ご先祖様たちのことをゴミをためてとか文句を言ってたけど、確かにいいところもあったし、感謝もしなくちゃ。身内なので褒めてなかったけど、父は人のために人のためにと考える誠実なところがあった。

ツーから電話で、来月遊びにいこうかな？　と言う。最近、どうも悶々《もんもん》としているらしい。今まではこれをやろう！　と思ったらすぐに行動していたけど、なんとなく行動できないと。「気分転換に来たら？」と伝える。先日あげた『子どもとの暮らしと会話』を読んで、おもしろかったって。子育てってどうしても感情的になって、つい親はカッとなっちゃうけど。ああいうふうに客観的に考えればいいのよね〜。子育てのバイブルとまで言う。

私「年の功かな」

ツー「ハハハ。違うと思う」

夕方、家に帰ったらさくが「悲しいお知らせがあります」という。なんだろうと思って聞いたら、今日、自転車で走ってたら段差のあるところでガツンとなって、たまたまを自転車にぶつけて「パンツに血がついてて、たまたまに穴が開いた」という。それは……すごく……痛いんじゃないだろうか。見ると、たまたまのところに小さく傷がついてて、腫《は》れてる。「玉はつぶれてない」という。「泣かなかった？」「うん。泣きそうになったけど。ガニマタでしか歩けなくて、押して帰ってきた」「気絶する人もいるらしいよ」大丈夫なのだろうか？　わからないだけに、気になる。

9月19日（金）

たまたまを見せて、と言って見る。まだ腫れてる。まだ痛いという。「先生に言おうか？」「いいよ」

痛みをこらえつつ登校したけど、もしすごく痛かったら帰ってきていいよと言う（大丈夫だったそう）。

肩がこるので、マッサージに行った。体と足裏。ひさしぶりだったので痛かった。やっぱり体を触られるのはいやだなあと思いつつ、こりをほぐしてもらい、よかったとも思う。立った時の重心がちょっと前になっているそう。Ｗｉｉでもそうだったな。くるぶしに重心が来る感覚でと教えられたのがよかった。すごくわかりやすかった。あと、歩く時の足がハの字に広がってしまうと言ったら、足の先が真っ直ぐ前を向いている感覚で歩くようにと言われ、それもすごくわかりやすかった。こんなふうに簡単にひとことで言ってもらうと忘れない。

夜、木崎さんたちとごはん。いろいろしゃべった中で印象的だったのは、木崎さんが「いつまでも変わらずに若いですね」と人に言われたというので、「そうなるとますます孤独でしょう？」と私がにやりと笑いながら言ったら、「そう、だからミキンコ（私のこと）なんか見てると安心する」と木崎さんが言ったこと。孤独と言った意味は、ますます同じような仲間が少なくなってくる、グループがない、どこにも属してない、ってこと。私もそうだけど、昔からどこにいてもちょっと異端者。ぱっちりとはまるグループがない。仕事仲間としゃべると落ち着くんだけど、ずっとだと苦しい、友達としゃべってておもしろくもあるけど、ずっとだと苦しい。趣味仲間と話すと楽しいけど、それ以外ではなんか合わない。全体まるごとでぱっちりはまるところがない。だからいろんな人と部分部分で付き合うことになる。みんなある程度はそうだと思うけど、それが人より顕著。そういう種類の人ということで、木崎さんや他の数人の私の友だちは似ている。ちょっと離れて見守りながら、仲間意識を私は持ってる。

それで、そういう人にとって大事なのは、異端であることに疑問をいだかないことだろう。それは寂しいことなのだろうかと思わないこと。そうじゃないのだから。そういうものなのだから、下手に考えないことが大事なんだよね、と私は熱心に語った。ま、半分自分自身に言いきかせていたのだったが。

9月20日（土）

カーカの高校の文化祭。なごさん、たいくんと学校で待ち合わせ。てるくんも来るとのこと。一般の入場は12時。人が金券売り場で並んでる。なごさんたちが来るまで、先に並んで買っとく。ギャルがいっぱい。さくは人混みが苦手なので、外に出ようよなんて言う。PTAの喫茶店が涼しくてすいてたので、そこでジュースを飲みながら待つ。しばらくしたら、玄関に着いたよと電話がきた。玄関に行って話してたら、ちょうどカーカたちが着ぐるみで通りかかったので、写真を撮る。それからいろんなクラスを見てまわる。ゲームとかオバケ屋敷など。

カーカたちのクラスはゲームをやってた。クイズに答えて、弓矢をして、小豆《あずき》を箸《はし》でつかんで、ミニーの扮装の男の子かスティッチの女の子かどちらか選んで腕相撲をして、最後に点数に応じてお菓子をもらえる。小さなお菓子を2個もらった。カーカの同級生、みんな感じがよかった。

隣のクラスのオカマ射的では、私は2回も当たって、さくの帽子をゲットする。ちょうど帽子がなくなっていたのでよかった。でも野球帽ではなく、妙にかわいい帽子で、なごさんはよく似合うと言ってたけど、女性用だと思う。

写真館というのがあって、「花火と海とシンデレラ城のどれがいいですか?」と聞かれ、シンデレラ城にしたら、「シンデレラ城〜」とものすごく低く気だるい言い方で、まるで「ラーメン一丁入ります〜」みたいに言うので、めちゃウケた。そのあとミッキーの顔はめパネルを子どもたちがやった。ヤキソバも食べて、ダンスを見て、3時の終了時間までけっこう楽しんだ。生徒たちが自由で楽しそうだった。

たいくんに「どう? この学校」となごさんが聞いたら、気に入ったようで「ここにする」と言っていた。私がさくに「さくもここに入る?」と聞いたら、いつものように「どっちでもいい」と言う。

それから家に来て、子どもたちはゲームやマンガ、てるくんは昼寝（連日の過労でいつでも眠れる）、私となごさんはおしゃべり。

なごさんが『子どもとの暮らしと会話』を読んでおもしろかったけど、カーカの怒った顔の鬼のようなイラストがすっごく恐かったと言う。本当に怖かったって。

できたてのドバイの本をあげたら、興味深そうに写真のページを丁寧に眺めてて、……さくの顔のアップの写真を見て……非常にウケてた。「なんか、これ、……かくれたメインじゃない？　さくの写真のところだけ違う……」という。「わかる？」私の趣味がにじみ出ちゃった。何度もページをいったりきたりして「ホント、ここだけ……違う……。ハハハ、いいんじゃない？　まるでアイドル写真集みたい……」「さくの写真集を作ろうかな。これから撮りためて」「いいと思う」「もう、今から撮りためて」「うん……、今だけの少年っぽさってあるから、今だよ、今。子どもの顔ってすぐに変わっちゃうからさ、おねえちゃん！　いいよ、それ」「撮ろうかな」などと盛り上がる。

「コスプレなんかもさせたいね……」と小声で言ってる。海やプールでのさくの「このなんともいえない表情、どうやって撮るの？」と聞くので、「さくは写真撮られるのは基本的に嫌いなんだけど、こんなふうに海のデッキチェアーに座ってる時とか、ずーっとそこにいてのんびり寝ころんで、静かにだらだらして、時々あちこちの物を撮ったり、本を読んだり、また景色撮ったり、話したり食べたり、たまにさくの顔も撮ってって、とにかく静かな中でゆったりしてる時に、写真撮ってることを気にしないぐらいの雰囲気の中で撮ると、こういう表情が撮れる。とにかく静かにっていうのが大事。こっちの気持ちがね」
で、そのドバイの本で私が淡々と感想を書いてたから、なごさんが「ドバイに興味があったけど、もうドバイには行かなくていいわ」などと言う。てるくんまで「うん」と言う。世間ではドバイのいいところをさかんに宣伝してるけど、そうでもない感想を聞くと、案外、気持ちも冷めるものだ。私もかつて、ガラパゴス島はすごいくさい匂いがしたと聞いて、一気に気持ちが冷めて、聞いてよかったと思った。なごさんも「台湾に行った人から、空港に着いた瞬間からなにかの匂いがして最初から最後までずっとその匂いがしてて私はダメだったと聞いて、行きたくないと思った」と言う。あるある。匂いや湿度は写真じゃ伝えられないからね。虫や蚊が多いとか、それ聞いただけで、もうそこに行かなくてもいいというような情報は欲しい。サイパンの海、なまこだらけとかね。5月のプリンスエドワード島はすごく寒かったよ。正確な情報を知りたいね。でも、不安いっぱいで行ったら、案外そうでもなかったということもあるだろうし。人と自分の体験は同じじゃないし。行ってみないとわからないというのも、また真実。

さて、夜の11時過ぎ。カーカが文化祭の出し物のお菓子が足りないのでこれから買いに行くと言う。こんな時間に？　やめたら？　と言ったけど、やめるカーカじゃない。私は電気を消して寝た。

カーカが帰ってきて私の部屋のドアを開けて、なにか言っている。目を覚ました私が、なに？　と聞くと、カーカが泣きながら、「サイフなくした……、エーン」と言う。聞けば、サイフだけ持って、自転車のカゴの中にポンと入れて渋谷に行って自転車を止めて、そのままサイフをカゴに入れ忘れたまま買い物に行って、５分ぐらいして気づいてあわてて自転車のところに帰ったらサイフがなかった、とのこと。

「それじゃあしかたがないよ。盗《と》って下さいって言ってるようなものだよ。中に何が入ってたの？」

「６千円と、パスモ３千円ぐらいと、保険証と学生証といろいろ……、ツタヤのポイントカードとか、お菓子の当たり券とか、大事なもの……たくさん……思い出せない……、エーンエーン……サイフも……あ、鼻血！……」鼻血まで出してる。

「（ティッシュを渡しながら）お金はいいとして、保険証と学生証は再発行だね。店のカードはしょうがないよ。カーカが悪いんだから、これから気をつけないとって教訓だよ」

「帰りながら、そう思った……エーン」

「ほら、お金はあげるから。１万……５千円。ふえたじゃん。サイフもまた買ってあげるから」

「あれをだれかが持ってるかと思うとくやしい」大好きなサイフだった。

「ちゃんとした泥棒だったらお金だけとってサイフは捨ててるから、もしかしたら見つけただれかが交番に届けてくれるかもしれないから、明日、交番に届けなさい」

「うん」

「目立つところに捨ててくれたらいいんだけどね。金目のものっていったら、6千円とパスモだけだし……」

「これからはこういう時は小さなサイフに入れ替えて行く」

「うん」

なんか暗くなって眠れなくなったので、しばらく本を読んでいたけど、その本も明るくなく、どんよりとした気持ちのままでいたら、やがて眠くなったので寝た。

9月21日（日）

朝。カーカは、もう昨日よりも落ち着いている。あきらめがついたようだ。今日は文化祭の後夜祭もあるし、きっと気も晴れるだろう。こういう経験を経て、人は頑丈になるのだし。次に人が同じ目にあった時、自分の経験を使ってなぐさめることもできるしね。

なんにしろ何かをなくしたり盗られたり、日常を脅かされるって恐い気持ちがするものだな。昨日の夜は私も恐かった。よくここまで無事でやってきたな、今のこの安心や安定した現実もいつ脅かされるかわからないなと、不安に思った。昼間は明るくて、夜のように恐くないからいい。なぜ、夜の考えはあんなに恐く暗いんだろう。なにしろカーカがエンエン泣いてるのが恐かった。そう……サイフをなくしたことよりなにより、あんなふうに泣くカーカの方に恐ろしさを感じた。

昼間、「スラムダンク」を読みふけるさくに「カーカがエンエン泣いてて恐かったよ」と教える。そこで、昨日なごさんに言われたことを思い出して、「おっ」と思い、上半身裸で「スラムダンク」を読みふけるさくの写真を撮る（笑）。

カーカが10時過ぎに帰ってきた。後夜祭、すごくよかったそう。ダンス部の3年生のダンスは一般の人には見せないで、その後夜祭で生徒にだけ披露されるのだそう。それが、とても素晴らしかったって。

私「交番にまだ届けてないでしょ？　届けてね」
カーカ「うん」
私「夜遅く町に出ない方がいいよ」
カーカ「うん。わかってる」
私「変な人もいるし……。襲われたらどうするの？」
カーカ「それはしかたない」
私「サイフ盗られるのもしかたないの？」
カーカ「それはいやだよ。プリクラがいっぱい入ってたんだよね〜。今はそれが一番残念。自分が置き忘れたのが、嫌なんだよ」
私「買えないものがね」

カーカ「……エレキ買おう」
私「どうやって？　バイトもしてないのに」
カーカ「ちょぼちょぼ貯めてだよ」
さく「ドバイのお金は？」
ドバイの本ができたからお小遣いあげるって言ってたから。さっき、さくにいくら欲しい？　と聞いたら、3千円と言っていた。
私「うん。じゃあ、モデル代、あげるね。……はい、カーカに3万円、さくに1万円」
さく「エエッ？　ダメだよ」
私「多い？」
さく「うん」
私「じゃあ、貯金しなさい」
さく「カーカに3万円なんて……」
私「おサイフなくしたしね……」
さく「ああ……そっか……」
カーカは、お金を受けとったら急に自分の部屋に帰って行った。うれしかったのだろうか。部屋で友だちと長電話してる。

9月22日（月）

家で「ノーカントリー」を見る。う〜ん。……主人公の髪形（おかっぱ）がよかった。

夜、さくとごろごろする。カーカは今日はとびきり帰りが遅い。11時直前に、もうすぐ帰る、というメール。11時過ぎにまた、今日文化祭の打ち上げで遅くなったから友だちをひとり泊めていい？　家の人の了解はとったから、とメールがきた。どうしよう。

「いつも言うこときかないのにこんな時だけ急に。嫌だね。ダメって言っていいかな？その友だちに悪いかな？」とさくに聞いたら、「いいよ」と言うので、ダメと返事する。たぶん、なんで？　ってくると思う。するとやはり、今、家に向かってるところ、お願い、と言う。友だちがかわいそうだと思ったけど、そういう計画性のなさが嫌なので厳しい気持ちで、とにかくダメ、と返す。

私「かわいそうかなあ」

さく「いいよ」

すると、家まで1時間もかかるし電車もないから、これが最後だからお願い、と。じゃあ最後だよ、と言ってあげる。

寝てたら、帰ってきた。友だちも一緒。「すみません……」と恐縮してる。いや、友だちが泊まるのはいいの。困ってたら助けたいし。そうじゃなくて、カーカの普段の態度が嫌なんだよね。

挨拶《あいさつ》して、私は部屋に帰る。なんかあの顔に見覚えがある……。あ、スティッチの子じゃないかな。またカーカの部屋をトントンとノックして入り、「あのさあ、腕相撲しなかった？　文化祭で。私や子どもたちと」と聞いたら、「しました」と。「ああ〜」とにこにこ笑い合う。

9月23日（火）秋分の日

カーカたちは昼まで寝てた。

起きてきたので、「ごはん食べる？」と聞いたら、最初「いい」と答えてたけど、「作ったから、こっちでふたりで食べれば？　ママ、部屋で仕事してるから」と言ったら、「うん」と言う。「ジュースとか、なんでも自由に飲んだりしてね」と言いおいて、仕事部屋に行く。なんか、楽しそうにしゃべってる。

カーカに「わ太郎くんの占いで、カーカに関すること、くわしく聞く？　性格とか当たってたよ」

カーカ「ええ〜っ。性格は……」と性格を言われるのは気乗りしない様子。わかる。

私「他にも大学のこととかもいろいろアドバイスしてくれたよ」

カーカ「あの人のはないの？　タロットの……ミラさんていう人」

私「それがね、ミラさんから連絡がこなくなっちゃって……。どうしたんだろう。何度メールしても、返事が来なくなっちゃったんだよ。

じーっ…
←プリクラ
サイフに
入れてなかった
のが
あったのかね…

これ以上やったらしつこくなるから、もうしないわ」
カーカ「じゃあ、それ、コピーしといて。自分で見るから」
私「メモだから、読んでもわかんないよ。ママが説明しないと」
カーカ「あとで聞くわ。今は気分が」
聞きたくないらしい。

さくが「ドバイ」の本を見せてというので、見せてあげた。すると、「カーカ、中2じゃなくて中3じゃない？」と。

きゃあ〜、すみません、……中3でした。来年高校生になるって同じページに書いてあるのに！　気づかなかった。よかったら直しておいてください。

すぐに隣の部屋のカーカのところへ行って（じっとプリクラを眺めていた）、報告した。

すると「カーカもよく間違えるんだよ。高1なのに中1とか」。

9月24日（水）

いい天気！

夜、やよいちゃんとごはん。わ太郎くんが作ってくれたブレスレットを見せてもらう。私のと似てた。カーカのとも似てた。だいたい似るんだね。

「わ太郎くん、不精ひげはやしてて、風に揺れる葦《あし》みたいだった」と言ったら、「そこがいいところだよ、あのたたずまいが」「ホントホント。今にも倒れそうな、ぽそっとしたね」

私に「やっぱり宮崎がいいよ、東京にずっといるとは思えない」とやよいちゃんが言う。やよいちゃんが前に1回うちに来た時、矢岳《やたけ》高原という近くの高原に連れて行ってあげたら、そこからの景色にたいそう感激してたっけ。いいところだとさかんに褒めてた。住んでたらめったに行かないけどね。

やよいちゃんが言ったことでおもしろかったのが、池袋の東急ハンズだかのトイレで、鏡を見たら人がいて、目がブルーに見えて、髪も茶色だし、外人がいる！と思ってよく見たら自分だったそう。やよいちゃんの髪型を見てて、

私「ノーカントリーって映画、見た？」

や「ううん」

私「あれにね、無表情で次々と人を殺すおかっぱの人がでてくるんだけど、その人を思い出す」

や「これ、おかっぱじゃなくって、ボ・ブ」

私「無表情で人を殺すんだよ、そのおかっぱ」

や「ボ・ブ」

私「おかっぱ」

9月25日（木）

昨日今日とカーカは文化祭の代休。昨日は友だちと富士急ハイランドへ行ってた。その友だちのお父さんが出勤前に富士急まで送ってくれたそう。朝4時半に迎えに来てくれて。「すごいね〜、なんて親切なんだろう。そういうことはママには絶対にできないね」と感心する。帰りも夕方、迎えに来てくれたらしい。「いいお父さんだったよ。ぽよぽよしてて。でも厳しいんだって」

で、今日も出かけるとか言ってたのに、どうやらその約束はなくなったようで、家でゴロゴロしている。退屈退屈と言いながらモンモンとしているので、私も気だるくなって、なにもできなかった。一緒に重くどんよりすごす。さくが帰ってくるのを今か今かと待ちながら。というのも、今日は3人で六本木ヒルズで「パコと魔法の絵本」を見て、展望水族館を見に行く予定なので。

カーカは買いたいエレキギターをネットでさがしながら、だらだらどんよりした時間がやっとすぎて、さくが帰ってきた。宿題をさっとすませて、私とカーカはパジャマだったのでバタバタ着替えて、やっと出発。まずヒルズの地下の洋食屋で夕食を食べる。「六本木六丁目食堂」。テーブルの間隔が狭かった。私は2色ハンバーグ、さくは和風おろしハンバーグ、カーカは和風ステーキ。隣の人のビーフシチューとオムライスがおいしそうで、次はあれを食べようなどと小声で話す。待つ間、また顔と体に分けてイラスト描くのをやる。来た。おいしく食べたけど、ソースが足りなかった。ソースの追加を店の人に頼もうかと思ったけど言えなかった。

それからデザート。スタバに行く。私は他の店のデザートを食べたかったけど、カーカがスタバに入ったことがなくて、すごくおいしそうだから、1回行きたい行きたいと前からさかんに言ってたので。ドーナツとチョコクッキーとふたりは冷たいチョコシャーベット風の飲み物のクリームのせ。私はホットコーヒー。で、熱くて、うっかりこぼしたりしながら、コーヒーを飲んだら、やっぱり嫌い……苦いから……とカーカに言う。ふたりは、すごく体が冷えたようで、ぶるぶる震えている。ドーナツも見た目ほどおいしくなかったようで、「そんなおいしくないね……」とカーカはつぶやく。「でしょ？」

次に「パコ……」を見る。始まってしばらくしたら睡魔に襲われ、30分ぐらい寝てしまった。最初はうるさいばかりでおもしろくないと思ったけど、後半、CGが多用されてきたあたりからおもしろくなった。終わって、ちょっと泣いたと言ったら、「さくも」というのを聞いて、カーカが「ええ〜っ、やめてよ〜」なんて言ってた。「いいじゃん。感受性が豊かってことだから」

それから52階の水族館へ行く。また並んでたらやめようと思ったら、10人ぐらいしか並んでなかったのでチケットを買う。エレベーターでのぼり、チケットを見せて入り、夜景を見たさくはすごいね〜と言っている。私とカーカはタッタッと進む。さくがおしっこと言うので、さっきのチケットを見せたおねえさんのところにあるから行ってきなさいとひ

みんなで かいたイラスト　上半分が、さく。下が私。

とりで行かせる。そのあいだ、ジューススタンドみたいなのがあったので、パッションフルーツとオレンジのジュースを注文した。それができるのがすごく遅くて、なのにさくはなかなか帰って来ない。ようやく来て、「すごく遠かったよ。それでおねえさんに、おとうさんかおかあさんは一緒なの？　って聞かれたんだよ」。ジュースはシャーベットみたいだった。飲みながらは水族館に入れないと言われたので、あわてて3人で飲み干す。頭がキーンと痛くなった。水族館の中に入ると、薄暗い照明できれい。大人っぽい。デートにいいのもわかる。でも、私は嫌だな。いかにもだから。魚も小さなかわいいのが額縁の絵のように入っている。透明な水槽に藻や珊瑚《さんご》が美しくディスプレイされて、魚も宝石のよう。小さいけど飾り方がおしゃれ、というものだった。たつのおとしごや赤に白いてんてんの入ったエビのところで人々が群がっていたけど、それは普通の水族館だったら素通りレベルだ。でも、まあ、つるっと見て、きれいだったね〜、などと言いながら帰る。まるい水槽もSFみたいでよかった。珊瑚を養殖しているそうで、それも展示されていた。金魚の屏風《びょうぶ》もおもしろかった。そういえば、そのあと夜景を見るのもそこそこに帰ってしまったけど、東側を見るのを忘れたのを、今、思い出した。なんだか疲れて、みんな帰ってすぐに寝た。

9月26日（金）

きのうは本当にだらだらしたので、今日は、動こう。後回しにしていたこまごまとした面倒くさいことを片づけよう！

まず、カーカがなくした保険証の再交付に区役所に行く。あっさりと終わった。住所変更にも来なきゃいけなくてぐずぐずしていたのだが、この再発行で来たので1回で済んだ。それはよかった。

今からこまごまとした振込み。それから郵便局、買い物など。行ってきます。

行ってきました。無事、アクシデントもなく完遂。

来週、永井さんと会うので、その連絡のメールを交していたら、『ドバイ〜』を読んだそうで、「えっ、ええええええええ〜〜〜？？」と驚いたと。「ハァァ〜〜〜、すごいです、銀色さんファミリー。ほんとうに」と書いてあったので、カーカに伝えた。「どこだろう？」と言うので、「カーカたちのとこじゃない？　裸の」と言ったら、へ〜っ、ときょとんとしている。「やっぱ、ああいう人いないいんじゃない？」と言うと、ちょっと驚いていた。そして、
カーカ「足がねえ〜。曲げてるところだったから」
私「そうなんだよね。ぴんとのばしたところを撮りたかったけど、急いでたから2〜3枚しか撮れなくて。惜しいね」
カーカ「遠くに車も走ってたし」
私「そうだっけ？」

カーカ「うん。ホテルの反対のところに道があって」
私「だれもいなかったら、じっくり撮れたけどね。でもあれがいちばん、まだその中でもましだったんだよ」

9月27日(土)

人生って、子どもの頃や十代、二十代、三十代……それぞれに体験したことが時を経てどんどん収束していくと私は思っているので、無駄はない。かけ離れていると思ってたことがシュッとつながる瞬間は、みごとに感動的だ。それを見るためだけでも長く生きていく価値はあると思う。遠く離れた星々がひとつの星座を形作ってたことを知る、みたいなことが長い人生の後半にはよくある。

さて、今日はシルク・ドゥ・ソレイユのショーを見てからディズニーランドへ行く日。ばたばた準備して、昼過ぎに3人でタクシーに乗り込む。カーカの機嫌が悪い。いつもこうだ。いつもいつもいつも、こう。みんなでいる時には不機嫌な気分を振りまかないで欲しい。

私「ハンカチやカバンがなかったから?」
(出掛けに、ハンカチを持ってね、と言ったら、ハンカチ、持ってない、と言い、引っ越してからずっと使ってなかったのだそう。ないから。引っ越しの時に宮崎から持ってきたはずだけど、どこかに紛れているのだろうと、おしいれを探したら3枚見つかって、それを渡した。また、持っていくカバンがないと言う。布バッグに入れたら？　と言ったら、私の旅行カバンに詰めて来た。それは私のだと言ったら、「そうなの？　知らなかった」と言う。「自分のじゃなかったらママのでしょう？」「知らなかった」と）。

カーカ「ちがう。2週間前から。サイフをなくしてからずっと」

私「あれはもうしょうがないじゃん。だれだって何年かに1回はあるよ」

カーカ「悪いことばっかりあったんだよ。ママ、知らないくせに言わないで」

私「悪いことといいことは交互にあるんじゃない？」

カーカ「悪いことは続くんだよ」と、けんもほろろなので、もう話さないことにした。

が、お台場あたりに来たら外の景色を携帯で撮ったりして、ちょっと機嫌もよくなってた。常設劇場で上映される「ZED」、超楽しみ。かつてラスベガスで「ミステール」を観てから、シルク・ドゥ・ソレイユの大ファンになった。「ドラリオン」などのツアーショーはどちらかというとサーカスの要素が強くて私はあんまり好きではなく、静かで哀しく大人っぽい常設劇場の演目の方が好きだと思うので、期待が大きい。

てるくん一家と待ち合わせして、観賞する。

よかった……。好きだったのはあれとこれ、などといろいろ感想を言い合う。

それからアンバサダーホテルにチェックインして、夕食を食べてからディズニーランドに行く。土曜日だし、すごい人だった。3つぐらい見てから、私とてるくんは先に帰る。

なごさんと子どもたちはまだ遊んでた。私は人の多いところで遊ぶのはもういい。夜、11時ごろに帰ってきて、お腹すいたというのでルームサービスで食事。

9月28日（日）

今日はディズニー・シー。「タワー・オブ・テラー」に乗ったことがないので、それだけ乗れればいいという気持ち。最初に乗る。やはり、絶叫ものは、もういい。でも、消える像「シリキ・ウトゥンドゥ」の謎についてはその後いろいろと興味深く研究した。マーメイドラグーンのトリトンズ・キングダムの内装がやはり一番好き。夢の中の景色っぽくて。無理しない程度に乗り物に乗ったり休んだりしながら、結局9時頃までいた。みんな遊び疲れる……。

9月29日（月）

夜、「コアリズム」をやる。8月に買ってから、暑かったのでずっと保留にしていた。

カーカも太ってるから一緒にやりたいというので、3人でテレビの前に勢ぞろい。イチニ、イチニ、とやり始めたが、とうていついていけず、カーカは5分でお腹が痛いと脱落。私とさくは15分でやめた。汗かきのさくは、汗びっ

しょり。

9月30日（火）

私は、子どもの病気に関してはものすごく弱い。つきつめると……たぶん……病院に行くのが嫌なんだと思う。昨日、さくが帰ってくるなり、学校で遊んでいて耳のところをぶつけて、泣いて、保健室に連れていかれた……ということを言う。なに？　と聞くと、耳とその後ろのでっぱったところをぶつけたらしい。なんとなく大丈夫そうだったので、コアリズムやったりしてたけど、その後、卓球をした時にふらふらすると言っていた。耳の後ろをさわると、痛い！　と言っていた。

そして、今朝、出掛けに、目が悪くなったのかも、時計が見にくい、目の前に赤や緑のものがチラチラする、と言いだした。

ええええーっ！　と思い、心配になる。

でも大丈夫だと言うので、そのまま学校に行かせた。けど、どんどんどん不安になってきた。頭を打って、大変なことになったかも……。そう思い始めると、すべてを悪い方に考えてしまう。ゆうべ卓球の時、ふらふらすると言っていたし。急に心配になって、日赤医療センターに電話した。電話受付の人に「子どもが頭を打って……」と言ったら、脳外科に電話をまわしてくれた。女性の方がでたので説明したら、緊急だったら吐き気が止まらないとかふるえがきたりしますと言うので、「それはないようです」。あるいは眼科かも、とおっしゃる。飛蚊症《ひぶんしょう》が以前からありましたか？　と聞かれ、「それはなかったと思います」と答える。とにかく、様子を見て、変だったらあした受診に伺いますと言った。暗い気持ちで、約束していた友だち（やぶちゃん&ツッチー）とのランチに行く。そこでも重苦しい気持ちで、そのことを話す。それからまあ、いろいろとほかのことも話したけど、私の気持ちはずっと暗かった。帰って、さくの帰りを重苦しい気持ちで待つ。1時間。まだ変だったらすぐに病院に行こうと思いながら。脳……目……脳……目……。

帰ってきた！　話し声が聞こえる！　友だちと一緒だ！

「ママ～、今日、友だちの家に泊まっていい？」

大丈夫だ！

「さく、目は？」

「もうなんともないよ」

「ほんと？」

で、いいよいいよと言うと、楽しそうに泊まりに行った。ものすごくホッとする。私は子どもの病気だけには弱い。最初だけは。いろいろ手を尽くして、もうこれ以上しょうがないという段階に至ったら、意識をパッと「しょうがない」と切りかえられるのだけど、それまではものすごく不安で心配で恐く、悪い想像ばかりが広がる。

カーカが夜、私の部屋にやってきてベッドに寝ころびながら「今日のお弁当、最高！」

と言う。「ホント？　最近、変えたんだよ。見た目より味重視に。プチトマトが入ってないでしょ？　色は茶色で地味だけど」「味がいいのがいいよね。今日みたいなのがいい」
内容は、帆立の醬油《しょうゆ》焼きと、ゆうべの残りの豚肉と野菜の炒《いた》めと、インゲンと蒸し鶏《どり》のマヨネーズ和《あ》えだった。

10月1日（水）

赤須《あかす》さんの皮膚科へ、2回目。前回から2ヶ月たった。行ったらスタッフのみなさんが肌がきれいになったと言ってくれた。そういえば左頰のぶつぶつがなくなった。今日も弱～いピーリングをやってもらう。
ドバイの本を持って行ったら、私がピーリング後の冷却中、まるでミイラみたいに顔につめたいのをかぶせられている間、みんなで楽しそうに砂漠の写真を見て「わあ、きれい～」などと言ってる声を、ミイラ状態で聞いてたのがおもしろかった。

10月2日（木）

永井さんとごはん。イタリアンへ行く。今日はリラックスしてのんびり食べようと思っていたので、3時間も話したのに何を話したかあまり覚えてない。覚えておくために会う時とは、また記憶の仕方が違うので。私のことを、引き出しがたくさんありますよねと言ってた気がする。あと、驚くほど気どってない、って。そのことを褒めてくれたのがうれしく、私はもっともっと気どらなくなりたい、と答えた。

後日、「銀色さんといるとなぜかとても落ち着きます。以前にも似たようなことを思った気がするのですが……帰り道、スプーンでコーヒーを飲まれていた姿が何度も思い出されました（笑）」と、感想を送ってくれた。

10月4日（土）

さくは学校公開日で学校へ。頭が痛くて食欲もないと言うので、休んでから様子をみる？　と聞いたら、いいと言うので、そのまま行かす。先生への連絡帳に具合が悪いですと書く。

カーカが映画を見ようと言う。明日から仕事で尾瀬《おぜ》だし、仕事もあるから今日は忙しいと思いながらも、1時からの「イキガミ」を見に行く。松田翔太《まつだしょうた》の雰囲気のある存在感と、山田孝之《やまだたかゆき》の演技の上手《うま》さが印象に残る。

見終わって帰ってきたら、さくの先生と家の前で会った。熱が38度もでてふらふらしてたので、何度も連絡していたという。たった今、家に連れて帰ったところと。しまった。携帯を家に置いてきてた。お礼を言って、家に帰ったら、ぐったりとして横になっている。すぐに寝かして、頭をタオルで冷やす。熱を測ったら、39・1度あった。熱の出ない体質の我が家では高熱だ。首も足も異様に熱い。くだものを食べたいと言うので、梨とぶどうを食べさせる。昼間、寒気もしたと言う。最近、朝が寒いねと言ってたから、風邪をひいたのだろう。明日から3日間、私はいないけど大丈夫だろうか。カーカに明日はさくのことと、見といてねとお願いしたけど。
夜、熱を測ったら、まだ38度台。

10月5日（日）

今日もいい天気。明日はくずれるそうだ。朝、さくの熱を測ったら、平熱に下がっていた。元気そうだ。鼻血がでたけど、起きてよくしゃべって、テレビを見始めた。大丈夫そう。私は準備して、尾瀬に出発する。

10月7日（火）

朝7時20分に家に電話した。さくが出たので、気分はどう？　と尋ねたら、まだちょっと気持ち悪いと言うので、じゃあ今日は休んでいいよ、学校に電話しとくと言う。
夜、7時過ぎに家に帰ったら、さくがテレビを見ていた。留守中のことを聞いた。カーカに、さくは具合が悪いから、夕食を買ってきたり、いろいろ面倒見てあげてねと言いおいたのに、昨日は帰ってきたのが夜の8時半ごろで、さくはそれまで夕食を待っていたらしい。帰りに牛丼を買って来てくれたって喜んでいるけど。今日は、まだ帰ってきてない。1000円がテーブルの上に置いてあって、「昼ごはんは1000円で買って食べてね」とメモがあったそうだ。カーカ、ぜんぜん世話してくれてない。今日は9時ごろ帰ってきた。
さくに、具合悪いのに留守番してくれてありがとうと伝える。カーカに、どうして面倒見てくれなかったの？　と聞いたら、今日はお腹が痛くて2時まで家にいたから、その間はいたんだよと言う。
私「カーカ、さぼり？　……もしかして、ママがいなかったらそういう感じで学校、あんまり行かなくなるんじゃない？」
カーカ「そうかも。だって、朝って思えないんだもん」
私「自分で自分を律しないと」
カーカ「それができないんだよねえ～」
私「来年、大丈夫？　ママが半分、いないかもしれないけど」
カーカ「危ない」
うーん、カーカ、……大丈夫だろうか。
さくは「やっぱり親がいないとダメだよ」と、さくにしてはかなりはっきり言っていた。

永井さんから私の返事に返事がきてた。
「銀色夏生さま
返信ありがとうございます。今頃、銀色さんは尾瀬の空の下でしょうか。
さて、たびたびメールをすみません。

銀色さんといるとなぜか落ち着く現象（？）について、しみじみと考えました。

過去にあまりこういう感触を体験したことがないので、興味が湧きまして。

（ここから先は私の一方的な感想ですので、適当〜に読み流してくださいませ）

これまでずっと無自覚だったのですが、人と人がやりとりをするときは、言葉を交わしますが、同時に言葉以外のものもやりとりをしている気がします。

思ったのは、今回、私が発した言葉やそれ以外のものを、銀色さんはおそらくすべて受け止めてくれた気がしています。多くの場合、部分部分をひょいとかわされてしまうか、投げたボールに気づかれなかったりするんですけれども。

ちなみに私自身も自分のキャパシティの及ぶ限り、銀色さんからのボールをキャッチしました。とてもたくさんのものを受け取りました。

これからゆっくり一つ一つの包みを開けていくのだと思います。（意味不明ですみません）

とまあ、変な理屈ばかりこねてしまいましたが。

体感としては、終始、大きくて静かな湖の前にいるような気持ちのいい感じでした。

それではまた。とても素敵な時間をほんとうにありがとうございました。
＊またいつか、本の感想をメールさせてください」
「銀色です。

私は永井さんと話すのが好きなのですが、

その理由が、永井さんの返事を読んでわかったような気がします。

本の感想などなんでも、気が向いた時、いつでもどうぞ！」

彼女と言葉を交わしていると、なぜか癒《いや》される。癒しという言葉は、もう今は使いつくされていて使いたくないのだけど、それ以外にはうまく表現できない。

人と人との関係って、友だちや同僚や恋人や知り合いや家族や仲間などいろいろあるけど、そのどれでもなく、でも意味のある関係ってあって、頻繁に会うのでもなく、一度か、数回しか会わないかもしれないけど、重要な関係ってある。人はえてして、ありがちで解りやすい関係しか認めないものだけど、確かにそういうことはあると思う。すべて受け止めてくれた……、そう、あの日私はそうしようと思って、あなたに会いに行きました。

10月8日（水）

きのうの言葉が引き金になって、癒されるということについて考えてみた。どういう時に癒されたと感じるか。

自分の心をオープンにして向き合った時に、相手（人や景色や動物など）が、ちゃんと正面から向き合って対峙《たいじ》してくれ、すべてを肯定的に受け止めてくれた時って、癒されたような気持ちになるんじゃないかな。深く癒されるためには、自分も深いところまでオープンにしなければならない。深いところまでオープンにするためには、相手を信頼できなければいけない。信頼関係で結ばれている人同士が心を開いて肯定的に受け止めあった時、そこになにかが生まれ、それが浄化作用を持つのだと思う。言葉を通してだけでなく、そういうことの小さな瞬間は身の回りにたくさんあるとも思う。

品がいい人っていうのは、疑わない純真さと、その疑わなさが裏切られた時に傷つかない強さを持った人だと思う。傷つかない強さとは、鈍感なゆえの傷つかなさではなく、感受性が強くて悲しみを感じるのだけど、それにすぐさま淡々とした気持ちで理解を示せるというような強さのこと。つまり、感情にふりまわされないということ。

仕事してたら、さくが「これはおしりのあわびを触った手です〜」と言いながら手を見せに来た。

私「いやだ〜。やめてよ」

さく「ハハハ。うそですよ。パンツの上から」

私「そしたらパンツが……」

さく「……おしりのあわび……、本当に似てるよね……しわがあって……」

おしりのあわびとは、おしりの穴のことで、まるであわびみたいだと、いつか鏡で見て思ったそうで、それ以来、あわび、あわびって呼んでいる。

さくが『ピューと吹く！ジャガー14』を声を出して読んでと言うので、第286笛「集まれ！　敗者祭り」を登場人物になり切って読む。けっこう楽しい。ジャガーの脱力感が心地いい。

テレビのCMを見てて、
さく「まめしば、新しいの、でない……」
私「まだ前のやってた？」
さく「うん。今やってたのは、カンガルーのポケットはとてつもなく臭いんだって、っていうやつ」
私「ああ〜、あれ、おもしろいよね。どんな匂いなんだろう。嗅《か》いでみたい。臭いって……。でもそれ、おかあさんの、落ち着く匂いなんじゃない？　……おもしろいよね、おかあさんのおなかにポケットがあるなんて」
さく「あれ、ヒフが……。ヒフもろとも、なってるんでしょ？」
私「うん。ヒフもろともポケット」
さく「ふふ」

このあいだ木崎さんと会った時に話したことを思い出した。
「私は本当に驚くんだけど、心って、歳をとらないんだね。大人になったら見た目が歳をとるように心も歳をとるのかとずっと思ってたけど、見た目はどんどん歳をとっても、心は見た目ほどには変わらないよね。それにすごく驚いてる」

カーカがお弁当のことで、「やっぱり見た目も重視してほしい。見た目で食べるってのもあるし」と言う。「そうだね。最近、茶色っぽかったしね」「おかずも2種類ぐらいしか入ってないし」「へへ。ごめんごめん」「お弁当ってむずかしいね」「うん」「いつもおいしそうな人がいるけど、(家の人が、作るの)好きなんだろうね」「そうだね」おかずの種類が最近少なかったし、もうちょっと工夫しよう。

10月9日(木)

『つれづれノート⑮』の原稿チェック。この作業中がいちばん落ち込む。特に今回は長かったし、ずーっと読んでいると、自己嫌悪に陥ってくる。このへん、何度も言ってるようなことだから、カットしてもいいんじゃないかとか……、この時の自分は嫌だなとか……。でもほとんどそのまま出す。考えている過程を書こうとしているのだから、今振り返ると途中の意見でも、この時はこう思ったのだから、しょうがない。

原稿をバイク便の人に渡し、暗い気持ちのまま、買い物に出て、暗い気持ちのまま、自転車で走り、暗い気持ちのまま、家に帰る。果てしなく、気が沈むのは……、空腹のせいかもしれない! 朝からほとんど食べてないし。

午後4時。ドアが開いて誰かが帰ってきた。さっき友だちのところに遊びに行ったさくだと思って「どうした?」と聞いたら、カーカだった。

さくと間違ってるなと思ったそうだ。1回帰って、また遊びに行くと言う。

「いい感じ、みんな」とうれしそう。仲のいい友だちたちと楽しそうだ。

よかったね。よかった。


夕食はサンマを焼く。それと、大根とにんじんと鶏《とり》団子の煮つけ。テレビを見ながら、さくとふたりで食べる。おだやかな夜。カーカも帰ってきたので、サンマを焼いてあげる。

さくの具合がよくなったので、ひさしぶりに卓球をしたら、ふたりとも下手になっていた。やりながら言葉を3回ずつ繰り返すのをする。「それとって、それとって、それとって」「はい、いくよ、はい、いくよ、はい、いくよ」「ダメじゃん、ダメじゃん、ダメじゃん」「今のは角に当たったね、今のは角にあたったたね、今のは角に当たったたね」なんでも3回。

さくは背が低くて、前から3番目ぐらいという。休み時間によく野球をするそうだが、体格のいいわんぱくチームと小さい雑魚《ざこ》チームとに分けさせられて、わんぱくから野球をすることを強制されるらしい。さくは小さいチーム。で、打ったら3塁を守っていた体の大きい子にドンッと押されてアウトになったと、つまんなそうに言う。そういうのって小さいチームはおもしろくないらしく、ふたりほど抜けて行ったらしい。でも抜けるとそれでまたちょっと文句言われるとか。
私「どう？　カーカ。雑魚チームなんて嫌だね」
カーカ「そういうもんだよ。それぐらいの男は。カーカたちもそうだったじゃん」
私「そうだね。小学生のころは、力が強い子が強いよね。中学生になったら、変わる？　わりと種類ごとに分かれるっけ？」
カーカ「……うーん。そうだね。楽しそうだよ」
私「小学校のころは、わんぱくが強い。中学は、運動ができる子がかっこいい……、高校は勉強ができる子がモテる……みたいな感じじゃない？　力から知性へ。おとなしくてやさしい男の子は、子どもの頃は苦労するよね。でも大人になったらいいよね」
私はさくのことになると小さなことで気持ちが沈む。さくがまた、あっけらかんとしてない性格だし。いいのか嫌なのか、意思表示がはっきりしてないから。

10月10日（金）

明日から3連休なので、3人で宮崎に帰る。夜7時ごろの飛行機。

5時15分出発。いつものように出発まぎわになってカーカがぐずぐずしている。外に出てから、サイフ忘れたなんて言う。時間がないからもうダメと、取りに行かせなかった。15分に出るから、ちゃんと準備しといてと何度も言ってるのに、これ。

夜、帰り着く。真っ暗な家の玄関を開けたら、木の匂い。これか〜。みんなが木の匂いがするするって言うのは。とても静か。

10月11日（土）

朝、ものすごく早く目覚める。庭を一周。植物のいい匂い。すがすがしい。でも、やけにコンクリートに黒かびが生えてるな……。草の伸びもまあまあ。夏にバッサリと切ったバナナの葉がまた伸びている。

さく、起床。天井を見上げ、「やっぱ、いいなあ〜」と。

「……さく、やっぱ、こっちに帰ってこようか」と私。

「うん」

「じゃあ、時期をいつにするか、それを考えよう」

「うん」

一緒に庭を一周する。寒いと言って、家に入っていった。

午前中、くるみちゃんが草むしりを手伝いにきてくれた。
く「おもしろい話を聞いたよ」
私「なになに？」
く「しげちゃんがケアセンターで、看護師さんに、せっせさんのお嫁さんにどうかって声をかけてるんだって。やさしいわよ〜なんて言いながら」

私「ええ〜っ。それ、昔からだよ。おもしろい話ってそれ？」

く「うん」

私「じゃあもういい」

腕にチクリと痛みが走り、どんどんかゆくなってきた。シャツをあげて見ると、虫に刺されたようなあとがたくさんある。いやだ〜、なんだろう。さっそくに。

夕食は、せっせ、しげちゃん、さくと4人で外食。カーカは友だちのところに遊びに行った。それぞれ好きなものを食べる。カーカからメールがきた。

「今日、友だち、泊めていい？」

「どうしよう……」

さくに聞くと、「いやだ」と言う。せっせが、「いいじゃない。じゃあ、さく、せっせとゲームしようか。夜、送っていくから」と言うので、さくも承諾する。

カーカへ返事「いいよ。でも朝ごはん、何にもないよ」

「ありがとう。大丈夫だよん」

帰りに、お米1キロ入りを買う。

疲れて眠かったので、早めに寝ることにする。遅く、友だちと帰ってきた。お腹すいたと言いながら、コンビニで買ったお弁当かなにかを温めて食べている。

明日の朝、朝市に行って野菜を買ってきて、なにか作ってあげようかな……などと思いながら寝る。

10月12日（日）

今日も朝早く目が覚めた。

市場に行ったらまだ開いてなかった。お休みかな？　8時からと書いてある。15分後にまた行ったら、今度は開いてた。1人だけ、おばあちゃんが野菜を持って来てた。三角マメと水菜と玉子を手に取る。穫《と》れたてのしょうがが7個ぐらい入って100円という安さ。「これで100円でいいかなあ？」なんて、そのおばあちゃん、申し訳なさそうに店の人に言ってる。いいどころか、安すぎ。次のおばちゃんが野菜を持って来た。まだ濡《ぬ》れてるキャベツをいただく。よかった〜と思いながら、カーカたちに朝ごはんを作る。夏からある冷凍庫の帆立と豚肉を使おうっと。帆立と水菜のサラダと、しょうが焼きとオムレツを作った。

「ひとり、増えたよ」とカーカが言う。夜のうちに来たらしい。カーカたち3人のを、テレビの前のテーブルに運ぶ。おいしいおいしいと言って食べてくれた。最初から作らなきゃいけないとなると気が重いけど、急にだったらかえって料理も楽しく作る気になる。

昼下がり。さくの保育園時代のお母さん友だちをお茶飲みに来ない？　と誘った。あたたかいので、縁側の窓を開け放して腰かけて話す。

彼女は、自分の思っていることを、丁寧に誠実に語る人。遠慮深くて思いやりがある。誠実に語るということは、人あたりのいいことばかりを言うのではなく、自分の中のネガティブな感情も正直に語るということで、それは本当に難しいことだ。ネガティブなことを語るときの遠慮がちな、相手に敬意をせいいっぱい示しながら言葉を選ぶ、彼女のひそやかな聡明さが私は好きだ。誠実であるということは、どんなに心を砕かなくてはいけないことか。正直であるためには、非難したくはないけど、きちんと言わなきゃいけない言いにくいこともあり、それには非常に微妙な思いやりが必要で、それができる人だと思い、私は尊敬している。

その彼女が静かに語ってくれた話。

ずっと前から知っていてお世話になっているお隣のおじいちゃんのこと。お歳は70歳前半。山登りが好きで、年に30回も近くの山に登ってる。本が好きで勉強好きで、糖尿病を患っていたこともあってか、いつもポケットにひょうろく餅《もち》というお菓子を入れていて、子どもたちに「はい」ってくれてたそう。

「フフフ。子どもたち、嫌がってなかった?」昔ながらのお菓子なので。

「はい。だんだん……たまったら、おばあちゃん家《ち》に持って行ってました（笑）」

そのおじいちゃんが今年の春のある日、夜になっても朝になっても帰ってこなかった。驚いてみんなで探して、最初はまた山登りかと思って、みんなでまっさきにいつもの山を探したけど、いなかった。お年寄りの自殺も最近はよくあるので、その可能性は? と奥さんであるおばあちゃんが尋ねられると、そんなはずはないです、たぶん車が溝にでも落ちて、連絡が取れなくなったんだと思いますと。すると、筍《たけのこ》を採《と》りに行ったらしいという情報がはいって、筍のある山の方を探しに行った。彼女もその山に行って、山道から細い側道に入って探していたら、何か、きれいにハサミで切られた白い小さな紙が点々と落ちて続いている。なんだろう？　この紙、何かの境界かな？　道路拡張かなにかがあって、ここまでっていう、その印かな？　などと思いながら、ちらちらその白い紙を視界に入れながら進んでいたら、ある場所でその白い点々がぷっつりと途切れて、あれ？　前にはない、横を見たら、山の中へ続いて行ってる。なんだろうと思いながらもそこで、警察犬を出すから、みんな引き返すようにという連絡が入り、そこから引き返したら、警察犬が、おじいさんが山の中で首をつっているのを発見したと。

「側道を80メートル、山に入って20メートル、だったそうです。私は全然気づかなかったけど……その紙は……」

几帳面《きちょうめん》なおじいさんが、探す人に迷惑をかけないように、自分の遺体を発見しやすいように印をつけた跡だった。聞けば、おじいさんは癌で、今年いっぱいと言われたらしい。おばあさんは車の運転ができないし、このまま亡くなるまで生きたらおばあさんが大変だからと、自ら死ぬことを決めたようなのだ。

「そ、それは……。そのおじいさんは……すごく勇気があるね……私には……できない……。たぶん頭のいい人だろうから、考えた末に、決めたんだろうね……」

「私は全然気がつかなかったんですけど……、自分で発見しなくて、よかったかも……」

「そうだね。もし、見つけたら、忘れることができないかもね……」

残されたおばあさんは最近、ずっと悲しんでいたけど、「やっと半分人間になりました～」とおっしゃっていたそう。静かに語られたその話を聞きながら、私はものすごくしみじみとしてしまい、心の中で、美空ひばりの「愛燦燦《あいさんさん》」のメロディで、人生ってせつないものですね～、と歌った。

それから、花や植物の話をした。

「金木犀《きんもくせい》の匂いっていいよね～。金木犀、くちなし、沈丁花《じんちょうげ》が、どこにでもある、3大、季節のいい匂いじゃない？」って言ったら、「このあいだ、金木犀がすごくいい匂いだったので、病院に持って行ったら、看護師さんが、わあ！　この匂いって大嫌い！　早く雨が降ればいいのに！　って大声で言って……、そんなに言わなくてもいいのにって、ちょっと悲しく思いました……」

「う～ん、そうだね、看護師さんが言うべき言葉じゃないね」とちょっと苦笑い。

あと、子ども部屋の窓から外を見たら、夜の8時半ごろ、遠くの山を小さな光がスーッと横切って行ったそう。なにかな？　と見てると、いったん消えて、また見えた。スーッと、4回、光が見えた。それは、山の中腹を通る電車の光だった。それを見るたびにうれしくなるので、あ、8時半だ、見えるかなって、その時間になると窓からのぞいて見るのだそう。それが小さな楽しみだと言う。

その話を聞いて、またしみじみとしてしまった。彼女も本当に毎日忙しく、「いろいろと、だれでもそうだろうけど、本当に人に生まれると大変なことがいろいろあって、鬱《うつ》にならないだろうか……と不安になる時があります」と言う。


さくから電話。

「けいくんの家に泊まっていい？」

「けいくんのお家の人がいいって言ったら、いいよ」

あわててバタバタと、聞いてる様子。泊まることになった。

となると、今日は、さくもいない。

カーカはどこに行ったのか、いつ帰ってくるのかもわからない……。

夜はオノッチとイタリアンだ。迎えに来てくれた。

このオノッチも、働き者で、超忙しく、それでいていたずら好きな、私が、この人はやれる！　と見込んでいる人だ。どんどん成長しているのが判る。力強い。もっと、どんどん行けるよね。行けよ！（オウ！という声が聞こえる）

おいしいイタリアン（繊細な生春巻きがおいしい……けど、これってイタリアン？）を食べながらふたりでいろいろしゃべる。イカスミのリゾットも季節のトマトのパスタもおいしかった。陽気なオノッチが、しみじみと「どれだけ人の世話になっているかがわかった」と神妙な顔をして話す。うんうん、と私もまじめな顔で聞く。

夜中に目覚めて、あのおじいさんのことを思い出し、涙が出る。

あのおじいさんの話は私のツボだ。私は、自殺っていけないことだと思うんだけど、この場合、衝動的とか、弱さとかではなく、思いやりの果ての自殺だ。それは、すごく勇気のいることだったろう。戦時中、特攻隊の潜水艦の中で、進路がずれて相手を倒すことなく、正座したまま死んで行った少年の話を思い出す。

でも、おばあさんにしたら、たとえぼろぼろになっても、おじいさんが自然に死んでいくところを見たかっただろうな……。なんとも言えない……。

起きて、冷蔵庫の麦茶を飲む。

本を読んで、明け方、眠る。

10月13日（月）体育の日

夕方、東京へ帰る。

鹿児島の空港でカーカがオレンジジュースを飲みたいと言うから、スタンドで買ってるあいだ、さくが隣でガチャポンをしたいと言うので200円あげた。しばらくして見ると、カーカがガチャポンでとったキーホルダーをカバンにつけていた。どうしたの？　と言うと、どう言いくるめたのか知らないけど、さくの200円で買ったのだそう。「別にいいよって言うから」。もう……嫌だなあと思いながらさくに200円またあげる。「いいんだったらしたいって言わないでよ。本当はやりたかったんでしょ?」

さくは、どっちでもいいんだけど……みたいな低いテンションで、ガチャポンを買った。すると、すごくいいのが出た。恐い顔が映るライト。「いちばんいいじゃん!」とカーカが口を出す。飛行機の中の暗い足元に向けて点《つ》けたら、おもしろかった。

東京に着いて、空港の長い廊下を歩く。

10月15日(水)

朝のテレビを見ていたら、犬を散歩させている映像。

「見て! あのおしり、かわいい~。トコトコトコトコ」

『ぼく、お散歩大好き~、ずっとずっとずっとずっとお散歩してたいの。一日中ずーっとずっとずっとお散歩に連れてって~』と、また声音を使って犬の気持ちをアテレコしたら、さくが大喜び。なんで好きなんだろう。

「うちってみんな、犬飼えないよね~。散歩連れてくのがね~。でもかわいいよね、時々」

夜は、やぶちゃんとイタリアン。おいしかった。カルパチョの1皿がきれいだった。主に話した内容はそれぞれの子育てに関する悩み、気がかり。やぶちゃんには、いろいろ話せる。私は最近のいちばんの憂鬱《ゆううつ》の種の、さくに関すること。やぶちゃんは冷静だし、話を悪く広げないからいい。不安をあおるようなことを言う人には、ぐちはこぼしたくないよね。それからお弁当のおかずのこと。

10月16日（木）

以前レーシックの視力回復手術をしたアイクリニックで10年ぶりぐらいに検診。今の視力は右0・6、左0・1ぐらい。

いろいろと聞いた。その病院の人が言うには、レーシックの手術をして近視が戻る人はだいたい10パーセントで、再手術をする人は5パーセントぐらいなのだそう。でも私の近視の戻りは、角膜の厚さはほとんど変わってないので、手術後の角膜が厚くなったからではなくて、水晶体の方の変化だろうということ。つまり、レーシックとは関係ない新たな近視。ふうん……。左目をもう1度手術できるけど、その場合、老眼との兼ね合いがあるので（近くが見えなくなる）、自分のライフスタイルを考えて、再手術するかどうか決めたらいいとのこと。一応、左目を再手術して1・0ぐらいにした時の見え方になるコンタクトレンズを3枚もらってきた。

う～ん。むずかしいところだ。今の見え方だと、近くはわりと見えるので、パソコンや読書にはいい。映画や車の運転の時にはメガネで矯正している。もし左目をよくすると、右目だけで近くを見ることになり、老眼はこれから進んで行くので、老眼鏡をかけなきゃいけない時期が早まる。どっちをとるかの問題らしい。今後もっと歳をとって白内障になった時は、その手術の時に遠くも近くも見えるレンズを入れることになり、よく見えるようになります。遠くも近くも見えるようになる可能性が、将来もう1回だけありますよ。でもそれはもっと先ですねとおっしゃったのが、なんかおかしかった。将来もう1回ある、ってところ。

10月17日（金）

左目だけコンタクトレンズをいれてみたら、わりと見えるし、違和感なくすごせた。手術はしないで、必要な日だけコンタクトを入れる、というのがいちばん楽かもしれないと思った。と言っても、ふだんの日は現状のままで行くと思う。手術はもうしたくないから。だいたい、角膜を削るっていうのが怖い。いろいろとマイナスも多いだろう。なんでも危険と引き替えだよね。今となっては、それほど見えなくても不便じゃないし。

遅ればせながら「フラガール」を見る。ひとりで家で見てよかった。ずっと泣いてたので。松雪泰子《まつゆきやすこ》が男風呂《ぶろ》に怒鳴りこんでいくところがカッコよかった。蒼井優《あおいゆう》の演技は情緒あるし。あと、トヨエツがちょっと笑いながら炭鉱のトロッコに乗り込むところがスローモーションになっててすごく素敵だったんだけど、それを見ながら、顔ってなんだろう……と思った。もしこの顔じゃなかったらこのシーン、こんなにカッコいいとは思わなかったたろう。美人の顔にしろ、カッコいい人の顔にしろ、顔って……なんだか妙な要素だよなあ……。顔の好き嫌いって、単純にあるよね。好きな顔って、そこにはなにか、理由があるのかな。顔ねえ～……。

こういうふうに思うこともある。好きな顔って、目印なのかもしれないなって。好きな顔って、すぐにぱっと心がひかれるでしょう？ 印象に残るでしょう？ それがきっかけで近づくこともあるでしょう？ そして、好きな顔って、人それぞれ違うでしょう？ 顔が好きじゃなかったら、他の人とおなじようにただ通り過ぎたかもしれないけど、顔が好きだったから、話すことになって、知り合いになることがある。その時に顔は、ふたりを近づけるための小道具なのかもしれない。

今日から日曜の夜まで、さくはパパのところにお泊まり。大阪のおばあちゃんも来てるらしい。いそいそと出かけて行った。

夕方からカーカと買い物に行こうと思っていたけど、遅くなったから後日に。靴が欲しいと言うので買ってあげたい。ふたりで買い物に行くことはまずないから。で、近所にごはんを食べに行く。タイ料理屋に行ったらいっぱいだったので、その近くの新しくできたイタリアンへ、人がいなそうだったので入ってみた。カウンターだったら大丈夫とのこと。よかった。うすぐらく大人っぽい店だった。前菜の野菜がまたかわいく盛り付けられて、最近こういうのが流行《はや》ってるんだな。四角い大きなお皿に、いろんなものがきれいにちりばめられてた。コースを食べながら、カーカといろいろ話す。こういう時間も初めてかも。だんだん大人になってきて、よかった。栗のデザートがおいしかった。
やぶちゃんが、「ドバイ」の本を娘の冬子ちゃん（カーカの小学校からの友だち）に見せたって言ったから、「どう思っただろう」と緊張して聞いたら、あの写真を見て、「うん。大丈夫、大丈夫」ってつぶやいてたって……、とカーカに話す。
私「よかったね。冬子ちゃんが大丈夫って言ってくれたら、なんか安心だよね。ママたち、行き過ぎるところがあるからさ」
カーカ「うん」
私「あれ見て、うん、大丈夫、大丈夫っていいね。その言葉、なんかお母さんみたいにやさしいね」
カーカ「うん」

家に帰って、それぞれのんびり。カーカとふたりって、けっこう楽しい。カーカは最近、気が重いらしい。死にそう〜死にそう〜と学校でよく言うらしい。「そりゃそうだよ。勉強してないから」と言うと、「言わないで。わかってるから」でも「バンド楽しみ」だって。バンド作ったから。「オリジナル？」「なわけないでしょ」「そうだよね」

10月20日（月）

土日はすごくいい天気だった。ずっと青空で。

きのうの夕食はカーカとふたりだったので、また近くのイタリアンを食べに行った。トマトのショートパスタを見て、虫みたいとカーカが言う。ホントだ。

お腹がすいてると言うので、５皿もたのんだら、超お腹いっぱいになってしまい、最後の豚肉のソテーみたいなのは半分ぐらい残ってしまった。つけあわせのポテトフライも1個しか食べられない。持っていた雑誌を破って、それに包んで持って帰ろうか？と言ったら、うんと言うので、そっと破って袋を作り、ささっと豚肉とポテトを入れた。今度から絶対にタッパーを持ってこようと、いつも思う。お肉、明日のお弁当に入れようっと……。

さくがガチャポンでとった恐い顔のライトと一緒の写真をみんなで撮る。恐くておもしろい。

10月22日（水）

家から一歩もでないで仕事や読書をして過ごしている。けど、もう明日は買い物に出かけなければいけない。サランラップが切れたし、食料も、私だけならあと1週間は持つけど、子どもがいるしお弁当もあるのでそろそろ買いに行かなくては。面倒くさいなあ。買いだめしようっと。しばらくこもれるように。

『珊瑚《さんご》の島で千鳥足』が出来て、送られてきた。写真のところを見た。遠くの菜の花をバックに5人並んだ家族写真のなんともいえないイケてなさが、私にはツボだった。いいなあ～。こんなに気取ってないなんて。セルフタイマーで撮ったんだったな。しげちゃんだけがうれしそう。さくは真面目。カーカはふざけたような直立。私は早く終われと思いながら薄笑い。せっせは、じいさんみたい。

さくに、「せっせ丼、1回、食べたいんでしょ？」と写真を見せたら、「やっぱ、いいや。りんごが……」なんて言ってる。

さっそく、なごさんとなご母の清美さんにいそいそと送る。てるくんには、内緒。

10月24日（金）

朝、さくにごはんを食べさせながらテレビをつけていたら、シャボン玉アーティスト、ファン・ヤンという人の「メガバブルショー」というのを紹介していた。いろんなシャボン玉を見せてくれるショー。見たいなあ～と、さく。さくが見たがるなんてめずらしい。

「今日から、3日間、新宿コマだって、行く？」

「行きたい」

さっそく調べたら、まだチケットがあった。一応カーカにも聞いたら、カーカは行かないと言うので、ふたり分購入する。

さくが「行ってきます」と登校する背中に、声をかける。

「明日はバブルショー……急に」

外は雨。雨っていいなあ。家にずっといる日の雨が大好き。特に最近は家の中にこもっているので、ますます気持ちがいい。雨の日って、まわりの空気中に、空の中に、雨粒がいっぱいあるのが気持ちいい。薄まった川の中にいるような、まばらな海に包まれているような安らぎを感じる。

私の中では、来年3月に宮崎に帰ることにしたいと思っている。さくと宮崎、カーカと東京。2年間は半々の生活にして、徐々にカーカが大学になってからの一人暮らしに慣れるようにしてもらう。そうすれば、私も半分はカーカから自由になれて楽だし。


昨日の夜、さくがカーカのゲームソフトを無断で使っていたことが判明した。以前にも何度もカーカが確かめたのに、さくは「友だちから借りた」とウソを言っていたのだった。でも、カーカはゲームにあまり興味がなくなったせいか、あきれただけで怒ってなかった。

私「なんでそんなウソついたの？　いつかばれるのに」

さく、ふとんにつっぷして黙ってる。

私「だったら、他のことでもウソついてるんじゃないの？」
さく「それはないよ」
そして、友だちのだれだれはこんなウソついたんだよ、なんて話し始めた。
私「だれだれちゃんはママの子どもじゃないし、興味ないよ。ママが興味があるのはさくだけだよ」

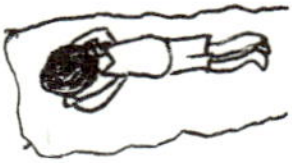

10月25日（土）

朝、テレビをつけたら18歳の騎手三《み》浦《うら》皇《こう》成《せい》くんの話題だった。5歳の時、初めて馬に乗って、それ以来、騎手になるためだけに生きてきたそうだ。まなざしがとても落ち着いている。この人、いい。騎手のことしか考えてなさそう。私は、自分の興味のあることだけを考えている人が好きだ。そういう人は、ゆらがないから。

昨日からテストだったらしいカーカ。
私「どうだった？　テスト」
カーカ「ふつう」
私「むずかしいんじゃない？　もしついていけなかったら、カーカも来年、宮崎に帰る？　一緒に」
カーカ「面倒くさい。あと一押しなにかあったらね」

私「留年したら？」
カーカ「そうだね」
私「でもそしたらまた1年生だよ」
カーカ「やだね。………勉強道具、全部学校に忘れてきた」
私「カーカ……なんでカーカって、いつもそうなの？」
月曜からもテストなのに。
さくとバブルショーに行ってきました。歌舞伎町《かぶきちょう》の新宿コマ劇場。古く薄暗く、劇場内に入ると、長い年月に浸《し》み込んだ臭いで苦しい。バブルショーはしみじみとした人情味にあふれていた。小さなシャボン玉がたくさんでてきたところが好きだった。さくは「ぼくはおもしろかったよ」と言ってた。けど、バブルという言葉はバブル崩壊のイメージがあるからか、ナレーションで何度もバブルという言葉がでるたびに、なんとなく気持ちが沈んだ。場内は、シャボン玉好きの親子や老夫婦など、オタク的雰囲気に満ち満ちていた。私もシャボン玉好きだけど、わざわざ新宿コマまで来て見るものかな……と、途中疑問を抱いてしまった。でも、さくがおもしろかったと言ったからいいや。

終わって、伊勢丹《いせたん》の地下でお昼と夕食を買って帰る。花束みたいに上品でかわいいケーキをおやつに買った。スポンジと生クリームといちごのケーキで、味もおいしかった。銀の丸いつぶ（アラザン）がよかった。

カーカもさくも、家にお金がないとか、お金がもったいない、ということに弱い。来年の話を具体的にしていたら、カーカも私とさくが宮崎に帰ることはしょうがないと思ってきたようで、「じゃあ、お金がもったいないから、ママ、あんまり（東京に）帰ってこなくていいよ。ひとりで頑張るわ」などと言う。お金がないと言えばふたりともビクンとして、急に言うことをきくのがおもしろい。カーカもさくも、絶対こうじゃなきゃいけない、というタイプじゃないのでらくだ。あきらめがいいというか、しょうがないと思ったら、切りかえられる。「別にお金がないわけじゃないんだよ」と言っとく。カーカの責任転嫁癖は相変わらずだけど、自分からあえて努力をしないという性格だけに、いったん不本意な状況に入れられたら、そこからムリに這《は》い上がろうとはしないかわりに、しょうがないとあきらめて順応しようとする能力はあるので、前向きではなく後ろ向きにポジティブ。攻めは弱いけど、受けに強い。ということは、安楽な環境に放っといたら限りなく易きに流れるが、あえて困難な状況に落とし込めば、そこでなんとか生き延びようと地べたを這うように頑張るのかもしれない。最低限のレベルだけど。ライオンが子どもをわざと谷に落として鍛えるように、私もこれぐらいのことはしてもいいと思う。カーカのことを知ってる人はみんな、そうしてもカーカは大丈夫だよと私に言う。カーカに話して理解できることと、理解できないことがあるので、本当のことを言うとたまに頭が真っ白になってしまうので、あまり説明せずに、5年後、10年後のことを考えて、私は対処すればいいんだろう。あまりにもカーカの今だけを見ていると、私が迷路に入ってしまう。

「ブラッディ・マンディ」を子どもたちが見てて、すっごくおもしろい、すっごくおもしろいと興奮してる。

10月26日（日）

「サンデープロジェクト」。景気のことをみんなで話し合ってる。田原総一朗《たはらそういちろう》の司会がいいんだなあ、これ。でも、おもしろくないので消す。世界大不況……。景気が悪い時の雰囲気は、景気がいい時よりも好き。みんな真面目になるから。こうやって景気が悪くなると、まわりに影響される生活は恐いと人々が思って、すこしでも自立……まわりに影響されない生活設計が大事だと、思うようになると思う。すこしずつでも、そういう部分が増えると、安心だよね。自家菜園とかさ。

10月27日（月）

今日、冷房と暖房の切りかえのために各部屋のフィルター交換がある。それで、部屋に掃除機をかけといてねと土曜日からカーカに言っておいた。掃除機もカーカの部屋に運んで、かけるだけにしといた。「見て」と言うので見ると、ベッドとテレビの間の床の絨毯《じゅうたん》にカーカの髪の毛が２００本ぐらい落ちていた。

「やだー！　はやく掃除してよ」

「ハハハ。抜けた髪の毛、ここに落としてるんだよね」

「絶対に掃除機、かけといてね。月曜日に人が来るから」

「うん」

で、土曜日も日曜日も何度も、掃除機かけてね、かけてね、と言い続けた。

そして今朝、「かけた？」

「ううん」

「……何度も言ったじゃない。どうしてかけなかったの？」

「わかんない」

「どうして？　どうして？」

「わかんない」

「カーカのそういうところが大嫌いなんだよ。カーカが義務を果たさないから、ママもしてあげたくなくなるんだよ。わかる？」

自分はなにもしないくせに、勉強も努力も手伝いもしないで、私にお弁当や食事を当然のように要求する。カーカが義務を果たさないから、私も親の義務をしたくないと言うと、自分が被害者のようなことを言って、私を責める。

でも、しょうがなく、２００本の髪の毛を掃除機で吸う（さっぱりした。掃除機って素晴らしい）。

でも、来年の春に、私はカーカから逃げられるんだ！　半分だけだけど。わーい！　ここまでの道のり、長かった〜。いったん3人で東京まで引っ越してから、置いてくっていう……。図らずも、だけど。

バンザーイ！　バンザーイ！　バンザーイ！

ひきはがすのに、すんごいエネルギーいったなあ……。カーカは、春にもう一度引っ越すのがものすごくものすごく嫌だーと言ってるけど（私たちが宮崎に引っ越すとき、今の部屋は広すぎて高価なので、小さくて便利なところに引っ越す予定）。なにしろカーカって、石像のようだから。いったんどこかに落ち着いたら、自分からは決して動かないタイプ。


「キーちゃん、歳とっても、おもしろいことあるの？」と昔、私が尋ねたという言葉を、ときどき思い出す。あるよね、って私はこないだ言ったけど、あるのかなあ。

若いときのあのわくわく感って、あの頃特有のわくわくさだったのかもしれない。とても自由で、限りない感じで。でも、だからといって、本当にそうだったかと聞かれると、そうじゃなかったかもしれない。若いときも、今も、たぶんこれからも、いつも気が晴れないことはある。ずっと気が晴れてなかったんだっていうのがわかるのは、気が晴れたその瞬間だけだ。いったい……気持ちって、どんなふうになってるの？

ぱあっと、気が晴れる。気が晴れたまま、ずっといく。そういう状態に入って、なれるのだろうか。……生きてる限り同じかもなあ。こういうふうかも。ぱああっ、は一瞬しか、もたないのかも。人の気の晴れなさと自分のとは比べられないけど、ものすごく違ったりしてね。これだったら自分のでいいやって、みんな思うかもね。

最近私はしばしば思うことがあるんだけど、私は人と、1回会えば、その人と交換すべきことのほとんどが、それで達成できる。メールに送受信ってあるように、その人と送受信できること、すべきことが、その短い時間でできる。1回で充分だ。真剣に会えば。交換すべきことは、一瞬で行き交う。その後、何度か会うことになる人は、継続してなにかを一緒にやっていく人。なにかを一緒にやる人とは何度も会えるけど、一緒に何かをするような関係でない人とは、ホント、1回で充分で、それでとても満足できる。

カーカが、来年の春から私が2週間おきぐらいに行ったり来たりするようになったら「映画見ようね、ためといてね」と言う。こういうカーカはいい感じだ。

「最初の1ヶ月は1週間ごとに行ったり来たりするよ。それからだんだん間隔を広げて……」と言うと、「いいよ、飛行機代がもったいないから」と言う。

さくに、「カーカ、来年、私たちが宮崎に帰ること、納得したみたいだね」と言うと、「これから、大事にしようね」などと言う。「なにを？」と聞くと、「いや、いい、間違えた」。残された時間を、かな？

10月28日（火）

なにか……ひっかかる……。ああ、そうか、カーカの「あと一押しなにかあったらね」の言葉だ。そうか……、楽しそうだったから考えもしなかったけど、カーカも一緒に宮崎に帰るという可能性もあるのか。勉強がついていけないようだしな。そうなると、どうだろう。長所、短所あるけど、長所は、私が行ったり来たりしなくてすむ、留守中のふたりのことを気にしなくてすむ、部屋代もかからない、引っ越しや手続きが楽。短所は、毎日お弁当を作らなくてはいけない、カーカがいるとどんな気持ちになるかわからない、けど、今までよりは大人になってるからまだましかも、カーカの高校があるかどうか。う〜むむ。とりあえず、まだ保留。けど、今年の12月に引っ越しても私はいいぐらいだ。

10月29日（水）

今日、さくは学校でプラネタリウムに行ってきたそう。プラネタリウムに行ったのは初めてで、すごくよかったと言う。感動していた。よかったね〜、と思う。カーカはまた8時ごろ帰ってくるなり、お腹すいたお腹すいたって。そして「今度、外に鍋《なべ》とか和食を食べに行かない？」と興奮気味。ずっと自分の部屋にいた私はテンションが静かだったので、「どうしたの？　行きたくないの？」と聞かれる。テンション高いカーカから見たら手ごたえがなかったのだろう。

10月30日（木）

朝のかけっこ練習の当番で小学校に行く。だんだん寒くなると練習に来る人が少なくなるそうで、さくも2学期にはいって2回目。もう今月で辞めようと言っている。今日は全部で20人。多い時は30人以上いるのだけど。もうひとりの当番のお母さんとぽつぽつ話しながら練習風景を眺める。いろいろと話を聞いたところによると、みんな小学3年の2学期ごろから塾に通い始め、それ以外に運動とかピアノなどの習い事をしていて、中学はほとんど私立を受験するらしい。さくは塾にも習い事にも行ってないと言ったら、「家に帰ってなにしてるんですか？」と聞かれる。ゲームしたりテレビ見たり……。あと、塾に行ってない子がひとりだけいるので、その子と遊んだり。そう、さくの目下の問題は、ヒマだし、気が弱いので、遊びを誘われたら気がのらなくても断れないということ。

終わって、さくの担任の先生を見かけたので、立ち話。最近、さくのことで相談していたので。ある、気になることがあって手紙を書いたので、そのことを。来年、また宮崎に引っ越すかもしれないということも話す。わんぱくな男の子が、さくたちのような大人しい子を授業中つついたり、ちょっかいを出すので注意しているのですけどと心配そうにおっしゃる。そんなふうにされてるんだったら、なにも3月までここにいる必要もないか……、冬休みに引っ越そうかなとちらっと思う。

さて、朝、またベッドの中で思い出していた。わ太郎くんの占いのある部分。メモしといたんだったなと、起きてからそのページをさがした。あったあった。

「49歳以降、本来の自分の人生を歩んでいく(あと4ヶ月とちょっとだ)。欲がぬけて、純粋になる。新しいサイクル。光ある方、とらわれない方、新しい方、普遍的。水にちなんだもの。教育、人の目を覚まさせる」

いいじゃん!

もうこれだけで、一生占いを観てもらわなくていいぐらいの、いい言葉だ。


カーカに高校のこと、転校する気があるか聞いたら、したくないというので、やはりさくとふたりで帰ることになりそう。でも、すっかり機嫌の悪くなったカーカは、「ママが失敗したんじゃん」などとまた責任転嫁する。さくの学校選びがいけなかったなどと言う。それ、今だからそう思うだけで、失敗ってわけじゃないと思うけど。カーカにしてみれば人のせいにしなければ気がすまないのだろう。カーカから見たら、私がいつも悪いのだ。カーカって、解決策を考えずに、ただ文句ばかり言ってる。今日も、靴下が洗濯して小さくなったから、学校生活の楽しさが半減してるなんて言うので、じゃあ、お金あげるから買ってきなさいと言うのだけど、それはしないで、文句ばかり。不満があることには、どんどん自分で解決策を編み出せばいいのにと思うけど。私はそれには協力するのに。なにもしないで、ただ現状を怒ってる。

さっきも寒い寒いとうなっていた。じゃあ服買ってって言えばいいのに。「服がないない」とうなるのが嫌だ。ドアをバッタンと閉めて、ふて寝してる。

カーカが、今日、映画見に行こうと言ってたのに、私はその気が失《う》せたので、ごはんのおかずを作る。麻婆茄子《マーボーなす》。ホントは外食する予定だったのだけど。

そこへさくが帰ってきたので「隣の子がいろいろ授業中にちょっかい出してくるの？」「僕がなにか聞いて、それで話したり……」となんだか普通の感じ。う〜ん。先生の心配そうな様子ともなんか感じが違うし……。これは、様子見だな。

カーカに「ごはんだよ」と言ったら、6時半に起きるからと言って、寝てる。7時20分の「センター・オブ・ジ・アース」、まだ見に行く気なのかな……。ごはんを食べていたら、起きてきて、食べ始めた。だれも映画のことは言わない。でもごはんを食べたらみんな機嫌が直っていた。そのままそれぞれにテレビ見たりして気ままにすごす。

10月31日（金）

いろいろ考えて、さくを塾に行かせた方がいいのかなと思ってきた。来年の3月までても。そうしたらヒマじゃなくなるし。他になにか興味あるものないの？　と聞いたら、バッティングだけの野球、と言うので、だったらバッティングセンターに行けばいいしね……。なにかないの？　ピアノは？　やったじゃん。そうだった。すぐ辞めたくなっちゃうもんね、ママたち家族ってマイペースだから、強制されるのがいやだし……。カーカにも相談してみた。なにか習わせるのはいいと思うよ。他の世界があった方が。と言う。塾はあまりおもしろくないかもしれないけど……と言うので、そうだね、なにがいいかなと考える。

私「将棋は？　ママ、将棋やって欲しいな。カッコいいもん。頭よさそうだし。……羽《は》生《ぶ》さんとか……」

さく「将棋って？」

私「ほら、『ヒカルの碁』！」

カーカ「あれは碁じゃん」

私「そっか……、あ、『月下の棋士』だよ。知らないか……」

カーカ「カーカも、将棋がいいな」

私「いいよね。さく、将棋にいってみない？　1回」

さく「……うん。いいよ～」

で、さっそく調べたら、近くの千駄《せんだ》ヶ谷《がや》の将棋会館で体験レッスンをやっていた。こんな大本山で習えるなんて、またとない経験だ。すぐに体験レッスンの申し込みフォームに住所などを書いて送る。「ぜひ子どもに、一度は将棋の世界にふれさせてみたいと思いまして、今回、体験を希望いたしました。よろしくお願いします」と。

さく少年がじっと棋盤を見つめながら、静かに将棋をさす……。いいなあ～。ああいう静かな世界が、さくには向いてるような気がすご～くしてきた。

カーカが帰ってきて、「あの高校、大人っぽい人ばっかり」
私「でしょ？　そう思った」
カーカ「大学生みたい。友だちも大人の人が多いわ。話すことも」
私「カーカは影響されないの？」
カーカ「わかんない」
私「いいね」
カーカ「おもしろいよ。……早く会社に入りたい」
私「入ってよ。そして自立して、ママのところに来ないで欲しい」
カーカ「そういうんじゃなくて、飲み会に行きたい。楽しそう」
私「嫌なこともいっぱいあるよ」
カーカ「じゃあ同じじゃん」
私「そうだよ。子どもの時も、大人になっても同じなんだよ、そういうのは」
カーカ「ソウくんって、ママ、好きそう」
私「どんな人？」
カーカ「おもしろいんだよ」
私「ママは心が落ち着いてる人が、好きだよ」
カーカ「落ち着いてるよ」

私「しゃべり方とか。しゃべるテンポが一定で、抑揚のない人が好き」
カーカ「テレ屋に見えないけど、テレ屋なんだよ」
私「へえー」
カーカ「小学校、世田谷《せたがや》のあの学校にずっと行ってたらよかった。すごい人が多そう」
私「今頃言ってもしょうがないでしょ。それ結果論だから。なんか責められてるみたいで嫌だ」
カーカ「別に責めてもいいかなって」
私「(ムカッ)あっち、行ってよ。仕事中なんだから。なんで裸でママのベッドに寝ころんでるの？　行って、行って」
行って、お腹すいたとか言って、卵でなにか作ってる。
明日から3連休なので、これから宮崎に帰る。ばたばたと準備する。
夜、宮崎の家に到着。
やっぱりいいなあ。でも寒い。うっすら。OMソーラーの機械にエラーが出てる。寝ようとしたら、さくのパジャマが小さくなっていた。明日、買い物に行こう。

11月1日(土)

朝早く目が覚めて、庭を一周する。気持ちいい。前回から3週間しかたってないので庭の木や草はそうのびてない。静かだ。

起きてきたさくに「どう？　3月といわず、12月に引っ越さない？」と聞いたら、「いやだ。早すぎる」。

10時になったので、3人で安い衣料品店に買い物に行く。ホント安い。カーカも夢中で安いものをカゴに入れている。私も帽子やマフラーを買った。シャボン玉も買った。お昼を食べて、近所のスーパーに行ったら、人がいなかった。「この町って、いつか消滅しちゃうんじゃないかと思うんだよね〜」とカーカがつぶやく。

11月2日（日）

オノッチとお茶。私が前にオノッチに語った、さくの小学校の話を人に話すとすごく驚くのだそう。それは、都会で土地が狭いので土地を有効利用していて、体育館は地下、プールはグラウンドの人工芝の下にあって、夏だけ顔を出す、という話。

午後、友だちのところに泊まりに行っていたさくが帰ってきたので、ポンポンをする。夕方になってお腹すいたと言うので、ファミマでチキンなどを買ってくる。帰って、食べながらテレビをつけたら「笑点」が始まるところ。チャンネルを変えようとしたら、「こういうのってときどき見るとおもしろいんだよね」とさくが言うので、変えないでおく。でも、結局マンガ本を見ている。

6時ごろカーカが帰ってきて、お腹すいたと言うので、またファミマに買いに行く。明日帰るので料理を作りたくないから。

おフロで、きのう買ったシャボン玉をさくとやる。ひとり1本でずいぶん長く遊べた。30〜40分も。ずっと吹き続ける。けどさすがに私はだんだん飽きてきて。最後はおフロにつかりながら、ちょうど目の前にあったさくのおちんちんに向けて吹きつけることにした。シャボンのパンツ作ろう。

「虹《にじ》色のドームが連なるシャボン玉パンツ〜」

「キャハハハ。くすぐったい」

「軽くてぴったりシャボン玉パンツ〜」

「アハハハ」

「虹がゆらめくシャボン玉パンツ〜」

さくは大きなシャボン玉を作るのに夢中になっていた。

夜がすごく静かで、ものすごく寂しい感じがした。それはたぶん今ここに住んでいないので、みんなここにつながりがないせいのような気がした。つなが

っていないことの寂しさみたいなものを感じた。その静けさ、寂しさは、ちょっと今までにない感じだった。

11月4日（火）

私はこのところ、無料体験ゲームに凝っていて、さっきやってたのは「レインボーミステリー」というゲーム。花を並べて消すというもの。並べて消すのが好きだし、花だからきれいだし、音楽もよかった。でも、体験の1時間が過ぎて、ブチッと切れる瞬間は、もう切れるもう切れるとわかっていたので、びくびくしながら大急ぎに急いでいて、ブチッ！……真っ暗……に、さくと大笑い。それでも買う気にはなかなかなれない。

6時半にカーカが帰ってきた。サンマを焼いて、テーブルに出してカーカの正面に腰かけたら、「何で前に座るの？」と嫌な顔をする。


「嫌なの？」

「うん。ごはん中は」

「(ムカッ）……前に座っただけで嫌だって言われるのって、すごく嫌だね」

「お茶ちょうだい」

「前に座るのは嫌だけど、お茶は要求するんだ」

タルト屋で、フルーツタルト2個とシブーストを買う。店の人に注文のために目の前にきてもらってるのに、カーカは自分が味見したいレッドベリータルトを無理にさくに買わせようとしてて、私とカーカでカンカンガクガクの言い合いになってしまい、恥ずかしかった。店員の前で親子、もめ事。もう閉まりかけで他にお客さんがいなかったからよかったけど。

11月5日（水）

夜、眠る時、横になりながら、耳かきしてとさくが言う。ちょっとめん棒でくるくるすると痛いと言う。ピンセットでとろうかと言うと、また血がでるからとイヤイヤする。でも、ちょっとだけピンセットでとった。さくは耳垢《みみあか》がつまりやすい。

11月6日（木）

将棋会館から体験レッスンの案内がきた。駒の動かし方は覚えてきてくださいと書いてある。覚えさせなくては……大丈夫かな。面倒くさくなってきた。

なにが偉いってことないじゃん。……という言葉が浮かんだ。

本当に、なにが偉いってこと、ないよね。

あ〜、おもしろかった。今は夜の6時。カーカが鍋《なべ》を食べていて、終わりかけ。さくはまだ帰ってきてない。そこで、私はあることを思い出して「アハハハ」と笑った。「さくがね、こないだトイレから出てきて、笑ったのよ」と言ったら、カーカがキッとこっちをにらんだ。言わないで！　というオーラ。さすが勘がいい。

「ごめんごめん、なんでわかった？」

「トイレって言ったから」

そう、それはトイレに関する話。

こないだ、さくがトイレから出てきて、うんちをしてきたようだった。なんかもぞもぞしてると思ったら、拭《ふ》いた紙がトイレに落ちずにパンツの中に残っていたのだ。キャアーと叫んで、てへへとテレ笑いしながらゴミ箱に捨ててた。そのことを思い出して、カーカに話そうとしていたところ。

さくも帰ってきて鍋を食べて、最後、私とカーカが最後の最後のところを食べていた時、さくは野球のボールで遊び始めた。すると、そのボールがポーンと飛んできて鍋の中にポッチャーン。憮然《ぶぜん》とするカーカ。

11月7日（金）

現在私が唯一定期的に見ているテレビ番組は「アメトーク」だが、録画したものをごはんを食べながら見るのがしあわせタイム。一番好きなのがダメ芸人の話。前おもしろかったのは、いけてない中学時代を送った芸人の集まりだったが、今日はたいこ持ち芸人の集まりだった。大好きなサバンナの高橋くんはどっちにもでていた。私は自分を笑いにできる人が好き。悲惨な状況を機転をきかせて、おもしろく乗り越えられる人が。

おととい、さくが帰ってきて、「今日は最悪だった」と言う。いつも遊びを強要される友だちがいて、さくは遊びたくないけど、遊ばないといろいろ恐いのだそう。今日も嫌なことされて、最後は逃げて帰ってきたと言う。またか……。

嫌だなと思い、「やっぱり、12月に引っ越そうか」

「いいよ」

「だって、嫌でしょう」

「いいよ」

「先生に言おうか？」先生に言っても、だめだよね……。

「ううん」

「ママがその子に言おうか？」言ったらママにチクったって言われるよね……。

「ううん」

「でも……それ、たぶんずっと続くよ、3月まで」

「いいよ。我慢する」

「なんなら来週、宮崎に引っ越してもいいよ」

「いい、いい。もうこのこと、言わないで」と、マンガを読み始めた。

「じゃあ、何も言わないけど、また嫌なことがあったら話してくれる？　それから、どうしても我慢できないことがあったら、言ってね」

実は私も何回かその子と話したことがあるけど、昼休みに学校から「今日遊べる？」と何度も電話をかけさせたり、帰りに家までついてきて、遊べるかどうか私に聞かせたり、とにかくしつこい。どうすれば離してくれるのだろう。最初に友だちになってくれた子で、おみやげをくれたり、いいところもあると思ったのだけど……。

その午後、ちょっと外に出る用事があったので、外に出て用事を済ました。そこで、ふと私は思いついた。これから私が直接、その子に話してみようか。たぶん今ごろ、公園で遊んでいるはず。このままだと本当にずっと我慢しながら過ごすことになるだろう。私は勇気を出して、公園へ行って、その子と話した。さくには内緒で来たんだけどと言って、私の思っていることを話したら、「はい、はい」と聞いていた。どう思っただろう。


将棋の動かし方を教えなくてはいけないんだったってことを思い出す。面倒くさくなって、「ああ～、なんかもう面倒だな～」と言ったら、カーカが「ダメだよ。ママがそう言うとさくもそう思うから」と怒られた。そうだね、ということで、日曜日までに将棋のルールを教えるために、将棋を買いに行く。近くの文房具屋になかったのでキディランドならあるだろうと表参道を自転車で下る。あったあった。小さなマグネットタイプと木の折りたたみ将棋盤がついてるタイプ。木にした。大きな1メートル近いゴールデンレトリーバーのぬいぐるみオモチャが展示してあり、お手をしたり骨をくわえたり、いろいろな動作をするという。私も人の後に並んで「お手」をさせてみた。してくれた。かわいいとは思えなかったが。みんな興味深げに見ていた。

さくが元気に帰ってきた。校庭で遊んできたと言って、汗びっしょり。さっそく将棋を見せたら、やろうやろうというので、1回だけやってみる。よくわからないところもあった。けっこうおもしろそうじゃん、なんて言ってたけど、私は全然。ルールをよく調べてからまたやろう。

カーカが髪の毛のカットとカラーリングをしたいというので、私が行ってるあの感じのいい店長の店へ夕方5時半に予約して行く。私もカットしてもらう。シャンプーしてもらってるあいだ、カーカが店長と話してるのが聞こえる。家とは大違いの愛想のいい返事だ。私がカットしてもらう時、「いい娘さんですね」なんて言われた。はあ……と苦笑い。おまかせでやってもらったら、ものすごく短く切られた。ボブっぽくしてほしかったのに、まるでショートだ。でも、ふんわりとボリュームが出たと、店長はご満悦。こんなふうに乾かしてくださいねと2、3アドバイスされるが、私にできるとは思えない。また近所のおいしいお店を教えてもらった。今度は焼き鳥屋さん。

家に帰って、毒舌カーカが「あの人、よかったね」と店長を褒めていた。「でしょう？」「髪の毛しか見てないの」「そうそう」「そこがいいんだよ」「熱心だよね」「うまいと思う」

11月8日（土）

寒い。ぽつぽつ雨が降っている。お休みなので、起きずにずっとさくとベッドでごろごろ。本読んだり、ゲームなど。お腹すいたけど、なかなかここから出る気がしない。

さく「カーカ、起きたかなあ」

私「さっき、トイレにいったようだったけど、また寝たんじゃない？　カーカってさあ、勉強してるのかな。さくだって宿題、30分ぐらいはしてるでしょ？　カーカ、宿題もないのかな。勉強してるとこ、見たことないんだけど。いつも見ると、ベッドで寝ころんで携帯をみてるか、寝てるかだよね」

みんな、お腹すいたと起きたので、しらすと小松菜のパスタを作る。それから将棋。さくが何回も繰り返しやりたがる。合ってるのかもしれない。明日の体験レッスンまでに駒の動きを覚えてくるようにということだったので、練習のつもりでやってたけど、私はもう飽きた。今日、映画を見たいとカーカが言うので、夕方の「イーグル・アイ」のチケットを予約する。

4時半、遊びに行っていたさくが帰ってきたので、さっそく六本木ヒルズへ。映画の前にご飯を食べる。「テンイッポウ」という中華料理屋さんで私は土鍋入り麻婆《マーボー》豆腐とご飯。辛くておいしかった。香辛料がいっぱい。これでもスタンダードだから、辛口はどんなに辛いだろうと思う。「イーグル・アイ」はおもしろかった。カーカもさくもすごくおもしろかったと興奮気味。終わっても興奮冷めやらずで、通りを歩く。並木道のブルーのイルミネーションがきれいだった。ツタヤとスーパーマーケットに寄って買い物してから帰る。みんな楽しくて満足そう。

帰りのタクシーから降りたら、カーカが「タクシーの中が臭かった〜。足の臭いみたいな臭い」と言う。「そうだった？　タクシーっていろんな匂いがするから慣れちゃった」。さくが「カーカかと思った」と言う。「今度からさ、なにか言いたいけど人の前で言えない時は、暗号を使おうよ。月が青いねとか、太陽が四角いとか」と提案する。「普通と違うことね」とカーカ。「うん。それを言ったら、何か言いたいことがあるんだなと察するようにしよう」「うん」。

今日おもしろかったのは、私がつれづれノート⑮の『第3の人生の始まり』の原稿チェックをしていた時、それを見かけたカーカが、

「第3の人生、終わったよね」

「ハハハハ！　そうなんだよ！」

「もう4だよね」

「そう。ママもこんなに早く終わるとは思わなかったよ。これはまだこれから東京に住もう！　なんていう時の話だからさあ、なんかさあ……」

「ハハハハハ」

11月9日（日）

千駄ヶ谷の将棋会館へ体験レッスンへ行く日。着替えて、帽子をかぶったさくが、「女の子に間違えられないよね」と言う。「うん。大丈夫だよ、その服の色だったら」。全部、グレイ。

電車で行こうと思ったけど、行きはタクシーにした。「将棋会館まで」と言ったら、運転手さんが振り返って、さくに、「お嬢ちゃん」なんて言う。

将棋会館に着いて、時間まで部屋の前で待つ。事務の人なのか棋士なのか、事務室にいた人の感じがよかった。体験と新入会の親子連れがちらほらとやってきた。やがて時間になり、初心者クラスが始まった。部屋の中は数十人の小学生でいっぱい。親も子も、こんなに私が居心地がよくしっくりと感じる集まりは初めて。将棋が好きという人の性格、タイプが私のしょうに合うのかもしれない。ひとり、静かに、黙々と考えるタイプ。先生もみんなよく見える。子どももよく見える。味のあるタイプというか。級別にいくつかに分かれて、最初は大盤での講義。「詰めろ」の問題。ビギナーなので小学生の低学年が多く、さすがにうるさい。ナップザックかついだ小学1年生ぐらいの子が「わかったー、わかったー！」と元気。「7二銀、6二銀って打てばもう詰むんだよ」なんていったけど、違ったようだ。

先生が「王手打ちたくなっちゃうけど、将棋っていうのはね、今きびしい手じゃなくて、次にきびしい手を打つ。ぐっと我慢できるのが強いってことなんだよ」といいことをおっしゃる。講義が終わって、ずっと元気だったさっきの子に、「○○くんは元気だな〜」と先生が言ったら、他の子が、「めっちゃ元気……」と力なくつぶやいたのが聞こえた。うるさかったのだろう。

次は先生と将棋。体験の5人が歩と王と金1枚だけの先生と15分ぐらい同時に打って、だいたいの級を決めてもらう。さくはおととい駒の進み方を覚えたばかりなので、最初の15級だった。そのあと、同じぐらいの子供同士で2回ぐらい戦う。

「待ったはしないように。打つ手を決めてから駒に触ってください」と先生が言ったら、「ぼくの相手はいつも待ったする！」と誰かが言ったので笑った。

さくは最初は負けて、次は勝ったようだ。2回目の相手の、15級だけど落ち着いた丸顔の少年とは熱戦だったようで、「いいとこ、ついてる」なんて言われたそうだ。将棋がさくに合ってると思うのは、しゃべったらいけないというところ。大きな声で話したり意見を言ったりすることが大事とされてて、黙ってるのはマイナスということが多い日常だけど、ここではしゃべると怒られるのだから、しゃべらないし声も小さいさくにはぴったり。

また、自分の番になったら、ゆっくり考えられるということ。黙ってたらどんどん人がやってしまうのではなく、自分の番は自分の時間で、決して邪魔されず侵害されないところがいいと思う。将棋好きの子どもたちも先生も、私はすごくいいと思ったし、ぜひ、習ってほしい。月2回だしね。私自身も、気持ちのいい時間をすごせた。「事務局というのがないので、入るなら当日早めに申込用紙を持ってきてください。入会金などはその後、振込用紙が郵送されます」というラフで商売っ気のないところも気に入った。全体的に、来る方も迎える方も将棋好きの集まりという趣味的で平和なあたたかさを感じた。

帰りにマンガの将棋本とマグネット携帯将棋を買って、地下鉄に乗る。表参道の駅でお昼を買って帰ろうかと思ったけど、フードコートがおいしそうだったのでそこで食べることにした。さくはハンバーグ。私はシャケと茸《きのこ》のペペロンチーノ。

夜、NHK「新日曜美術館」が金沢の街中アートというのだったので、興味深く見る。そのあと、さくとベッドで将棋をしていたら、ETV特集で「悩む力　姜尚中《カンサンジュン》が読む夏目《なつめ》漱石《そうせき》」という1時間半の番組をやってることがわかった。う〜ん、暗そうだな……と思ったけど、さくの将棋の相手はちょっと退屈なので、それを見ながらやることにした。夏目漱石の「三四郎」「それから」「こころ」などを切り絵みたいなアニメーションと低い声のナレーションで紹介していた。そのアニメがものすごく恐くて、さくがこれは恐い話？と、おばけとか恐怖物語かと思ったようだった。私も怖かった。そのナレーターの話し方が。切り絵みたいな版画みたいなアニメーションは、暗いけれど好きだった。感じがよくでていて。そして姜尚中の解説がまた、しんみりしていて、前途に希望のないような、重苦しいもので、小説の内容がそうだからしょうがないけど、最後の方はもう私はうとうとと寝てしまってた。

11月10日（月）

ああ……、今、ものすごく驚いた。玄関の鍵《かぎ》がガチャリと開いて、女性の声が聞こえて、誰かが入ってきたのだ。どろぼう？　と振り返って固まっていたら、さくで、「いたの？何度もピンポン押したんだよ」と言う。鍵を忘れて、ママがいない時は管理人さんに開けてもらいなさいと言っていたので、そうしたようだ。「も～、びっくりした！　だから鍵、持って行ってねって言ったのに～。聞こえないんだよ。この部屋にいると」。さくも驚いている。ためしにピンポンを押してもらったら確かに音が小さい。音量のところを見たら大中小の小になっていたので、大にした。こわかった……。

11月11日（火）

さくが「じゃあ、質問ね」と言って聞いてきた。
「しげちゃんとカーカ、どっちが好き？」
「う～ん。難しいなあ。カーカは娘だけど嫌なとこあるし、しげちゃんはお母さんだけど変なとこあるし。さくは?」

「う〜ん。しげちゃん」

「アハハ。そうなの?」

「じゃあ、せっせとてるくんは?」

「てるくんかな。さくは?」

「せっせはゲームしてくれるし、てるくんは釣りに連れて行ってくれるし……。どっちもおんなじぐらい。てるくんとなごさんは?」

「難しいなあ。なごさんは気が合うし、てるくんは弟だし」

「じゃあ、なごさんとカーカは?」

「う〜ん、う〜ん、う〜ん」むずかしい。

11月12日(水)

朝、さくがトイレから出てきて、「ママー、うんちを出すスイッチ、見つけたよ!」とうれしそうに走ってきた。

「なに?」

「でそうになったらね、おちんちんを下にさげるの」

「どうやって? 先のほうを?」

「全体的に、こうやって」

さて、カーカが「今月の小遣い」と言うので、5千円あげた。「勉強しよう」と小さな声で言って登校していった。私の仕事机の上を見たら、先日の中間テストの成績が置いてあった。見ると……すごかった……。まさかここまで……。1学期はクラスの下から3番目だったけど、今回は最後。41人中41番。これって……。中学まではまだそれほど成績は悪くなかったのに……、いや、2年生以降勉強しなくなって成績が乱高下してたか。高校に合格したからよかったと思ったけど、高校になってまったく勉強しなくなったなあ、そういえば。まだ中学の時の方がたま〜にやってたような気がする。数学Aなんて0点。理科は4点だ。でも……本人が勉強する意志がないのだからどうしようもないよね。私の言うことは生まれつき聞かないし。家庭教師をつけようかと言ったのに、それも嫌だというし、塾に行きたいとは言うものの、実際に探したりもしてないし、バカな人用の参考書がほしいと言うので調べてあげたのに買おうとしないし。本気でやる気がないのに、まわりがお膳立てしてもしょうがない。でも、こんなにわからないということは、授業はまったくついていけてないだろうし、授業が時間つぶしってつらいだろうなあ。カーカの人生、どうなるのだろう。むかむかしてきたので、メールした。

「成績見たけど、ここまでわからないなら学校行ってももう無駄だから、高校、辞めよう。来春、宮崎に帰って、次の道を考えよう」

「前より上がったよ」

「クラスでビリで？」

「前202くらいだったじゃん」

そうだっけ？　それ知らない。今回は200番（学年で）。

で、まだむかむかしていたから、もう強制的に家庭教師をつけようと思い、

「今から3月まで家庭教師をつけるから、その様子を見て、ダメだと思ったら、高校、辞めさす」

「言ってもつけてくれなかったから良かった」

ムッカー！　また人のせいにしてる！

「言ったら、家庭教師は家に来るから嫌だって言って、塾がいいって言って、友達に聞いてみるって言って、それっきりだったのはだれだよ！」

あー、むかむか。

さっそくネットで調べて、家庭教師を申し込む。たくさんあってわからなかったけど、あまり悩まず、プロの家庭教師ネットワークというのにした。先生を紹介してくれるところで、入会金や退会金、解約金は必要なく、毎月かかった費用を月末に直接先生に支払うという簡単さがいいと思い。時給も先生が自分で決めてるというのもいい。5500円の人がいたり、6000円の人がいたり。先生のプロフィールを見て、住所で通いやすさなども考慮し、希望する女性教師を2名、選んだ。

午後、なんだかこげくさいな、さっき焼いたアジの干物かなと思って台所まで確認しに行ったけどなんでもない。しばらくしてさくが友だちと帰ってきて、火事があったんだよと興奮ぎみ。ホント？　だからこげくさかったんだ。窓を開けると匂いがする。わりと近くで火薬が爆発して火事になったのだそう。ヘリコプターも飛んでいる。

さくはそれから、風邪で熱があるのに遊びに行った。本当はちょっと行きたくなさそうだったけど、無理してるようだった。熱があるからやめなさいと言ったのに、ぐずぐずしていて結局行った。本当に行きたいのか、本当は行きたくないのか、わからない（あとで聞いたら、最近遊んでないから遊ばないと悪いかなと思ったからだそう。具合が悪い時でも断れないんだったら、もう転校するよと言ったら、首をふって「そういうとこ、直すから」と言う。自分でもいけないと思っているようだ）。

それからカーカの学校の保護者会。文系、理系の選択があるので、そのへん聞いといてとカーカに言われた。最初に学年であって、次にクラスごとに別れた。ひとりずつ自己紹介しながら最近の子どもの様子を話すのだそう。ここでもか……、ひとことコメント。苦手だ。みんな自分の子どもの困ったところなどを語っている。私もあたりさわりのないことを短く言う。もう次からは来なくていいかも……と思う。

帰り、学校の近くに行きたいお店があったので、いそいそと行く。包装紙屋さんと魚屋さん。包装紙屋ではいろいろな業務用の袋や箱が売っている。白い紙の袋を買う。１００枚で１５０円ぐらい。小さな魚屋に行ったら、おじさんが「何します？　煮る？　焼く?」と聞いてくれたので、「フライにしようと思うんですが……」と言ったら、「メカジキ、カキ……」と言うので、両方すこしずつもらう。あと、おさしみとアサリ。すると、ダイダイを1個おまけに入れてくれた。おじさんも、隣で野菜を売ってた奥さんらしき人もみんないい人で、こういう親切な商売をしてる人っていいなあと思う。心があたたかくなった。

11月13日（木）

朝、カーカに、いったい今の状況をどう思っているのか聞いてみた。すると、勉強したらできるとか、暗記しなかったからできなかったとか、今から勉強するとか、まるで寸借詐欺みたいに、ああ言えばこうと、こまかく言い訳をしてる。勉強する努力もしないんだったら、学校行かせるの無駄だと思うから辞めてほしいと伝える。今、勉強をし始めたから次のテストで結果がわかると言うので、じゃあ次で変化がなかったら、口だけってことだねと釘《くぎ》を刺す。0点だった数学は全然わからないらしい。それをどうやってわかるようになるつもりなのかと聞いたら、「友達に聞けばいいんじゃない?」と疑問形で答えたのでむっとする。見ると、お弁当を忘れてる。あわててベランダから呼んだり、メールと電話をしたけど返事なし。ハンストか?

昨日から風邪気味。喉《のど》が痛い。さくもカーカもそう。さくが、「僕、こっちにきてからよく病気するね」と言う。「やっぱり、こっちが体に合わないのかもね」「うん」「空気のせいかもね」。

さくは宮崎にいた頃はほとんど病気をしなかったのに、こっちに来てから病気やケガが多い。特に9月以降。

私も宮崎では風邪もほとんどひいてなかったのに。部屋が乾燥して眠れなかったので、近所の無印良品に加湿器を買いに行った。アロマオイルをいれるのにしようっと。買おうとして、思い出した。メールで、10パーセント割引キャンペーンの券がきたのだった。あれっていつからだったっけ。今がそうだったら悔しいなあ。約1万円だから、1000円引きだ……。気になりながらも、どうしても今日欲しかったので買う。帰ってから期日を見たら、明日からだった。よかった〜と思う。今日欲しかったからいいんだもんと思って。

ひさしぶりにいい天気。

幻冬舎の菊地さんと仕事の打ち合わせ。家に来てもらう。今日の夜から仕事でハワイ島と言うので、私の風邪をうつしたらいけないと、マフラーを首に巻きつけて話す。なにか……おみやげを……という話になり、「銀色さんが喜ぶようなものって、そんなないですよね……、コナコーヒーとか……？」

「コーヒー、家ではあんまり飲まないし」

「あ、丸いものですかね！」

「あ！　そうだね！　丸くて自然素材のものがいいかも。絵が描いてないのがいいけど」

「ＨＡＷＡＩＩとか？」

「うん。丸くて自然素材のものがあったら、買ってきて」

「はい！」

「拾ってもいいよ。石とか……木の実……」

「木の実はやめましょう。あと、ココナッツも好きですよね」

「うんうんうん」

「ココナッツの匂いの石けんとか」

「好き好き」


今日乗ったタクシーの運転手さんは異常に丁寧な人だった！

私を見つけて車線をちょっと無理して移動して止まってくれたので「すみません」と言ったら、「いいえ、私がもっと早くに見つけるべきでした」。

シートベルトをしめたら、「もしきゅうくつだったら、締めなくてもいいですよ。安全運転で行きますから。大事なお荷物もおありでしょうし」。いいの？　そんなこと言って。

距離が近いから「ワンメーターで大丈夫ですよ、保障します」と言ってて、下りる直前でメーターがあがってしまった。すると、「７１０円でいいです」と言う。いいんですか？　と聞いたら、「もちろんです。いただいたら、タクシー運転手の風上にもおけませんよ」。

夕方家に帰ったら、カーカが「おなかぺこぺこ、おなかぺこぺこ、ごはん、早く早く！」と言う。「今日、何も食べてない。友だちにもらったみかんだけ！」

「カーカカーカってベランダから呼んだのに」

「イヤホンしてたから」

ハンストなんて、まったくの思い過ごしだった。

11月14日（金）

家庭教師の紹介のところから電話があって、週に1回か2回だったらできるかもしれないという方がいるそうなので、その方に1回無料体験をお願いすることにした。

さくが、「うんことしっことどっちが好き？」

「前も聞いたよね。しっこ」

「うんこの臭いのと、しっこの黄色いのでは？」

「しっこ」

「カーカのムカつく時と、しげちゃんの嫌な時、どっちが好き？」

「まだしげちゃん」

「うん。カーカのムカつく時ってホント嫌だもん」
「あはは、ホント?」

さくは自分の気持ちをはっきり伝えるということができないのが問題だ。本当は放課後に学校で遊ぶ「放課後遊び」っていうのを毎日したいらしいけど、Aくん(あの子)は放課後遊びをしたくないから、いつもさくを呼んで、今日遊べるか聞くらしい。呼ばれたら行かなくてはいけないと言う。行かなきゃいいじゃんと言ったら、そういうわけにはいかないらしい。最初ずっと遊んでいたから、もうそういうパターンになってしまって、子分みたいになってるのだそう。僕を振り回すんだよって。遊べないって言ったら、家に来て、私に遊べるかどうか聞いてくるようにと、マンションの外でいつも待っている。

放課後遊びができないこと、「それ、変えられないの?」「変えられないね」「ちゃんとはっきり言ってみたら? 今日は放課後遊びをすごくしたいって。毎日は無理かもしれないけど、せめて週2回ぐらいから、すこしずつ広げて……」「毎日がいいなあ」「とにかく、自分のしたいことを言えるようにならないと。さくの人生じゃないじゃん。自分の思うことをちゃんといえる人にならないと」「うん……」

さくの性格も問題。断ったら相手に悪いと思うとしても、自分はどうしたいかというのをまずちゃんと言える人になってほしい。「さくがもよもよしてるからいけないんだよ。もよもよもよもよしてる人は、もよもよしたことになっちゃうんだよ。人のもよもよしたものを呼び寄せちゃうんだよ」と言ったら、それはちょっとわかってるようだった。……なんか、自分が我慢すればすむっていうこの性格……私みたい！　そっか〜、我慢に強いよね、私たち。それって相手の悪いところを助長しちゃうんだよ。で、たぶん、最後の最後は言いなりにならないから、いつかはそこから抜けるんだけどね。

今日は、さくの学校の展覧会を見に行った。4年生は空想のお店。さくの工作……、工作が苦手なさくなので、思った通りの簡素さ。

さく「なにも作ってなかったでしょ。1回休んだから」

私「版画はよかったよ。鳥の。でも、版画って、だれのでもよく見えちゃうよね、なんか芸術的に。6年生の、絞り染めとエコをテーマにしたミシンワークがすごく好きだった」

さく「あれ見た？　僕たちのブラックライトの部屋」

私「なにそれ」

さく「見なかったの？　あれがいちばんよかったのに。真っ暗な部屋で……」

私「気づかなかった。みんな気づかなかったと思うよ」

さく「ええーっ！　階段下りて、右の部屋。あれがいちばんよかったのに！」

私「そんなとこ、わかんなかった〜。明日までだから、明日行くわ」

11月15日（土）

風邪が苦しい……。妙に残念。ひさしぶりに風邪ひいたことが。なんというか……、風邪をひかなくなった自分をうれしく思っていたから、自信をなくしたような感じ。

朝、さくがやってきてこそこそ声で、「カーカがやさしくなってる。カップラーメン、食べてもいいよって」と驚いた顔をして報告してきた。

「ビッグだから食べられなかったんじゃないの？」カップヌードルのビッグ。

学校のブラックライトの部屋をさくと見に行く。ふむふむ。

展覧会は、たくさんの人で賑《にぎ》わっていた。

天気もよく、帰りにコンビニに寄ってアイスなどを買う。

その帰り、犬を連れた女性とすれ違った。

その犬を見ると、目が大きくて細くてすごく上品だった。

「見た？　今の犬。すごくかわいかったよ」

「ううん」

森永チョコボールのおもちゃの缶詰の新しいのが出たという。魔法缶と冒険缶。欲しい……。さくに「またくちばし集めようか」と言ったら、「うん。でも、どっちにする？」

「どっちも欲しいな……」どっちも欲しい。

ホームページから、くちばしあつめて帳と応募用紙と封筒をプリントする。楽しみ。

最近、毎日さくと将棋。昨日、一度だけさくが勝った。すごくうれしそうだった。今日は連続で私が勝ったので、とても悔しそう。

11月16日（日）

なごさん、たいくんと5人で映画。「ハッピーフライト」と「センター・オブ・ジ・アース」。おもしろかった。特に「ハッピーフライト」が。あんなに素直に笑おうと思いながら見たこともめずらしい。笑ったり、感動して泣いたりした。でも途中、風邪の治りかけで、せきが止まらなくなって、すご〜く苦しかった。マフラーを口に当てて、音がしないようにコンコンコンコンコンしていたら、苦しくて涙が出て、昔、授業中によく、せきしちゃいけない時に限ってこういうふうになってつらかったことを思い出す。カーカとなごさんは隣で「苦しそうだなあ」と思っていたらしい。

夕食にまた、土鍋《どなべ》の麻婆豆腐《マーボー》を食べて、おいしかった。毛利公園のクリスマスの飾りつけがかわいらしく、紅葉とあいまって、なかなか素敵だった。ゆっくりと散歩した。

11月17日（月）

きのうの夜、さくの髪の毛が伸びたので前髪だけ切らせてと言って、いやがるところを無理やりのように切った。もし気に入らなかったら500円ね、と言われながら。そして今朝、朝起きて、どっひゃ〜！　超短くなっている。髪の毛を洗って、濡《ぬ》れたところで切ったので、乾いたら、もう額の真ん中ぐらいまで縮んでいた。しかも変なふうにそろってるし。「素人が切ったらダメなんだよ」と機嫌の悪いさく。めずらしくぶつぶつ言いながら学校に行った。

麻生《あそう》総理大臣の似顔絵やフィギュアはいつも口が三角形に曲がっているように描かれているが、福岡県の小学校でおむすび1万5111個で作ったという似顔絵アートの口も曲がっていた。完成したおむすび絵の前で喜ぶ子どもたちの写真をじっくり見たが、黒いのり巻きおむすびで口の曲がりもきっちりと表現されていた。

物事はその表面に見えるものから奥（芯《しん》・真）にあるものまで、何重にも層になっている。表面的なものしか見えないのは子ども、というか幼い、未熟な人。成長し、生きる年月が多くなればなるほど、どんどんその下の層が見えてくる。どこまで見えてるか、探りながら人と話す。うっかりはかり間違えると、怒られたり、傷ついたと言われたり、ムッとされたり、反発を受けたりする。

さりげなく深いところのことを言ってみる。精神的な拒絶にあわず、受け止めるか、受け入れるか、理解されてるとわかる反応がくるとうれしい。果てしなく広がる地平線。海原。そういう景色がいきなり広がる、ような気持ち。

未熟な人を見分ける方法は簡単だ。そう言われて怒る人がそう。

私がもし、私の言われたくないことを言われたら……なぜそう言われたのかを、ものすごく静かに考えると思う。そして、思い至った結論を（違うかもしれないけど）、反省すると思う。そして、次回に備える。

毎日の中に時々ある、嫌なこと、憂鬱《ゆううつ》なことを、みんなどうやって乗り越えているのだろう……。今日、私に降りかかってきた嫌なこと。たいしたことないと言われればそうかもしれない。でも、とても気分が悪い……。ああ……、憂鬱だ……。気が滅入《めい》る……。


夜、また将棋。私が勝って、機嫌の悪いさく。

11月18日（火）

昨日の憂鬱、ちょっと薄れた。それでそのことに対してはちょっと強くなった気がする。同じことがまたあっても、2度目だから、もうショックを受けない。もう知ってるって言おう。

今日はさくの学校の創立記念日でお休み。昨日は大きな紅白饅頭《まんじゅう》をいただいてきた。でも、お饅頭ってうちはみんなあんまり食べない……。冷凍しとこうかな。で、子どもたちで、この平日のお休みを利用して、ディズニーランドに行こうということになったらしい。さくの友だちのお母さんがひとりついていってくれて、子ども4人。もう数日前から大喜び。待ち合わせの場所に行って、友だちのお母さんに挨拶《あいさつ》する。すごくいい感じの方だった。有難くお世話になる。子どもたち、みんな携帯を持っている。さくだけ持ってなかった。いってらっしゃ〜いと見送る。うれしい気持ちで帰る。昨日はさくは、帰ってきて、「今日、なんだかいい気持ちだったんだよ。それを言おうと思って」と言ってたけど、やっとこっちの学校に慣れてきたのかもしれない。さっきのお母さんも、1年の時に引っ越してきたけど、子どもが慣れるのに1年ぐらいかかったとおっしゃってた。……もしかして……私は今はもう、来年の3月に宮崎に引っ越す予定でいるけど、また変わったりして……。いいや、その時に考えよう。

今見たら、服の胸元にすっごいご飯つぶのかたまりが。思わず笑った。さっきテレビ見ながらワハハハ笑いながらご飯食べてたから。ご飯つぶのかたまりをぺりっと剝《は》がしながらなんか幸福な気分。

ああ……そうだ、昨日考えたこと。人って、なんで立場によって気持ちが変わるんだろう。セクシーな恋人はいいけど、結婚したらそんな服は着ないで欲しいとか。所有したら、独占欲が生まれる……。自分のものじゃない時は、あんなに畏《おそ》れ多く謙虚だったのに、自分のものとなったら、もう最初みたいじゃなくなる。価値観と、エゴ？　少年っぽさも、小悪魔的も、強引さも、人一倍のやさしさも、他人だったらその人の魅力だけど、その人が恋人や結婚相手だったら、その魅力、突出した部分がやがて嫌になったりする。あなたの強く強引なところが好きだけど、私にだけはやさしくしてって、かなりの矛盾。そんなねじれた状況は恋愛的だし魅力だけど、それが成り立つ時期は短い。

関係って常に動いてる。行き過ぎたり、戻ったり、シーソーのバランス。将棋にも似ている。ただそうなったのじゃなく、物事にはそこまでの動線がある。流れ流れてそうなった。後ろをたどるとどこまでも遡《さかのぼ》れる。

11月19日（水）

今日はAくんがさくの鍵《かぎ》を持ってかえったらしい。返してって言っても返してくれないから、またAくんの家まで来させるつもりだなと思い、嫌だからもう帰ってきたと言う。私はすぐにAくんちに電話した。おばあちゃんが出て、Aくんいますか？　と聞いたら、今、手が離せないようだけど、なにか？　と聞かれたので、鍵のことを話した。
おばあちゃん「鍵を持って帰ったの？」
A「返してって言われなかったから」
とにかく今すぐ取りに行くからと言って、自転車で近所の公園まで行く。「すみませ〜ん」と呼ばれて、ふりむいたらいた。「鍵はやめてよ。鍵は」とだけ言って、受けとって帰る。

家庭教師の先生が昨日いらして（きれいで真面目そう）、今日が2回目。もうすぐ先生が来るという時、カーカが私の部屋にきて、見られながらやるのがいやだとか、ストレスで頻尿になったとか、塾はないの？　少人数のとか、家庭教師、自分でさがすよとか、ブーブー文句を言っている。ものすごく嫌みたいな感じだ。じゃあ今の先生断るの？　と聞けば、かわいそうだから期末までやる、と言って、今度は自分の部屋に行ってなにかガンガン叩《たた》いて大きな音を出している。相当のストレスなのか、嫌みたいだ。塾がよければ自分でさがしなさいと言っとく。

なのに終わって、「頑張ってると、今までのなにもしてなかった頃の暮らしがすごくいいものに思えてくる……、この気持ち、伝えたい。やっぱ頑張らなきゃだめだね」といいきしながら言う。

「そうだよ。不良だった子が生きる喜びを知って、すっかり変わることがあるけど、それってそういうようなことだよね」

「そうそう、そんな感じ」

「ダメな時期って本当に生きててもしょうがないってぐらいの感じだもんね」

「そうだった、カーカ」

「やった方がいいよ」

「でも朝から嫌なんだよね。今日、家庭教師だとか。バイトの時もそうだった。慣れないとね」

「うん」

「いっつも思うんだけど、ああいう人たちって、可能性を限定してないからいいんだよね。ダメだって決めつけてないから。今はわからないけど、これからわかるようになるっていうふうに考えてて本当にそう思ってくれてるみたいだから」

「そうそう。実際そうさせることができるからね。プロだし」

なんか、手ごたえをつかめたようなカーカ。


菊地さんの会社の後輩で、生き物好きの虫くんという男の子からザリガニをもらうことになったので（さくが喜ぶかと思って、つい親心で）、水槽のことなど相談中。すると、かわいいですよ〜と、すんごくうれしげに、孵化《ふか》した赤ちゃんがたくさんお母さんザリガニのお腹にくっついてる画像を送ってくれた。

こ、こわい……。ごくりとツバをのみこむ。虫くんは、僕がザリガニだったら銀色さんとこにもらわれていきたいです、なんて書いてくれてるけど、私がザリガニだったら絶対私のところにはもらわれたくない。

１ヶ月以内にはお渡しできます、だって。……ドキドキドキドキ。もし、いつか死なせてしまっても、虫くんには黙ってよう。２世誕生が夢なんです！　赤色のおとうさんと白色のおかあさんの子どもが何色かすごく興味があるんです！　と、最初に会った時に興奮気味に語っていた虫くん。

「こわい～」と送ったら、「ザリガニの赤ちゃんたち、集団でいると不気味さもあるかもしれませんが、一匹一匹は愛くるしいですよ～」とすかさず援護。「もう少し先にならないと分かりませんが、雄と雌、一匹ずつ連れて行きますね。ザリガニは近親交配に強いので、子供を産ませてみて下さい。さく君に、あの光景を見て欲しいです。あ、でも、里親探しは大変かと思いますが（笑）」

うーむ。ますます困難な道へと（強引に）進まされそう。もし、里親が見つからなかったらどうしたらいいのだろう。できれば同性にしてもらおう……。でもそう言ったら、いろいろ上手《うま》いこと言われて、雄と雌にされそう。でもでも、ここは固辞したい。あんなのがいっぱい生まれたら、どうしていいのかわからないから、ものすごく困る。

「ええーっ、里親探し、無理！　ぜひとも、同性でお願いします。　銀色」

「そんなことおっしゃらずに！

雄同士だとケンカばかりですし。ホワイトザリガニであれば、それなりに価値はあるので、無料ならば引き取ってくれるお店はあるかと思います。もっとも、僕はやっぱり知ってる方に飼ってもらいたいなあと思ってしまいますが……。

しばらく先の話ですしね。ゆっくりご検討くださいませ～」

むむむ。

11月20日（木）

朝の着替え中、シャツのボタンをとめてるさくにさっそく聞いてみた。
私「あのね、ザリガニ、雄と雌だったら卵を産んで子どもができるんだけど、雄同士だったらケンカばっかりなんだって、どっちがいい？」
さく「雄と雌がいいんじゃない？」
私「うーん。でも、たくさん産まれた子どもの里親を探さなきゃいけないんだよ」
さく「産まれるかどうかわかんないんでしょ？」
私「1年ぐらいしたら産まれるかも」
さく「1年も先だったら、僕たち、また飽きてだれかにあげてるかもよ」
私「そうだね！　その頃、宮崎だしね。それにホワイトザリガニだったら珍しいから、みんなほしがるかもね」
さく「ホワイトザリガニなの？」
私「うん」
さく「……それ珍しすぎる」
昨日の夜はやよいちゃんちに行ってだらだらしゃべったんだけど、わ太郎くんに言われた言葉を自慢しながら披露した（来年の誕生日がすぎたら、役目が終わり、自分の人生を自由に生きる。欲がぬけて、純粋になる。あたらしいサイクルに入る。光ある方、とらわれない方、普遍的な方へいく。人の目をさまさせる、っていうあれ)。

や「そんないいこと言ったの？　私にはそんないいこと全然言ってくれない」

私「やっぱタダ用の言葉なんだよ」と、にやり。やよいちゃんは占ってほしいと思ってないけど、わ太郎くんが勝手に、いつもお世話になってるお礼みたいな気持ちで占ってくれるから、無料。それをからかった。やよいちゃんが覚えてるのは、２０１０年は商品が売れなくなるとか、そういうこと。まあ、そういうことは頭にガーンと印象づけられるよね。

や「わ太郎くんに、電話してみる！　ちょっとわ太郎くん、タダ用なの？　って」

で、本当に電話しだした。でも何回かけても出ない。

や「でないわ……」

私「ハハハ。いいこと言われてるのに、覚えてないだけなんじゃない？　次は私が聞いといてあげるよ。今度、年明けにでもまた3人でごはん食べようよ。わ太郎くんにお礼もしたいし」

や「いいね」

私「どこいく？　もう味もそんないいとこ行かなくてもいい」

や「私も」

私「リラックスできるとこ、のんびり」

や「そうだね」

11月21日（金）

カーカは今日は代休で休み、さくは学校。カーカが珍しく早く起きて、さくと一緒に朝食を食べている。ザリガニ、雄雌にするか雄雄か雌雌がいいか、カーカにも聞いてみると、「雄雌がいいんじゃない？」と。「子どもが産まれたらどうしよう、あんなにたくさん」「川に放せば？」「でも、生態系が壊れたらいけないんじゃない？」
「学校に持って行こうか」とさく。
「白いからみんな欲しがるかも、最初は。でも、白いのかなあ？」と私。
「色は変わるかもよ。変わりそうじゃん」とカーカ。
「赤になったりして。ピンクになったらいいね」と私。色についての話がはずむ。
私「ザリガニって、飛行機で運べるのかなあ？　もうさあ……冬休みに引っ越す？」
カーカ「そうしよう。カーカ、決まってて、待つのは嫌だから、どうせ引っ越すなら早い方がいい」
私「さく、どう？　冬休み」
さく「ちょっと早すぎるんじゃない？」
私「さくがパパのところに遊びに行ってる間に引っ越しが終わってるよ。らくだよ」
さく「らくだね」

私「今日遊べる？　ってAくんチェックが毎日あるの嫌じゃん。遊べないって言ったら、昨日は昼休みに3回もさくに電話をかけさせたんだよ。遊べるか聞かせるために。まただとわかって、出なかったけど。遊べないって言ったら、理由は？　って問い詰められるんだって。そんなこと春までずっとされるの嫌だよ、さくが。
いいんじゃない？　どうせ引っ越すなら、早くても。さく、冬休みに引っ越すかもって思いながら今日いちにち、過ごしてみて。どんなふうか」
さく「うん」
カーカ「楽しいかもよ」

自分のことを嫌いになる時がある。今がそう。自分の悪いところに集中している。いいところのことは思い出せない。

自己嫌悪。やばい。どうしよう。大丈夫だろうか。早く立て直さなくては。焦るような気持ち。気持ちを切りかえれば大丈夫。それまでが、暗澹《あんたん》とした海原。

気分が切り替わって、すっきりする、さわやかなあの境地を、待つ。

昼間は仕事。午後3時にまた新居に希望してるマンションを見に行く。前に1回見たところと同じ間取りの別の部屋。ちょうど改装中で、これから絨毯《じゅうたん》も壁紙も全部替えるのだそう。ふむふむと見て、ひとつ希望、部屋代を1万円安くしてくれたらちょうど切りがいいので、そうなったら借りたいと言い、返事は明日ということで別れ、帰りに買い物。よく行く店に行ったら、いつものおばさま店員さんがいて、常連らしきお客さんと仲良くしゃべってた。楽しそう。私も一緒になってしゃべりながら、いろいろ試着して買う。「楽しそうにお仕事なさってますね」と言ったら、「そうでもしなきゃ、やってられないわよ」と、なかなか味のある答え。

　常連さんが着ていたおもしろい模様のグレイのカーディガンを褒めたら、これはすごく評判がよくて、色違いがのこってるだけと言い、ブルーを出してくれた。グレイの方がよかったけど、ブルーしかないからブルーにした。「そんなに評判がよかったんなら、同じ服の人にばったり会ったりして」と言ったら、「会わないわよ」と。すると他の常連らしきお客さんがやってきた。その同じ服、グレイのを着ている。同じ服の常連がふたり、鉢合わせ。「言ったそばから」と店員さんも苦笑い。みんなで笑う。

　楽しい気持ちで家に帰る。道でタクシーを降りたら、ちょうどカーカとばったり。夕食は、今からふたりで自由が丘に行って、やぶちゃん、冬子ちゃん親子とタイ料理。駅で待ち合わせて、行く。おしゃべりしながら、すごい勢いで平らげる。「ハッピーフライト」すごく面白かったよと言ったら、やぶちゃんもすごく見たいと思ってたそうで、連休中に行きたいと言ってた。「イーグル・アイ」も薦《すす》めといた。
店を出て、GAPに行った。みんなそれぞれに何か買ってた。カーカの冬のあったかい服やコートが全然なかったので、ダウンやジャケットなどをまとめ買い。それから、エクセルシオールでお茶する。2人用のテーブルしかなかったのに、椅子をふたつ持ってきてくれた店員さんが親切だった。それから、GAPの店員さんがみんなすごくよかったねという話。レジの人、かわいかったね、試着の人、感じよかったね、ああいう店員さんってみんなそこの店の服を着てるけど、安く買ってるのかな？　提供されるのかな？　返すんじゃない？　着たのを？　だれかやったことある人に聞いたらわかるかもね。店の人に聞いたら？　教えてくれるかな。くれないよね。仲よくなったらね。いつも新着のだよね。……などなど話は止まることなく細部に進む。「もうこの話題、やめたいんだけど」と私が言って、みんな大笑い。私とやぶちゃんとカーカが話し始めると、とめどもなく続く。冬子ちゃんはずっと「おっかしい〜」と言いながらケラケラ笑ってくれるのでうれしい。

カーカは、今日はめずらしくまつ毛をカールさせて顔をかわいくしてるので、今まであまりにもかわいい写真を撮ってなかったと思い、さっき買ったダウンを着させて写真を撮る。

駅へ向かう途中。さっきのエクセルシオールの若いバリスタの男の子がちょっとかわいかったという話。

やぶ「でも、恋人にするんだったら、あの人より椅子を持ってきてくれたメガネの子がいい」

カーカ「うんうん」

冬子「私も」

私「なんで顔のカッコいい人って恋人や結婚相手としては敬遠されるんだろうね」
冬「もてそうだからじゃない？」
やぶ「でも、そのカッコいい人が、どうしても私じゃなきゃいけないって言ったら、つきあってもいいよ。どうしてもって言ったら」
私「そうだね」
やぶ「顔ってさあ、たぶん、ずっと見てると、もうどんなにきれいでも、気にならなくなるんだと思うよ」
私「うん。親しくなると、あんまり顔って見なくなるよね」と、これも話は尽きない。楽しかった。

家に帰ってさっそく買ってきた服を着る。

さくはパパの家に泊まりに行ったので、カーカとふたり。カーカとふたりだと自由で楽しい。すごく。さくのことが気がかりじゃないって、すごくいい。だから、さくが宮崎でカーカが東京で、私は半々っていうのは、私が思ってる以上に楽しく、気持ちが自由になるかもしれないと思う。

そこへ、わ太郎くんから電話がきた。「連絡できなくてすみませんすみません」と、ものすごく大慌てで恐縮した感じ。年明けにやよいちゃんと3人でご飯食べようよ！　と誘う。「やよいちゃん、いろいろ言いたいことあるみたいだよ〜」と言っとく。あまりのあわてた様子に、わ太郎君っていい人なんだなあと思う。そんなにあわてなくっても、いいよ～（やよいちゃんの留守電にも入ってたって。「何度も電話もらって、す、す、す、すいません」って、すいませんのすを4回ぐらい言ってたそうだ。いいなあ～、わ太郎くん）。

11月22日（土）

昨日会った不動産屋さんから電話で、貸主さんに聞いたら1万円安くしてくれるそう。うれしい。こうなったらもうすぐに申し込みをした方がいいね。明日、さくに聞いてからと思ったけど、とりあえず申込用紙に記入してFAXする。審査に通ったら、借りられる。エレキギター練習中のカーカの部屋のドアを開けて、「電話あった。大丈夫だったよ～。もう申し込んどくね。動いてるね！　ママたち。流れてるね、ママたちの舟！　こうなったら、さくがこっちの学校にあんまりなじまなかったのもよかったかもね。大好きになってたら、帰れないもんね」。「カーカは別にさくがなじんでもよかったんだけど」。そうだった、カーカはできれば私たちが帰らない方がいいんだった。そお～っと部屋を出る。

今回の引っ越しは、今までのいちばん勇気と決断のいる引っ越しだ。今までの、流されるような、そっちの方が楽かもしれないというような受動的なのと違って、すごく私の意志が入った能動的なものだから。３人がそれぞれに自立を強いられる変化だ。

午後、家に何もないから、ご飯炊いて、あるもので済まそうと思ったら、それは嫌だと言うので、面倒だけど食料を買いに出る。カーカはずっとギターをいじってる。紀ノ国屋が新装開店したので見に行ってみたら、ものすごい人。チーズの試食コーナーとか、群がってる。人が多くて購買欲が下がる。でもとりあえずいろいろカゴに入れて、チーズも試食したらついつい3種類も買ってしまって、いつのまにかカゴがいっぱいに。そしたらレジで、家まで運んでくれるサービスを発見し、夕方に届けてくれるそうなのでそれを頼んだ。荷物がなくなってよかった。帰りにクアアイナのハンバーガーを買って帰る約束だったので、身軽になって買いに行く。出来るまで12~13分じっと待つ。アロハな雰囲気がゆったりしていてよかった。いろいろと時間がかかってしまったが、ようやく家に帰り着き、カーカとハンバーガーを食べる。あまりの大きさに、途中でお腹がいっぱいになってしまった。外は寒かった。

虫くんから、ザリガニの子どもが親から離れ始めましたという画像が送られてきた。「ものすごい数です。半分生き残ったとしても、50匹はいそうです……でも、相変わらずかわいいですよ。ふつうエビは小さいころは親と違う形をしているのですけど、ザリガニは5ミリでも親とまったく同じ形なんですよね。もう、自我も芽生えはじめていて、見ていてまったく飽きません」

カーカにその画像を見せたら、「うわーっ！　メスメスでいいよ」

「うん」だって小さいのがいっぱい。

私「でもね、そう虫くんに言うと、そんなこといわないで、ぜひ！　この感動をさく君に味わわせてあげたいって言うよ。……でもそこで折れたら、この子どもだもんね」
カーカ「何回ぐらい産むの？」
私「わかんない」
カーカ「…………」
私「……メスメスでいいって、言おうか」
カーカ「うん」
私「今じゃなくって、もうしばらくしてからね。
ゆっくり考えてって言ってたし。
ゆっくり考えてメスメスにしたって言えばいいよね。
……今、メスメスって言わない方がいいよね」
カーカ「今言ったらかわいそう」
私「こんなにうれしそうだからね」

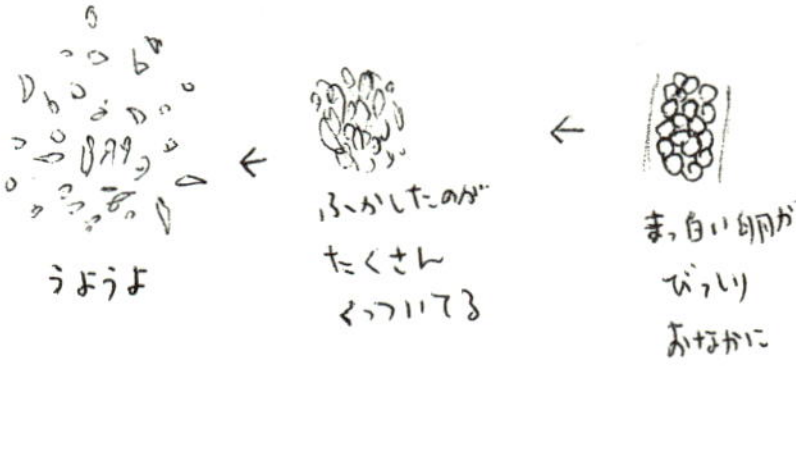
まっ白い卵が
びっしり
おなかに
ふかしたのが
たくさん
くっついてる
うようよ

11月23日（日）勤労感謝の日

やぶちゃんに『珊瑚《さんご》の島で千鳥足』をあげたら、今メールが。

「本、すごーーーく面白かったです。すごくよくできた話で現実と思えないくらい。ばーっと一気に読んでしまいました。映画化しないかなとドキドキしてしまいました。主演はお兄様でしょう。その俳優を考えてたらますます眠れなくなりました。すいません。くだらなくて。最初、堤真一《つつみしんいち》……朝早く思いついたのは、松田龍平《まつだりゅうへい》です。丼《どんぶり》のところは何度読んでも吹き出してしまいます。久しぶりに心からの笑い心をくすぐられました。その他多数。そしてしみじみいい本でした。ありがとうございます。今からハッピーフライト。携帯切るとこ」

さっそくフロ中のカーカのもとに走って行って、読んできかせる。笑ってた。

私「最後の、携帯切るとこ、っていうのがいいね。やぶちゃんらしいね。気が回って。返事しなくていいからねって意味だよね」

カーカ「うん」

さくが帰ってきた。楽しかったみたい。何食べた？　って聞いたら、サイコロステーキ。

私「冬休みに宮崎に引っ越すよ」

さく「早くない？」

私「どう？　感想は？」

さく「もういいや。どっちでも」

やけに反応が淡々としてる。落ち着いている。そういえばそうだった。そういう子だった。東京に引っ越すって言った時だけ、嫌がってたな。

この東京の家の方は恵比寿に引っ越すからと言ったら、「早く見たい」と言う。「ツタヤが近いよ。鍵《かぎ》をもらったら、３人で見に行こう」。

「ＡＬＷＡＹＳ　続・三丁目の夕日」を見ていたら、小説家が苦しみながら書いてる場面を見たさくが、「作家ってさあ……。おっかあは、起こった出来事を書くでしょう？　それだったらすらすら書けるけど、こういうのって大変そうだね～」と言う。「そうだね。こういうのって、考えなきゃいけないからね」。

見終わったら5時過ぎで、もう外は真っ暗。カーカは風邪をおして友だちのなにか、発表会かなにかを見に行った。ゴミ袋が切れてたので、コンビニにさくと買いに行く。

夜の歩道をとことこ歩きながら、

さく「引っ越すまでに、１回宮崎に帰る？」

私「ううん。もう、次に帰った時は引っ越す時」

さく「へえ～。（友達に）電話しようかなぁ……」

私「3月に学校からもらった机、返して、また使えばいいんじゃない？　ひとつの机を卒業まで使うって言ってたよね」

さく「……じゃあさ、ザリガニ、オスメスでいいよ」

私「いっぱい産まれても？」

さく「うん。最初は学校に持っていく」

家に帰って、昨日カーカに見せた、ザリガニが親から離れ始めた画像を見せた。白い小さなのがぎっしり親のお腹あたりにかたまってるのを見て、うっ、と声をつまらせている。
私「これ見てね、カーカ、メスメスでいいよって言ってた」
さく「メスメスでいい」
私「えっ、さくも？　やっぱ気持ち悪い？　ザリガニが好きな人には、かわいいらしいよ」
さく「……う〜ん。どっちでもいいよ」
仕事中、ふと思う。なんか、さくって、どっちでもいいってよく言わない？　本当にザリガニ、飼いたいのかな……という疑問が芽生えた。ちょっと聞いてこよう。
私「さく〜。さくって、本当にザリガニ飼いたいの？」
さく「え？　うん、まあ……」
私「パーセントで言ったらどれぐらい？」
さく「50」
私「ええーっ！」
さく「70」
私「実はどういう気持ちなの？」
さく「ん？　どっちでもいいよ」

私「でた！　じゃあ、飼わなくてもいいの？」
さく「いや、ちょっと飼いたい」
私「どういうこと？」
さく「まあ、別にどっちでもいいんだけど、おっかあは飼いたくないんでしょ？」
私「ママは、特に飼いたくはないけど、さくがしたいってことをさせてあげるのがうれしいの。でも、したいことじゃないと……」
さく「じゃあ、飼おう」
私「ホントに？」
さく「うん」
う〜む。

11月24日（月）振替休日

お休みなので、ゆっくり起きて、寝ているさくのかたわらでいろいろしていたら、
さく「こお〜なあ〜ゆき〜」
私「ああ〜、びっくりした。起きたんだね。こお〜なあ〜って言ったから何かと思ったよ。今、思いついて歌ったんだね」
さく「ううん。ずっと前から」
私「今、思いついたんでしょ？」

さく「5年前から思いついてた」

私「へー、そうなんだー、じゃあ4歳の頃から、こな〜ゆき〜って思ってたんだ」

さく「うん」

くしゃくしゃの髪で、寝ながらマンガを読み始めてる。

ついにゲームをダウンロードして買ってしまった……。カーカがおもしろいよ、買った方がいいよと言うので。小物を探す「ドリームデイファーストホーム」。

仕事をしていたら、ゲームにも飽きたさくが、「退屈、退屈〜。どっか行こうよ。東京タワーでもいいよ。ディズニーランド行こう」「いいよ。東京タワーに行こうか。行きたいって言ってたよね」「水族館でもいいよ」「東京タワーに水族館あるよ。小さいの」「映画でもいい」「映画だったら、ブラインドネス、見たい」「ほかにないの？」「1408号室」「怖いのだよ、それ。何号室、っていうのは恐いのだもん」「そう？……ほんとだ」「……やっぱ、やめようか」「さく、結局、いつもそうだよね。退屈って思って、どっか行きたいって思うけど、いろいろ考えてたら面倒になってきて、やっぱ家でのんびりしようかって」「ママの新作ないの？」「あるよ。引き出しの中。しげちゃんたちの」「ああ〜。つれづれノートはないの？　やっぱあれがおもしろいんだよ」「あるよ。川がなんとかって……。でも、それもう読んだんじゃない？」「読んだかも。でも、もっかい読もうっと」。

そこへカーカが起きてきて（12時半）、ふたりでご飯。食後、本を返しに来て「やっぱりもう1回読んだからいいや。次のを待ってる」。
しばらくして、「おっかあ。もし、この部屋ごと宇宙に行ったらどうする？　この中は同じだとして」「どうもしない」「僕はいいよ。食べることと、寝ることと、ゲームとマンガとテレビがあったら。友だちには会えないけど」
さく「おっかあ、時々おならが冷たいことない？」
私「ううん。おならってお腹の中と同じ温度じゃないの？」
さく「あるんだよ。スーってでるでしょう？　冷たくて、気持ちいいの」
外は雨で、みんな一日中、ゲームしたり、ごろごろ。
カーカが「引っ越した後の暮らしが楽しみ」と言う。「ママも」
私にとっては、さくと半分会えなくなるのが唯一悲しいけど、それ以外は楽しみ。今日は私たちは、3人で仲よく楽しかった。

11月25日（火）

一夜明けて、いい天気。みんな学校。
さくが、「今日、遊べる？　って聞かれたらなんて言えばいい？」と聞くので、冬になって早く暗くなるから遊んだらダメってことに家で決まったことにしようと前に考えたので、そう言えば？　と言ったら、うん……と難しいような顔。何を言っても納得しないのだそう。「じゃあ、学校に迎えに行こうか？　終わった頃」「うん」「なんでこんなふうになっちゃったの？」「最初の頃、いつも遊んでたから」「そういうパターンになっちゃったんだ。変えられなくなっちゃったんだ」「うん」

迎えに行こうとしてたら、思ったよりも学校が早く終わったようで帰ってきた。Aくんが玄関のところで待ってると言うので、私が行って、今日は出かけるからと断ってくる。今日さくに、Aくんとのことをいろいろ聞いてみたら、どうも毎日学校で嫌な気持ちにさせられてるらしい。そうなんだ……。かわいそう。どんな嫌なことかを、「それ聞いてどうするの？」「どうもしないけどさ。どうもできないし」と言いながらくぐりぬけて、ひとつふたつ聞き出したけど、……それは嫌だね。「ここ、2〜3週間で、その嫌なこと、減った？　変わらない？」「わかんない。変わらないと思う」。

だったら、早く引っ越すこと、よかったかも。数えたら、あと21日。どうか、無事に乗りきってくれますように。

……え？「じゃあ、冬引っ越すの、本当に、よかったんじゃない？」「そうだね」「じゃあ、今の学校、嫌なんじゃない？」「うん……まあ。学校っていうか、Aくんが」「なんでそういうこと言わないの？」「なんでだろう」「ちょっと前に聞いたとき、なんで言わなかったの？」「わかんない」「自分の気持ちを言ってみてよ」「わかんない」「自分の気持ちがわかんないの？」「うん」「なんで？」「さあ」「じゃあ、今の気持ちを言ってみてよ」「わかんない」「そんななのに、どうしてAくんの誘いを断ったら悪いと思うの？　ほっとするんじゃないの？」「かわいそうかなあって」「どうして？」「わかんない」……とえんえんと続くが、結果は変わらず。いまいち本心がつかめない。さくって……。「じゃあ、生まれてから、今が一番不幸なんじゃない？」「不幸って？」「楽しくないってこと」「そうかもね～」ふうむ……。「この試練を乗り切ってね」と、さっきからゲームに夢中のさくに言う。

私も、さくが帰ってくる時間（3時40分）になると、今日はどうかなという心配でいつも気が重かったので、あれがなくなると思うとうれしい。できるなら、明日、引っ越したいぐらいだ。

「もう引っ越すんだから、行きたくなかったら、2日ぐらいだったら、休んでもいいよ」と言ったら、ヤッターと喜んで、「図工のある日は、休むと遅れるからダメで……」とぶつぶつ言っていた。「すごく嫌なことがあったら、言ってね。もう1ヶ月だから、辞めてもいいんだから」「うん」。

そうこうしていたら、先日、恵比寿の部屋を見せてもらった不動産屋さんから電話が来て、審査に通ったから契約できますとのこと。引っ越しの日時も、こちらの希望通りにしていただけたそうで、うれしい。12月25日って書いといたから、それまでかなり日にちがあるので無理かなと思ってた。それで、さっそく今すべき事務処理をいくつか終える。今の部屋の解約の連絡など。

さくのことで気が重くなってたけど、考えてもしょうがない。あるところから先はこの子の人生だと思わなければ。今、隣でテレビを見ながらきゃらきゃら笑ってるさくは楽しそうだし、健康だ。それよりもさっきビタミンCを飲んでて気づいたのだけど、私の舌の横のところが腫《は》れている。触ってみたら、やけに大きくふくらんでる。なんだろうこれ。一気に気が沈む。

11月26日（水）

昨日は夜中に嫌なことを考えて眠れなかった。今朝の空も、青空。

部屋で仕事をしている時、いちばん宮崎の暮らしとの違いを感じる。宮崎だったら、こんなふうに仕事してる途中にふらりと庭に出て、草花や木の葉の成長と変化をぼんやりと見て、葉っぱをいじって、また帰ってきてというふうに、ふらふらと自然の中を漂っていられた。私は、静かに暮らしながら、忙しくしていたい。奔走していたい。静かな心で奔走していたい。今は、部屋の中に軟禁状態みたいで嫌だ。

最近の友だちたちの近況を知らされる。いろいろなことで大変な状況にある人が数人いて、とても大変そうだ。苦しそうだ。その人たちが大変な気持ちで頑張っているのを、私は遠くから見ていることしかできない。なにもできない。

そんなふうに人は、いつも自分でしかない人生を生きている。食べ物の味は自分の舌でしか味わえない。自分のケガの痛みは自分しかわからない。暑さも寒さも、自分の感覚は自分にしかわからない。自分の試練は自分にしか乗り越えられない。苦しい状況の友だちたち、それぞれに荒波をかぶっている。乗り越えられない壁はないはずだと、私はただ黙ってここから見守ってあげることしかできない。

さくが帰ってくる時間だ。私は昨日の夜、ずっと考えていた。Aくんにやっぱり言おうと。さくが嫌がることをするのはやめてほしいという私の気持ちを。果たして今日、また一緒に家まで来て遊ばせてって言うかどうか……。来ればいいのに。私は来たら言おうと、戦闘態勢で待つ。ドアの鍵《かぎ》が開いた。カチャリ。帰ってきた！　玄関に向かう。さく……、そしてAくん。いた！

まずさくを呼んで、私の部屋に入れてドアを閉める。

私「……あのさ、今日も嫌なことされた？」

さく「うん」

私「あのね、ママ、Aくんに言おうと思うんだけど。いい？」

さく「ええっ？」

私「ちょっと。ママの気持ちを」

さく「言わなくていいよ〜」

私「いや、言うわ」
これは止めても無駄だと思ったようで、う〜んと、ベッドに横になって、耳をふさぐさく。私は部屋から出て、ドアを閉めて、Aくんに「ちょっと来て」と言い、リビングに招き入れた。そして、また私の気持ちを前よりもかなり強く伝えて、帰す。

さくの部屋に行って、
私「言ったわ」
さく「長かったね。なんて言ったの？」
教える。
さく「ああ〜、終わった〜。……終わった〜」
私「もし、やっぱりダメで、明日からもっとひどいことになったら、もう学校、辞めていいよ。早めに宮崎に転校してもいいし」
さく「……うん」
私「すっきりした！」
さく「終わったよ〜。僕たちの関係が」
私「しょうがないじゃん。さくもね、もっと、嫌だっていう気持ちをはっきり言うようにしないと。そうしないとこんなふうになって、もっと驚かせることになるでしょ」
さく「……ああ〜。終わった〜。……あ、ひとつだけいい方法がある。けど、ママには言わない」
私「なに？」
さく「言わない」

カーカの家庭教師の先生が来て、さくにはカレーを私の部屋で食べさせて、私は代々木へ。まず菊地さんとスタバで打ち合わせ。ハワイみやげを持ってきてくれた。丸いものはなかったようだけど、大好きなココナッツもの。ココナッツココナッツってさがそうとしたら、もう全部ココナッツだったそう。ココナッツスプレッドとココナッツ石けん。わーい。それから、ファンレター2通。その中の1通に心を打たれる。「テレビの中で光るもの」の感想などを便箋《びんせん》6枚に書いてくれた大阪のあなた！　私はうれしかったです。こんなに似顔絵や内容の機微をおもしろく摑《つか》んで楽しんでくれてることが。自分の書いた本が、よりよく感じられるような感想だった。「ファンレターは読みません、という姿勢は正しいと思います」とも書いてくれている。「もし編集の方がこの手紙を読まれて、何かのおりに銀色さんにひと言伝えてあげてもよいと思われましたら、『大絶賛してる人がいました』とお伝えください」と。いやあ〜。私はこの手紙を読めて、とてもよかったと思う。なにかと小さなことでしょげかえりがちになるのが人の常、私も小さなことでしゅんとすることはあります。そこにこの、高らかに笑い、褒め上げてくれるようなうれしい手紙。元気づけてもらいました。ありがとう。

温泉に浮かんでいたカナブン

8/2 鶏の丸蒸し

人んちの犬を見ているところ

8/4 みんなでソーメン流しへ

すぐに ひえびえ

この川の水も冷たい

すきとおった湖のような
白木川内温泉

ミルクシェイク！

8/5 「温泉かき氷」
おいしい！

しみじみとしたプール

8/6 プール前の靴がかわいい

8/11 さく すいみん中

8/8 かきあげうどん

枯れた葉っぱのような蝶

庭仕事用シャツ

8/18 林 ちゃわん

安楽温泉
みょうばん湯

鮎そうめん

翠嵐楼の温泉

素朴な魚の皿

コーヒーミルクかき氷

離れの露天風呂

8/20「松苑」の部屋付き
岩盤浴に
ねころんでみ

夕食

温度をみる…

いちばん簡単な手すり

8/21 さく 朝ごはんで顔

8/24 枝を切って、すっきり

8/22 チキン南蛮、ドタキャンされる

8/28 なぜこんなに髪が
ぼわんとなるのか…

8/24 2階のテラスからひとりで見た花火

まだガラーーン

8/29 部屋を移った

ベッドで ごろん

さくの部屋 リビングの一角

8/30 ミニミニ
わかさぎのムニエル

私の部屋

8/31 ベッドでゴロゴロ

じゃんけんで決める

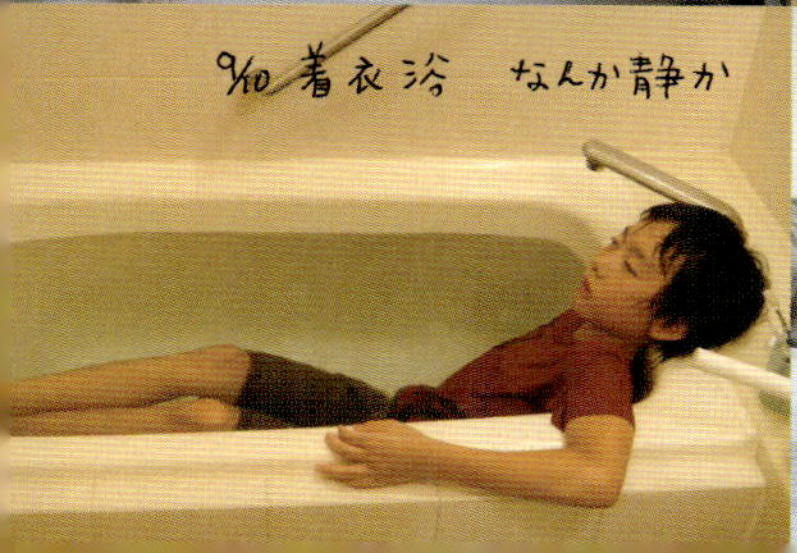
9/10 着衣浴 なんか静か

さくの足

9/12 たいくんたちと焼肉

9/11 観葉植物が来た

9/14 卓球に夢中

黙々と食べるカーカ

341回も続いた

長く続けることにチャレンジ

エスプレッソを
テーブルにこぼしたさく

9/14 六本木ヒルズ「BABBI」で

さく、フロあがり

9/15
髪の先を巻いた

9/16 ガムフーセンをふくらませながら

踊るふたり

顔はめパネル

9/20 カーカ、文化祭

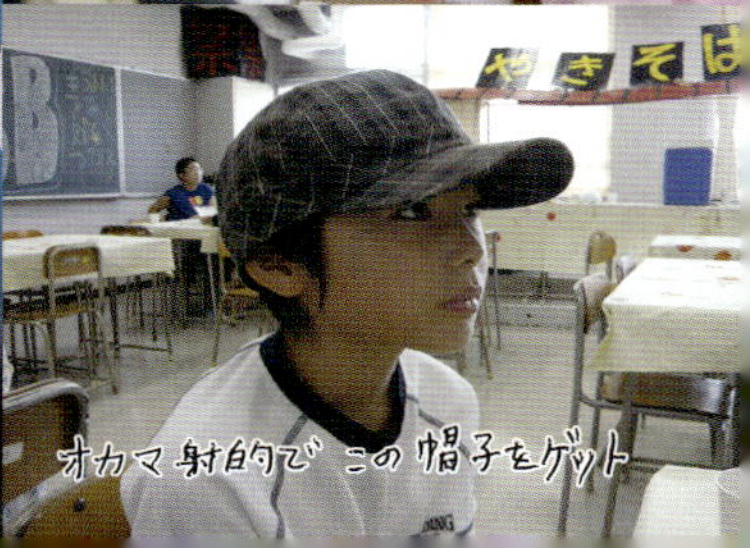

オカマ射的で この帽子をゲット

9/25 六本木ヒルズの水族館
金魚のびょうぶ

幻想的　デート用っぽい

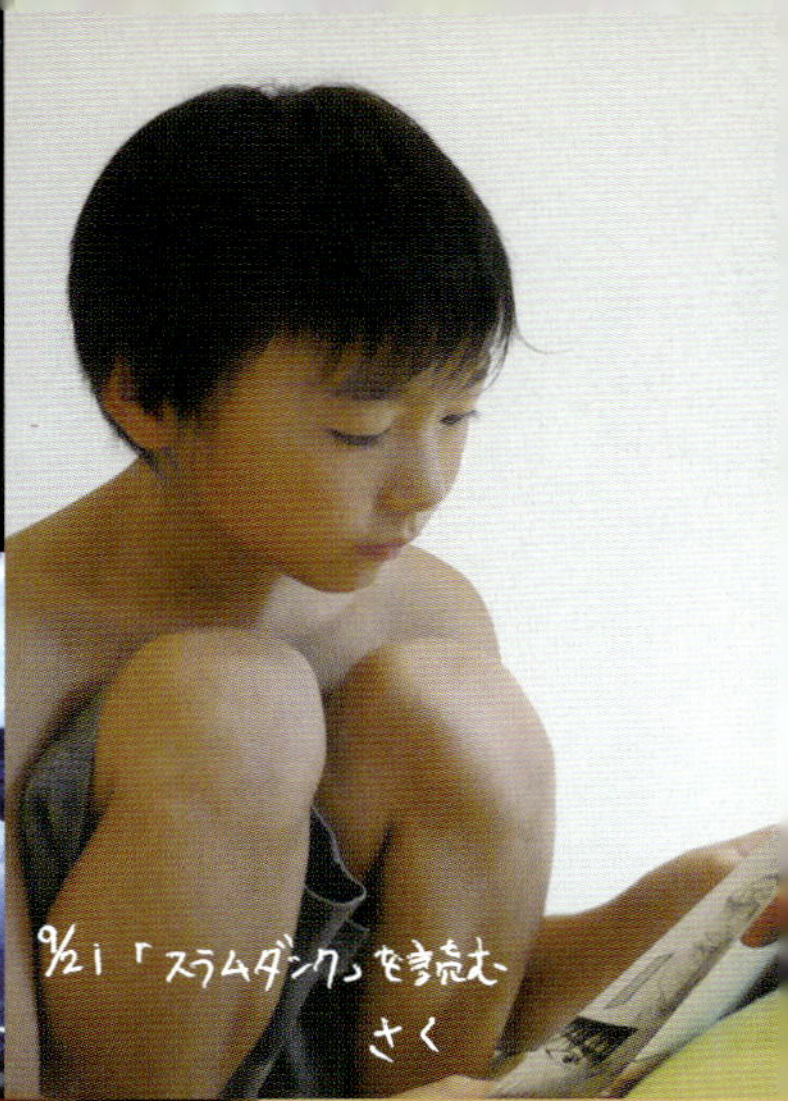
9/21「スラムダンク」を読む
さく

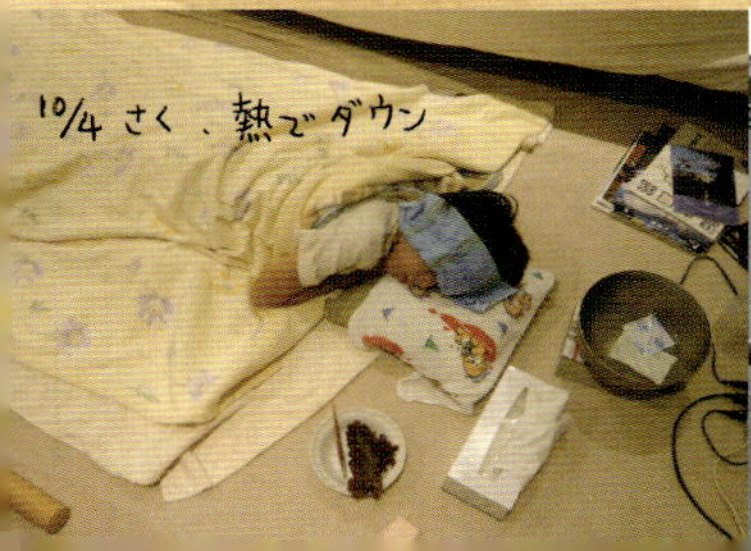
10/4 さく、熱でダウン

「ZED」の劇場前で

10/15 イタリアンの前菜

10/1 朝の庭 すがすがしい

10/19
トマトのショートパスタ「虫みたい」って

10/17 こちらも。
最近こういう盛りつけ多い

10/20
ガチャポンでとった こわい顔ライト

キャー

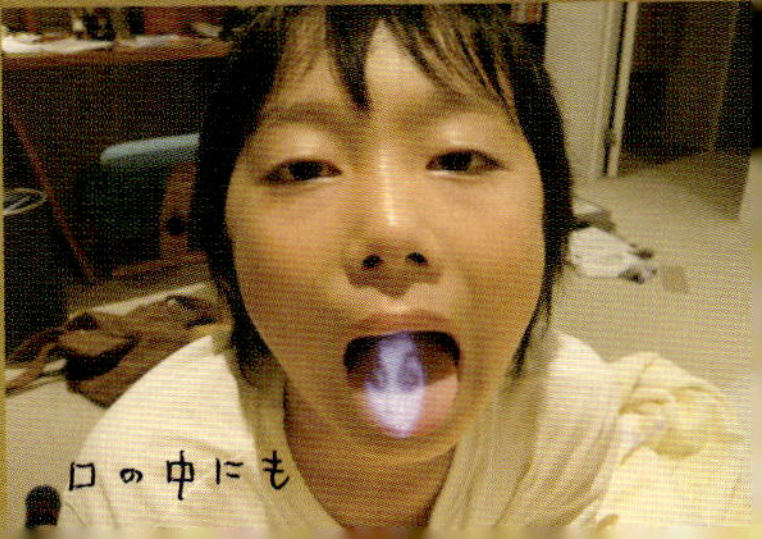
口の中にも

好きな味だった
L'OLIOLI 365

10/25 バブルショーに行った
MEGA
Bubble Show!

11/1 つんつるてんのパジャマ

10/25 カーカの着ぐるみを着てみる

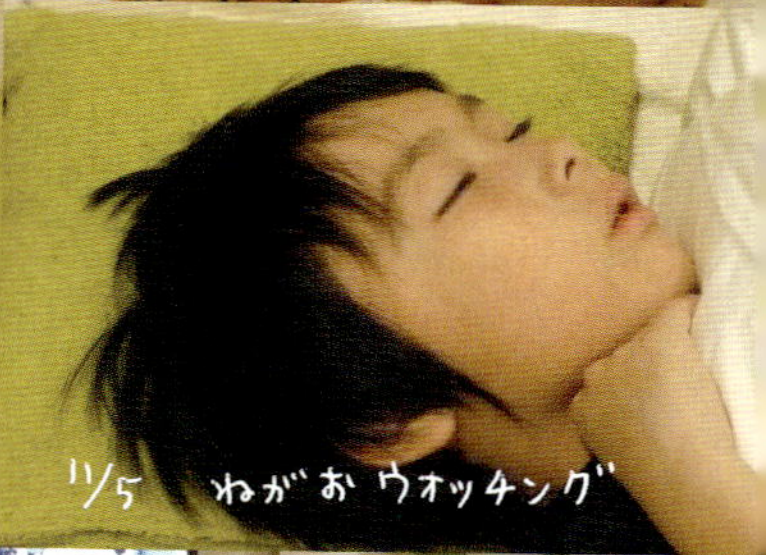
11/5 ねがおウォッチング

いやぁ〜と こわがるさく

11/6
鍋にさくのボールが!!

Hanes
「あのお〜」

「さく〜」

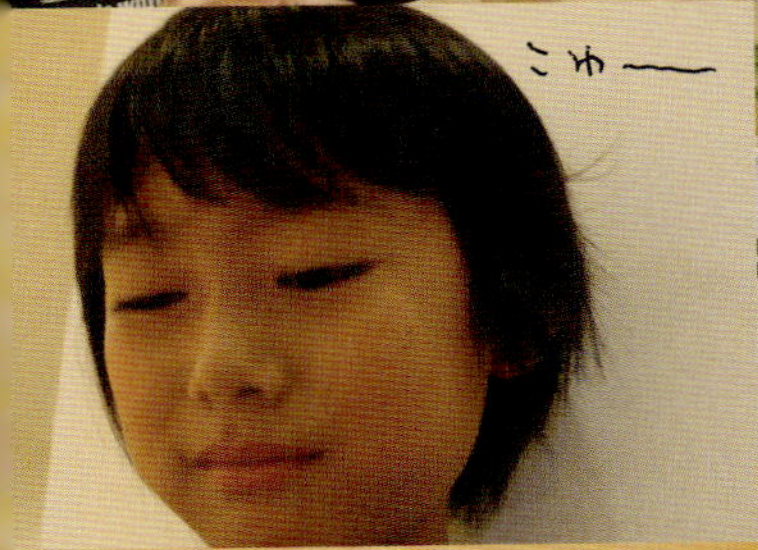
こゆ〜

「むふ〜」

カーカ
さく

11/8 六本木ヒルズ、並木道

11/7
髪の毛カット 思ったよりも みじか〜く

中華 食べてます

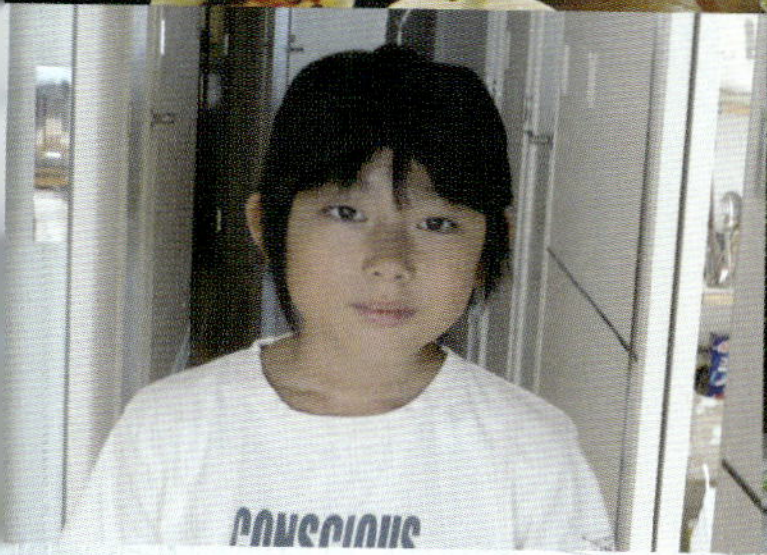

11/9 体験レッスンへ

11/6 さくとたいくん
六本木ヒルズ

11/15 小学校の展覧会

1/15
将棋してます
1/21　自由が丘　エクセルシオールで
GAPで買ったダウン

12/7 飛行機から見えた何かのイベント？ 星の形

11/24 「つれづれ」を熱心に読む

私のコート

せっせ丼

さく うしろにすててる

12/10 さく 登校

12/9 都城の工房から 夕焼けがきれい

12/27 また引っ越し

RESCUE2
SPECIAL POWER
SHOVEL CAR POWER
GOOD JOB!
12/12 同じようなの4枚も

1/1 新年 スワロフスキーのサンキャッチャー

12/28 渋谷のイルミネーション
虫みたい

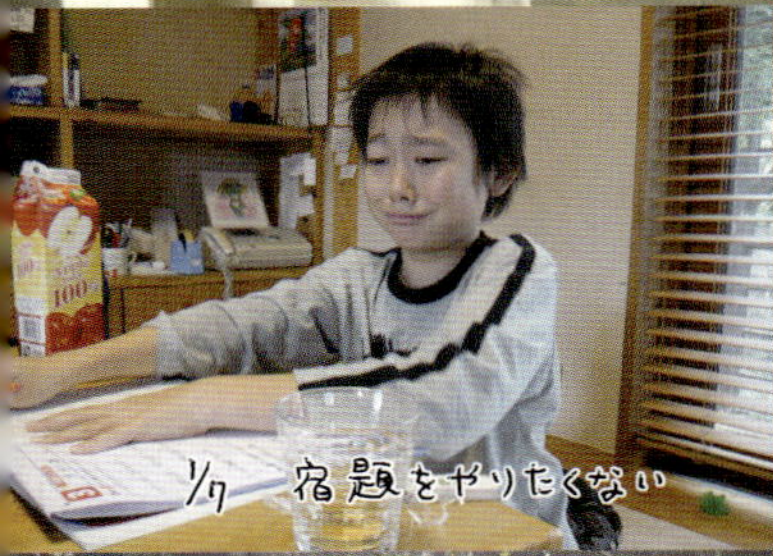
1/7 宿題をやりたくない

つるに ハンサムスーツ

雪

1/10 ゲーム中

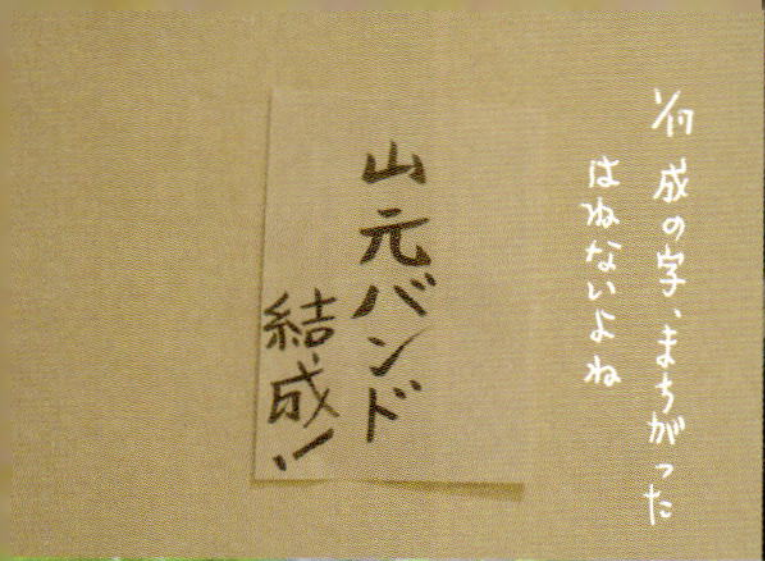
山元バンド結成!
1/17 成の字、まちがった
はねないよね

どんど焼き

1/24
かわいい ザリガニくん
まだ3cmぐらい

卓球、やってます

2/1 水そうをのぞくふたり

2/2 カーカ作、オムライス

これから東京へ

それから一緒に近くの「アンコールワット」へ。食べよう会3回目。あたたかく気楽な店内で、辛～いサラダや春雨炒《はるさめいた》めなど安くておいしいカンボジア料理を食べながらしゃべる。いろいろなことを話したけど、いちばんおもしろかったのは、北村さんが、さっきまでなににでも興味深く話に入ってきてたのに、手帳をみんなに見られて驚かれた時、テーブルの陰になってて手帳が見えなかった私が「見せて見せて」と20回ぐらい言ったのに、決して見せてくれなかったこと。目撃したみんなの話によると、ものすごく資料などがぱんぱんに挟まっていて、使い古した辞書みたいになっていたそう。1年で。あれほど固辞した北村さんを見たのは初めてだった。「こんなにみすぼらしくは、普通なんない」と自分で言ってたけど、そんな、みすぼらしいなんてことないのに。私はとても見たかったよ。それから、5人中3人の母親の名前が「しげ子」だということも判明。

12月においしいものを食べるクリスマス会をやろうということになり、私が「なにかプレゼント交換しようよ」と提案する。どんな規定にしようかと議論が始まり、結局、ひとり3千円で、自分でも欲しいものを買ってこようということになる。

菊地「1個3千円の梅干とか？」

ツツミ「あ、いいですねえ～」

北村「桐の箱かなんかに入っててね」

私「チョコレートも1個で高いのありそう」

ウケねらいは、なしということになる。

私「じゃあ、かぶりものは、ダメだね」

家に帰って、さくとおフロ。おフロで「おしりの穴、どうなってる？」とさくが見せるので指でさわったら、ちょうど穴の中に入ったた入った〜と大騒ぎ。

11月27日（木）

さっそく引っ越しの見積もりに来ていただく。8月の引っ越しの時に頼んだ「アリさんマークの引越社」の人たちがすごくよかったので、またこちらに。見積もりの方がいろいろ安くなるように工夫してくれ、値引きもしてくれたので、もう他には見積もりをお願いせずに即決。

ツツミさんから『つれづれ⑮』の原稿の感想がきた。

「私が好きなのは、さくちゃんの答案の裏の壮大なエキサイティング・ストーリー！　気になる！　もっとテストして！　と思いました」

ええっ、これ、あまりにもページ数が多すぎて、カットしてしまった唯一のところ。こんなふうに言ってくれるなんて。じゃあ、ここに載せとく載せとく！

『学校のテストの裏になにか書いてある。会話だ。カーカかなと思って、表を見たらさくだった。

ぜろ（兄）「シナ」
シナ「なに」
ぜろ「なんでもない」
シナ「ならよばないで」
ぜろ「いいじゃないか」
シナ「ぼくのへやから出てってよ！」
ぜろ「なぜだ」
シナ「いまだいじなことしてるから」
ぜろ「なにしてる」
シナ「ロボットを作ってるんだよ！」
ぜろ「おこらなくてもいいじゃないか」
シナ「やったー！　かんせいだ！」
ぜろ「よし外にもっていってあそぼう」
シナ「もう！　かってに決めないでよ。まあべつにいいけど」
ぜろ「なら行こう」

そのよく日

シナ「ぜろ兄ちゃん」

おもしろい。なにこれ。聞いてみると、テストで時間が余ったので、先生が裏になんでも書いていいよと言ったので書いたのだそう。カーカは子供の頃から現実派で、目の前にないことを想像して考えるとか、空想するということがなかったので、これは私には新鮮だった。また書いてねと言っとく。おかあさんはいつもシナのことをシナちゃんと呼ぶのだそう。

さくがあの物語の続きを書いた。

よく日

シナ「ゼロ兄ちゃん」

ゼロ「なんだ」

シナ「……ロボットがなくなっちゃった！」

ゼロ「それが」

シナ「それがじゃないよ！　たいへんじゃないか。ぼく外にさがしに行ってくる」

ゼロ「…………」

夕方になって
ティーナ（母）「シナちゃん、おそいわね」
ゼロ「だいじょうぶだって。そのうち帰ってくるさ」
その夜
ティーナ「どうしよう。帰ってこないじゃない」
ゼロ「なにをしてるんだろう」
ティーナ「けいさつにそうさくねがいを出しましょうよ」
ゼロ「……うん……。（さがしに行ってやりたいんだが）……いや！　ぼくもシナをさがしに行くよ」
つづく
ゼロ「シナー、どこにいるんだシナー！　お願いだ……返事をしてくれ。……しかたない、帰るか……」
家で
ゼロ「ただいま」
ティーナ「どうしたの、元気なくして」
ゼロ「シナは……シナは……どこにいるか分かった？」
ティーナ「いいえ……それがけいさつもゆくえふめいになったんですって」
ゼロ「えっ……ということは」

ティーナ「そうよ。よる、外に出ている人は全員ゆくえふめいになってるの」
ゼロ「(なんかおかしい)でさ、そのけいさつの人たちは、どうやっていなくなったの?」
ティーナ「それがね、むせんをつないでいたらとつぜんきれたらしいの」
ゼロ「それで?」
ティーナ「それで? って、それだけよ」
ゼロ「じゃあ、けいさつはどこをさがしていていなくなったの?」
ティーナ「公園だそうよ」
わあ~、どうなったのだろう。先生も赤でひとこと「シナはどこに行ったのかな……」と感想を書いてる。
さくがひさしぶりにあの話の続きを持ってきた。なにしろテスト用紙の裏に時間が余った時だけ書けるそうなので。2枚ある。シナという弟がいなくなって、それをさがす兄ゼロ。
ゼロ「で、どこでいなくなったの」
クリス「公園だそうよ」

ゼロ「わかった。もう一回いってくるよ」
クリス「いってらっしゃい。きをつけてね」
ゼロ「うん。だいじょうぶ。……たしか公園だったよな」
10分後
ゼロ「よし、公園についたぞ。あれ、でもなんにもないな。……あっ、なんなんだあの穴は！」
はたしてその穴はなんなのか。つぎにつづく。

ゼロ「なんなんだろうこの穴は。よし、お母さんに知らせてこよう」
？「ちょっとまて。シナをさがさなくてよいのか？」
ゼロ「だれ」
？「わたしはこの穴の中の世界にすんでるちょうろうじゃ」
ゼロ「じゃあ本当にこの中にシナがいるの」
ちょうろう「ああ本当じゃ。わしはうそをついたことがない」
ゼロ「わかった。はいってみるよ。うわ！　なんだろう。体がすいこまれる～」
ゼロ「ううっ、ここはどこなんだろう。なんか森みたいだ。まあまずはちょうろうをさがしてみよう」

10分後

ゼロ「うわー！　モンスターだ」
ちょうろう「ゼロ、おどろくでない。ただのようせいだ」
ゼロ「あっ、ちょうろうだ。ここはいったいどこなんです（どっからちょうろう、でてきたんだろう）」
ちょうろう「ここはヴィジョンという世界だよ」
はたしてヴィジョンとはどこなのか。つぎにつづく。

このクリスってだれ？　前ティーナって名前のお母さんがでてきたけど、それじゃないか？（名まえを覚えられないんだよ、とのこと）

これってゲームの影響じゃない？（うん。ブレイブストーリーの、まあパクリだよ。最初は違うけどね）

ゼロ「ヴィジョンというのはどういう世界なんですか？」
ちょうろう「ヴィジョンはな、ふつうの日本とはちがう世界。まあ、うら日本というところじゃ」
ゼロ「うら日本……」
ちょうろう「しかも、ほうぎょくを五つ集めれば、なんでも願いがかなうのじゃ。ただし一つだけなんじゃ」
ゼロ「ほうぎょくってなんですか？」
はたしてほうぎょくはなんなのか、つぎにつづく。

ちょうろう「ほうぎょくとは、とてつもない力がこめられている石《ストーン》じゃ。さっきもいったが、ほうぎょくは五つあり、それぞれすごいパワーをもっておるぞ」
ゼロ「ほぉー」
ちょうろう「おっ、わすれておった。これから旅に出るものには、このけんをわたしておく。このヴィジョンにはまものがうじゃうじゃいるからの。あとは、そうじゃのー、おお、赤のほうぎょくもわたしておく。このごろわすれっぽいのぉー」
ゼロ「まっ、むずかしいことはなしにして、このけんとこの石もらっときます。じゃ、いってきまーす」
ちょうろう「まだ話は……まあ、あいつならだいじょうぶだろう」

これからゼロのぼうけんがはじまる！

ゼロ「ちょうろうには行ってきますって言ったけど、どこに行けばいいのかな。しかもこの赤のほうぎょくってどんな力をもっているのかな」

？「クゥー」

ゼロ「ん？　なんだろう。このかわいい生き物」

？「グルルー」

ゼロ「ん、あっ、あっちからへんな生き物がいっぱい来る！　うわー！」

はたしてゼロのうんめいは。つづく。


このお話は3年生が終わったので尻切《しりき》れトンボになってしまった。また書いてほしい』。

さて、今日のカーカのお弁当はまずかっただろう。ごはんの上に、買ってきたチキンマカロニグラタンを敷き詰め、端っこに肉の野菜巻き。ごはんの上に味の薄いマカロニグラタンっていうところが、ガッカリだったろう。

そんなカーカだが、こないだ、「携帯に架空請求が来て、あせった！」なんて言ってる。「なんで？　そんなのいつもテレビで言ってるじゃない」「自分のことだとわかんないんだよ。何か払ってなかったかな？　って思って。友だちが、それ、ダメだよって言ってくれてわかったけど」「もう～」「人のことなら言えるんだけどね」

カーカが帰ってきた。「今日のお弁当、おいしくなかったでしょ？」と聞いたら、「うん。

ふた開けたら、さめたクリームシチューみたいなのが入ってるんだよ。気持ち悪かった」「ドリアにしようと思ったの。ごはんにグラタンをのせたらドリアになるでしょ？　でもあれ、マカロニグラタンだったんだよ。知らなかったんだけど」「でも途中で部活の用事ができて、全部食べられなかった」「じゃあちょうどよかったね」

寝る前に、「今日、学校どうだった？　どうだった？」と何も話したがらないさくにしつこく聞いたら、「聞かれるのが嫌だ。……まだ結果が出てないからわからない」と、口が重い。

11月28日（金）

これから引っ越すまでの1ヶ月は、粛々と仕事をしとこう。

似顔絵で思ったけど、似顔絵を描く人は、顔というものを他の人とは違う見方で見ていると思う。顔や体つきを通してその人を静かに見つめ、どんな個性も尊重するというような、肯定的な見方。似顔絵を描いてる時は、そのものの個性を愛するというか、好きになっていると思う。その人だけがもつ、かけがえのないものを感じようとする気持ちで。似顔絵がうまい人って、いろいろなことを考えると思う。似顔絵って、ただ似顔絵ってだけじゃない。

「家庭教師が来るようになってから、遊ぶ時間がなくなった〜」と言う。「なんで？　週1回じゃないの？」「明日もあるんだよ。あさっても」週、2〜3回か。そういえば申し込み時に、そう書いたような気がする。時給5500円のところ、受験生じゃないので5000円にしますと言ってくれた親切な先生。……あまりの初歩さかげんに？　プロフィールを見たら、難しい学校を受験する受験生や浪人生を受け持ってらっしゃる様子。それに比べたらカーカは……。カーカは今、初めて、高校生の勉強のドアを開けたところ。その部屋、広いよ〜。

人って、相手によって自分の出す部分を変えてると思うんだけど、私はこの「つれづれノート」ではほとんど思いつく限りのことを躊躇《ちゅうちょ》なく書いているので（相手が特定の人物じゃないので、つまり、全員がそこにいる、あるいは外に向けた内側、内側に向けた外側というように）、親よりも兄弟よりも子どもよりも恋人よりも結婚相手よりも友だちよりも、この本をつづけて読んでくれてる読者が私のことを知ってると思う。私はそれでいいと思うし、そうでいたい。受け止め側のキャパというのがあるので感想は人によってさまざまだろうけど。私の未熟さを思慮深く補ってくれてより深く、今の私の表現力以上に包み込んで受け止めてくれる人もいるだろうし、その逆も。

さくって、よくわからないんだよね〜。今朝も、鼻歌歌いながら、のん気そうにしてて。

雨かあ〜、このあいだまでは晴れてたのに、もう寒い冬だね〜、雪が降ったら野球どうするんだろう、雪の球を打つのかな……なんて、お天気のことつぶやいてたけど。なんとなく、本当に、落ち着いてる。この状況で。不思議。わざと平気そうにしてるのかな。

新しい部屋の契約に不動産屋さんへ行った。青山一丁目の三井レジデントファースト。きれいで人のいない静かなビルだった。ブースに運ばれてきたおしぼりにはほんのりとハーブの香り。思わず「いい匂いですね〜」と言うと、その受付の女性がにっこり。担当の方は、かすれたような少年っぽさのある声で、いつも契約時の読み合わせは退屈だけど、その声をよく聞こうとしていたから退屈しなかった。その人自身も、どこか気の弱そうな、やさしくしてあげたくなるような雰囲気を持っている。ゆったりとした時間をすごした気分で帰る。よかった。

それから、さくの学校に行って、クラスの先生との個人面談。

春か冬に転校することを話し、昨今の近況を聞こうと思ったら、先生もすごく心配してくださってて、「このままの状態が続くのなら、残念だし、こんなこと言うのも変なのですが、さくくんのためにも早く転校させてあげたいです」とまでおっしゃる。そこまでか！

私が「残りの一ヶ月、どうにかエスカレートしないでいければいいと思ってるのですが、もしひどくなったら、すぐに学校を辞めてもいいと思ってるんです」と言ったら、「そうしてください。急でもいいですから」と。相当、心配してくださってる。放課後は私がいる時は遊ばせないようにして、学校ではできるだけ先生に気をつけててもらうことにした。

家に帰ったらさくがいない。またどこかに遊びに連れて行かれたのだろうか。昨日の子の家に電話したら、行ってなかった。Aくんちに電話したら、留守電。児童館に電話したら来てるそう。よかった。児童館なら他の子もいるし。5時までに帰るようにと伝言を託す。……それにしても先生のあの心配顔。私が思ってる以上に、いじめられてるのかな？でも、さくに聞くと、それほどじゃないみたいだし。でも、言うはずもないだろうし。うーん。わからない。この週末にさくだけ宮崎に連れて帰ろうかな。それもいいかも。もし本当にさくが学校で苦しい思いをしてるんなら。

「さくくんもこのクラスじゃなくて隣かその隣のクラスだったらこんなことにはならなかったのに……。すみません。私が力足らずで……」と申し訳なさそうに先生がおっしゃっていた。「いいえ。とんでもないです」と頭を下げて帰ってきたのだったが、「たぶん5年生になっても、あの関係は続くような気がします」とも言ってた。言いなりになるので、気に入られて、いいようにされてるという関係なのだと思う。

さくが帰ってきた。そして、じっくりとじっくりと聞いたら、やはり私が話したことで、「いろいろいわれて嫌だったから絶交だ。でも、許す。今度からはお母さんにばれないように他の子の家で遊ぼう」と言って、また遊びに付き合わされたそう。変わらないんだ。

で、「じゃあ、もう明日、宮崎に帰る？　一足先に」と言ったら、最初は「ええ〜。いやだ、早すぎるよ」とかなんとか言ってたけど、やがて「どっちでもいい。それでもいいよ」と言い、「じゃあ、そうしよう」ということになった。とりあえず手続きなどがあるからと、先生にすぐに「明日、転校します」と電話したら、先生もびっくり。早く転校してもと言ったけど、こんなに早くとは！……と。でも、その後の状況と、どうやっても変わらないと判断したので、我慢するより早く引っ越した方がいいと思いましたと伝える。すると、すぐ折り返し電話しますと言われた。しばらくして電話が。校長先生からだった。校長先生も以前から気にかけておられたそうで、いろいろと話す。今後のこともあるので、なにがあったのかできるだけ詳しく知りたいとおっしゃるので、では、この休みにじっくりと話して聞いてみます。そして月曜日に連絡しますと言って切る。さくに、「もうひとり先生をつけますって言われたけど」と言ったら、「それだったら行かない。校長先生にまで広がったらもうぼっこぼこにされるから、もう宮崎に帰る」と言う。だったらそうしよう。「人生が変わるかな？」と言うので、「変わるというより元に戻るって感じかも」と答える。

家庭教師の先生が帰られたので、カーカに「さく、明日引っ越すことにした」と言って、その子からされたことなどを説明する。カーカは「ふ〜ん」と言って淡々と聞いている。

カーカ「カーカみたい」

私「そうなんだよ！　カーカに似てるんだよ。すっごく」
カーカ「それ、いちばん最初に気づいたのさくだよね。それからママたちも気づいて」
私「だから、我慢できたんだよ、さく。慣れてるから」
カーカ「でもだから、嫌ってことも言えなかったんだよ」
私「そうだよ。いつもカーカに鍛えられて、服従させられてたから。カーカとAくんが兄弟だったらよかったのに」。
カーカ「そしたら殺してるよ。同じ同士って合わないんだよ」
私「……まあ、ママたちが無理に転校させたからさ、責任感じるよ」
カーカ「ママが小学校の選択を間違えたんだよ」と、いつもの如く責める。
私「だって、あの時点で選択の余地はなかったじゃん」
カーカ「もっと普通のとこがよかったんだよ」
私「……でも、さくってこういうことがあっても、さく自身は変わらないよね」
カーカ「そうなんだよ」
表面に嫌なことがあっても、さく自身は影響されてない感じ。嫌なことをそれ単体で受けられるというか……。私と似ているのかもしれないなあ。
さく「ああっ、（宮崎では）もうすぐ持久走大会がある。出たくない～」
私「そうだ。せっせに言わないと」
電話する。

私「明日、さく、宮崎に引っ越すから」と言って、かいつまんで説明する。「もし迎えに来れたら、来て。時間がわかったら教えるから。できなかったらタクシーで帰る」
せっせ「うん。行けると思う。しげちゃんには黙っとくよ。驚くから」
私「ハハハ」
せっせも、ただ引っ越すってだけだったら、家族は一緒に暮らした方がいいからと反対してたけど、こういう事情だから何も言わずにすんなり受け入れてる。うちはみんな、突然に、強い。

カーカがさすがに、にやりと苦笑して、「もうこういうの、やめようよ〜」だって。

急な移動の連続？　別にしたくてしてるんじゃないんだけどね。たぶんもう落ち着くよ。それぞれがそれぞれの落ち着き場所に落ち着けば。

それぞれに落ち着く場所っていうのがあって、今まではまだ小さかったし、みんなが一緒にいなきゃいけないと思っていたから、だれかが無理をすることになったけど、ここまで大きくなったから、それぞれの場所にいられるようになったみたいだから、たぶんもうすぐ落ち着くよ。そんな気がする。

私「おいで、さく、フロ入ろう。さくの第2の人生が始まるから」

さく「うん」

私「ママは第4、カーカは第3」

フロで、お湯の中でバブをしゅわしゅわ溶かしながら、
私「急展開だね」

さく「ていうか、Uターン。こっちに来て、また帰る」

そして興奮気味。「今日ははしゃいでないといられない」なんて言ってる。

私たちはもういいけど、先生方が気の毒。たぶん、頭を悩ましてるんじゃないかな。

またオチンチンで遊んでる。「さて、オチンチンはどこいったでしょう?」なんて指で身の奥に沈ませてクイズだしたり。「体の奥」「ピンポン」「オチンチンがある人は楽しいんだよ、遊べるから」。前もそれ言ってた。たまたまがある人は楽しいんだよって。


夕方、家庭教師の先生が来た時、まだカーカは帰ってきてなかったので、先生と2〜3分話をした。「来月の末、恵比寿に越すんです。たぶん先生の家の近くだと思います」と言ったら、本当に目の前、歩いて3分ぐらいのとこだった。そして、私が行ったり来たりになるので、その間一人暮らしなんですと言ったら、「大変ですね。しっかりしてますね。何も出来ませんけど……力になります。ごはん食べに来させてください」なんて言ってくださる。「いえいえ、そんな!」と恐縮する。やさしい方だ。

カーカが、「カーカ、ひとり暮らしが始まるから、なんか買って、PSP」

さく「いいなあ〜、僕も」
カーカ「お祝いになんか買って」
私「もうちょっと落ち着いてからね。それよりもカーカ、勉強しないと。留年したら大変だよ」
カーカ「そうなんだよ。やるから。今度はもうちょっといいはずだよ。でも、1年で1をとったら、3年で大変なんだって」
私「だろうね」
来週から期末テストらしい。今は家庭教師の先生がいるので、わからないことはなんでも教えてもらえるので、よかった。今まではわからないことを知るすべがなかったから。ここまでわからなくなると、自力ではもう、何も持たずに深い森の中に置き去りにされたようなものだ。熟練者のガイドが必要。ある程度、基礎だけでもわかってる段階なら、地図とコンパスと判断力でひとりでもどうにか進めるだろうけど。

11月29日（土）

今日の夕方の飛行機で帰るので、それまでに仕事。……なんか、忙しくなったじゃん。奔走してるよ！……静かではないけど。
数日いないから、お昼かカーカの夜用にハンバーグを作ろう。台所にいたら、さくが来て「ダイエットするためにお肉を控えてる人」の替え歌を即興で歌っている。けっこう長く。

私「それ、今考えたの？　ママみたいに？」

さく「うん。むずかしいね、一瞬で考えなきゃいけないから」

明るい日の射す部屋でおもちゃの鉄砲で遊びながら、

さく「でも、帰ったらすっきりするかもね」

私「するよ。飛行機から降りたら、もう」

さく「あっち、景色がいいんだよね……」

私「空気、いいしね」

さく「ドライブしない？　3丁目の歌を聞きながら」

私「うん。でも帰ったら夜だから真っ暗だよ」

だんだん気持ちが解放されてきてるようだ。あのAくんの悪魔のような呪縛《じゅばく》から。もっと時間がたてば、もっと気が晴れるだろう。

昨日の夜、カーカと話してて、家庭教師の先生がいい人だっていう話をしてて、

カーカ「美人だし」

私「そうそう。だれかに似てるよね〜。だれだろう。上戸《うえと》彩《あや》と、だれか……」

カーカ「運、いいよね」

私「そう。悪運強いよね」

カーカ「悪運ってなに？」
私「バッタリ倒れてもなんかいいもの摑《つか》んでるみたいな」
カーカ「美人ってことが？」
私「え？　先生のこと？　運いいって、カーカの運がいいってことじゃないの？」
カーカ「カーカのだよ」
私「そうだよね。カーカ、いい先生に出会って」
カーカ「家庭教師って距離が近いから、きれいな人の方がいいよね。塾とかだったら別にいいけど」
私「そうだよね」
カーカ「近いんだよ」

とりあえずのさくの荷物を詰めて、時間までいろいろこまごまとしたことをする。友だちに引っ越すことを電話した後で、「楽しみだなあ〜」とつぶやいている。
私「何が一番楽しみ？」
さく「解放されること」
時間になったので、部屋でぐてっと寝ているカーカに声をかけて出る。タクシーの運転手さんが、外苑《がいえん》西から乗りますねという。はいと答えたけど、いつもなら天現寺《てんげんじ》からなのに、どうしてだろうといぶかしむ。閉鎖かなとか、いろいろ考える。時間もすごくかかって、不信感がつのってきた頃、舗道に人がいっぱいいて、みんな同じ方向を向いてカメラを構えている。自然とその方向に顔を向けたら、タイの寺院のような塔が何十も並んで、黄金色に輝いている、と思ったら、外苑の銀杏《いちょう》並木だった。神々しく、ものすごく綺麗《きれい》。ちょうど夕陽がさしてて、「きれいー」と思わず声を上げる。「ラジオで言ってましたよ。今日明日がいちばんきれいだって。明日にはもう、散っちゃうかなあ……。一瞬でも見れたじゃないですか」と運転手さん。さっきの不信感も消える。さくはひとこと、「並びすぎだよ」。

飛行機に乗り込むと、今度は夕焼けがきれいだった。オレンジ色からブルーへのグラデーション。すごい透明感。

空港に着いた。荷物受け取りのところに行く途中、テレホンカードの自動販売機を見かけたさくが、ぱっと駆けよって行った。テレホンカードをじっと見ている。

私「どうしたの？」

さく「うん？　いつも○○くんのテレホンカード借りてて悪いから、これがあったら借りなくて済むかなあって」

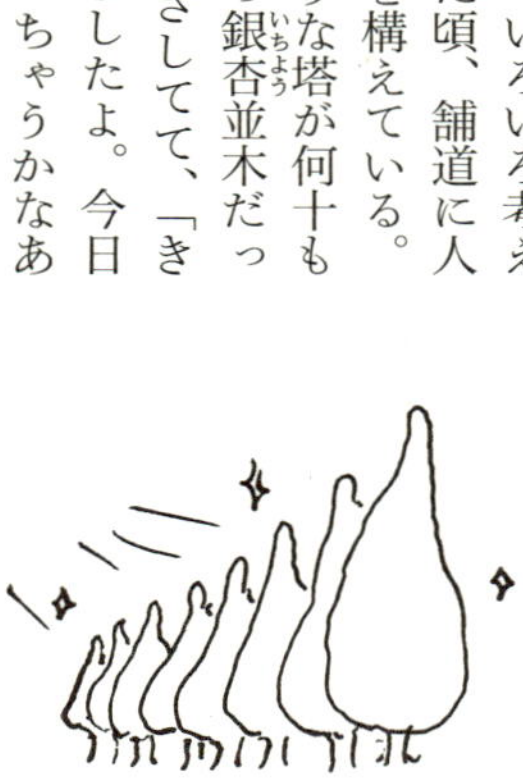

それは学校から家に「今日遊べる?」って私に聞くためにAくんに無理やりかけさせられてる電話だ。
私「かけさせられてるのに、悪いって思う必要はないんじゃない?」
そこまで身に染みこんでるんだ。もう、宮崎だよ。もう、あそこには行かなくていいんだよ。

せっせのお迎え。駐車場に出ると、さくが夜の空気を吸って、いいね〜と言ってる。しっとりとした空気の匂い。
せっせ「昨日考えたんだけど、君がいない時は、しげちゃんを君の家に泊まらせたらどうだろう」
私「それ、すごくいい。さくがひとりになることだけが気がかりだったから。しげちゃんにとってもそれいいね。そうしよう!」

家に入ったら、木の香りがした。ふたりでテレビ見ながらお弁当を食べて、マンガみたり、こたつに入ってのんびりすごす。ものすごく静か。静けさの音がする。ジーって。
さく「まったりすごそうよ」
私「うん。すごく静かだね。家と家の周りが広いから、それ全部自分たちの世界って感じでゆったりしてて、いいね」

さく「うん」

お風呂《ふろ》では、シャボン玉で遊んでる。大きいのをどれだけ長く割れないで保てるか。楽しそう。この家にいるさくは、本当にリラックスしている。帰ってきてよかった。

11月30日（日）

朝早く目が覚めた。さくも起きたので、一緒に庭を一周する。どうだんつつじの紅葉がきれい。ほっとする。ものすごく大きくなったとげとげの植物を見て、「これ、さくが切らないでって、こういうのがあってもいいいんじゃない？　って言ったから、切ってないいんだけど……」「もういいよ」「いいよね。こんなに大きくなったから。これ、切ってもまた芽が出てくるから」。

ベッドにまたもぐりこんで、話をする。窓から見える庭の木を見て、「あの木、お侍さんに棒が刺さってるみたい」なんて笑ってる。どれどれ？　と私も見る。

仕事前のくるみちゃんを呼んでお茶を飲み、今回のことを話す。昨日の夕方、「明日転校します」といきなり電話で先生に言ったと言ったら笑ってた。

くるみ「でも、さくちゃんって大人だよね。何も言わないし。千円事件の時も思ったけど」
私「そう。だから、たま〜につぶやくひとことを聞き逃さないようにしないとと思って。何か言う時は、相当な時だと思う」
くるみ「そういえば、10日ぐらい前、せっせさん、この庭にいた？」
私「え？　どういうこと？」
くるみ「この前の坂を自転車で走ってたら、塀の中から音がしたから、坂の途中でのぞいてみたら、人が庭に座り込んでたよ」
私「へー、せっせがそういうことするはずないなあ。聞いてみよう」
くるみ「聞いてみて。気になる」
それから、「本当にここって、人が住んでないって感じがしないね」と家をぐるりと見回していた。
くるみちゃんに、私がいない時の、さくのごはんをお願いする。ついでにしげちゃんのもたのんだ。
そのあと、しげちゃんとせっせがやってきた。せっせはいつものようにしげちゃんに何も伝えてなかったので、私たちを見て驚いていた。そして、これからさくがここに住むから、私がいない間はしげちゃんもここに泊まってとお願いする。「いいわよ」と、しげちゃんは昔から、こういうことは何を言っても反対しない、驚かない。というか、しげちゃん自身が、とんでもないことを考えついて、もっとみんなを驚かせてた。今日の夜ご飯を食べに行く約束をする。あ、せっせは庭に入ってないそう。誰だったんだろう。

昼は焼きうどんを作ってさくと食べる。あたたかで静かなお昼。

さく「なんか違うね」

私「自由で平和で楽しいね。さくとママ、やっぱりこっちが合ってるんだよ。カーカはちょっとイライラしてたけど」

さく「フィールドがひろいな。向こうは人が多すぎる」

人が多いのが苦手なさくなので、人が少ないってだけでリラックスできるみたい。のびのびしてる。

それから、天井の木の模様を見て「バスケットボールを入れてる人」「横向きの鳥、2羽」などと言い合う。壁にも猫やカメがいる。庭の石を見たら、それも人の顔に見えたので、「顔みたい！」と言ったら、笑ってた。

午後から友だちの家に遊びに行った。

さくには、しげちゃんとせっせとくるみちゃんのごはん。カーカには、ツタヤと地下のスーパーマーケットと家庭教師の先生がついてる。私は、……頑張ろう、いろいろ。

夜、みんなでおでんを食べに行って、さくとふたりで帰って来て、庭で空を見上げたら、満天の星だった。
「こんなの東京ではないね」と、さく。

12月1日（月）

今日は忙しい。まず起きて、一応さくに登校の準備をさせてから、学校に行く。校長先生はいらっしゃいますか？　と聞いたら、月初めはいつも交通安全の旗振りで国道にでてらっしゃいます、とのことだったので、走ってそこまでいく。いらっしゃった。何度かお話したことがあるので、こちらに気づいてくれた。ハアハア言いながら挨拶《あいさつ》して、学校までの小道を歩きながら簡単に状況を説明する。走ったので息が切れてなかなか言葉が続かない。先生はまた帰ってきてくれたことを喜んでいらして、「今、もう家にいるんです」と言ったら、「いいですよ、今日からいらっしゃい」と言ってくださった。さっそくさくを呼びに行く。ランドセルをしょって、校長室へ。春に転校する時に絵と言葉を書いてくださったのを思い出す。やさしく語りかけてくれるけど、さくは「はい……はい……」と小声で言うだけ。「ちょうどこれから全校朝会だから挨拶しようか？」と聞かれ、「そこで挨拶するのは嫌なんだそうです」と言うと、「さくくんの好きなようにしていいよ。じゃあ、ここで待ってる？」と言ってくださって、全校生徒の前で挨拶しなくてすんだ。ものすごく嫌がっていたから、たぶんものすごくほっとしただろう。

東京の小学校の校長先生に電話したら会議中だったので、後でまた電話します、今日はお休みします、と伝言を頼む。くるみちゃんに、今日から1週間、さくとしげちゃんの夕ごはんをお願いする。「うん。いいよ〜」と明るい声。頼みます。次に、せっせに電話する。午後に東京に帰って、手続き関係をするから、今日からさくをお願いと。しげちゃんが泊まりにきてくれる。細かいことは、実際やりながらね、と。ここだったら知ってるところなのでまったく不安がない。

朝ごはんなどの買い物をして、洗濯物を干して、飛行機で東京へ。

その飛行機の中、あ、と思い出して、「ザリガニの赤ちゃんは機内持ち込みできますか？」と聞く。大丈夫だった。水が漏れないようにして、と。

午後、家に着いた。すぐに学校へ電話して校長先生に「少しでもいいですから話せますか？」と聞いたら「いつでもいらしてください」と言ってくださったので、すぐに行って話す。すべての状況と気持ちを丁寧に説明した。事後報告になったけど。先生も複雑な思いだと思うけど、学校の至らなさも謝っておられた。私は、残った人々のフォローまでしようと思わなかった。たぶんそこまでしようとすると、面倒なことになると思ったから。クラスの子どもたちや保護者の方々に挨拶もしない礼儀知らずと思われても、行く方がいいと思ったのだ。

校長先生が玄関まで送ってくださった。「人生って、暗い気持ちになっては、次にぱっと気が晴れて、それの繰り返しで続いていくんですよね」と言ったら、先生も「私もふたりの子どもを育てましたが、いろいろありました」と。

家に帰って、さくに電話した。「どうだった？　学校」「うん？　ふつう」「どう？　転校して」「めちゃいいよ」。

でも「おっかあがいないことだけが嫌だ」と言うが、それにもすぐに慣れるだろう。「いつも電話してきて。5時……いや、7時にね」と言って、あわただしく切ってた。

ディズニーランドに連れて行ってくれたBくんのお母さんにも電話して説明する。お礼と感謝の言葉を言う。驚かせて申し訳ないです、感謝してますと。丁寧に聞いてくださったお母さん。「さくくんは、やさしいから」と言ってくれた。そのBくんは、さくのことがすごく好きだったのだそう。……Bくんにもショックを与えたみたいだ。

Bくんは、なにやら察して、昼、校長先生のところに飛んできたそう。「僕たちはいじめてません。さくは何て言ってるんですか、さくは。さくの気持ちを聞きたい」と。男らしい子だと思う。さくは、いちばん驚いてるよ。私が連れてったんだよ。ごめんね。

カーカが帰ってきたので、いろいろとガーッと話した。

私「なんか暗い気持ち」

カーカ「でしょう？」

カーカが部屋に入って、私も部屋に入ったら、今までいつもテレビを見ていたさくがいない。おならの話とかを、笑いながらしてきたさくがいない。すごく静かだ。勢いにまかせて進んでしまったけど、このことは、さくとカーカが離れた、ということでもあるんだ。静かな家。静かな部屋。今までになかったこと。さくがいた時はいつもテレビの音がしてた。さくの声が聞こえていたのに。

12月2日（火）

ひさしぶりに竹村さんと会いたいなあと思い、メールする。

「元気？　今年も終わるね。行く年を惜しんで、しみじみ会えない？　そして、もし可能なら、会える日に、あの『後藤の飴《あめ》』を買ってきて欲しいのだけど。生姜《しょうが》とシナモンと柚子《ゆず》など。すごくおいしかったんです」

本当に、あれからいろんなところの飴を手当たり次第買ったけど、あれほどの素朴さはなかった。あんな、そのもの感は！

「銀色さん。メールありがとうございます。私は、元気です。今年を締めくくるお食事会、ぜひいたしましょう。『後藤の飴』も買っていきますよ」

「あのヘアサロンの店長が、またまたおいしいお店を教えてくれました。表参道の焼き鳥屋なのですが、ぜひ行きたいんです！」

「焼き鳥、いいですね！　おいしい焼き鳥って、あんまり知らない気がします」

「私も焼き鳥って、わりと未開拓です。あの店長のお勧めだから、きっとおいしいと思う。味わってみよう！」

「焼き鳥心を高めておきます」

竹村さんって、なんというか……気迫がある。ハチマキ巻いて竹やりの練習してる少女の姿が浮かぶ。メールの文章って、本当にその人がよく表れるよなあといつも思う。


今の私の頭を悩ましているのは……3000円プレゼント。

3000円。なにこの微妙な値段。まったく思いつかない。あんな提案をした自分が、非常に迷惑。これのせいで、おいしいクリスマス会を楽しみにする気持ちゼロ……というのはオーバーだけど、当日まで緊張する。しかも、自分のセンスのなさが露呈してしまいそう。3000円の梅干、1本釣りでいこうか。全員3000円の梅干ってことないだろうな。でも3000円の梅干がどこにあるのかも知らないし。3000円、3000円。ウケねらいなしっていうのが、逃げ場なしって感じ。


転出の手続きで、区役所へ。何度ここへ足を運んだだろう。カーカは一人、渋谷区へ。私とさくは宮崎へ。

帰り。暗い気持ちで、テレビガイドを買って帰る。今日の落ち込みは、最近にない深さ。

今朝方、担任の先生と校長先生とまた電話で話した。これからクラスのみんなに今回のことを校長先生が話すのだそう。みんなが驚くかと思うと、申し訳ない。そのことを考えると暗い気持ちになる。なんか……ちょっと、大ごとになってしまった。そっと引っ越すことはできなかったか。あの時点では、今しかないという勢いで行ったから……。ゆりもどしって、思った以上に大きい。

昨日の夜はあまり眠れなかったので、昼間、寝ようとしたけど、うとうととするたびにピンポーンと宅配便が来て、結局眠れなかった。

夕方、さくの学校に道具類を取りに行く。今日、クラスのみんなに、起こった出来事を伝えたそうだ。みんな驚いただろう。申し訳ない。

先生と校長先生と最後にお茶を飲みながら話をする。校長先生からおいしい豆大福を出していただいた。しみじみと、自分の無謀さを思う……。しんみりした気持ちで荷物を手に帰る。

カーカが家庭教師の先生と勉強していた。

先生が帰られてから、「(成績が) 今度はすごく上がるよ」なんて自分で言ってる。

さくに電話したら、友だちの家に遊びに行くのにせっせに送り迎えしてもらったらしい。

なんか甘えてるのかな。「日向夏《ひゅうがなつ》って、東京にはないの？」だって。「あるけど、宮崎の名産だよね」。

くるみちゃんがごはんを作ってきてくれて、「エフ氏の話、すごくおもしろかったです。また書いてください」と言われたと、しげちゃん、うれしそうに言う。あっちはみんな元気にやってるようだ。

12月3日（水）

今度の部屋代、1万円下げてもらったと喜んでたら、同じ間取りのところが先日、5万円さがってるのを発見した。悔しい〜。この景気の悪さだから。やはり私はこういうの下手だ。最初に大きく要求すればよかったのかな。でも、できない。

さくの転校の手続きも終わり、荷物も持って帰ってきて、先生とも校長先生とも話し、一夜明けた今の気持ちは、ものすごくさわやか。そして思うことは、私のわがままでみんなに衝撃を与えて悪かったという気持ちのみ。急な行動で、さくを動かし、先生やクラスメイトを驚かせてしまった。そうなった理由はあったのだけど、そのところが雲散霧消した今は、そういうことがまるでなかったような気持ちなので、ただ私のわがままだったとしか自分には思えない。私はすっきりしてよかったけど、こっちのみんなには苦い思いを残してしまったかもしれない。これもまたゆりかえしのひとつなのだろうけど、みんなは悪くなく、私だけが悪いと今日は思う。

みんなそれぞれの生活があり、それぞれに自分の日常を生きている。いいことも悪いことも自分を磨く研磨剤だとするなら、私がたてた荒波もそれぞれの日常にそれなりにぶつかり、やがて水面に消えていくのだろう。

おだやかな冬の青空の下、買い物に行きながらいろいろと考えてしまった。


今、豆乳鍋《なべ》を作ろうと、鍋に豆乳だしを入れて火をつけてて思った。

話すことって大事かも。

何かあった時しか、人って案外、真剣に話したりはしない。けど、普段の小さな何かの折々に、面倒がらずに真剣に話すことって大事なんだな、ということを今回思った。人は、そんなに話したがってなくはない。というか、本当は話したいのだと思う。

極端なことを言うと、人の意義って、話すことの中にしかないのかもしれない。


夕方、6時前、さくに電話。せっせもしげちゃんもいて、みんなとちょっとずつ話す。しげちゃんは、「昨日は茶碗蒸《ちゃわんむ》しやネギのぬたで、おいしかったわ。ぎんなんも久しぶりで」と、くるみちゃんの料理がおいしい様子。せっせは、私が注文していたパソコンが届いたから、セッティングしておくとのこと。さくは、「日向夏って、東京にはないっけ?」と昨日と同じことをまた聞いてくる。あとは特にないようで、「はいはいはい」ってもう切りたそうだった。みんなで楽しくやってるようで、ほっとする。さく、今日も友だちの家に遊びに行ったそう。

明日から期末テストのカーカは、頑張ろうと言って、部屋で勉強している。カーカが勉強する姿を見るのは初めて。家庭教師の先生をお願いして本当によかった。

12月4日（木）

別れたり離れたりする時は、くっついていたものを剥《は》がすわけだから、必ず痛みを伴う。でも、表面的な別れを悲しまないで欲しいといつも思う。一度会ったら、物理的には離れても、好きな人とは、心の奥では共に生きているから。

さて、木崎さんと私と共通の知人（男性、私より年上で木崎さんより年下）と先々月食事をしたのだが、その知人からメールがきて、「今日、表参道でバッタリ！　木崎さんと会いました（見た瞬間、木崎さんかっこいいなぁ〜と……思わず会話がおろそかになってしまいました）」だって。同性からこんなこと言われるなんていいね。

たらたらと買い物に出たら、レジのところで偶然、クリスマスプレゼント、３０００円ぐらいのいいのをみつけた。これだったら自分でもほしいから、それにした。サンキャッチャーとかいって、ひもでぶらさげられたスワロフスキーのクリスタルで、窓辺にさげて太陽の光や、よい気を部屋に呼び込むものらしい。今度引っ越す部屋にぶらさげたい。重く下がって、ゆれてる感じがよかった。年も改まるし、なんか、すごくいい感じがする。

12月5日（金）

ゆりもどしのゆりもどしがきて、やはりこれでよかったと思う。
朝、スープを飲んでるカーカと話す。
私「さっき電話でさくと話したら、元気そうだったよ。声が大きくなってた」
カーカ「うそっ」
私「ホント。のびのび羽根をのばしてるみたいで、毎日友だちんちに遊びに行ってるみたいだよ。土日は泊まりに行く予定だけど、今日から行きたいみたいなことを言ってたらしい」
カーカ「勉強もしないとね」
私「そうなんだよ。あさって帰るから、そしたら言おう。それまでは、まあしょうがないか。しげちゃん、ぎんなんがおいしかったって言ったら、次の日くるみちゃんが特別にぎんなんを一皿つけてくれたって喜んでた」
カーカ「へえ〜」
私「よかったよ。せっせに、さくの様子どう？　って聞いたら、表情に表さないからわからないって言ってた」
カーカ「だからいじめられるんだよ」
私「あれはいじめられてたっていうか、半分はかわいがられてたんだよ。好きだったらしいよ、さくのこと。好きで遊ぶことプラスちょっといじめっぽいことしてもにこにこしてるから面白がってるのかと思って、ふざけてたんだと思うよ。頑強に拒絶しないから。さくは知らない人に気を遣って、自分の気持ちを言えなかったんだよ。慣れ親しんだ宮崎の学校だったら言えるって言ってたもん」
カーカ「それはだれでもそうだよ」
私「でも、慣れ親しんでなくても嫌なことを嫌だって言える人もいるじゃん。ママもそうだけど、慣れない人の前では極端に自分を出せないんだと思うよ。やっぱさあ、さくがすごく嫌がることは、もうさせないようにしようと思ったよ。最初から珍しく強く嫌がってたじゃん、転校すること。知らない人がたくさんいるところに急に入るの、すごく嫌だって言ってたよ。将棋体験みたいなのも。行けばどうにかなるって、すぐ慣れるって思ったけど、さくの場合はそれはないね」
カーカ「そしたらなんにもできない趣味のない人になっちゃう」
私「そんなことないよ。ママもそうだったよ。ちゃんと自分の好きなことは自分のやり方でやってるから」
カーカ「ふうん」

私「さくがいなくなって、なんかママ、気持ちが解放されたんだよね〜。気を揉《も》まないですむっていうか。さくが憂鬱《ゆううつ》そうにしてると、こっちも気が重くなるんだよね」
カーカ「カーカは？」
私「カーカってね、憂鬱そうとか、気がふさぐってことがなかったんだよ。カーカは嫌なことがあった時はぷりぷり怒ってたよ。それで発散してたようで。さくがしゅんとするとママもしゅんとなるから。そういう相性なんだね。さくもママがいなかったら、結構気ままにやるよ。……今思うと、急に明日引っ越すなんて、よく言ったと思って」
カーカ「そうだよ」
私「先生のひと言でそう思ったんだけど。あれがなかったら冬休みまでいたよね」
カーカ「でもどうせ引っ越すんなら、早くていいよ」
私「でも、さくが引っ越してから、なにもかも、ものすごくいいんだけど。自由な感じ。そして、カーカのこともちゃんと見えるようになったよ。ごはん、何食べる？　とか。カーカだけをちゃんと見られるし。カーカとふたりだったら、一緒に遊んだり、カーカに集中できるから、ママたち3人にとってもすごくよかったと思うよ。しげちゃんにもいいと思うよ」
カーカ「そうだね」
竹村さんにメールする。「あの焼き鳥屋さんの口コミを読めば読むほど行く気が失《う》せるのですが（量の多さとか店の雰囲気）、別のところにしていい（笑）？」

「銀色さん。別のところでもぜんぜんかまわないですよ。でも、いったいどんなクチコミか気になるので、あとで見てみます。　竹村」

だってね、一本一本がすご〜いボリュームで、店は煙がもくもくで、主人は眼光鋭く無愛想、料理の値段も書いてない、男らし〜いところみたいなんです。男らしすぎる。おいしいかもしれないけど、鶏肉ばっかりそんなにいくつもいくつも食べられない。静かで気軽なところがいいと思って。

で、タイ料理「タヒチ」にしました。竹村さんもタイ料理大好きだそう。よかった。

こないだ友だちのツーと電話でしゃべったら、手に箸《はし》がささったと言ってた。箸が落ちて、とろうとしたら、どういうタイミングか手にぐさっと2センチほども。病院に行ったら、こんなことは珍しい、包丁ならわかるけどと驚かれたそうだ。「なにが起こるかわかんないね〜」と私は言った。

いやあ〜、今のバイク便の人、すごい人だった。あの、と私は思わず声をかけたね。なにしろ、階段をよいしょって登ってきて、小さな体で、サンタクロースみたいな大きな袋から封筒をひっぱりだして、「はい」って渡された時、性別年齢不詳の、森の中の明るいひまわり妖精かスペインのあたたかい太陽のかけらクンがそこにいるのかと思った！　サインしたら、当然だがすぐ帰ろうとしたので、思わず「あのお、変わった声というか（声も変わってた）、不思議ですね（男か？　女か？）」。すると、「不思議ですか？　どうもありがとうございますっ！」と元気に言って頭を下げて去って行った。
ああ……行かないで。

カーカの期末テストの試験中は、家庭教師の先生も集中してきてくださる。今日も2時から6時まで。そして、お茶の用意する時に、「ここやったのにでなかった〜」「ああー、そうかー」「これはでたけど……」「ああ〜、けっこう範囲が……」などと語り合っているのを聞いて、スポーツのコーチと選手を連想した。一緒に頑張ってる感じ。コーチがこっちに球がくるから攻めていけ！　とか教えて、その通りに頑張って、そうできたり、できなかったり……。

夕方、さくに電話。「卓球部に入ったよ」って言って、あとはもう話すことないみたい

で、さっさとしげちゃんに代わった。「どう？　くるみちゃんのごはん」「おいしいわよ」「今日はなんだった？」「餃子《ギョーザ》」「せっせのごはんとどっちがいい？」「そりゃあ、……くるみちゃんよ」「だよね。せっせはいる？」「ごはんがきたらさくと食べといてって、おフロに行ったわ。ものすごく忙しい忙しいって言って機嫌悪いわよ」。

カーカは明日、ひとりで初めて渋谷のライブハウスに行くそうで、ものすごく興奮している。会場の様子を画像で見たり、大きさを想像して何度も何度も「体育館ぐらい？」「600人だって」「ワンドリンク付き……飲まないかも」などと繰り返している。早く寝るって言ってたのに、緊張で眠れないようだ。

そういえば、虫くんからその後のザリガニの画像を見せてもらったが、「色がついてきてしまったんです……」と残念そうに言う。どうして残念そうなの？　そうか、白いのが珍しいのか。私はピンクがいいな。見ると、オレンジっぽい色がついてる。濃いのから薄いのまで、あと性格もさまざまだそうで、お好みをおっしゃってくださいと。「色も性格も、似てない2匹」と答える。それから、100匹ぐらいいるそうなので、「里親がみつからなかったらどうするの？」と聞いたら、「石神井《しゃくじい》公園に放そうかと」なんて言う。生態系は？　なんて気にしていた私は、「そんな気楽でいいんだね。私、すごく責任を感じていたんだけど」と驚いて言うと、「そうですよ。生き物飼うのは気楽でいいんですよ」

と虫先生はきっぱりとおっしゃる。毎晩夜中に、靴を履いたまま、玄関に置いてある水槽を小1時間もじーっと見てるけど飽きないのだそう。あと、どじょうも20匹いて、ひとり暮らしを始めたら熱帯魚も飼いたいと、瞳《ひとみ》を輝かせておられた。

12月6日（土）

カーカが昨日のひまわり妖精くんのことを聞いてきた。昨日、すぐに1回話したので。
カーカ「どこがそんなによかったの？」
私「だから、全体から輝き出る金色のエネルギーだよ。宙に浮いてるみたいだった」
カーカ「また来るかもね」
私「でも、いいふうに思いすぎてるのかもしれない。最初はそうだよね、よく思いすぎちゃうよね、いいところを。だいたい普通のバイク便のお兄さんって、黒っぽい服で、背が高くて黒い髪で、物静かで大人しい、男って感じの人が多いんだけど、その中で金色だから」
カーカ「髪も金色なんでしょ？」
私「うん。茶色と黄色みたいな。声はね、アニメみたいな変な声。男か女かわかんない」
昼ごはん（ラーメン）食べながら、ネットショップの始め方の本を見ながら、私「ネットショップやろうと思ったけど、面倒になった」
カーカ「ほらね」
私「だれが梱包《こんぽう》するの？　とか」
カーカ「そういうの人にやってもらうって言ってたじゃん」
私「そうだね。やってくれる人が見つかればいいのかな」
う〜む。本を読めば読むほど、かったるい。やはり……こういうの、向いてないな。
カーカが興奮中。もうすぐライブに行くところ。渋谷のO-WEST。「カラーボトル」ってバンド。どうして？　って聞いたら、わかんない、なんか好きだったんだよと。
2階までどうやって上がるの？　飲み物はいつ飲むの？　なに飲んだらいい？　コーラでいいんじゃない？　選ぶのが嫌なんだよね、などなど。写真撮ってあげようか？　うん。
行く前の写真を撮る。

夕方、家に電話する。さくが出て、「雪がふったんだよ」。へえ〜。4日も続けて同じ友だちの家に遊びに行ったそうなので、明日はやめたら？　と言ったら、うん、と言う。せっせに代わってもらう。さすがに自分から「明日は遊びに行くのやめようかな」とつぶやいていたそう。せっせは生活が変わって忙しいようだ。そして、「君が行ったり来たりじゃなくて、行ったり行ったりにならないかと思って」と懸念を示すので、「それはないよ。

そっちに帰るのを楽しみにしてるんだから」と言う。さくはどう？　寂しそうじゃない？と聞いたら、「それがぜんぜん」と困ったような声で笑っている。しげちゃんに代わってもらった。「きのうの餃子、さくとふたりで大皿の餃子を食べていたら、最後に1個だけ残ってたの。遠慮のかたまりよ。あら？　この子、遠慮のかたまりを知ってるんだわ、と思ったわ」と言う。そして、「食べていいのよ」と言ったら、さっと食べていたと。「明日帰るから。帰ったらストーブの火を焚《た》くからね。それから、町をあげてライトアップしているあの町にライトアップを見に行こうよ」と言っとく。

夜、やよいちゃんちにお茶飲みに行く。さくを先週宮崎に帰したことを話すと、さくとカーカの性格の違いを知っているやよいちゃんは以前から、さくちゃんのことだけは気をつけてあげた方がいいよと言っていたので、それはすごくよかったと言う。概要をかいつまんで話したら、「その相手、手ごわいね。それ、パワハラだよね」と言ったのが妙に納得いった。そうだなと思う。

ひまわり妖精くんの話をしたら、「またあ〜」と笑ってた。

テレビで見たそうなんだけど、ウルグアイのモンテビデオっていうところがよさそうだよと言う。

結婚って「お伺いをたてる」関係なんだよ、と言ったら、感心していた。「それ、わかりやすい」って。「特に妻が夫にね」「やだね」。

「お伺いをたてなくてすむような夫婦っていないのかな?」と言うので、「いるとは思うけど、それ、たぶんよくある夫婦っぽくはないかもね」。

カーカ、ライブ、すごくよかったようで、半年後にもあるらしく、さっそくチケットを買ってた。

12月7日(日)

朝、さくに電話。電話の声も日に日にひょうきんになっていく。「へいへーい」なんて。「今日は遊びに行かないよね」「わかんない」「行かないでよ。5日も連続なんて、向こうのお家に迷惑かけちゃう」「そうだね……じゃあ、行かない」よかった。羽根を伸ばしきってる。「今日の夕方帰るからね、お菓子でも買って行こうか」「お菓子でも買ってきて」

NHKで北アルプスや上高地《かみこうち》、穂高《ほたか》の紅葉時期の登山の様子が特集されていて、ものすごくきれいだった。思わず、山に登りたいと思ったほど。

宮崎に帰って、家までドライブ。山には白く雪がつもっていた。家に着いたら、家の前の畑にしげちゃんがいて、せっせはトラクターを動かし、さくは走ってそれを追いかけている。家に入ると、さくが遊ぼう遊ぼうとうるさい。元気そうだ。友だちの家に遊びに行くのにせっせに送り迎えしてもらったんだって？　と聞くと、だってせっせが遠いから送って行こうか？　って言うから。僕は自転車で行くつもりだったのに。そうか、せっせは慣れてないから心配なんだな。

どう？　こっちの学校。「100倍、いい」

夕食。さくとしげちゃんはくるみちゃんのごはん。私は買ってきたお刺身など。せっせは自作のせっせ丼。ストーブに薪《まき》をいれて火をつける。さくはその前に横になってリラックス。その様子を写真に撮っていたら、鼻くそをほじってぱらぱらと後ろに捨ててるところが撮れた。さくに、やめてよ～と言う。

カーカから、「どうぶつ奇想天外！」おもしろそうだよ、というメールがきたけど、見逃した。何だったの？　と聞いたら、「クジラの鼻の穴が人間みたいだったんだよ」

夜、さくと私は私の部屋でそれぞれマンガ読んだりしてのんびり。しげちゃんとせっせはテレビのある部屋で、テレビを見ながらつめを切ったりしていたが、今見たらもうしげちゃんは寝ていて、せっせは帰っていた。

なかなか静かで快適。

12月8日（月）

夜中、部屋がものすごく寒かった。のどが痛い。風邪をひいたかもしれない。

寒い寒いといいながら起きて、朝食の準備をしていたら、せっせがやってきて「今朝はいちだんと寒い」と言う。小学校へ行って、校長先生や担任の先生に挨拶《あいさつ》をする。春にもらった机も返す。みんなと先生方へおみやげのお菓子を渡す。

それから市役所の分室へ行って、転入届など一連のこまごましたことをして、チャッカマンなど、買い物して帰る。ストーブの薪に火をつけるのに、最初に固形燃料に火をつけて燃やすのだけど、チャッカマンが切れていて、火ばさみで固形燃料をはさんでガスコンロで火をつけて、ボーボーもえているのを部屋を横切ってストーブまで運んでいたから、危なかったので。

「おいでになったよ」とせっせが言う。くるみちゃんがおかずを持ってきてくれたのだ。夕食はまた4人それぞれ。しげちゃんとさくはくるみちゃんのおかずと私の作ったスープ。私はスープと煮物とさくのをちょっともらう、せっせはせっせ丼。今日のせっせ丼は、またまた不思議なものが入ってた。あまり詳しく見たくない。ソーセージや肉団子など。そして、タクアンも入っているのに、電子レンジで温めていたので、タクアンが入ってるのにいいの？　と聞いたら、「うん」と言う。「みんなで食べると賑やかでいいね」とも。

しげちゃんの飲み物はいつも水なんだって。水……。「お茶、入れてあげないの？」と聞いたら、「大変だから」と、せっせ（のちに、しげちゃんはかなりの猫舌であることと、夜カフェインをとると眠れなくなるということがわかったので、私も水を出すようになった)。今までしげちゃんの夕食は、どんなにか寒々しいものだったろう。料理が苦手なせっせの作るものだから……想像できる。今はおいしいし、家も寒くないので、うれしく快適らしい。

ご飯食べながら、さくに「今の学校楽しい?」と聞いたら、「うん。前の学校ではね、毎朝、今日は運がいいようにって祈ってた」と言う。嫌なことされないように、だって。

台所にいたら、テレビを見ていたしげちゃんが、くるっとこっちを振り向いた。なんだろう?「どうしたの?こっち見て」と聞いたら、「左ばっかり見てて、首が痛くなったから、右向いたの」。「ああ~、わかる。よくあるよ。ベッドでテレビを見てると、同じ方向ばっかり見てるから首が痛くなるんだよね。で、時々、体を上下入れ替えて見てる」。

学校からのプリントを見たら、クラスの通信があって、こんなことが書いてあった。

さく君　おかえり　また仲良くしようね

1日の朝、出勤した私にベランダから「先生、さく君が来ましたよぉ。また一緒に勉強するそうでぇす。」と大きな声。とってもうれしそう。

三年生まで一緒にいたさく君が、12月から戻ってきました。約半年ちょっと離れていたのですが、そんなことを感じさせないぐらいみんなの中に自然に溶け込んでいます。さわやかなさく君の笑顔で、教室の中が一段と明るくなりました。
よかったなあと思ったら、もう1枚、紙があった。さくの作文だ。

「しょうらいのゆめ
ぼくのしょうらいのゆめは、考えたけっか、ふつうのサラリーマンになることです。その理由はその会社の中でナンバーワンの座をあらそってみたいし、パソコンとかを使っていろんな事をしらべるのは、とても楽しそうだからです。これから、ふつうのサラリーマンになれるように、パソコンなどを打てるようになりたいです」
その夢、それほど難しくはないと思う……。

12月9日（火）

雨。こっちで使う手軽なパソコンを1台購入。漢字の変換があまりにも使いにくいので、せっせにたのんでATOKのお試しに変えてもらう。これはよかった。
午前中はくるみちゃんに手伝ってもらって、2階のカーカの部屋をさくの部屋にするための片付け。ところが、カーカはうちの家系を継いでか、物を捨てない。ありとあらゆるものがしまってあった。マンガや雑誌、イラストやノート、おびただしい数の小物など、袋に分けておしいれに移動する。重い。ゴミ袋にもポンポンいれて私の判断で勝手に捨てる。あとは自分で選別してもらおう。一人暮らしを始めたら、これをすべて送りつけようかと思うほど多い。とても1日では終わらない。これが将来ずっと残されていけば、いつかだれかが片付けさせられるのだ。ゴミ屋敷にはしたくない。

午後はツーに、都城の陶芸家の工房に連れて行ってもらう。カーカと新居で使うご飯茶碗《ぢゃわん》と、手になじむカップとキッチンのカトラリー入れを買った。工房からの夕焼けがきれいだった。

緑色にライトアップされた変わった焼肉屋で焼肉を食べて家に帰ったら夕食後で、さくたちがこたつでごろごろしている。今日の夕食はちらし寿司《ずし》だったそうで、すごくおいしくてもっと食べられたから、さくが「僕の好きなおかずの時は僕のは大盛りにしてって言っといて」だって。

今日ドラッグストアで買ったゲルマニウム快音浴「爆汗湯」というのをお風呂《ふろ》に入れたら、パチパチした音はおもしろかったけど、ぬるぬるしたものが湯船にぐるりとくっついて気持ち悪かった。お風呂に入りながら一生懸命ブラシでこすりおとす。

カーカから電話。「あのさあ、何か買ってくれるって言ったじゃん。あれ、いくらぐらいの？」

「言ったっけ」

「ほら、ママが気分がよかった時」

「ああ〜、さくの引っ越しが決まった時、みんなになにか買ってあげるって言ったね」

「欲しいゲームがあるんだけど、安すぎるかなって」

「いくら？」

「1万円ぐらい」

「安くないじゃん。いくらのを買ってもらえると思ってたの？」

「じゃあ、そのゲームがほしいんだけど、いい？」

「どんなの？」

「428って入れたらアマゾンで出てくるよ」

「帰ってからでいい？」

「あと3個しかないの。初回限定版で。けっこうそれがいいんだって」

「ふうん……。じゃあ、ちょっと見てみる」

あった。428って、渋谷のことだ。しょうがない、注文してあげるか。

12月10日（水）

今日はいい天気。さわやかで気持ちがいい。すがすがしい。のんびり。平和。

今日は、カーカの部屋の片付けをして、できれば免許証の住所変更に行きたい。

アマゾンから、428、発送の案内がきたので、カーカにメールする。「明日、届くって」

「はーい、ありがとー！」

片付けはだいたい終わり、免許証の変更に行ったら、写真が必要で、がっくりしながら帰る。天気がよく、ぽかぽか陽気。すごく気持ちがいい。

さくは学校から帰ってすぐに友だちの家に遊びに行った。しげちゃんは歯医者に行ってから、畑。

本日のせっせ丼。見た目は昨日とほぼ同じだが、中に梨が入っているそう。梨だって。

夜みんなで、車で25分ほどのところにある町にイルミネーションを見に行く。小さな集落全体がイルミネーションで飾られていて、きれいだった。まわりに人工的な明かりが何もない静かな場所なので、真っ暗な中、そこだけが本当に光の町という感じ。この期間、住民は家から明かりを外に漏らさないようにしているそうで、隠れた努力が忍ばれた。さくが広場でたこ焼きを買ってと言うので買ってあげたら、それがすごくおいしかった。どでんとしてなくてしゅわしゅわしてるの。あのたこ焼きを食べるためだけに、もう一度行ってもいい。


カーカからメール「カーカが、ひとりのご飯でも全く寂しくないのは、食べてることに集中してるからだ。誰がいてもいなくても、味わって食べてるから食べてる時は何も考えてないみたい、ってことに気づいた」。私と似てる。たぶん今後も、ひとりでも楽しいと思うよ。

またきた。「昨日買ったゲーム、1日でめちゃくちゃ安くなってる、やな感じに」見てみると、ホントだ。4000円も安くなってる。「しょうがないね。次からはしばらくたってから買った方がいいね」「うん。いい経験になった……」

前の小学校の先生方に、さくの近況などを書いた手紙を出す。さくにも手紙書かない？と言ってみたけど、書かないというので、それ以上は言わなかった。

12月11日（木）

さくが、ザリガニ、学校で飼ってもいい？　と聞いてきた。いいよいいよと答える。先生に聞いて、大丈夫だったら水槽ごと持って行こう。今日のさくとしげちゃんの夕食は鍋《なべ》焼《や》きうどん。すごくおいしそうだった。ちょっともらう。私はカレーを作ったので、それもみんな少し食べてた。せっせは、カレーを予定して、いつもの丼《どんぶり》の量を加減してきたという。今日の丼にも梨が入っていた。

12月12日（金）

朝、しげちゃんのお迎えが来るまで、せっせと3人でコタツに入りながら待つ。しげちゃんがNHKの朝の連続テレビ小説を見ている。「この人……きれいじゃないね」「朝から……、しかも双子だから2倍の露出」「つまらない」などと、暇にまかせてつぶやく私。

「君にかかったらなにもかも……」とせっせ。
しげちゃんが、「私は、車を運転する望みが出てきたわ」と急に言い出した。いいアイデアを思いついたんだって。聞けば、「時速20キロぐらいの低速で、免許を返上した老人がトラクターを自由に運転できる時間帯を決めて走らせるのよ」「その時間、トラクターが町にうようよ？ 邪魔じゃん」「普通の人は、それをみこして動くのよ」「速度だけの問題じゃないと思うけど。判断力とか……」「それだったら、私もまた運転できると思ったのよね〜」と、さかんに息巻くしげちゃんだった。
玄関のところでせっせが「うおおおっ」と叫んだのでどうしたのかと思ったら、しげちゃんが重くて、せっせが玄関に後ろ向きに倒れそうになったらしい。
私「気をつけて〜。せっせが死んだら困るよ。しげちゃんも死んじゃうよ」
せっせ「君がいるじゃない」
私「私はいないよ。いるように見えるのは、まぼろし」

さっき日用品を買いに行って、レジでぼんやり目の前の商品（脂肪をすごく燃やすというもの）を、なんだろうこれ……って思いながら見ていたら、「それ、すごくいいですよ！」とレジの女性が宣伝し始めた。ぼんやりと聞いていたら、次から次へと言葉が出てきて、次のお客がいるのに、しゃべりは止まらない。すごかった。買わなかったけど。あの人、なんだってあんなに宣伝するんだろう……と帰りに運転しながらまたぼんやりと思った。なんだか、激しい通り雨に顔を打たれたみたいだった。

今日の午後、お茶飲みにこない？　と友だち（こないだのやさしく聡明な人）にメールしたら、「北の山、見ました？　雲が乗っかってます」というので見たら、山の上に横に長く雲がぽわんと乗ってる。お茶飲んで、夜、イルミネーションを見に行く約束をする。もう一度、ゆっくりと歩いて見てみたい。今日は一日、雲ひとつないいい天気だった。「光の町へ行かない？」と、くるみちゃんも誘った。

さくの長袖《ながそで》の服を補充しとこうと、安売りの450円の服を色違いで4枚も買った。それ以外に好きなのがなかったので。それを「色違いでとっかえひっかえ着てってね」と渡す。ちょっと小さいのが気になるけど（やはり、小さくてあんまり着なかったみたい）。

湧水《ゆうすい》町 轟《とどろき》地区「星のさんぽ道」。ふたたびの訪問。4人で。毛糸のマフラーとダウンを着込んで寒くないようにしたら、行きの車の中が超暑かった。

町は暗闇の中、ひっそりと光っていた。この時期、約1ヶ月間、住民は協力して光も漏らさず、音も立てず、静かにじっとしてるんだってと言ったら、くるみちゃんが感動するかと思えば逆に、「そういう暮らし、私は嫌だな、できない」と何度もつぶやいている。「でもすごいよね、そのボランティア精神というか、まとめる人がそういう意識を植えつけたのかな。反対派もいただろうに……」「私は、できない」と頑として首を振るくるみちゃん。

犬も吠《ほ》えない。犬、いそうなのにね。どこかに隔離されてるのかな、などと語り合う。ゆっくりと歩いて見学できた。きれいだった。よかった。一番かわいいと思ったのは、ピンクのぶた。本当にそこだけ小さな光の町。邪魔するものがないというのが、都会のイルミネーションとの一番の違いだと思う。真っ暗闇の中に小さな光の町だけが美しく輝いてる。ちょっと遠くに作られたイルミネーションが道路からあちらこちらにポッンポッンと見えるのも非常にかわいかった。

帰りにたこ焼き2個、大学芋、綿あめを買った。家に帰って綿あめをあげたらさくが喜んでいた。私もちょっともらったけど、おいしかった。綿あめにしかないおいしさってある。しげちゃんも食べて、ひさしぶりと言っていた。

ふたりでセロのマジックを見ていたそうで、しげちゃんが驚いた顔をして、「あの人、人間の域を超えてるわね」と言うので、「あの人はね、魔法使いなんだよ」と真剣に言ったら、「うん」としげちゃんは返事をし、さくは笑っていた。

12月13日（土）

コタツを囲んで4人の朝の団らん。テレビではソニーの人員削減などのニュース。これからますます景気は悪くなりそう。実体経済とかけ離れた最近の世界経済の流れはとても変だと思っていたので、これも自然な流れかもと思う。
が、私に何かあった時の子どもたちの生活費になる貯金も3分の2〜半分ぐらいになった。お金を預けるって、そういうことだ。
私「みんな！　これからますます依存しない暮らしをするよ！」と、だれひとり会社にも勤めてない、他者への依存度の低いこの一家へはっぱをかける。みんな笑ってる。
私「来年にはしげちゃんの畑でナタネが採れるよ。しげちゃん、畑の作付面積を増やしたら？　どんどん自給自足の道へ！」
せっせ「春になったら油を搾ろう」
私「でも、もともとぎりぎりまで生活を切りつめてたせっせたちにとっては、同じだよね。もともとお給料ももらってないし、影響受けないね」
せっせ「うん」
不況のニュースを聞きながら、出かけるしげちゃんの後ろ姿にエールを送る。
さくと私の部屋でのんびり。さくはマンガを読んでいる。そこへさくに友だちから電話。今から遊びに行くことになった。お昼用に持たせるおにぎりとウィンナーを作ってあげながら、
私「さく、急にこっちに引っ越してきたこと、どう？　よかった？」
さく「うん」
私「でも、引っ越そうかって言ったら、早すぎるって言ってたじゃない」

さく「早すぎるかなって思ったんだよ」
私「でも、バーンとやってよかったでしょ？」
さく「うん」
私「いいんだよ。バーンとしても。嫌な時は。いつから嫌だった？」
さく「最初から」
私「4月から？」
さく「うん」
私「こっちはあっちの何倍、いい？」
さく、両手を広げる。
私「10倍？」
さく「うん。……あ」両手を広げて、そのあとに丸をつけたす。
私「100……1000倍？」
さく「うん」

部屋で出かける準備しながら、
私「ママはあさって行くけど、次はさくが再来週、東京にひとりで来るんだよ。そしたら冒険だよ。パパと会って、大阪でお正月すごして、そしてそのあとはママと一緒に宮崎に帰るよ」

さく「よかった」
私「ずっと一緒にいるみたいでうれしいでしょ？」
さく「うん」
私「そして、ちょっとしたら連休にカーカが来るからね」
さく「カーカ、どれくらいいるの？」
私「3泊4日」
さく「ええーっ、そんなに長く？」
私「さく、うれしくないの？　カーカに会うの」
さく「マンガとか自由に読めないし」
私「たった3泊じゃん」
さく「またいじめられる～」
私「……さく、じゃあ、今ママがいる間って、いちばんいいんじゃない？　カーカはいないし、せっせとしげちゃんは言いなりだし」
さく「ふふふ、うん……」
私「しげちゃんにやさしくしてあげてね」
さく「わかった」
私「しげちゃんはかわいいよ」
さく「ふふ」

私「かわいいしげちゃんだよ」
さく「かわいいしげちゃん？」
私「そう」
窓ガラスにくっつけた飾りに触って、
さく「これどうしたの？」
私「カーカのとこから盗《と》ってきた。どうせカーカしまいこんで忘れてるんだから。他にもいいのあったよ。磁石と砂鉄」
さく「あ、あったね」
私「あとで遊ぼうよ。あと、マジックセットもあったよ」
さく「そんなのあった？」
私「うん。カーカ、驚くかもね。なんにもなくなって（カーカのものはすべて袋につめておしいれに押し込んだ。ゴミとしても10袋ぐらい捨てた。今はなんにもないところに、さくのものがちょっとだけある）」
さく「カーカ、帰ってきたらどこに行くの？」
私「畳の部屋かな……。でも、そんなに帰ってこないよ。帰って来ても遊びに行くだろうし。さくの荷物を東京から送ったら、くつろげるようにいい風にしてあげるからね。ラグマット敷いて、ごろんとできるように」
さく「うん」

午後からはさくと友だちが家に移動してきて、鬼ごっこやガンプラ作り。雨も降ってきた。3時になったらおやつ作るねと言って、ワッフルを作ろうとしたら、大失敗してものすごく硬いものができてしまった。ちょうど帰ってきたしげちゃんとあわせて4人にそれを出したけど、「硬くなっちゃったから残していいよ」と言ったら、つけ合わせのバナナとりんごだけはみんな食べたけど、友だちふたりは硬いワッフルは残し、しげちゃんとさくは一生懸命無理して全部食べていた。性格だろう。「無理に食べなくてよかったのに」とさくに後で言ったら、「僕らの一家はそういうふうなんだよ」と。

近所の空き地に家が建つようで、木の骨組みと屋根に旗が立っていた。もちまきだ。今日、あるかもよと子供たちに言っといたけど、この雨だからないかもね……とそのまま忘れてたら、5時前に友だちが「今日、あるんですか？」と私の部屋にやってきた。「あ、忘れてた。見てくるね」

車で見に行くと、これからやりそうな気配。雨の中、数人の人が傘をさして立っている。あわてて家に帰ってみんなを連れて行く。「僕はお金だけを拾うぞ！」と友だちが意気込んでる。行くと、もうまいているところだった。車から走っていく3人。私も傘をさして行く。飴《あめ》とお餅《もち》を拾った。すぐに終わり、帰りにお金を数えている。さくは70円。友だちは、130円と200円ぐらい。まあ、行かないよりはよかったよね、でももっと早く行っといたら、もっと拾えたかもね……と、私もちょっぴり悔やむ。

夕方、くるみちゃんがおかずを持ってきた時にちょうど、せっせがせっせ丼を電子レンジで温めようとしていた。せっせ丼を見たいとくるみちゃんが言い、見せてもらってた。毎朝作っておくという丼。サランラップとスーパーのレジ袋にくるんであって、食べる前に電子レンジに入れて温める。毎日、これだと言う。見て、驚いていたくるみちゃん。

12月14日（日）

小学校の発表会。さくたちのクラスは練習不足だったそうで、たしかにぐずぐずだったが、どうにか終わってた。どんなものでも終わるものだ。

さくも急だったけど、タンバリンを打たせてもらってた。

午後は友だちが家に来て、わーわー走り回っている。そのあと外でサッカー遊び。

ここにも1週間もいると……飽きる。1週間交代で、ちょうどいいような気がする。

夕食は、先日熊本のおみやげにとんこつラーメンをもらったので、それを作った。あれこれ作業していたら、せっせが「なにか運ぶの手伝おうか？」と言う。私は「なにかしてほしいことがあったら、言うから。言わないって事は、して欲しいことはないってことだから。遠慮して言わないってことはないから」と教える。

そして、焼酎《しょうちゅう》の水割りを飲みながら作っていたら、それを見たせっせが自分の家から缶チューハイを持ってきて、自分も飲み始めた。酔うと調子よくなるせっせと飲むのは嫌なので、さっさとラーメンを食べて向こうへ行こうと思う。テレビの前には私としげちゃんとせっせ。さくは食べ終え、2階でガンプラ作り。せっせが缶チューハイを首を上にぐーっとのばして飲み終えた。そして、今度はもっと大きい缶チューハイとチーズなどを持ってきた。これは、本格的に飲むつもりだ。私は相手したくない。で、急いでラーメンを食べ終え、自分の部屋に退散。

12月15日（月）

さくが最近、友だちの影響で好きになったガンプラの大きいのをクリスマスプレゼントにちょっと早いけど買ってあげた。ゆっくり時間をかけて作ってね、と。ゲームするより、ずっとうれしい（結局それは途中までやって、作り上げずにそのまま。ゲームの方が楽しいみたい）。

私は東京へ。洗濯して、部屋に掃除機をかける。

仕事の打ち合わせで菊地さんが来る。あさってのクリスマス会の3000円プレゼントの話になり、「私は途中でもうやめようよとみんなにメールしようかと思うほどくじけそうになったけど、1回外に出ていろいろ見てたら、自分が欲しいものを見つけて、それにしたんだよ。みんなを説得してそれを自分のにしたいぐらい。だってそれ、最後の1個って言われたんだよ」と話す。菊地さんは、2個買ったそう。1個は消耗品で、1個は自分の欲しいものだけど、それはみんなは絶対に欲しがらないと思うと言う。どっちも持ってきて見せてとお願いする。ユウコちゃんはもう買ったんだって。ツツミさんはまだ決まらず、いちばんしょぼいかも……と心配していたそう。楽しみ。

菊地「そうそう。虫くんとさっき会ったんですけど、ザリガニのお母さんが死んじゃったそうです」
私「えっ」
菊地「脱皮に失敗して……とか」
私「へえー」
菊地「でも子どもが100匹ぐらいいるんだそうです」
私「そうそう。見たよ、写真」
菊地「どうでしたか？」
私「うじゃうじゃいたよ。ちょっと……気持ち悪かった」
菊地「……私はいりませんけどね」
私「そうそう！　さくがね、ザリガニ、学校で飼いたいなあって」

菊地「それ、いいですね！」
私「ね、だから、学校で飼うのいいねいいねって言ったの。先生がいいって言ったら、水槽ごと持って行こうって。……虫くんに悪くないよね？」
菊地「いいですよ。学校だったら、子どもたちも喜ぶでしょうし」
私「いいよね！」
冬のあいだは寒いから家に置くとしても、春になったら新学期だしちょうどいいかも。でも夏休みとかの長い休みには家に持って帰らなきゃいけないから、その時は私が面倒見ようかな。

カーカが帰ってきた。
私「どうだった？　一週間」
カーカ「別に。普通だよ」
これはいつもの答え。
私「ごはん食べる？」
カーカ「うん」
私「鶏飯《けいはん》だけどいい？」奄美《あまみ》大島《おおしま》名物。
カーカ「ええーっ、最低ー！　最低ー！　他のないの？」
私「じゃあ、……明太子《めんたいこ》にするわ」

私の分だけ鶏飯を作って、カーカには辛子明太子を切ってテーブルに置く。そしたら、「明太子と鶏飯」と言うので、ムカッときた。

「さっき、鶏飯のこと、最低、最低、って言ったじゃん。そんな最低なんて言われて、作る気になるわけないじゃん。材料あるから自分であったためてよ。食べるんだったら、最低、最低なんて失礼なこと言わないで」と、怒った私は自分の部屋に自分の鶏飯をもって行き、ひとりでゆっくりと食べる。変わらないカーカだった。


虫くんが悲しがっているかもしれないと心配になってメールしてみた。でも、虫くんって心優しいけれど、案外割り切った……というか、クールでお気楽な部分もありそうなので、気にすることないかな。

「さっき菊地さんから聞いたけど、ザリガニのお母さんが脱皮に失敗して（？）死んじゃったとか……。それも世代交代のひとつなのかな。でも、子どもがたくさんいるからにぎやかだよね。赤いお父さんとたくさんの子どもたち。銀色」

すると返事がきて、「脱走して玄関でホコリまみれになっているのに気づかずに蹴飛《けと》ばしてしまったのが原因と思われ、ちょっとへこんでいますが、遺伝子はしっかり残しましたので、つながっていますよね。子供はどんどん成長していて、大きい子は3センチくらいになりました。小さい子は1センチもないくらいで、同じ餌をやっているのに不思議です。全部赤ですが、微妙に形や色が違うんです。かっわいいですよー」とのこと。画像も添付されてきたが、もうしっかりとぷっくりしていて、それぞれ離れていて、1ヶ所でかたまってないので気持ち悪くなく、小さなオレンジ色の花が緑色の水草に咲いてるみたいでかわいく（ちょっとおいしそうに）見えた。

12月16日（火）

一夜明け、カーカがごはんを食べてる時にちょっとしゃべる。一夜明けるとふたりとも普通。カーカが行きたがっていた私の好きなお店が週末、バーゲンなので行こうよと言う。ガンプラにはまったり、もちまきに行ったりなど、さくの宮崎の様子を教えたら、「さく、よかったね」とさすがのカーカも神妙につぶやく。

「アメトーク」見ながらひとりでごはんというのが私の今の幸せタイム。あだ名つけ名人、有吉《ありよし》が好き。地獄を見てきたらしい。それは強くなるだろう。ベッキーにつけたあだ名は「元気の押し売り」。関根勤《せきねつとむ》は「説明ジジイ」。どちらも本人を前に。

いろんな要素をだいたい人はみんな全部持っていて、ただその割合が違う。そして、そのどこを見るか、強調するか、拡大解釈するか、重要視するか、意識するかの違いで、自己満足度は変わってくる。幸せ不幸せ、運がいい悪い、などとくどくど言ってる人を見ると、大げさだなと思う。自分の思い込みがほとんど価値観を決定づけている。自分の思い込みって、自意識だ。みんな自意識を自分の好きなように操作して、不幸な自分、幸せな自分を演出している。深刻ぶった人を見て、バッカじゃないのと静かに思うこともよくある。

琥珀《こはく》サロンというお店を発見。ふらふらと誘われるように入る。今、すべてが半額らしい。琥珀。ドバイで買った琥珀の指輪は1個4000円ぐらいだった。ここのは数万円もする。でも私はドバイのあのラフな作りのが好き。この中の丸い模様はなんですか？　ガスです。などとマダムに質問などしながら観賞する。虫入りというコーナーがあり、小さな虫が入っている。さすがに虫入りは欲しくないなと心で思いながら見る。琥珀は、数千万年前のマツやスギ、ヒノキなど松柏科《しょうはくか》植物の樹脂が長い間に地中で化石化したもの。べっこう飴《あめ》みたいにおいしそうなのや、きれいなこげ茶色のがある。

高級スーパー、紀ノ国屋で買い物。来週恵比寿に引っ越すから、ここで買うのも最後だろうなと思いながら1週間分の食料を買いだめして配送を頼む。するとポイントがたまったそうで1000円分の券をもらう。今日使ってもいいというので、もう一度1000円ちょっとの買い物をする。生ハムとパンにした。

夜、家に電話した。さくともそう話すこともない。せっせが、今日さくの靴がぼろぼろだったから新しいのを買ってあげた、あとマンガ買ってって言うから買ってあげたと言う。

マンガは昨日も買ったから、そんなに普段は買ってあげなくてもいいよと言っとく。みんな、特に話すことはなさそう。慣れてきたのかな。

カーカに「何時ごろ帰る？　ごはんの用意するから」とメールしたけど、返事なし。さっき帰ってきた。「メール見なかった？」「今見た」「帰る時間がわかったら、すぐにごはん出してあげられるからさ」「いいよ。帰ってからで」。で、サンマの一夜干しを焼いてあげて出したら、「さかな？」と不満そう。そういう気分じゃなかったようだ。そして、今日H＆Mに行ってカーカに1000円のピンクのベルトを買ってあげようと思って手に取ってしばらく持って歩いたけど、それだけ買うのもなと思いやめたという話をしたら、とたんに機嫌が悪くなり、ウーウーうなりだしたので、自室に退散。

12月17日（水）

朝、家に電話するの忘れてて、8時だったからもうさくは行ったかなと思いつつ一応電話する。せっせがいて、さくはたった今行ったと。「昨日は遅く起こしたら、すごく怒られたから、今日は7時に起こしたら機嫌よく出て行った」と言う。「そうなんだよね、さくって、起きる時間だけはやけにうるさいんだよ」「ちょっとでも寝かしといてあげようという親心だったんだけど」「それが、出る1時間前に起こさないと怒るんだよ。ごはん食べる時間がなくなったなんて言って。準備に1時間かかるらしいよ」「でも、起きてもコタツでぐずぐずしてるんだよ」「それが準備なんだよ。そうやってぐずぐずして、やおらごはんを食べだして、……とにかく1時間は必要らしいよ。遅く起こすと機嫌が悪いから」「昨日はずいぶん怒られたよ」「でしょう？　普段あんまり怒らないさくが怒るのってめずらしいよね。起こす時間だけには厳しいから。ハハハ」と言って切る。そのことをカーカに話そうと、カーカの部屋に行ったらベッドに入って寝ころんでたので、詳しく説明した。すると、ガチャリと音がして、後ろの洗面所からカーカが出てきた。

「あれ？　そこにいたの？　寝てるかと思った。ホラ、あれ、寝てるように見えない？」ふとんと毛布が丸まってて、まるでカーカが膝《ひざ》を曲げて向こうを向いてるように見える。

「あれに向かって長々と話してたよ。そしたら、フーン、フーンって返事も聞こえたよ」「え？　気持ち悪いね」空耳だったか。カーカも準備を済ませ、登校。「行ってきます」「行ってらっしゃーい。がんばってね！」「なにを？」「今日一日を」「……はい」。

はい、なんて素直な言葉、新鮮。するとしばらくして戻ってきた。「どうしたの？」「傘」「雨ふってんの？」「ん」。

ＮＨＫハイビジョンで見たアマゾンの農業の番組がよかった。かつて胡椒《こしょう》のプランテーションで繁栄した土地が胡椒の木の病気で一気に壊滅し、そこで今、農業と森を融合したアグロフォレストリーという新しい方法で農業をやっている人がいる。30年かけて育てる、森を作るような農業。1年目はとうもろこし、2年目からはバナナ、3年目からはカカオ、胡椒、それからだんだん大きな木になっていって、最後は30年かかるアマゾンナッツ。それらを混在させながら植えていくのだそう。

胡椒もゴムもプランテーションは、ジャングルを広く平らに開墾し植物をダーッと機械的に植えて、最初は効率よく生産できるが、それらはやがて病気や災害で一気にダメになっていく。生き物を人工的に育てようとすると、不自然なひずみが必ずどこかに出てくるという。もともとでこぼこした土地を平らに均《なら》した場合も、不自然なひずみが必ずどこかに出てくるんだろうなと思う。


アリの絵が印象的な「熊谷守一《くまがいもりかず》美術館」の案内もテレビで見た。静かな、気持ちのいい番組だった。3階が貸しギャラリーになっていて、窓から熊谷守一が植えた木が見えた。いい感じに。

来年は油絵を描きたいと思っているので、何を買ったらいいのか調べてるところ。


いや〜、おもしろかった。終わってしまって残念なほど。「食べよう会」のクリスマス会。

しとしと雨の降る寒い夜。見上げると、東京タワーも先が雲にかくれてる。東麻布《ひがしあざぶ》の地下のイタリアンに集合。3000円プレゼントについて、いろいろ語り合う。たぶんみんなが買ったものは、その人自身を表してるんじゃないかと。だったらツツミさんは食べ物だろう。菊地さんは実用的。北村さんは古風なものか華やかなもの。ユウコちゃんは、気のきいたものって感じ。私は、イメージ重視。

プレゼント交換は、結局あみだくじで決めた。そしたら、どれもがちょうどいいところに行った気がする。

私のクリスタルのサンキャッチャーは、北村さんへ。「窓に下げて、外からのいいエネルギーをとりこむんだって。年も改まるし、新しいエネルギーをね」と言ったら、「スワロフスキー、大好きなんです。もう、家のどこに下げるか浮かびました」と喜んでくれた。私には北村さんの文香。手紙に忍ばせる香りの小物と小ぶりの封筒セット。思った通りの古風なものだった。菊地さんのどこだかの素敵なノートセットはユウコちゃんへ。ノートが大好きというユウコちゃんは喜んでいた。色もきれいだった。ユウコちゃんの京都「有次」のすごくよく取れるというあくとりは、ツツミさんへ。食通だからちょうどいい。そのあくとり、電話で10個欲しいと注文したら、そのあくとりを作る職人さんがもうお辞めになっていて店にはなく、全国の支店をあたってくれて、さいごの1個だったらしい。ツツミさんの全国の銘菓取り合わせは菊地さんへ。いろんな銘菓がデパートの包装紙に大きく包まれている。柿の種、「これ大好き」と菊地さんが言う。それから、金沢中田屋のきんつば、どこだかのレーズンサンド、しょうが糖、かりんとうなどなど。ツツミさんの大好きなお菓子の数々。なんか……ざっと金額を計算したら、あきらかに3000円を超えているようだが、お菓子なので勢いづいたか。みんな、それぞれにぴったりのものをもらって、すごく喜んでいた。
ザリガニが可愛くなってたと話し、「ツツミさん、飼わない？」と聞いたら、「私は結構です」と首を振る。
菊地「100匹ぐらいいるらしいですよ」
私「そう、赤くて、甘エビみたいでちょっとおいしそうだったよ。1センチから3センチだって。……川エビの唐揚げに似てた」
菊地「飼って、また100匹ふやして、唐揚げにして食べたらどうですか？　ツツミさん！」
私「そうだよ。それこそ新しい食の旅じゃない？」
こんなに勧めても、固辞するツツミ嬢。
私「菊地さん、おかあさんザリガニが死んじゃった理由って知ってる？」
菊地「脱皮に失敗してじゃないんですか？　ザリガニは脱皮するのも必死なんです、命がけなんです、って言ってましたけど」
私「虫くんが知らずに蹴《け》ったらしいよ。脱走して埃《ほこり》だらけになってるの。玄関で。その時の傷が原因かもしれなくて、それでちょっとへこんでますって。でも、踏まなかったからまだよかったよね」
踏んでたら嫌だよね。

12月18日（木）

朝、カーカに「ママね、油絵を描こうと思って」

カーカ「売れないよ」

私「売れなくても別に……。半分、趣味でだよ」

カーカ「だったら、なぜ言うの？」（趣味の話は自分に聞かせるほどのことではないということか。ハハハ。なんかうける。すみません……ママの趣味の話なんてお聞かせして……）

私「新しいことだからさ。宮崎で描こうかなあ～」

そうこうするうちに「行ってきます」と出て行った。ふと見るとテーブルの上にお弁当を忘れている。あっ、と思ってすぐにベランダから「カーカ、カーカ」と呼んだけど返事なし。あーあ……残念。お弁当が唯一の私の母親的頑張りなのに。朝早く起きて、失敗する日もあるけど、一生懸命に作ってるのに。残念。学校まで持って行こうかと一瞬思ったほど。

夕方、引っ越しの準備でもしようかと、さくの荷物を段ボールに詰めていたら電話がきた。カーカの高校の先生だった。なんだろうと思ったら、「今回の成績がよくなくて……聞いてらっしゃいませんか？」と。うん？　なんだろう……まさか！「留年のことですか？」「はい」。ガーン！　こっちはこっちで（笑）！

で、本人と私と3人で話したいから学校に来て欲しいとのこと。明日の3時半に行くことになった。留年が決定したのだろうか、それともまだ余地があるのだろうか、そこだけが知りたい。もし決定なら、卒業が1年のびる。それもうまくいったらのこと。カーカはどう思っているのだろうか。今日、聞いてみよう。たぶん批判的なことを言うと、人のせいにしたり言い訳したりするだろうから、どうしたいかだけ聞こう。

留年……留年……留年……、暗〜い暗〜い気持ちで荷物の箱詰めをする。留年なんて、うちの家族、親戚《しんせき》にそこまでの人はいなかった。カーカ……てっきり頭がいいとばっかり思っていた。できないのはしないからだと。でも、しなかったらもちろんできないわけで、できなかったら留年はありえる。……留年したら……どうなるんだろう……もう一度1年生をするのかな。それとも……。

帰ってきた！

私「カーカ……。先生から電話が来て、明日3時半に学校に来てくださいって。……カーカ、留年するの？」

カーカ「はあ？」

私「先生から、なんか言われた？」

カーカ「電話がいくかもって」

私「留年のことですか？　ってきいたら、はいって言ってたよ。……カーカ、留年するの？　そうなったらどうするの？」
カーカ「わかんない。考えてない。……成績は上がったんだけどね」と言って、期末テストの成績を見せてくれた。家庭教師の先生のおかげで、クラスでビリの41番から34番にあがってる。全体でも、２０４人中２００番から１６９番だ。
私「そうだね、成績は上がってるね」
カーカ「提出物が、って言ってた」
私「それだよ！　きっと。成績は上がっても、そういう普段のがダメだったんだよ」
カーカ「カーカ、提出物、出さないもん。そういう性格じゃないんだよ」
遅刻も2学期は、13回も。
そうこうするうちに、家庭教師の先生がいらして、勉強が始まった。紅茶を出して、私は部屋に入る。明日……なんて言われるのだろう……カーカはやっと勉強というものをし始めたところなのだが。猶予があればいいのだけど。今、始めたところなんです！

そして……そのあと、カーカと言い合いに。
カーカ「パスモ代ちょうだい」
私「うん」
カーカ「表参道って、不便なんだよね。どこ行くにも高いし。恵比寿に行くにも、渋谷で乗り換えしなきゃいけないし。高いんだよ。カーカ、ずっと前から思ってたけど、ここって場所が悪い、表参道って駅が悪い」
という言葉でカチンときた。
私「駅が悪い？　駅は悪くないでしょ？　駅はただの駅じゃん。自分にとって、不便だってことでしょ？　駅が悪いって言わないで。どうして場所や駅を悪いって言うの？　そういう考え方が嫌なんだよ」
カーカ「そんな深く考えてないよ。ただ言っただけ」
私「深く考えて言ってよ。そういうマイナスの考え方が不幸を呼ぶんだよ」
カーカ「カーカ、不幸じゃないもん。楽しいもん」
それから延々と言い合い。ムカムカしたまま部屋に帰るが、そういう考え方はよくない、みたいなことを言ってもしょうがないのかなと思う。言っても意味がわからないようだ。言葉尻《じり》をとらえての言い合いって、今はしても無駄なのかもしれない。もうすこし大人になってからか、あるいは言葉の使い方や成り立ちがもうあまりにも違うのだとしたら、近寄らず、スルーする方がいいのかも。
そのあとカーカがやってきたので、「カーカ、ママ思ったけど、ママとカーカの言葉の使い方って違うんだよ。そしてママは、何かを悪いっていうのが嫌いなの。だから、そこだけ気をつけて。何かを悪いって言わなかったらあんなに怒らないから」と言ったら、「うん」と言っていた。それからはパソコンで調べものしたり、私の部屋でごろごろしたり、ふたりでのんびりした。でも、「ほしいものがいっぱいで、どれも高い〜」なんて言ってる。「カーカ、それどころじゃないでしょう？　明日、もし留年って言われたら。そんなどころじゃないよ」。


きのうの感想がみんなから届き、みんなすご〜く楽しかったって。私も。

あのスワロフスキー、他のみんなも欲しかったらしいので、私からおそろいでプレゼントさせてもらいたいなあ……。と、メールしたら、

「スワロフスキー、銀色さんにいただけたら、とっても嬉《うれ》しいです！

昨日、銀色さんがおっしゃった言葉ですごく印象的な言葉がありまして、
常に新しい気持ちでいないと『自分が自分に追いつかなくなっちゃう』という言葉。すごく胸に響いたので、きっとスワロフスキーいただいたら、その言葉がキラキラした結晶になったような気がすると思います。でも、何だかおねだりしているみたいですみません。

本当に、お気持ちだけでも嬉しいです。

でもでも、なんだか→これ、説得力なくてごめんなさい。

「あくとり」をご覧になったときの、銀色さんの瞳《ひとみ》ときたら！

キラーンというオノマトペが見えるくらいでした。　ツツミ」

ふふふ。なんだか毛玉か子犬がコロコロころがってるみたいなメールだね。

フーン、私、そんなこと言ったんだ。そういえば、言ったような……。知らないあいだ

にいろいろ言ってるね。口っていうのは言ってるね。人っていうのは、言ってるもんだね。オノマトペって何？　辞書で引いたよ（答え……擬声語や擬態語）。スワロフスキーのサンキャッチャー、こんなによろこんでくれるんだったら、みんなにあげようっと。

12月19日（金）

六本木の赤須医院へ行って、お肌を見てもらう。でもまず最初に「気になることをききたいんだけど〜」と言って、舌の内部に丸くできてる腫《は》れ物を見せて、これってなんか悪いもの？　と聞く。いつごろから？　その頃、風邪ひきました？　とかいろいろ質問されて、触ってくれて、「大丈夫でしょう。炎症をおさえる薬をだしときますね」とにっこりと笑って言ってくれて、ほっとする。怖がりだから、いつも悪いことを想像してしまう。

肌を見てもらって、今日はピーリングをしてもらうことになった。いちばん刺激の少ないやつで。今まで2回やったけど、なんか効果がある気がする。左のほっぺたのぶつぶつも最近はあまりできなくなったし。ここで扱ってる洗顔フォームと美容液も使ってる。お手入れは、そのふたつだけだけど。しかもどうも洗顔フォームの減りが遅いなあと思ったら、私は朝は水だけで、1日1回、夜しか洗顔フォームで顔を洗ってないことに気づいた。それからは、朝も、思い出したら洗うようにしている。

ベッドに横になり、ちょっとぴりぴりするのを塗ってもらい、すぐに流して、冷やす。私は傷の治りも遅いのだそう。それって、新陳代謝が悪いってことみたい。そういえば指の切り傷などの治りも遅いような気がする。傷の治りの早い人がうらやましい。傷の治りが早いって、いきいき感があるよね。

今、カーカの高校に行ってきました。緊張しながら部屋のドアをノックしたら、担任の先生がいらして、椅子を勧めてくださり、ふたりで座って話を聞いた。2学期の成績に1が4つあり、このままでは留年するとのこと。1が3つあったら留年なのだそう。3学期で頑張らないといけないということ。この先生は、すごく感じがよくて、私は好きだ。マイルドだし。で、11月20日から、高校になって初めて、勉強をし始めたので、これからはもうちょっとよくなると思うということを伝える。そして、この子は恐いものがなくて私の言うことも人の言うこともきかない、私は本人の好きなようにさせている、ダメになったらなったでこの子の人生だと思う……みたいなことを話した。先生は何か家庭で問題でもあるのかなと心配してくださってたようで、それで私を呼んだのらしい。でもそれは特に、まあ、仕事でいないことも多く迷惑をかけることもあるけど、それが勉強しない原因ではないと思うと言った。また、男女交際の悩みで勉強が手につかないという人もいると言われたが、それは本人が否定していた。これから頑張りますという感じで、挨拶《あいさつ》して、帰る。いい先生だった。もっと話したかったほど。先生がカーカのことを、「楽しそうに友だちとしゃべってても、なんかどこか完全にはみんなに同調してないというか、……そういうふうに見えます。そういうところがあると思います」とおっしゃっていたのが印象に残った。煮ても焼いても食えないんですよ、中身はものぐさなオヤジなんです、というのは言えなかった。

とにかく成績が悪いのは提出物を出さないカーカのずぼらな性格と、なんで勉強しなきゃいけないのかわかんないという考えが原因なので、大学に行きたいなら勉強するしかないねと、私もカーカも帰りに語り合う。「ママ、いつもしゃべりすぎ。言わなくていいことまで」なんて言われる。「いやあ、先生が知りたいだろうなと思うことを、肝心なところを説明しようと思ってね。……カーカには集団生活はあわないよね。でも高校がたぶん最後の集団生活だから、ここまで頑張ってよ。修行だと思って」「うん」「留年じゃなくてよかったー」「まだ呼び出し、1回目だから違うと思ったよ」「でも、3学期頑張らないとね。留年したらどうする？」「1年生をもう1回やるよ」「いやだな、それ。1年のびるじゃん。お金もかかるし」「お金かかるの？」「……今年、留年してる人、1年生に何人いるの？」「4~5人いる」などなど、でもほっとして帰る。留年して1年からもう1回やりなおす可能性もあるかも……。その方がよかったりして。いやいや、ここで気弱になってはいかんね。頑張ってほしい。

あの学校全体の学力レベルがカーカには高すぎたようだ。入試の点数はあまりよくなかったけど、中学の内申書がよかったので、ぎりぎりのラインで入学できたのだそう。春に周りを見て、これは勉強しないとまずいと思って勉強するような子だったらよかったけど、そうじゃない。合格したのはよかったけど、あまりにもレベルが違うと、入ってからついていけないって、これか。さて、どうなるか。

それから竹村さんと待ち合わせしてるエスニック料理の「タヒチ」へ。2階が貸し切りで、カウンターしかあいてないということだったので、厨房《ちゅうぼう》の前のカウンターに座る。でも、こっちの方が好きだ。厨房には仕込みの料理の皿がたくさん並んでいる。竹村さんも来て、いろいろ注文して食べる。バナナの花のサラダや、揚げ春巻きなど、おいしい。しばらくしたら、「2階を用意しますから」とご主人が言う。聞けば、2階の団体の予約、ドタキャンだったんだって。え、さっきの仕込み、どうなるんだろう、大変だね……と顔を見合わせつつ、「ここでいいです。カウンターが好きなんです」と答える。

そして、竹村さんにクリスタルをあげる。「説明書きが入ってるから、それ読んどいて。その間に私の気を入れとくから」と言って、手にぶらさげて、薄暗いオレンジの照明の中のクリスタルを静かに眺める。暗い明かりの中だと、いっそうきれいに見える。ちょっと重い、この重さと、重心が低い一点に集まってるようなこの形がいいんだよね。

12月20日（土）

朝起きて、ベッドのところのテレビをつけてぼんやり見るともなく見る。不況のニュースは好き。特に中近東のバブルがはじけた、みたいなニュースが。ドバイもどこまで行くかと思ったら、いきなりだったたな。その前にこの春、石油が高騰して、石油の価格にこんなに右往左往させられる世界全体って危ないなあ、お金持ちが何もしないでまたお金だけが入るって不自然だなと思っていたら、今度は急落でそういうバブリーなお金持ちたちの資産が消えて、正常に近づいてよかった。なにごとも物々交換、等価交換から離れれば離れるほど危険度は増すのだろう。下で働く人々に過酷な余波はあるものの、これで考え方を変える人もでてくればいいなと思う。できるだけ他者に頼らずに、セーフティーネットを個人でも持とうというような。個人でもできる地固め、危機管理。それは自分で家事ができるようになるとか、体力をつけるとか、人にやさしくなるとか、打たれ強くなるとか、自分の生活や生きる哲学を見直すことでもある。最も基本は自給自足だろうけど、そこまではできないから、そこからどれだけ遠く離れないかということ。物心両面で。それがどうしてもできない状況にいるとしたら、自覚して、覚悟を決めろ、ということですね。

その「めざましどようび」で、いたるところで流れていた歌が気になって、まだ寝ているカーカに歌ってみせたら、知らないと言う。いろいろ調べたらわかった。FUNKY MONKEY BABYSの「風」だった。今日、買い物に出るから買って来よう。

さて、一夜明けたら考えも変わった。カーカに、「留年したら学校辞めようか」と提案する。

「このままいっても留年しないと思うよ」とカーカ。

「そんなに自信があるんなら、もし留年したら辞めていいよね」

変な顔してる。

「留年するってことは、その学校のレベルについていけないってことだから、カーカにあんまり勉強する気持ちがないのなら、辞めた方がいいよ」

「もっとバカな学校に入りなおすよ」

「そんなのお金も時間も無駄だから、大学に入りたいなら宮崎に帰って高卒認定試験を受ければいいじゃん」

「そんなのあるの？」

「うん。宮崎にはさくもしげちゃんもいるからいいよ。……これから勉強する意思があるの？」

「今のままだよ」

「家庭教師の先生が来てる時だけ勉強して、ひとりではするつもりはないの？」

「うん」

「週、数時間、先生と一緒にやるだけ？　そしたら、今までの基礎でわかんないのはいつやるの？」

「やらないよ。今のことだけやる」

なんて話してるうちに家庭教師の先生がいらした。

先生に「昨日、学校の先生に呼ばれて、3学期に1が3つあったら留年なんだそうです」と成績表を見せながら話す。
「ちょっと見せていただいてよろしいですか?」と先生は2学期のテストの結果の紙を見て、いくつかカーカに質問をしていた。提出物を出してないのがいけなかったようだと私が言ったら、提出物って、どういう……とまたカーカに質問している。
私「でもこれからは出すと本人も思ったようなので、それは大丈夫かと思います」
「一緒にやってもいいですよ」と先生は落ち着いていて、たのもしい。「じゃあ、留年対策で……」と、いろいろカーカと話していた。
土曜の昼前か……、さく、いるかなあと思い、家に電話してみた。鳴って、しばらくたって出た。2階から走って降りてきた様子。
私「プラモデル、作ってたの?」
さく「ううん。せっせとテレビゲームしてた。マリオ」
私「2階にテレビ、なかったんじゃない?」
さく「せっせがもってきたの」
へー、なんだ、せっせも楽しいんじゃないかな。
さく「そういえば、郵便がいろいろ来ててね、カーカにも来てたよ」
私「なに?」
さく「ちょっと待ってね。……んーと……」住所を読んでる。

私「出した人の名前は書いてない？」
さく「あるよ」読んでる。
私「ああ、それ、カーカのパパだ！　ハハハ。ほら、いつも誕生日の時にプレゼントがわりにお小遣いを送ってきてたから」
さく「そうかも、なんか透けて見えてる」
私「それ、せっせに言って転送してもらおう」

本日のヤフーニュース『年の瀬。ビルのはざまにある東京・代々木の借家から、男性の白骨遺体が見つかった。病死とみられ、死後6年以上が過ぎているという。男性は借家で妻子と「幸せな家庭」を築いていたが、離婚して行方不明に。人知れず借家に戻って「孤独死」した。その後も誰に気づかれることなく、放置された。師走《しわす》の悲しすぎる現実……。都会の人間関係の希薄さが浮かび上がる』。
私はこれ見て、いいなあと思ったけどな。しずかにひっそりと死ねて。死ぬ時に悲しまれて大騒ぎされる方がいやだ。品がないというか。野生動物も死ぬ時はひとり、自らの死期を見極め、自然の中で静かに天寿を全うするという。実際は違うのかな、見たことないからわかんない。案外ばたばたしてたりして。いや、死ぬ時は体力がないから、みんな静かだろう。理想は、大自然の中で静かに目をつぶって死にたい。死体も自然に風化して人の目に触れないようなのがいい。けど実際は、死んでみないとわかんない。

家庭教師の先生が帰っていかれた。25日の終業式までにできるだけ提出物を出すようにした方がいいと思うので協力してあげてくださいみたいなことを言って帰られた。出してない提出物ってどれくらいあるの？　と聞いたら、全部、とのこと。

「1がつくって、相当だよ。テストの点数が悪いぐらいではつかないよね。テストができなくても宿題をやってたら、やる気はあるっていうことで2はくれるよ。1っていうことは、反抗的っていうか、テストができないんじゃなくて、態度だよね」

「そうだよ。カーカ、最低じゃん」と自分でも。

「提出物を出さないってことは、やる気がないことや先生への反抗心を、日々、伝え続けてるってことだよね」

結論『留年したら、宮崎に強制送還』

カーカ「留年しないよ」

お昼ごはん、チャーハンでも作ろうかって言ったら、「あんかけがいい。なんか汁物っぽいのが」と言うので、あんかけチャーハンってどうやって作るのだろうと思いながらも、冷蔵庫にある材料で、玉子チャーハンに白菜と豚肉とスナップエンドウとマッシュルームで作った和風あんかけをかけて出した。すると、「うまー」と言って食べている。「あんかけにしてよかったね。水分があって食べやすい」と言うと、「でしょ」。

昼寝してたら、カーカの友だちが来て、部屋でしゃべってる。

夕方になったので晩ごはんどうするんだろうと気になってみんなのところへ行ってみた。全部で4人いた。「この中に、カーカいる？」「はい」と誰かが言って、下を向いて携帯いじってる私服の人がカーカだった。髪の毛をくるくるにしている。

「あれ？　髪の毛、くるくるしたの？」「うん」「ヒマだったんだね」

で、晩ごはんのことをみんなに聞いた。「もっといられるのなら、なにか買ってこようか？」「いいです」って言うので、缶ジュースとそのへんにあったお菓子を出して、でもまた気になって「出前は？」と聞いたけど、みんな恥ずかしがって笑ってる。前に1回、遅くなったので泊めてあげたスティッチの子がいて、「ねえねえ、どう？」と聞いたら、真っ赤になって笑ってた。みんないい子だなあと思う。で、ちょっかいだしてるみたいな軽さでいろいろ話しかけた。「みんなに、カーカ以外の人になにかしてあげたいんだよ。でもまあ、ご飯なんか人んちで食べたら緊張するしね」って言ったら、「じゃあ、帰る時食べるよ」とカーカが言って、「じゃあ行く時言ってね」と言って、しばらくしたら、「行くよ」って言うので、ご飯代あげて、みんなに「もうすぐ恵比寿に引っ越すからまた遊びに来てね」と言って、見送る。

せっせから電話が来て、さくがあさっていつもの友だちの家に泊まりに行って、クリスマスもするって言ってるから、家の人に電話して聞いた方がいいんじゃないかと。それですぐに電話したら、友だちのお兄ちゃんがでて、お母さんは遅くなるって言うから、あさって泊まってもいいの？　と聞いたら、はい、他の友だちも来ますって言うので、じゃあ、ケーキを持たせるから言っといてねと伝える。せっせに、そのことを話して、「どう？さく、寂しがってない？」と聞いたら、全然寂しそうじゃないと。「きのう、ゲームしてくれてありがとう」と言ったら、「僕の時間はぜんぜんありませんよ。さくちゃんを見たらすぐに、しげちゃんで、自分の時間はないです」と言う。じゃあまあ、よろしくと言って切る。楽しそうにやってるようだ。

フロに入りながら、カーカのことを考えた。家庭教師の先生が提出物を1日でも早くだした方が先生への心証がいいからと、念を押して帰って行かれたが、教科書類を学校においているのでこの土日はできないとカーカが言う。だったら他の勉強をしたら？　と言ったのだけど、してない。カーカって、カーカって……。もし宮崎に帰したら、きっと家のみんなに迷惑をかけるだろう。勉強も手伝いも働くこともしないで、家の中でぐだぐだして、ストレスでいらいらしたり、さくをいじめたりするだろう。「あのまま宮崎にいればよかった」と今朝、言っていた。きた、と思った。そして「ママが東京に行きたいっていったからだよ」と言う。「でもカーカが嫌だって言ったら、来なかったよ」「でもママ、行きたがってたでしょ」と。絶対にそう言うと思った。カーカに言わせれば、すべて人のせい、人が悪いのだ。ふう……。いったいいつになったら離れることができるのだろう。一番恐ろしいのは、ずっと離れずに迷惑をかけられ続けること。子どもを殺す親って、もうどうしようもなくなって、殺すんだろうな。一生自分や人に迷惑をかけて生きていかれるぐらいなら自分の手でいっそ、と。それとも、もしかしたらカーカって頭がおかしいのかもしれない。わかりにくいけど、そうだったりして。何を聞いても「わからない。知らない。考えてない。考えてなかった。覚えてない。言ってない」とか言うのって、実は病気だったりして。だから本当にわからないのかも。優秀なカウンセラーの先生が丁寧に診たら、なにかがわかるだろうか。……カウンセリングか……いいかも。あ、でもそれって親に問題があるってことでもあるから、私も診られるんだ。それはいやだな。カーカの面倒をみてくれる人なんてこの世に誰もいない。私が見るしかない。困った。ちゃんと自立できるのだろうか。こんなにものぐさで、恐いものもなく、ふてぶてしく、落ちるところまで落ちてもなんともなくて、何もかも平気で、そのくせ悶々《もんもん》としてて、鬱屈《うっくつ》を身内に撒《ま》き散らす人。「東京と宮崎とどっちがいい？」と聞いたら、「ちゃんと大人になれたら東京がいい」と言っていた。ちゃんと大人になって欲しい。今、私は非常に気持ちが暗い。気にしなければいいのだろうか。今朝「提出物がどれくらいあるのか、一度ぜんぶ広げてみたら？」と言ったら、「ママ、なにをあせってるの？」と携帯を眺めながら言ってたっけ。もし留年を免れたとしても、留年しないぎりぎりのラインでこれから先、やっていくのだろうか。最低の勉強で最低ラインを維持し、簡単な大学に入り、4年間私の仕送りで遊び暮らすのだろうか。そのあと、本当に働いて自活できるのだろうか。このふてぶてしさの固まり、このとんでもないものぐさが。……どんどん考えて、ますます暗く暗くなってきた。考えるの、もうここまでにしよう。

カーカが帰ってきた。
私「友だちは知ってるの？　留年のこと」
カーカ「知ってるよ」
私「なんて言ってる？」
カーカ「絶対に留年させないって。勉強させるって、強く言ってた」
私「どうやるんだろう。何か方法があるのかな……」
カーカ「知らない」
カーカを勉強する気にさせる秘策でもあるのだろうか。友だちよ、私たちにこれ（カーカ）を動かせるかな？　私にはできません。今は、家庭教師の先生が唯一の船頭だと思う。漕《こ》ぐのはカーカ。友だちは応援団。私は期限付きのスポンサー。

12月21日（日）

おだやかに晴れた日曜日の朝。特に何もすることがない。引っ越しの荷物の片づけをしながらゆっくりとすごす。カーカはまだ寝ている。

目上の人や教師に対する無条件の尊敬って、美しいものだと思う。警察官やお医者さんや職人さんなど自分の出来ないことをしている人への尊敬やその職業を敬う気持ち、自分はできるけどまだできてない年下の人を見守り励ます気持ち、自分が今たまたま持ってる健康や財力を持っていない人への思いやりやそれから思い至る謙虚さ。そういう基本的な人を思う気持ちって、教育もあるけど、生まれつきが大きいと思う。生まれつきそういう気持ちを持ってる人は教えられなくてもそう感じているし、そういうことがわからなくて尊敬や思いやりや謙虚さがピンとこない人もいる。カーカの、先生の言うことを重く受け止めない感じは、生まれつきその辺の感覚がないからだと思う。精神性が非常にラフ。粗野というのか。精神……魂が未熟、野性的で、粗雑。妙な勘はあるけど、細かい微妙なことを言ってきかせても、それを受け止める受け皿がなく、ザーザーざるのように落ちて行ってしまう。本人もポカンとしている。思考が目の前30センチぐらいで切れているというか、あとは空白。それ以上は考えないでいられる。まったく考えてないというのは、本当なのだろう。先のことやいろいろな不安なこと怖いことを考えないでいられるということは私にはできないことなので、会話が通じないのも当然だろう。

ごはんを食べて、カーカは遊びに出かけるところ。

「明日からは提出物をやらないとね」

「うん」

「大丈夫？」

「うん。簡単なんだよ」

「だったらどうして今までやらなかったの？」

「そうなんだよ！」

外を見たらすごくいい天気。明るくて眩《まぶ》しい。窓を開けたら、さわやかな空気。いい日だ。「今日はすごくいい天気だよ。すがすがしいよ〜」

荷物の片づけをやろう。できるだけ宮崎に送って、恵比寿は物を少なくしたい。


夜、やよいちゃんちにしゃべりに自転車で。今夜は全然寒くないなあ。

ごろんとしながらいろいろしゃべった。

さくやカーカのことも話した。「さくはもう大丈夫だね」とやよいちゃんが言った。

「うん」と私はうなずいた。「カンちゃんは、しょうがないよ」とやよいちゃんが笑った。

「うん」。

12月22日（月）

朝起きて、寝ているカーカの部屋へ。
私「カーカ、沢尻《さわじり》エリカが」

カーカ「なに？　復活？」
私「結婚」
カーカ「うそっ！　あのおっさんと？」
私「ハハハ。ついにもう、あれだね」
「朝ズバ」でその話題の時、みのもんたが面白くなさそうな顔をして、「体鍛えよう」って言いながらずっと体操していたのが笑えた。
今日はお弁当、忘れて欲しくない。
私「あと何日、お弁当持っていくの？　あさってもいるの？　終業日も？　聞いてきてね」
カーカ「たぶんいる」
私「じゃあ、あと2日だね。今日はお弁当忘れないでね。お弁当を忘れられるほどショックなことないからさ」
カーカ「カーカも」
私「お弁当を、いちばん一生懸命やってるから。ここ置いとくね。靴の前に。さすがにここなら忘れないよね」
と、玄関に置いとく。
昼間はひとりでのんびり。録画しておいたM1を見ようっと、と思って、ごはんを食べながら見る。私はノンスタイルっていう人たちの漫才は初めて見たけど、すごく好きだった。才能って、いいなって思うのって、年齢や見た目じゃなくて、カッコいいなって思うかどうかだと思うんだけど、カッコいいって思った。スピード感があって。そしたらやはりダントツで優勝して、その瞬間、ワーッと泣き出した左の細い人を見て、私もほろっともらい泣き。それにしても、キングコングは最高におもしろくなかった。

カーカと先生と3人で話した時のことを思い出す。
私が、この子はなんにも怖いものがなく脅しがきかない。どうやったら遅刻しないようになるのか、中学の時も先生がいろんな知恵を絞ってくださったけどダメだった。ついには「なにをされたら嫌なのか」って聞かれたらしい。それを私も聞いたので、「先生と同じことを聞く」とよく言われた。周りのみんなが同じように苦労していたようだ。というようなことを話した。するとカーカが「ご褒美があったらいうことをきく」とうれしそうに言った(……それは知ってる。中学の時、クラスで5番以内に入ったら携帯を買ってあげるって言ったらその時だけ頑張って5番になったけど、それ以降は勉強しないからすぐ20番ぐらいに落ちて、勉強しないの? と聞いたら、しないけどパソコン買ってくれるなら勉強してあげてもいいよみたいな感じだったので、バカらしく感じて、それ以来ご褒美はやめた。脅しがきかないので、物で釣るしかなくて、それってホント何様なんだよって思う。そこまでして勉強してほしくないよ、自分のことじゃん。しなくてできなくて困るのは自分で、私じゃないし……）。

すると先生が「今度、怒ってみようかな……」とおっしゃった。

それを次の日の朝、カーカは思い出したようで、トイレに入りながら、トイレから、「先生、なにを怒るって言ったんだろう……」という声が聞こえてきた。「カーカ、怒られるようなことはしないのに……」

「たぶん、もしかして強く怒ったらなにか心に響くのかもしれないと思って、ためしに何かあった時に怒るという方法をとってみようかなと思ったんじゃない？」

「でもカーカ、怒られるようなこと、しないよ」

「たぶん、遅刻とか、課題をださないとかを注意して、何度言ってもきかなかった時に、じっくり根本的に言い聞かせるってことじゃないかな。悪さした人をガツンと怒る、の怒るじゃなくて、深くしっかり話して聞かせるっていう方だよ」


4月に表参道に越してきてから、私は、いつどうなるか、どこへ移動するかわからないからと、電気ガス水道の振り込みは自動引き落としにはしないで、振込用紙を送ってもらってコンビニで振り込んでいた。でも恵比寿に行ったら、今度は自動引き落としの手続きをしようと思う。今度は長くいると思うから。今もまたニュースにでてた騎手の三浦皇成くん、19歳。今日も落ち着いていて素敵だった。馬のことしか考えてない感じが。さっきは、大沢《おおさわ》たかおが南米ギアナ高地に行った番組を見た。……行ってみたいなあ、ギアナ高地。テーブルマウンテンの上の地形と植生に興味がある。

カーカが帰ってきた。「提出物出す資料、持って帰ってきた？」と聞いたら、「うん」。「やるよね」「今日は、まず寝るわ」と言って、早々に寝た。今回やらなかったら、本当にダメだな、こいつ。

12月23日（火）天皇誕生日

会いたいっていうことは、何かが欲しいっていうことだ。その人に会いたいっていうことは、その人からもらいたいものがあるっていうことだ。そのことはやはり、自覚するべきだと思う。

よく、「あの人はよくない人だから、絶対につきあっちゃダメ」「食いものにされてるのよ」「だまされてるんじゃない？」「あの女はやめとけ。お前が相手できるような女じゃない」「お金目当てなのよ」「他に誰かいるらしいよ」なんて友だちや周りのみんなが心配して忠告してくれるにもかかわらず、どうしても離れられずにみんなの反対を押し切ってつきあったり結婚したりする男や女がいるが、あれは、そうさせるしかないと思う。というのは、その人にとっては、それは学ばなきゃいけない重要課題だと思うから。もし無理にひきはなしたら、その欠落した部分を学ぶ機会を失ってしまう。やるだけやらせて、自分で気づき、反省するところまでいかさないと。そうして初めて次のステップに上れる。私はいつもマイケル・ジャクソンの例を思うのだが、あの人は子どもの頃に、普通はみんなが1段1段上っていく階段のステップ（お母さんに甘えるとか、同じぐらいの友だちと遊ぶとか、ぼんやりするとか、子どもの世界にあるくだらないことの永遠のような繰り返しとか）を、幼い頃から仕事を始めたことで上れなかった。成長の階段って、私は1段とびや2段とびできないもののような気がしてる。だから、上れなかった前の階段のところでずっと止まってる部分が心のなかにあって、いまもまだその段で足踏みしてるように見える。年齢も体も、見た目は自然に大きくなるけど、心の中では足踏み。ますますギャップは広がり、もがいても、お金でも、何をしてもそれは手に入らない。ある時期にやらなきゃいけないことをやらないと、あとではもう取り戻せない成長の段階ってあると思う。だから、ちょっとそれとは違うけど、人がどんなに馬鹿なことをしようとしても、その人がどうしてもどうしてもそれをやりたいというなら、周りじゅうがどんなにそれを、明らかに失敗や苦労すると100人中100人言っても、させるしかないものってあると思うし、そうしなきゃいけない理由は、その人の中にしかないと思う。わかんないんだよ。なんでか。でも、しょうがないんだよ。やんないと。

教育や子育ての大切さっていうのは、そういう、あとではぜったいに取り戻せない種類のことを、その時期にちゃんと経験させることじゃないかと思う。まあ、普通は放っといてもちゃんと経験していくものだと思うけど、たまに特殊な環境や、たまたま変なめぐりあわせで、そこから外れちゃうことがあり、それは見た目ではわからないから、ちゃんと自分や自分の周りの人のことは見てないとと思う。ちゃんと見てたらわかるんだと思う。見てさえいれば。心からまっすぐに。見てもらえてなかった心の空洞ほど、深いものはないだろう。

贅沢《ぜいたく》だなと思う。不平不満ばっかり言ってる人って。どの環境、状況にいるとしても、軸をずらしていけば、その状況に感謝したくなるラインというのは存在する。重い病気にかかってるとか、戦争で家族を失うとか、考えられる不幸は限りなくある。それを考えずに、そこまでも行ってないのに、不平不満を言う人って、視野が狭すぎる。

カーカが起きてきた。「ママ、ごはん！　12時間寝て疲れた」

それからテレビゲームをやり始めた。「スパゲティだけど、いい？」「味、ちゃんとつけてね」「今日、宿題、やるんだよね」「うん」「いつやるの？」「いつか」「今日中にできるの？」「うん」「それやらなかったらもうダメだと思うんだよね」「こころ的に？」「うん。家庭教師の先生が、1日でも早くって言ってたよね。あれが正しいと思う。それを今日やらなかったら、カーカの流れと学校に通うっていうのはもう、流れが違うんだよ。お金出して高校に行くのはもったいないと思う」

黙ってゲームしてる。むかむかする。まわりのみんなが心配してるのに、ひとりのんびり構えて。カーカのお父さんにそっくりだ。「これにハンコ、押しといてね」と言うと、必ず「いつまでに？」と聞いていた。できるだけ早くしてほしいのに、いついつまでって言うと、いつもぎりぎりにやっていた。でもちゃんとやるんだけど。とにかくなんでも、期限いっぱいまでやらないタイプ。私は、すぐやる方。すぐやったら、そのあと別のことができるかもしれない。物事を早く進められる。ぎりぎり派は、どんなに早くても、その期限が上限になる。一緒にいると、私はいらいらする。ぎりぎり派を待たなければいけないから。それにしても、今日中に終わるって本当だろうか。いつものいいかげんな返事かもしれない。

ゲーム中のカーカを背に、引っ越し先に説明を聞きに行く。引っ越し先の住居の説明をしてくださる受付の方が姉妹で私の本の読者だったそうで、教科書よりも覚えていますと言ってくださる。「これからよろしくお願いします」とちょっとテレながら挨拶《あいさつ》する。長く仕事をしているせいか、最近そういう女性と多く出会う。みなさん一様に感動というか、感極まる感じで泣きそうになられるけど、それはなぜかわかるような気がする。その人たちが読んだ私の詩や文章によってかつてひきおこされた感情、その頃の自分、過ぎた年月が思い出されて、さまざまなことが一瞬のうちに胸に去来するからだろう。歌とちょっと似てる。そういう場面に出くわした時に私のとる態度は、その現象を、黙って、心して受け止める、というもの。

帰り際、また、よろしくお願いしますと、笑顔で頭をさげる。

フルーツケーキを買って帰ってきたら、カーカはまだゲームをしている。今日はなごさんたちが来るので、そしたら一緒に遊んで夕方から一緒にごはんを食べに行くのだろうか。課題はいつやるんだろう。たぶん、私が寝てからかも。いつも一夜漬けだった。カーカは昼ごはんを食べて、寝る、とか言って自分の部屋へ行ってしまった。引っ越しの片づけをしていたら、3時過ぎ、私の弟てるくん、なごさん、たいくんがやってきた。

てるくんとたいくんがWiiスポーツをやってる間、なごさんに最近のカーカのことをひととおり話す。クラスでビリだったこと、家庭教師を雇ったこと、先生から呼び出されてこのままでは留年と言われたこと、今日それをやる予定のことなど。そして、ふたりで話した結論は、の先生に言われたこと、提出物（課題）をすぐにだした方がいいと家庭教師遅刻の多さや勉強しないことは何か原因があるというのではなくカーカの生まれつきの性格だろうから変えさせることはできない。たぶん今後もぎりぎりの努力でぎりぎりのラインで高校と大学に通っていくだろう。そのあいだに何か生きがいを感じるものに出会えばきっとそこに集中して変わるだろう。今は何かをさせようとしてもこっちが疲れるだけだからあまり気にしないで好きなようにさせるしかない。

カーカも起きてきて、5人で夕食を食べに行く。また、エスニック料理「タヒチ」。いろいろ頼んでいろいろをちょっとずつ食べる。なごさんがすごく見たい映画があると言う。「ラースと、その彼女」。人形を恋人って家族に紹介するやつ。それ、私も見たかったんだこよと、28日に一緒に見に行く約束をする。話を聞いていたカーカも行くと言い出した。この映画に食いつく人って……相当変人というか、おもしろがりじゃないだろうか？　客層も楽しみ。

いろいろ楽しく話しながら食べたのだけど、その中で面白かった話。てるくんが今年原因不明の心臓の痛みで入院して退院し、しばらく自宅療養していた時に、テレビでキャラ弁の作り方をやっていて、急に作りたくなり、たいくんが多摩動物公園に遠足に行くと聞いて、キャラ弁をつくってあげることにしたという。前日から構想をねり、食材を買いに行く。そして当日、まずデッサンから描き始め、最初の1時間は素材のテスト。何がどう使えるか、この材料をこう調理したらこういう質感になるとかいろいろ。そして次の1時間で製作。合計2時間。作ったのは多摩動物公園のホームページを見て調べた「草原を歩く多摩動物公園のホワイトチーター」。

「ネコ科特有のふとももの筋肉の感じがよくできた」と本人、ご満悦。画像を見せてもらったら、たしかに照りもあり非常に素晴らしかった。どうすれば思ってるような厚みや立体感を出せるか考え、実験し、さつまあげにとけるチーズをかぶせてオーブンでとかしてイメージに近づける。その他のおかずはごはんの下に埋めているそう（埋めてるのってちょっと嫌だね、とカーカ）。が、当日は雨で遠足は延期になり、学校でそのお弁当を食べたそう。すると友だちに大うけ。先生もやってきてカメラで写真を撮って行ったたって。

「思ったけど、お弁当ってキャンバスなんだよ。絵を描くように……」と、絵を描くのもそういえば昔好きだったてるくんが夢見るように語る。「味は?」と聞くと、「味は別にいいんだよ。開けた瞬間、楽しいかどうかだよ」

そして数日後、延期になった遠足が再度、行われた。今回もまたてるくん、2時間かけてデッサンから入る。今回は「岩場のライオン」。が、今回は無事遠足が行われたのでお弁当はリュックの中でゴトゴト動き、開けたらライオンの首がちぎれていた。でも、動物好きの友だちがいて、その子だけは「それ、ライオンじゃない?」と言ってくれたそう。その他にも試しに作った魚のキャラ弁のデッサンなどいくつか見せてもらった。どれもとてもいい感じだ。ぜひ、画像を送ってほしいとお願いする。デッサンも全部ね。

デザートもおいしく食べ、家に帰ってしばらく休む。なごさんとカーカは嵐のファン仲間で、ふたりでファンクラブに入ったので、今度公開録画やコンサートに行こうとはりきっている。

性格の話になり、なごさんはいつも何かあったら、まず最悪のことを考えて、対処法を考え、そこから現実とすりあわせるみたいなことを言って、それは私もそのタイプなので「うんうん」と聞く。でもてるくんはその反対で、なにかあっても最良のこと、悪くなることを予想しないで、いいふうにしか思ってないので、いい時はそれでいいけど、悪くなった時は真っ白になって、なにも考えられなくなるのだそう。それで時々考えがぶつかるって。そういうことあるよね。

あと、どこかいい温泉があったら教えてね、行こうね、って言ってたんだけど、いいところに最近行ったらしい。それは栃尾又温泉《とちおまた》「宝巌堂《ほうがんどう》」。

「栃尾又温泉？　なんか聞き覚えがある……」思い出した、この秋に尾瀬に行った時に地図で見た。確かその近くを通ったはず。「そこ、どういうとこなの？」

「すごくぬるいラジウム泉で、最初はちょっと寒い、って思ったんだけど、入ってるうちにだんだんだんだん気持ちよくなって、まるで冥想《めいそう》してるような感じになってきて、すごく気持ちいいの。波を立てたらいけないらしくて、みんなじっと首までつかってじっとしてて、まるでずらりと生首が並んでるように見えるんだけど」

「ギャハハ」

「でも本当に気持ちよくて、細かい泡がつくんだけど、それが温泉の成分がきいてる証拠で……」

「何時間ぐらい入ってたの？」

「最初1時間ぐらいで、次は2時間ぐらい。ぜんぜん大丈夫」

「へえーっ」

「ただ黙って座ってるって普段はできないけど、その温泉だったら、ぼーっと気持ちよく冥想状態になって、……すっごくよかった」

「行きたい」

「行こうよ。8室しかないこぢんまりとした旅館で、湯治場もあって、食事も自然で素朴で、体にいいことした～って思えるようなところだよ」

「行きたい」

「子どもは1日1人だけ、大丈夫なんだって」

「1人っていうのがおもしろいね」

「湯治する人もいるような静かなところだから。あんまりうるさくしてほしくないけど、ひとりだったら我慢できるってことかな。予約する時、子どもがいますって言って、もし先に子ども連れが予約してたらダメらしい」

「早く行こうか」

「うん」

で、1月下旬に行こうかってことになる。私となごさんとなごさんのお母さんの清美さんが温泉に行って、てるくんとたいくんとカーカは越後《えちご》湯沢《ゆざわ》でスキーをするって計画。

去年のキャンプの話になった。てるくんとたいくんとカーカとさくが行った金沢の池のほとりのキャンプ場だ。その日は台風が近づいていて、ものすごい強風だった。危険だからとキャンパーたちがどんどん帰っていく中、てるくんたちだけはそれでもそこにテントを立てた。強風でとても立てにくかったという。夜、テントの外にてるくんが出て、灯《あか》りで影絵を作って子どもたちに見せてくれたけど、さくはとても怖かったらしい。昼間そこで釣りしたら、カーカがものすごく巨大な虹鱒《にじます》を釣り上げ、ムニエルと塩焼きにして食べた。キャンプ好きのてるくんだ。そうそう、なごさんとつきあい始めた時にも、「キャンプの楽しさを教えてあげたい」なんて言って、初めての遠出がキャンプ。ゴールデンウィークの裏磐梯《うらばんだい》。車で、もう薄暗くなって着いたそのキャンプ場は、なんと一面の雪。それも20～30センチもの積雪。なごさんが「お願いだから、テントだけはやめて。お願いだから」と頼みこみ、てるくんも残念だったけど、さすがに雪を掘らないと立てられないからと諦《あきら》めて、キャビンを借りた。そのキャビン、ただ板で囲ってあるってだけの犬小屋を大きくしただけ、みたいなものだったそうで、寝袋にもぐりこんでありったけの服を上にかぶせてもらっても、寒くて寒くて寒くてとても眠れなかったって。なのにてるくんは、そのなごさんの姿を見て、「ミシュランのキャラクターみたいだ」と言って笑ってたらしい。てるくんはそのミシュランマンの隣で、バーベキュー用に持ってきた七輪に火をつけて、一睡もしないであたため続けたそう（あたたまらなかったらしいが）。そして、本当は2泊の予定だったけど「お願いだから」とまたなごさんが頼みこんで、1泊で帰ったって。

私「……なごさん。それで、てるくんと別れなかったの？」

なご「うん」最初は本当にたまたま天候が悪かっただけだと思ったから。

私「でも、てるくんのお気楽さも一因だってわかったのは、それからどれくらいたってから？」

なご「思い直す機会はそれから何度も何度もあったのに、別れなかったんだよね……」

私「縁があったんだね～！」

笑える。ミシュランなご。目に浮かぶ。

また釣りに行こうね、とみんなで話してる。「ギョタン、借りて」
私「なに？　ギョタンって」
なご「魚群探知機。こないだね、あんまり釣れないからって、いつものボート屋のおじさんがかわいそうに思ったみたいで、タダで貸してくれたの」
てる「それがおもしろいんだよ」
私「本当に魚の群れが白く見えるの？」
てる「うん。絶対いるとわかるから、やる気になるし、楽しいよ〜」
へえ〜っ。

夜、部屋でパソコンゲームをしていたら、カーカがいきなりバーンとドアを開けて入ってきた。

「カーカ。人の部屋に入る時は、ノックするとか、承諾を得ようよ。もう大人なんだから」

「カーカはまだ子どもだよ」

「高校生は大人だよ」

「まだそれやってるの？　飽きないね」

「うん。リラックスなの」アイテム探しゲーム2回目。

そして新しいつれづれが出たことを知って、「見せて」

自分のところだけ読んで、わはは、ふふっ、ぷっ、ギャハハ、なんて笑ってる。どこ？と聞いても教えてくれない。

「明日、見たら？　今日は課題するんでしょ？」

「うん。ちょっと眠くなったから。（『つれづれ⑮』を読みながら）……カーカも気になるんだよね……ママが、笑ったのか鼻息か」

「どうして？」

「だって一緒なんだもん。笑ったら、ああ、笑ったんだなって」

「楽しいから？」

「うん。さくと一緒のこと思ってるね。

……そっか、さく、もう宮崎に帰ったんだ……、さく、いい友だち、できなかったね」

「そう。そこ読むと悲しくなる……（いい友だちができますように、のところ）。でも、結果的にはこれでよかったと思うよ。友だちだけでなく、この場所が落ち着かない感じだったし」

「さく。あの家が好きだしね」

「そうそう」

「表紙（カバー）もよかったじゃん」

「このカバー、最初はピンクの紙ふぶきがなかったんだけど、カーカの『ひさしぶりなのにちょっと地味だね』のひとことで紙ふぶきをつけたしたんだよね」

「うん。ね」と言って出て行った。

12月24日（水）

朝、お弁当を作って、スープを作る。
私「カーカ。課題、やったの？」
カーカ「ん」
私「全部？」
カーカ「ん」
私「見せて？」
カーカ「面倒くさい」
ま、いいか。やってなくても。気にしないことにしたんだった。消耗しちゃうから。本人がよければそれでいいや。

私「カーカ、ちょっと、8時20分。遅刻しないでよ」
カーカ「遅刻だよ」
私「どうして？」遅刻もしないようにしようって言ったのに。
カーカ「ちょっと遅刻になりそうだったから、遅刻することにした」
私「カーカ～……（脱力）」

カーカ「行ってきまーす」

行った。……ハーッ。どんなに言っても、ダメなんだ……。情けないなあ……。こういう気持ちを味わわされ続けると思うと、一緒にいたくないと思ってしまう。

よかった！　これからは1週間おきに離れられて。


さて、今日はクリスマスイブ。今年はさくもいないし、また、明日から引っ越しなので、ここにはまったくクリスマスの気配なし。明日もお弁当がいると言ってたから、あとで今夜のおかずと明日のお弁当の材料だけ買って来よう。今夜は、鶏《とり》団子鍋《なべ》にしようっと。あったかく、おいしく。


夕方、鶏団子鍋を作る。鶏団子が多すぎたかなあ。あさって引っ越しだから、できるだけなま物はなくさなきゃいけなかったのに、昼間、買い物に行って、ついついいろいろ買いすぎた。焼き芋とか、牛蒡《ごぼう》やお豆腐、ペッパーポテチ。

作りながら、家に電話。そういえばここ2～3日、電話してなかったな。

せっせが元気よく出て、クリスマスらしいオードブルをくるみちゃんが作ってくれたそうで、それと子どもシャンペンを飲んでるそう。さくも元気そうだった。友だちの家のお泊まりも楽しかったし、今日は冬休みの宿題がたくさん出たって。しあさってから東京と大阪だから、明日あさって中にできるだけ宿題やっといてね、と言う。「うん。できるのはやっとく」。しげちゃんも元気そうだった。せっせは、毎日、せっせ丼、山盛りらしい。

そこへカーカからメール「今日、軽音で遅くなって、ちょっと食べてくるからごはん少なめでお願い」

「わかった。鶏団子鍋をたくさん作ったのだけど……」

すると、すぐに返事が。内容は想像できる。

「食べるから残しといて！」

やっぱり。


2008年12月24日。クリスマスイブ。

別にいいんだけど、（たぶん）初めての、ひとりのクリスマスイブだ（違うかな）。ということは、これは、わ太郎くん流に言うと、ついに私も自分の人生をこれから歩き始める前兆、ということとかもしれない。目の前にレッドカーペットが見える。私の道は、希望に輝く（つーか）。

最近、タイヤのCMで鉄腕アトムの歌が流れているが、あの歌を聞くとせつなくなる。泣きそうになる。世界的な不況の今、未来が希望に満ちていたあの頃、悲しい事件の多い今、貧乏だったけど人が生きていたあの頃、心が閉ざされている今、単純で純粋だったあの頃。希望や純粋さのもつ素晴らしさとはかなさを、同時に感じるからかもしれない。

ついに自分で買いたいゲームに出会った。無料体験版で1時間やって、購入を決める。それは、魚のアクアリウム。「フィッシュダム」。貝殻やひとでを並べてポイントを獲得して、そのポイントで水槽の中の魚や藻を買って、好きな水中世界を作るというもの。私が好きだと思ったのは、まず水の中ということ、貝殻やひとでなど水中の生き物を並べるところ、藻を買って、林のようにできるところ。気分転換のリフレッシュには、今度からこれだ。

12月25日（木）

カーカが中学校の時の制服も、このあいだ買ったプリーツスカートも、なんでも洗濯機につっこむので、洗濯機の扉を開けて驚くことが多い。で、洗濯機になんでも入れないように、特に繊細なものやおしゃれ着は入れないようにイメージさせるために、「洗濯機は、原始人が足で踏む、って覚えといて」とさっき言っといた。

午後、引っ越し屋さんが梱包《こんぽう》に来られた。たくさんでばーっとすごいスピード。ほとんどのものを棚から出して、梱包しやすくしておいたので、かなり早く終わった。それで宮崎に送る分はもう今日のうちにトラックに積み込まれた。8月の引っ越しの時に来てくれた男の子もいた。「あれ～、こないだ」と挨拶《あいさつ》する。5～6人いたけど、みんな若くて元気で楽しそうに仕事してた。

夜は炊き込みご飯を作ろうと思い、お米を洗って置いておいた。すると、2合洗ったのか3合洗ったのかわからなくなった。最初は2合洗って、そのあと明日の朝忙しいから3合にしておにぎりにしとこうと思ったところまでは覚えてるけど、それで1合たしたか、これからか。水にひたしたので量がなんだか変わったようで……うーん……どっちだったかな。で、2合ということにして作ったら、硬かった。3合だったんだ。それで水を足してもう一度炊き直した。お皿類を取り分けておくのを忘れて、梱包されてしまったので、箱を開けてさがす。焼き締めの小皿がでてきたので、それで食べる。

パソコンとテレビとベッドと段ボールだけになった部屋で、テレビを見ながらパソコンのゲームをしてすごす。夜の9時から、「お笑い芸人の泣ける話」があった。これを見たら絶対に泣くなと思ったけど、他に見たいものがなかったので、見た。泣きっぱなし。10人以上の話を聞いて、私が泣かなかったのはふたりだけだった。今までなんともなかったお笑い芸人の泣ける話を聞くと、いい人だなあと思い、情が移る。ほとんどすべてが、親、おばあちゃん、恩師、友だちに関する話。だれもが泣いてしまうような。話した後にゲストがコメントするのだけど、それはいやだった。説明されるとうるさい。あと、最後に1位を決めるのも、なんか興ざめ。泣きすぎて目がはれた。

12月26日（金）

引っ越し。ついに。うれしい。なんだかいい思い出のないこの場所から（管理人さんはよかったけど）。ヤッター！

またまた一気にどっと運んでもらい、短時間で終わる。全部やってもらえるとはいえ、やはりわかるところは自分でやるので、腰が痛くなった。きのうの宮崎便の荷物が予想外に多く、カーゴが2基から4基になったそうで、もともとの宮崎便の代金9万円が18万円になり、追加で9万円かかるという電話が最初のあの営業の人からきて、暗い気持ちになる。座卓や植木など言われてなかったものが入っていたからと言ってたけど、私はそれ、ちゃんと言ったのに。全体の荷物の量を読み間違えたそっちの責任だと思う。それを入れたとしても、カーゴ2基が4基になるなんて完全に見積もりミスだろう。ちょっと増えたとか、1割、2割増しとか、せめて5割増しだったらわかるけど、2倍って、2倍って！宮崎と恵比寿の2ヶ所に行き先が分かれてるから、「これは宮崎、これは恵比寿」と全部を口頭で言っただけだったので、完全には把握できなかったとしても総量は変わらないのだから、事後承諾で9万円は高すぎる。私だけが丸かぶり？もしかしてこれが最初からの手だったりして、とあらぬ疑いまで芽生えてしまった。でも、言ったという証拠がないので、これからはちゃんと紙に書いて渡すとかしようと思った。前によかったのでここにしたけど、もう次は別の引っ越し業者に頼もう。あるいは言い方の問題かもしれない。あの人が別の言い方をしてくれたら、こんなに不愉快な思いはしなくてすんだと思う。言われてないのが入ってたからという、私のせいだという言い方に、気持ちが暗くなったんだと思う。すみませんとまずあやまってくれたら、こんなにも暗くはならなかったはず。でもまあ、無事終わって、よかった。忘れよう。作業してくださる方たちはみんなきちんとやってくださったし、もっと高い業者と比べたら、安かったと思う。言い方だね。

夕方、カーカと夕食を買いに行って、部屋でゆっくり食べる。だいぶ片づいた。今度の家は小さい部屋2部屋しかなく、リビングを私の部屋にしたので、私のクロゼットがない。廊下のおしいれをクロゼットにしようと思ったけど、小さすぎて服のケースが全部入らず、前もって購入したつっぱり棒は幅が広すぎて入らず、困った。廊下の照明も暗く、服の色が見えないし。どうにかしよう。でも、全体にこぢんまりとしていて無駄なものが置けないので(脱衣カゴにしていたワイヤーバスケットも置けない狭さだった)、物が増えるのは抑えられると思った。また、カーカの部屋の声がよく聞こえる。お互いの部屋にいて会話ができる。こんなことは今までなかった。さっきはテレビを見ている時に鼻歌みたいな歌声がかすかに聞こえ、幽霊かと思って怖かったが、カーカだった。お互いのささやき声まで聞こえ、まるで同じ部屋にいるみたいだ。嫌だな。

でも、新居、一日目。みなさま、お疲れ様でした。だれにともなく、ありがとうございました。

そうそう、やぶちゃんと今度映画見に行こうと話してたら、「ラースと、その彼女」を見たいと言う。やっぱり！　そういえばやぶちゃんもこの映画に食いつきそうな人であった。残念～、あさって見に行く予定と返事する。

明日、さくがひとりで飛行機に乗ってくる。せっせが鹿児島空港まで送ってくれる。「2時間前には空港に着くように行きますから」と言う。「せめて1時間前でいいんじゃないの？」「そういう性格ですから」と。私はいつも待たずにすむように、出発時間の25分ぐらい前に着くように行く。アクシデントは起こらないという考えで。

12月27日（土）

朝、せっせからメール「今日は精一杯早めに空港にいくつもりです。さくはお気に召さないようですが」と。さく、気の毒……。慎重派のせっせにつきあわされて。

今日はなんだか沈んだ気持ちで目が覚める。気が晴れないなあ。なぜだろう。夢が悪かったのかな。こういう時に一気に気を晴らしてもらうのには人の力が一番だが、そういう人は今いないので、しょうがなくひとりでこの気分をやり過ごす。時間がたてば、過ぎていくから。

カーカは昨日遅かったようで、明け方までバタバタしていたようだ。午前中はずっと寝ていた。私は朝食を食べて、片づけを少々。ほとんど終わった。台所の棚の間隔が広いので、間に段を増やしたい。木の板を渡そう。メジャーで長さを測る。カーカの部屋から「ママー」という小さな声。「ティッシュもってきて〜。鼻血」。急いで持っていく。ささやき声さえも聞こえるこの部屋の壁。こんな時は便利（ちなみに、左右の部屋からの音は聞こえません）。

「視野の窓」
人はそれぞれの視野という窓から世の中を見ている。生まれたときはその窓は本当に小さいが、経験がふえるたびに、いろいろなことを感じ考えるたびに、その窓は少しずつ広がっていく。10歳の、20歳、30歳、40歳の時の窓の広さが違うように、年齢によっても違うし、人によっても違う。ある時期、一緒に笑ったりぐちったり文句言ったりして楽しく過ごしていた仲間と、いつか話が合わなくなって楽しくなくなることがある。経験によって窓の広さが変わり、見える景色が変わってしまって、価値観がずれてしまったんだ。今までけなしてたことも、別の見方やその人なりの理由があることを知って、一概には文句を言えなくなってしまうことがある。いろいろな人の気持ち、かつては嫌っていたような人の気持ちを、わからないけどそこにはなにか、やむにやまれぬ事情があったかもしれないと想像できるようになることが、視野が広がるということだ。それはどんなに大人になっても終わるってことがない。今の自分はいままでの中では一番大人だけど、これからの中ではいちばん幼い。そのことを自覚して、目上の人には謙虚に、目下の人には包容力を持って見守らなきゃいけないんだなと、見知らぬ人から一方的にけなされた時に、私はいろいろ考えて、そういう結論に達した。実際に接して被害にあったのではなく、会ったこともない人のことを印象だけで悪く言う人がいるけど、どうしてなのかなと考えて。実際に会ったこともない他人のことを悪く言うなんて、不思議。私が作品として発表した本を読んで、読んだ人が感じたこと。それはその人の中のイメージの世界だ。その人の価値観によって調理された私だ。私という調理されたものは、その人のものだ。その人の心の中の私の像に対して、不快な感情を持つとするなら、それはその人自身にたいする不快さだと思う。だって、本物の私はそこには不在なんだから。私と、私の作品とは違うのだから。どんなに本当に思ってることを一生懸命に書いても、そこには果てしない間隙《かんげき》がある。私は私で、私が表すものではないから。書けば書くほど、離れていくようなものだ。私が書いていないことも、私を表している。私が何を書いていないかということが、私を表しているという場合もある。私が書こうとするものと、私が書かないと決めるものは、同じ重要度で私を表す。……と私のことを書いたけど、それは他の人にもあてはまることだと思う。人は、これが自分だと主張するものと同じぐらい、自分だと認めたくないもの、無意識に否定しているものでも雄弁に自分を表している。

……なんか、ズレたか。そう、だから、人にはそれぞれの視野があり、見えている景色は違う。見えている景色が違う以上、じぶんの見え方を絶対視して物事や人のことを解釈していると、あきらかに間違える可能性がある。そういう人は間違えていることがわからないから間違えてもいいと云うだろうが、未熟な悪意は自分の欠点を吐露しているってことで、それを聞く人は同じ視野を持つ仲間であり、そこを素敵だと感じ、そこに加わりたいのなら加わればいいけど、そうじゃなかったら、ぼんやり影響を受けてたらダメで、人はそれぞれちがうっていうことを常に意識して自分を一点に定めていないと、このボーダレスな世界では、気持ちが不安定になり、何が正しいのかわからなくなるよ。確かな根拠があることだけを信じて生きていくようにしないと、足元がゆらぎます。確かな根拠ってどうやったらわかるの？　という話は、また別の例をあげて説明が必要。

テレビとビデオの接続を引っ越し業者に頼んでたので、その人が来た。大きい方のテレビは1分で終わったので、カーカの部屋のアナログテレビとハードディスクレコーダーとVHFレコーダーのやっかいな組み合わせも見てくださいと頼んだら、見てくれた。必要なコードで足りないものもくださり、今まで出来なかったVHFの録画もできるようになり、大変に助かった。その電気に詳しい人が、ぼそっとしてて自然でうるさくなく、「あの人、部屋にいてもいやじゃなかったね。空気にとけこんでた」と言ったら、カーカも「うん。……なんか家庭がある感じだった」と。「あの人のテレビに向かってる後ろ姿を見て、男の人がいるのもいいなって思ったよ。でも、それはテレビに熱心に向かってたからかもね。テレビがなかったらまた違うのかな」。とはいえ、いい印象。……悪い印象を残さない人だった。帰る時も、普通は作業終了のサインとか必要なのに、なんの書類も道具ももってなくて、終わりました〜と言って、そのままさっさとドアから出て行きそうになったので、こっちがあわててひきとめて、もういいんですか？　と聞いたほどの、さっぱりさ。

さくを空港まで迎えに行く。車が少なく、タクシーもスイスイ。遅れると表示されてたので椅子にすわっていたら、さくが私を見つけて走ってきた。もう着いてたんだ。

タクシーの中でいろいろ話す。髪の毛を切ってってせっせに言われて切ったこと。クリパをしたこと。「クリパってなに？」クリスマスパーティ。友だちの家に泊まりに行って6人でオバケ屋敷とかして遊んだのと、家でせっせとしげちゃんと小さく。せっせ、酔ってた。きのうも酔ってたよ。ストレスがたまってるんだって。「だろうね」

前の小学校に手紙書く？　急に引っ越したから、クラスのみんなに挨拶《あいさつ》、と聞いたら、「いやだ。恐怖症なんだよね」と言う。う〜ん、わかる。「ママもね、このあいだ、3時40分に学校の前を通りそうになったけど、知ってる子に会ったら嫌だなって思って、遠回りして帰ったよ」「まさか、新しい家に自転車で来ないよね」「来ないよ」「いや。来そう」「ママもトラウマになってる」こういうのって、その時は余裕がないからあまり考えられないけど、あとになってじわじわやってくる。ずっと憂鬱《ゆううつ》だったからなあ。「ママが代わりに遊びを断ってくれてたもんね」「うん」「……学校からなにかが来なくて、国語の教科書が買えないんだって」「あれ？　まだ来ないの？　こないだ、さくの担任の先生からも電話があったんだよね……。前の学校の校長先生が直接宮崎の学校に送ってくれるって言ってたから、そう伝えたんだけど……。じゃあ、前の学校に電話して聞いてみようか？まだ届いてませんって」どういう教科書を使っていたかという証明書。「いいよ。ママが学校と関係するのも嫌だから」「そこまで？」私もなんか気が重いし、じゃあ、いいか〜。「いくつ、教科書、ないの？」「ん……と、いろいろ」「ふ〜ん。ま、いいか。そのうち来るよ」来なかったりして。来なくてもいいか〜。……改めて、今の状況を喜びあう。さくに笑顔が戻ったのがうれしい。

そういえばあの学校、春に転入した時も、なにかの引き継ぎを2ヶ月ぐらいたってもしてくれなくて、宮崎の学校の先生から、来るはずの連絡がまだ来ませんがという電話があったっけ。学校に宮崎の学校の方から電話してくれて、遅れて手続きができたけど、手続き関係、ちょっと不安。なにかどこかがスムーズじゃないというか、つながってない、分断されてる印象がある。その時は単純なミスだったみたいで、すみませんでしたとあやまっておられたが。そういえば交通安全の係りが回ってきたので、そのことについて担任の先生にどうしたらいいか聞いた時、「それは教頭先生にきいてください」とあっさり言われたことがあり、そうか、分業なんだなと思ったことがあった。

新しい家に着いた。さくが楽しみにしている。「点数つけるね」まず外観をみて、80点……から、最後は100点まであがった。家に入って、80点。狭いから。私とカーカのふたつの部屋しかないのを見て、「ママが怒って、あっちに行ってって言ったら、どこに行けばいいの?」と言う。「たぶん、ここでは言わないよ」。カーカが二日おフロに入ってない顔をさくにぐいぐい近づけ、髪の毛をゴリゴリなすりつけて、カーカなりのお迎え。

「やめなさい」

黙ってされるがままになっているさく。嫌がればいいのに。こういうところだよ。

その後、狭い部屋に3人でごろごろしてたら、だんだん慣れてきたようだった。「みんないっしょにごろごろできていいね」

カーカは留年の危機であるにもかかわらず軽音部のバンド活動に燃えていて、私は7つも楽譜をダウンロードさせられた。練習、「頑張ろう」なんて言ってる。終業式の日に学校でクリスマスライブをやったら、ギターの接触が悪くて音が途切れ途切れになってしまったとショックな様子。


しばらくのんびりしてから、デパ地下に買い物。「3人でクリパしよう」

中華のお惣菜《そうざい》や牛肉弁当、スープ、フルーツのデザートなどを買ってきた。クリパじゃないけど、ごはんだけ炊いて、いろいろ食べる。スケートを見て、ゲームをしながら「すべらない話」のスペシャルを見る。おもしろくない話でもみんな無理に笑おう笑おうとしているようで、かつての深夜枠の時のゾクゾク感はない。倦怠感《けんたいかん》を抱きつつ、ちょっと飽きてても繰り返さなきゃいけない状況みたいに思えた。ゲストタレントたちにあの話のどこどこが面白いなどと詳しく指し示されて褒められれば褒められるほど、つまんなくなるのは笑いのサガだ。

12月28日（日）

午前中は、さくとお風呂《ふろ》&朝ごはん。カーカは寝てる。冬休みの宿題やゲームをする。昼に、さくのパパが迎えに来たので、先月からの転校のいきさつをくわしく説明する。クラスのみんなに手紙を書いた方がいいと思うけど、書きたくないと言うし、私もそのことにできればもう触れたくないと言ったら、パパが年賀状を用意するから、この冬休み中に書かせて、出してくれるそう。よかった。さくは嫌がってたけど、けじめだからそれだけやったらいいし、行って挨拶するよりはいいでしょ、と言ったら、黙ってうなずいていた。カーカの調子の悪いギターも持って行って見てくれるそう。ごそごそ起きてきたカーカに、封筒に入れてきた誕生日&クリスマスのお小遣いまであげている。カーカのまわりはいい人ばっかり。先日もカーカが引っ越しで録画できない日にテレビを録画したくて、誰かに頼もうといろいろ考えていて、せっせに電話して急遽《きゅうきょ》頼んだら、快く承諾してくれたそう。あとで聞いたところによると、さくが「しなくていいよ。それじゃあ、ぱしりじゃん」と言ったら、せっせに怒られたそう。「家族なんだから」って。カーカのまわりは、いい人ばっかり……。

注文していたつっぱり棒が届いた。今度はちゃんと幅を計って注文したので大丈夫。

さくが、これなに？　と聞くので、「おしいれにつっぱる棒だよ」と答えたら、「おしりにつっぱる棒」と聞こえたそうで、「僕、つっぱっていい？」とうれしそうに、床に斜めに立てて、おしりにつっぱっている。「おしいれだよ」「なんだ〜」と残念そう。カンチョウされるのが好きだと言う。ええ〜っ、そうなの？

さっそくおしいれにつっぱってみた。でも、洋服のケースでふさがっていてハンガーをかけられる余地があまりない。ほぼ使えなかった。引き続きカーカのクロゼットを3分の1使わせてもらおう。服が問題。もっと少なくしようか。

さくがパパと出かけた。1月4日まで。今回は大阪のおばあちゃんちにも里帰りするので冒険だ。初めての新幹線、とうれしそう。私とカーカは渋谷になごさんと「ラースと、その彼女」を見にいく。ふたりともその前に用事があったので、2時30分にパルコパート3のあたりで待ち合わせということにした。

まず、東急ハンズに行って、台所の棚用の板を買い、切ってもらう。長さと板の大きさをみながら、いちばん合理的で安くて無駄のない切り方を店の人と相談する。出来たら送ってもらうように手配した。

2時26分に映画館のロビーからカーカに電話したら、これから恵比寿駅を出るところと言う。遅れるんじゃん。なごさんが来た。3時から始まるので、もしそれまでにカーカが来なかったら、ロビーの公衆電話の下にチケットを入れておくから、それを捜して入ってくるように言おう、と思っていたら、ぎりぎり遅れずに来た。

映画を見終える。変わった映画だった。もっと笑えるかと思ったら、かなり真面目な話だった。周りの人々の反応など、ありえないという意味でファンタジー。まあ、いいといえばいい映画だった。それでも私は3〜4つぶ泣いたけど、カーカもなごさんも泣かなかったって。ビルの上の洋風居酒屋みたいなところに入ったら、やけに薄暗く、店員が全員ホストみたいだった。こないだ話にでた栃尾又温泉だが、1月下旬は寒すぎるのだそう。1年で最も寒い時期らしい。で、初夏か秋に行くことにした。

12月29日（月）

静かな月曜日。今朝はちょっと気持ちが沈んでいるが、その原因はわからない。

雑事をすませ、スープを温め、部屋で過ごす。食後のジンジャークッキーを食べながらアールグレイティーを飲みつつ、「カーサブルータス」のニッポンの旅特集を見てたら、ここ行ってみたいなという場所があった。香川県にあるベランダというカフェ。海に臨むテラス席が気持ちよさそう。写真がいいのかな。ベッドに移動して、絶景の小さな宿の特集を見ていて、山口県の部屋数1室のここもいいなあ……と思っているうちに、ものすごーく眠くなり、ぐーっとひきこまれるように眠ってしまった。
約1時間後、目が覚めた。旅心が芽生える。人里離れた、辺鄙《へんぴ》だけど景色のいいところなんかに行ってみたい。

1時ごろ起きてきたカーカが、私のベッドに寝ころんでごろごろしてる。ふたりでしゃべる。
カーカ「ちゅんちん（さくのパパ）、いつまでカーカに誕生日祝い、くれるんだろう」
私「だいたい……ハタチぐらいまでじゃない？」
カーカ「ふうん。……ちゅんちんって、……やさしいね」
私「そうだよ。カーカは元家族だし、さくは自分の子どもだからずっとカーカとは縁が続くだろうからね。さくがやさしいのはちゅんちんゆずりだね」
カーカ「うん。むーちゃん（カーカのパパ）はいつまでくれるだろう（今年も誕生日に図書券が送られてきた）」
私「それもハタチぐらいじゃない？　むーちゃんとは会ってないから。カーカとさくの性格の違いの中で、特にこれは父親ゆずりじゃないかって思うところがあるよ。さくはやさしいところ。カーカは、ものぐさなところ」
それから、カーカのバンドの話になり、
私「さくがパパに習って、ギターできるようになったらいいのにね」

カーカ「そうだね。たいくんにも習わせたいっていってたね、なごさん」
私「さくとたいくんとカーカでそのうちバンド組んだら？」
カーカ「いいね」
私「さくがギター、たいくんがボーカル。元気だし、そういうの好きそうだし、しゃべりがおもしろいから。MCもおもしろいよ、きっと。カーカは……」
カーカ「キーボードにしようかな。あぶっち的存在で」
私「うんうん。それとか南海キャンディーズの静ちゃんみたいかも。でっかいカーカと中学生ぐらいの子どものふたり」
カーカ「ドラムは？　ちゅんちんでいいか」
私「そうだね。たいくんとさくが曲作って」
カーカ「山元バンド」
私「ハハハ。カーカとさくはコーラスぐらいはやるよね」
カーカ「うん。散らばってる感じがいいじゃん」
私「うん」
みんな年齢もばらばらってことだろう。
テレビを見ながら、今日も魚の世界を作るゲーム。３つの水槽があって、それぞれに違った感じの環境が出来た。最初のは水草、藻が森のようにいっぱい。つぎのはカラフルなさんご礁畑。最後のはシックな青紫系。今は、気持ちは沈んでいなくて、いい気持ち。楽しい。

12月30日（火）

今日は家庭教師の日。宿題をやってないらしい。
私「昨日、寝すぎたって言ってたじゃん。昨日やればよかったのに」
カーカ「引っ越しで疲れたから」
私「たまには他のもののせいにしないでみたら？」
カーカ「部屋のかたづけしてたし」
私「そっちを選んだんだよね、自分の意思で。宿題より」
カーカ「そう」
私「だれかが無理にカーカを動かしてるわけじゃないもんね。
ビデオの録画、いらないの消してくれない？　もう録画時間がないって出るんだけど」
カーカ「ああ〜、消すよ」
私「カーカさあ、一人暮らしが合ってるよ。人といたら、人に迷惑かけるからさ」
カーカ「一人暮らしするよ」
私「もし、カーカのママじゃなかったら、ママ、カーカの近くには絶対にいないよ。被害をこうむるから。留年したら、宮崎に帰ってね。もう、ママ一緒に暮らしたくないから。

勉強しても出来ないっていうのなら助けるけど、勉強しないで留年する人を助ける気はないから」

カーカ「わかってるよ。帰って何するの？」

私「知らないよ。もうママは考えてあげないよ。自分でこれからの人生を考えれば？　働けばいいじゃん」

カーカ「だったら東京でもいいでしょ？」

私「東京だったらお金がかかるでしょ？　ママはださないよ。宮崎だったら、あの家なら、タダだし」

カーカ「ああ～、あそこに住むんだ。そういうことね」

私「……勉強、そんなに嫌いだったら、学校辞めれば？」

カーカ「嫌いじゃないよ」

私「じゃあなんでしないの？」

カーカ「めんどくさい」

ハッ！　カーカと話しても無駄なんだった。ああいえばこういう。今は、留年したら宮崎の家に帰ってしげちゃんたちと暮らしてもらう、これだけを言っておこう。

家庭教師の先生がいらした。それって……。カーカ、冬やすみにしなければいけない宿題の資料を学校に忘れてきたらしい。先生が笑ってる。カーカもへらへら笑ってる。だめだー、こりゃ、やる気がないんだ。心配するの、バカみたい。よし！　こうなったら、私、留年を心配するのはやめて、もう留年した方がかえって本人にとってはいいんじゃないかと、方向を転換する。気を揉《も》むこっちがバカらしい。どうぞ好きなようにおやりなさい。勉強も宿題も、やらないならやらないでいいんじゃない？　すべて自分に返ってくるのだから。自分のオリジナルな道を模索しなさい。

ちゅんちんからメール。新幹線の中からだ。前の学校のみんなに年賀ハガキを書いて出してくれたって。

「さく、新幹線どう？」

「おもしろいよ。速いよ。雪がつもってるよ。さく」

東急ハンズから板が届いた。食器棚にはめ込んだら、ぴったり。ただ板を組み合わせただけで、釘《くぎ》もボンドも使ってないけど、これで棚板が2つ増えた。うれしい。

そうだよな～と、組み立てながらカーカのことを考えた。カーカって、自分の好きなこと以外に対するテンションが恐ろしく低い。やる気がないとか、生きる意味がわからないとか、将来、何をしたいのかわからないとか、勉強ができないとか、そういう人はたくさんいるけど、そういう人はみんなそれなりに悩んでるし、やらなきゃいけないっていう最低限の危機感、意識の常識的なストッパーみたいなものがある。カーカには、それがない。やりたくないことはやりたくないし、やらないでいることで何かが起こるとしても、やるよりもいいと思ってる。だからかえって周りが心配してしまうんだけど、それは、不要なのかもしれない。心配してもしなくても、本人にはちっとも響かないのだ。かえって心配してあれこれやってあげると、世の中って楽だな、と思うばかり。このあいだなごさんと話してて、そういうめずらしいほどの危機感のなさ、怖がらなさはある意味貴重だから、そっちを生かす方向にいけば、いいかもしれないという結論に至った。つまり、他の人にはないこのずぶとさを生かせれば、自分にとってもいいし、人のためにもなるだろう。自分にはそれが自然で、人から見たら、みんなが頼まれてもできないことをしてくれるから有難いという。それが何かはわからないけど。……それは、はたして何だろう?

高校の先生から呼び出されるの、嫌だな。私だってカーカの生き方がいいと思ってないのに、先生から見たら私はカーカの母親だから、味方と思われるんだもん。私も先生と同じ気持ちなんですよ。これからも、母親としてかりだされる場面では、私はカーカの生き方を認めてる人って目で見られるんだろうな。

家庭教師の先生が帰られた。カーカが機嫌よく話しかけてくる。
カーカ「このままいけば最強に頭よくなると思うよ」
私「そうかな」
カーカ「でも、そこまでよくならなくてもいいけどね」
私「今月の家庭教師代、高かったよ。テスト前だったから。もっと、ポイントを絞ったら？」
カーカ「そのうち落ち着くよ。最初だからさ」
私「まあ、ママは来年の3月までしか考えてないけどね」
カーカ「留年しないと思うよ。……カーカ、将来何になると思う？」
私「わからない」
カーカ「ふつうのOLになるかな」
私「……それはないと思うよ」
カーカ「なんで？」
私「今、ふつうの生徒ができてないから」
カーカ「そっか！」
私「同じだからさ。社会に出ても。子どもも大人も、そのまま大きくなるだけで」
カーカ「トイレ！」と、トイレに行った。

さて、午後からはやぶちゃんと冬子ちゃんと渋谷で「ウォーリー」を見る。人は少ないかなと思ったら、わりと多かった。最初、ちょっと眠ったけど、最後ちょっとだけ泣いた。他の3人は泣かなかったって。1階にクリスピークリームドーナッツがあったので、6個買う。私は初めて。試食のドーナッツ、おいしかった。マークシティに寄って、ソニープラザでメレンゲやココナツチョコを買う。いいなと思うあったかそうなジャケットがあったので試着したけど、迷った末に買わなかった。居酒屋で夕食を食べながら、いろいろしゃべる。この4人だとテンポよく、楽しく、食べるのも早い。
帰り、ツタヤに寄った。今度借りたい映画を下見する。それから、欲しかったCD「風」を買う。家に帰って、ジャケットをじっくりながめる。
私「顔もいいね。美形じゃないところがいいね」
カーカ「そうだよ。見たことなかったの？」
私「うん」

12月31日（水）

大晦日《おおみそか》。ついに今年が終わる。結果的に今年はなんだか落ち着かない年だった。まあ、年単位で生きてるわけではないけど、今、この1年を振り返ってみるとね。

来年の誕生日からは、私、本来の自分の人生だそうだから、もやもやもなくなるそうだから、楽しみ。新しい、光ある方、とらわれない方、影響されない、普遍的な方へと行くそうだ。だんぜん、それを信じることにしたので、信じる。私にとって、あれ以上にいいことってないという気がする。言われてそれ以上いいことって。なので、占いはあれを最後にしよう。あれを信じるためには、最後にしないとね。おみくじでいえば大吉が出たような気持ち。

ＮＨＫハイビジョンの「世界の名建築１００選」の再放送を見る。８時間の長さ。私はひとっこ一人いない大自然よりも、人が作ったものがある景色の方により興味がある。世界のさまざまな国のさまざまな建築物、住居や神殿、すごくおもしろい。アンガールズがでていて、その細い足を見ていたら、こないだのさくを思い出した。着替えのズボンのことだが、さくの服の好き嫌いははっきりしていて、ちょっと前に一緒に買った家にあるズボンを着せてみたけど、どれもこれも気に入らないと言う。細身のパンツは「アンガールズみたい」と言う。私が前にそう言って笑ったのを気にしてるみたい。確かに、似ている。でも、いいのに。そして、好き嫌いの基準になるのが「おしりが開くかどうか」。おしりが開かないズボンは気持ちが悪く、どれもこれもダメと言う。「ダメ、おしりが開かない」。ひとつだけ、軽くてのび縮みする半ズボンがあって、それだけがＯＫだった。おしりが開くって？

昼過ぎに起きてきたカーカと、食料を買いに行く。食料品売り場はものすごい人だった。すごい混雑。こんななんだ。今すぐ食べるものと、夜のおそばと、明日のお雑煮の材料と、お正月らしいものを少々。帰ってきて、部屋でのんびり。今日はふたりとも機嫌がよく、「留年しないように勉強頑張ってよ」「うん」と和気あいあい。昨日、買わなかったジャケットのことが気になって、2日にもう1回、見に行こうかなと思う。その日は、好きなショップの福袋も買う予定。みんな並ぶらしい。

夜は、おそばを食べながら、「絶対に笑ってはいけない新聞社」を見る。カーカが大笑いしていた。いつのまにか12時をまわっていて、なんということもなく1月1日になる。電話がなったので出たら、さくだった。元気な声で、「明けましておめでとう！」と言ってた。後ろからおばあちゃんの「よろしく言って」などという声もきこえ、周りもにぎやか。「うるさい！」なんてさくが興奮気味に叫んでいて、そんな軽口をたたけるぐらい楽しいんだと思った。

2009年1月1日（木）

7時前に目覚めたら、もう明るくなっていた。テレビをつけたら、富士山から見えるご来光を映していた。もうすぐだと思ってたら、ビルの間から光がぴかっ。「カーカ！」と呼んだら、カーカが来て、写真を撮ってる。

天気のいい、元旦《がんたん》。

テレビで沢尻エリカの挙式がなんとかって言ってて、カーカが見ている。

私「この人、悪そうだから（想像）、結婚も早いね。ヤンキーって、早いじゃん」

カーカ「そお？」

私「若くても心はおばさんって人いるけど、そのタイプだよね。でも相手のあの不精ひげの人、年とってるけど心は子どものとっちゃんボーヤみたいだから、ちょうど釣り合ってるね」

大沢あかねと劇団ひとりも、なんかお似合い。どちらも苦労人っぽい。どんなに売れても、小さくつつましく生きていくって感じ。似たようなつぶらな瞳《ひとみ》を持つ同士が出会ったという感じ。

1月2日（金）

福袋を買ったら、いいものは中の3分の1ほどだった。そういうものだったことを思い出す。エリマキトカゲみたいな毛糸のベストが入っていたので着てみたら、重くてものすごく肩がこった。

人混みで疲れた。部屋でじっとしていよう。

夕方、ごはんを炊いて、お吸い物を作り、おかずも簡単に。大晦日に買った数の子は塩抜きをしなければいけないものだった。それを今、戻して、味をつけようとしたら失敗してしまった。だし汁が熱すぎて白く煮えてしまったのだ。それを見たカーカが文句爆発。

私「カーカって、人にやさしくないよね。失敗したことを認めて、あやまってるんだから、そんなに文句言わなくてもいいじゃない。しょうがないねって慰めてくれる性格の人もいるっていうのに……。やさしくないね」

カーカ「そういう人と結婚すれば？」

私「やさしい人がそばにいなくてもいいけど、文句言う人がそばにいないでほしい」

見ると、イヤホンをはめて歌を聞いている。私がごはんを出すのを殿様みたいに待っているようだ。「自分で食べたい時について食べて」と言ったら、ついで食べ始めた。26日からずっとカーカと一緒。ものすごくストレスを感じる。

食後、いつものようにおだやかにテレビなど見ているふたり。さっきは空腹だったのだ。お腹が空くと、自然と攻撃しあってしまう私たち。

1月3日（土）

ずっと家にいて、食料がなくなったら外に出て買ってくる（材料か、出来てるもの）日々。家でだらだらするのは好きだけど、それはひとりでいられる場合。カーカがいると、これが一転、悶々《もんもん》とした日々に変わる。ひとりでいると、気持ちがぱーっと遠くに飛んで行くような感じになれるので圧迫感はないが、人がいると、一緒にここに閉じ込められているみたいに感じる。でもまあ、いろいろと録画したテレビ番組やSF小説など読んで、気まま。泉《いずみ》ピン子が15キロダイエットしたのを見たけど、私はまるい顔のピン子の方がかわいいと思うので、心境は複雑。痩《や》せる＝きれいというのは、先入観もある気がする。ただ、ぶくぶくと食欲にまかせて太るというのは、だらしないとか自制心がないということも表し、その部分は本人も人も嫌だろうけど、まるくてむっちりしているところが単純に似合ってて、かわいい人もいる。ふくよかで堂々としている人は大好き。それとだらしなさとは分けて考えないと。太ってるのが悪いわけではない。健康には悪いかもしれないけど。太ってて素敵な人もいる。私が嫌いなのは、ダイエットしなきゃしなきゃといつも言ってる人。黙って、するならしろ、と言いたい。してもしなくても黙ってやれよ、と。自分の体重のことを人に言うな。体重感覚は人それぞれだ。50キロぐらいの人が、「痩せなきゃ、すっごい太っちゃった」と60キロぐらいの友人に困り顔で語る場面をたまに見るが、言われた方も困る。あんたには太ってても、私よりは痩せてるじゃん。完全に人のことは目に入ってないのだ。自分のことだけ。だから、人前で痩せた太ったってむやみやたらに言うべきじゃない。

でも「食べ物に対する意識が変わって楽しくなった」といっていたピン子さんの言葉はすごくわかる。それが大事なことだろう。ふだん、漫然と、無意識にたくさんのおいしいものを食べている私たち。本当にそれを食べたいのか考えないまま、なんとなく食べることもある。食べることにちゃんと意識を向ければ、欲しいものや必要なものがわかってきて、むやみに食べなくてもよくなるし、自分の生き方を見直すことにもつながる。食べることも哲学だ自己表現なんだということがわかると自己コントロールのおもしろさを感じられるようになる。それがわかった人は、楽しくなるんだと思う。

1月4日（日）

今日も部屋でだらだら。カーカは昼まで起きてこない。もう9日間もこんな日々。来年はお正月は宮崎に帰ろう。少なくとも動けるし、人もいる。ここだと人はカーカだけ。でも今日初めて午後から友だちに会うといって出かけて行った。すると、ひとりの時間は充実したものになった。部屋に入ってこないから邪魔されない。

私がどうも、あまりなにかを継続して強く好きにならないということについて、それを形容するとすれば……と考えてみた。いや、好きなものは時々よくある。食べ物でも人でも映画でも本でも、その瞬間、すごく好きだと思ったり、尊敬したり、才能を認めたりすることはよくある。それは、チョコレートボックスの中のさまざまな種類のチョコレートのようだ。蓋《ふた》をあければ、わあっと思う。ひとつひとつをながめて賞賛できる。このチョコって中の味がおいしいとか、このチョコは外のアーモンドがかりっとしていてすごく好きとか。そして丁寧に蓋を閉じて、大事にそこに置く。ある日、私は外出先から自分の家に帰る。鍵《かぎ》をあけて、廊下を渡る。ドアを開けて、リビングへ。いろいろと用事を済ませて、ふとテーブルの上を見る。そこにさっきのチョコレートボックスがある。私と好きなものの関係は、そういう感じだ。好きなものはあるけど、それは小さくてたくさんで蓋を閉じれば見えなくなる箱の中に入っている。なくても困らない。いっこいっこに近づけばいいところも詳細に言えるし、ごく近くまで行けば感情的にもなれる。でも、自分の暮らしの中では遠い。

好きってなんだろうとよく考える。どうして人はよく人を好きになれるんだろう。私はあんなに好きにはなれない。好きになるには、好きじゃない要素が多すぎる。私には、人、ひとりひとりが、1枚1枚の木の葉っぱのように感じる。葉っぱがくっついている木全体をみていると、もう葉っぱを1個1個としてみることはできない。どうしても木の一部に見える。だから、人の中のひとりを、そこだけ特別に好きになることはできない。それはもうありえないと思う。瞬間的にはありえても、時間的に継続しては。ある対象を好きだとか魅力を感じるためには、それを感じる自分自身が、一定の価値観の元に存在しなければいけないけど、もし自分の見方や価値観がいつも変化（移動）していたら、ふたつのものの間の安定した関係は成り立たなくなる。人がだれかを好きになるのを見ていると、どうして好きっていえるんだろうと、不思議な思いがする。私の使う好きと、人の好きはずいぶん違うんだとわかってからは、その表現には慎重になってしまった。好きにもいろいろ種類があるし、意味もいろいろだ。それを全部好きひとつで表してしまうと、誤解されてしまう。誤解されるぐらいなら、理解されない方がいい。

いろいろな個性あふれる人々をひとりひとり見ていると、それらの奥にそれらを束ねる大きな木の存在を感じる。人間という木だ。すると、ひとりの人の魅力は、いったいその人だけのものなのか、その奥のいろんなつながりも含めてなのか、わからなくなる。個人と人間の境目がわからなくなって、個人とそのまわりがどんどんつながって広がっていく。どこまでを見ていいのか、どこまでその人なのか、わからなくなる。視界が広がって、個人が消えていく。なので、ひとりの個人を、とりたてて好きになれない。というか、個人というものが、私にはひとりに感じられない。全体の一部。ひとりひとりはある部分で、独自の個性はあるけど、独立してはいない。人をそういうふうに感じはじめたから、人を好きになるということが、できなくなった。人を好きになる……というその言葉自体が、ちょっとまって、それってさあ……といちいち確かめて話すたぐいのものになってしまっ

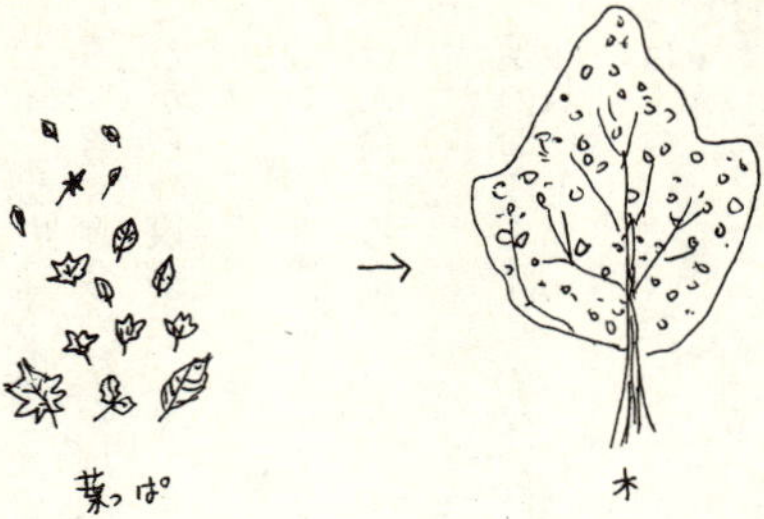

た。でも、似たような考えの人なら、好きになれると思う。今後誰かを好きになることが、楽しみ。きっと今の私の想像を超えた人だと思う。好きになるのはいつも、思ってもないところからの攻撃だ。

一日中、家で映画を見てごろごろしていた。カーカも7時に帰ってきた。

「ごはん食べる?」

「うん」

「今朝のおみそ汁しかないけど」

「え〜っ」

「ごはん食べるんだったら、帰りに1個、自分の食べたいおかず買ってきてねって言ったよね」

「カーカが?」

「そうだよ、ママは外にでないもん」

「ママが買うのかと思った」

と、また言い合い。おみそ汁をあたためて、それぞれに食べる。味を変えておいしくした様子。

9時にさくが帰ってきた。急にぱっと家が明るくなる。「来月、スキーに行こうね」と言って、パパが帰って行った。

大晦日《おおみそか》に紅白を見ながら替え歌うたったり、すごく楽しかったそう。さくに、明日、映画行こうか、「K－20」と「ハンサムスーツ」。「わーい！」などと話してたら、カーカが静かな声で「ママ……、さくのこと、好きだね」と言う。

「え？」

「ママはカーカへの愛情がないんだよ。カーカだけだわ、ちょっと好きなの」

「ぶっ！　それ、ママが言いたいセリフだよ」

「いや、そう」

そして、「ママとふたりでいたら、やさしくなれないんだよね」などと言う。それはお互い様。みんなで「逃走中」を見て、和気あいあい。さくがいると楽しい。

なのにそれからしばらくして布団に横になって、さくと宮崎の話を楽しくしていたら、カーカが機嫌を悪くして、しくしくしくしく泣き出した。そして、「何で泣いてると思ってるの？　これからの暮らしを考えてだよ。さくが転校したからだよ」なんて言う。「カーカは先のことを考えてないんだよ。いつも目の前のことだけしか見えてないよね」などいろいろ言ってたら、「ママ嫌い」なんて言って丸まってこれみよがしに泣いてる。「キモ！」と言ったら、さくが「まあまあ、泣いてるんだから」ととりなす。「泣くなら自分の部屋で泣いてよ」と言って自室にいかせた。いつもこう。いつも、カーカは私を悪く思って、自分がかわいそうと思い、なにもかも悪いことは私のせいにして、悲しんだり文句を言う。人に感謝するってことがないので、人の悪いことしか見えないようだ。そんな人に何を言ってもダメだ。文句を言うなら自立してから言えと思う。あまりにもわがままだ。カーカとふたりでいていつもこんなに険悪になってしまうんだったら楽しくないので、あまりこっちに来なくなるかもしれない。どうやっても、何を言っても通じない人にわかってもらおうとするとこっちがダメージをこうむる。ここまで準備してあげたんだから、もういいかも。

さっきの泣きは、頑固おやじが自分がいない時に家族が楽しそうにしているのを見て、どうして自分の前ではそんなふうに楽しそうにしないんだ、自分にやさしくしないんだと腹を立てたようなものだろう。カーカといる時にまわりが暗くなるのは自分のせいなのに。カーカの面倒をみてくれるのは身内だけなので、そこにやさしくしないと、身内にも捨てられると思うのだが。なにが腹立つっていうと、自分は何の努力もしないでわがまま気ままに暮らしておきながら、人には文句言うところ。その矛盾にまったく気づかず、正しいのは自分で、すべての嫌なことの原因は自分以外のものにあると決めつけているところ。自分が正しいと思っていて、人が間違っていると怒る頑固おやじ。そんなおやじが生きていけるのは、支えるまわりがいるからだ。頑固おやじカーカへの私の義務期間。あと、2年3ヶ月（留年しなかったら）÷2（半分宮崎へ逃げるので。私、里帰りする奥さんの心境）。

1月5日（月）

あたたかな月曜日。さくとのんびり。カーカは寝ている。さくはゲームなんか始めて、「映画はいかなくてもいい……」などと言いだす。出た、出不精。「じゃあ、ハンサムスーツだけ見ようか」ということに。

引っ越しの追加代金をネットバンキングから振り込む。一瞬、払うのやめようかなと思ったが、いや、しょうがないと思う。こういうこともあるよね。カーカの転入届を区役所の出張所に出しに行く。仮の出張所で、恵比寿駅の近くだった。場所がわからず、途中電話で聞きながら行く。終わって、帰ってきて、午後1時。カーカはまだ寝ていた。

「ハンサムスーツ」をさくと見に行く。

公開してから日にちがたっていたし、お正月の特別公開だったので、お客さんは10人しかいなかった。

見終わった。泣いた。泣いた……。私は、すぐ泣く。おもしろい映画かと思ったら、意外とちゃんとしたいい映画だった。「泣いたよ」と言ったら、「どこで、どこで?」とさくが興味深げ。帰りがけ、ロビーに白いマシュマロマンみたいなハンサムスーツの顔の部分が飾ってあり、「顔が届きました。自由にかぶっていいです」と書いてあった。おっ、と足を止め、さくにかぶらない? と聞いたけど、いいよ……と躊躇《ちゅうちょ》

ハンサムスーツ
あ!
じゆうに
かぶって
いいってよ…

している。残念。受付の人も、私たちが足を止めて興味深そうにしているのに気づいて、どうするかと思っていたようだ。さくにかぶらせて写真を撮りたかった。でも、カメラも持ってこなかったし、しょうがない。人も少なくて、よく見られなかった。後ろ髪をひかれる。さくもちょっとかぶってみたかったようで、「次に来た時にかぶる」なんて言ってる。次にはもうないよ。

いろいろ食料を買い込んで家で食べる。カーカは外出してて、いなかった。テレビでは「世界まる見え」の再放送をやってて、イギリスの素行の悪い娘と母親がアメリカの更生キャンプに参加するというのだった。私は前に見たことがある。それで思い出して、「さく。カーカが勉強するにはどうしたらいいと思う？」と聞いたら、「これに連れて行けば？」と言う。「これには行かないんじゃない？　面倒くさがりだから」。カーカの場合、素行が悪いのではなく、やる気がない、というやつだ。反抗しているのでなく、異常なものぐさとふてぶてしさ。

小学4年生は10歳なので、もうすぐ学校で2分の1成人式というのがあるという。それのための習字と作文が宿題にでた。作文をパパとのところで書いてきたという。「まさか、またサラリーマンじゃないよね」「うん」

「将来の夢

ぼくは釣りが大好きです。大人になったら休みの日には釣りに行きたいです。海にも川にも行きたいです。

そのためには車や釣りざおを買わないといけません。なので会社にはいってお金をためたいです。どんな会社かはまだ決めてません。

そして、将来は海の近くにすみたいです。」

……サラリーマンじゃん。でも、釣りができてきたからまだいいか。魚を釣る仕事は嫌なの？　と聞いたら、休みにのんびり釣りするのがいいんだって。あんまり短かったので、最後の1行は私がさくの言葉を聞いて、それも書いたらって言って、書かせた。

つるが折れるようになったんだよと言うので、3羽折ってもらった。私とカーカとさく。それぞれに名前を書かせる。「絵も描いてよ」「いやだ」「カーカのに」しぶしぶ星を描いている。

カーカが来たので、「さくがつるをみんなに折ってくれたよ。カーカのもあるよ」と言ったら、持って行った。うれしかったに違いない。私はさくのにハンサムスーツを描いた。さくにも描いてと言ったら、ぼよぼよしたのを描いてくれた。

明日宮崎に帰ると思うと、うれしい。ヤッター。

1月6日（火）

朝ゆっくりと起きて、お笑いのビデオをみながらごはん食べてたら、時間がなくなった。あわてて準備してさくと12時に出発。カーカはまだ寝ていた。カーカも3日後に来る予定なので、飛行機の手続きに必要な番号などメモして机の上に置く。「カーカ！　ここ置いとくよ！　3日分の食費、5000円ね！」

「わかった〜」

いい天気。快晴。タクシーに乗ったら、その運転手さんがやけに気弱そうないい人そうな人だった。気になるほど。降りてからさくが、「あの運転手さん、NHKの、みんながいつもやせたやせたっていうアナウンサーの人に似てなかった？」と言う。「そう？」

飛行機に乗り込む。私とさくの席は窓から3人掛けの席の、窓ぎわじゃなく通路側の2席。「窓ぎわ？」「違うよ」「窓ぎわがよかった」と、さく。「ここに座ったら、窓ぎわの人が来た時に出なきゃいけないね、浅く腰かけとく？」なんて言いながら待ってたら、アルミのケースを持った男の人が来て、荷物を荷物入れに入れている。その人と目があったので、目で「ここですか？」と聞いたら、そうだった。「もしよかったら、いいですよ」と言ってくれて、ありがたく窓際にふたりで進む。

いい人だった。店舗のインテリアという本を前の網に入れて、「美味《おい》しんぼ」を読んでいる。飲食関係のお店を開こうとなさっているのだろうか。もしそうだったら繁盛しますようにと、祈る。

鹿児島空港に到着。今回はせっせに迎えにきてもらった。空気がきれいでうれしい。天気もよくあたたかくさわやか。

NHK アナウンサー
あの やせた人

カーカのことなどいろいろ報告したけど、せっせはいつもカーカの味方で、「みなさん仲良くしてください」としか言わない。カーカのパンクしていた自転車を直したり、散らかっていたプラモデルを片付けたり、いろいろカーカが帰ってくる準備をしていてくれたそう。あれこれよく体を動かして力仕事や下働きをしてくれるので助かる。

帰りに夕食の材料を買って、いつものうなぎ屋でうなぎも買う。家に着いたら、前の畑でしげちゃんが畑仕事をしていた。家の中には東京から送った荷物がいっぱい。それをすこしずつほどく。


パソコンを開いたら、ATOKの体験期間が終了しますという表示が出た。私はATOKがよかったので、これを購入したいと思い、せっせにカードを渡して購入手続きを頼んだら、やってくれようとしたけど、2月に新バージョンがでるという。「だったら、2月に買うよ。それまでそんなにこっちで使わないし」と言い、カードを返してもらう。

夕食は鍋《なべ》にした。今日から1週間は私が作る。せっせにも、たぶん私たちには量が多いから、食べていいよと言う。食事中に炭酸の栓をぬく音がしたので、うん？と思ったら、せっせが焼酎《しょうちゅう》のコーラ割りを作って持ってきた。ジョッキみたいなマイグラス。酔ったら調子よくなるので嫌だなと思い、3杯目ぐらいの時に「あんまり飲むの、やめたら？」と言ったら、しげちゃんも「そうよ。飲み過ぎはよくないわ」と言う。「おとうちゃんも飲み過ぎだったじゃない。胃潰瘍《いかいよう》になったり」「そうね」とふたりで感心しないという顔をしていたら、せっせもあきらめた。そして、「みなさんが僕の体を心配してくださってうれしいです」と言う。いや、私はただ酔われるとうっとうしいと思っただけ。

それから、さくを誘ってテレビゲームを始めた。すごく楽しそうだ、せっせが。

部屋で、いろいろしながら夜更かし。さくも宿題の図書の本をつまんなそうに読んでいる。静か。ふりむいて、「いいね、ここって。のびのびしてて、なにもかも自然だね」と言ってみる。聞いてるのか聞いてないのか、こっくりとうなずくさく。

1月7日(水)

朝起きたら9時だった。なにかの声が聞こえる。起きて行ってみたら、ゲームしてて叫んでるせっせの声。「ゲームやめてよ。今日は宿題がたくさんあるんでしょ」

聞けば、せっせにちょっとだけと頼まれてやってたのだそう。さくの方が強いので、お相伴をお願いしますと言われて。せっせがさくをいつも誘っているのだ。

それからお餅《もち》を焼いて食べさせていたら、せっせがまたやってきて「ちょっと……」と言いながら私の部屋へ行こうとしている。「なに?」と聞いたら、「いや、ちょっとATOKのことで……」ともごもご言いながら。

そして、しばらくしてやってきた。

せっせ「ATOK、購入しておきましたから」

私「どういうこと?」

せ「途切れない方がいいと思って」
私「え？　2月になったら買うって昨日、話したよね」
せ「でも、使えた方がいいと思って」
私「それはせっせの考えだよね。私に聞いてくれないと。お金は誰が払ったの？」
せ「僕のカードで」
私「いくら？」
せ「6千円ちょっと」
私「それはどうしたいの？　私が払うの？」
せ「いや」
私「せっせがおごってくれるの？」
せ「はい」
私「そしたら、更新のたびにせっせのカードがでてくるんだね。せっせが関係してくるんだね。ずっと世話になるってこと？　それは嫌なんだけど。私は自分で払いたいよ」
せ「いや、更新の案内はきません」
私「どうして？」
せ「更新の案内はこないようにと申し込んでおきましたから」
私「ということは、何年も今のバージョンでやるってこと？　更新して新しくいい機能がついてもそれを知らないってこと？　そんなのすごく嫌だ」

せ「……僕はまず、途切れない方がいいと思ったのがひとつ」
私「それはせっせの勝手な考えでしょ」
せ「それから、支払うのは僕だから、どうなっても君に迷惑はかけないと思った」
私「私は断りもなく人に払ってもらうのはすごく嫌だ。お金を払うのは自分だからいいだろうっていう考えは、傲慢《ごうまん》じゃない？」
せ「傲慢……」
私「とにかく、何も相談せずに勝手にされたことが嫌なんだよ。言ってくれて承諾して、払ってくれるんなら、うれしいって思うけど、勝手にされたら、よけいなお世話だよ」
せ「わかった。これからは君に相談するよ」
私「うん」
せっせは親切をしたつもりだったのに、よかれと思ってやったことを怒られて、傲慢とまで言われて、すごく嫌な気持ちになった様子だった。が、私はこういう親切の押し売りが大嫌い。それが自分にはすごく親切だと思っても、相手はそう感じないかもしれないじゃない。自分の感覚でいいと思い込んで、人にいいことをしたと思うのは、やはり傲慢だと思う。いいと思われることも、本人が嫌がってたら、それは迷惑。しかも勝手にされたら、プライバシーの侵害だ。どうしてわからないのだろう。お金を払うのは自分だからいいだろうって……、お金がすべてじゃないのに。１００万円をポストに勝手に投げ入れられて困っていた人をニュースでみたけど、する方は自己満足、された方はありがた迷惑だ。

いいことだからいいだろうって、この考え。本当に困る。いいことかどうかを判断するのは、する方じゃなくてされる方だ。迷惑かもしれない、と思わなくては。特に、いい（と思われる）ことをするときは。

午後は、免許証の住所変更。隣の隣の町まで車を飛ばす。先月行ったら、県外からの転入は写真が必要ということで再チャレンジ。今日は写真を忘れない。引き出しに入っていたのを持って行く。すると、その写真は今持ってる免許証の写真と同じだった。「あら？いつお撮りになったんですか？」と聞かれる。見ると平成19年だった。半年以内の写真じゃないとだめらしい。ガックリ。「住所変更までの道のり、なかなか遠いですね〜」と言って、近くの無人写真機を教えてもらったので、行ってみる。いつも免許証の写真を撮るときはいつもと違う濃いメイクなどして楽しんでいたのに、今日はノーメイクだし、髪も帽子のせいでぺたんとしてる。どうしよう。日を改めようか。でもまた来るの面倒だし。一応、機械の中に入ってみる。撮り直しができますと書いてあったので、とりあえず撮ってみる。一回目は嫌な感じの顔だった。2回目は白黒にしてみたが、それも嫌だった。3回目、まあまあだったので、それでOKにした。しぶい顔だ。ま、いいか。それを持ってさっそくさっきの交通課に向かう。今度は大丈夫だろう。待っていたら、すぐできた。見ると最初の免許証のままだ。住所の変更が裏書きしてあるだけだ。「あれ？　さっきの写真は使わないんですか？」と聞いたら、「はい。これは申し込みのための写真です」とのこと。なんだ、いろいろ気にして損した。

カーカの保険証の書き換えに市役所の出張所に行ったのだけど、在学証明書が必要だった。それでいろいろ気づく。カーカは都立高校だから都内に保護者がいないといけないんだ。それで私はもう一度宮崎から東京に住民票を移さないといけない。ということは、またさまざまな手続きだ。さっきの免許証もまた変更。その他いろいろ。考えると、ものすご〜く面倒だ。こんな手続き関係、大の苦手。せっせにもブーブー愚痴をこぼす。「さくちゃんをしげちゃんの扶養家族にしてもいいよ」と親身に考えてくれた。

うなぎ丼の夕食。「しげちゃんがごはんをたくさん食べて、食べ過ぎじゃないかと思うんだけど」と言いながら、たくさんごはんをついでいるせっせ。「だったら、つぎ方を少しにすれば？」心配しながらも管理しないせっせ。

せっせがまた飲んでいる。「私がいるときは飲まないでよ」と言ってみたが、手にしっかりと握っている。そして、「さくは7時から習字するんだよね」と言いつつ、あと15分あるのを見て、「ちょっとちょっと」と、ゲームに誘っている。「よっしゃ、行くか」と立ち上がったさく。お酒のコップを手にいそいそと2階に行くせっせ。さくの勉強の邪魔をしているのは、せっせに違いない。

今日はカーカの高校の事務室にも小学校にもいろいろ電話したので、カーカに電話して、「明日先生に聞かれるかもよ」と言っとく。それからこまごましたことの報告をして、電話を切る。そうそう、さくの教科書証明がまだきませんと昨日先生から電話があったので、今日さっそく前の学校の、転入の手続きの時に親しくなった先生にメールして調べてもらったら、担任の先生が忘れていて、引き出しの奥にあったそう。で、すぐに、送ってくれたそう。校長先生が、あの日、2学期まではこっちにいることにして、2学期いっぱいは休みということにしましょうとおっしゃっていたが、それと関係あるのだろうか。私はどうしてそうする必要があるのかな？　もう宮崎の学校に通っているのだから、1週間ぐらいは手続き関係で休みになるのは仕方ないとしても、早急に転校の手続きをとって欲しいと思ってそういったら、じゃあそうしましょうとおっしゃってたけど。2学期までいることにした方が学校にとって都合がいいのかな。だから、1月まで教科書証明をもらえなかったのだろうか。わからないけど、それだけが謎。

ANAの持ち帰り自由の機内誌「翼の王国」の中の、いろんな人のお弁当の写真とインタビューをまとめた記事のシリーズ「おべんとうの時間」が大好き。お弁当もおいしそうだし、文章もすごくいい。「翼の王国」はいつも楽しみ。それに今月はアメリカの農畜産物フェアの記事がよかったので思わずもらってきた。とうもろこしを皮ごと焼いてむいて食べている（ぷちぷちしてすごくおいしそう）アメリカ人の写真で始まり、バター彫刻や種や豆で描いた絵など、大好きな食べ物のいろいろが載ってて。

　台所にいたら、ツーから電話。年賀状に「昨年はいろいろありました……。２００９年ももっといろんな事件がおきそうですよ」なんて書いてあったので気になっていたら、「いろいろと大変だけど、どうにかなってるのが不思議。２月までは仕事を頑張るわ～」と元気。そして２月が過ぎたら直島《なおしま》に行きたいと言う。どうして？　と聞いたら、草間《くさま》彌生《やよい》のアートを見たい。かぼちゃのなんとか。そして大津島《おおづしま》っていうところにある「只《ただ》只《ただ》」っていうところに泊まりたいと。「あ、あれ？　それって……、ごく最近私もどこかで……！『カーサブルータス』で見たんじゃない？　私も泊まりたいって思ったんだよ」「そうそう！」「アハハハ、合流する？」「３万いくらの部屋は高いから、５千円の小屋っていうのに泊まろうかと思ってたのよ」「最近、ああいうの流行《はや》ってるよね。へんぴだけど景色のいいところにある小さな趣味的な宿。でもカーサに出たから、私みたいなミーハーがたくさん行くよね、きっと」「私もそうよ」「人気だろうね。四国や瀬戸内海……、ブームなのかな」「うん」「なんかよさそうだよね。きてるよね」などと楽しく話す。笑った。同じ本見て、同じところに行きたいって思ったなんて。

　世界の絶景みたいなテレビの番組を見て、しげちゃんは楽しそう。さくは明日学校だからと、マンガを読みながらいつもより早めに寝て、私は荷物の片づけ。せっせが10時半にしげちゃんを寝かしに来たが、楽しそうに見ている様子を見て、11時まで見せてあげることにしたみたい。きれいだったわ～と言いながら、しげちゃん就寝の途に。「この家に来て、寒くなったからよかったわ」などと言ってる。「お、図らずも親孝行だったかな。こんなことで親孝行になるなら、よかった」と言えば、「あの家は寒いからね。家の中で氷が張るほどだから」とせっせ。いつも、風邪をひかないか心配だったそう。せっせが帰り、みんなも眠って、家の中は静か。最高の静けさだ。とても落ち着く。しーんという音が、降り注いでいるようだ。

1月8日（木）

今朝は忙しかった。まず、朝一で高校に電話して、私が東京に転入しますということを伝える。そして昨日の市役所の出張所に行って、私の転出の手続きと、さくが一人になるので私の母のしげちゃんの世帯に書類上、入らせてもらうための住所変更などを行う。出張所の方々はみんなのんびりとやさしくて、まるでひだまりの廊下のよう。古くてだだっ広い建物の一角のそこだけがあたたかな雰囲気で好きだ。みんな顔見知りのようなものなので、緊張しない。ここはいい。転出届けを持って帰り、約束していたくるみちゃんが到着。これから温泉に。今日はしんしんとうすら寒い冬の日。曇っていて日が射さないので、地面がひえている。どこにいく？　と考え、前にもらったタダ券があったので、人吉の「かくれ里の湯」へ行くことにした。山道をくねくね進んでいたら、森の中から鹿の子どもが2頭、目の前を横切っていった。前もさるを見たし、この辺、動物が多いんだ。温泉に着いたら、まだ開いたばかりだった。お湯もまだたまってないので、囲炉裏で待っててくださいと言われ、お茶をいただきながら、木が燃えるのを見る。火ばさみで炭をいじりながら待つ。店の人に鹿がいたことを話すと、この辺は禁猟区だからたくさんいますよ、餌《え》付《づ》けされてないから近づいてはこないですけどね、と。さっきの鹿は冬だからか毛がもこもこしていてきれいで、ぬいぐるみみたいにかわいかった。

温泉に入ったら、すぐにあたたまった。ここの女湯のかかり湯はたぬきのおちんちんから湯がでてくると、前に出した温泉本『南九州温泉めぐりといろいろ体験』に書いたが、今日はじっくりと見てみた。そのたぬきは、左手でおちんちんをつかんでいて、そこからお湯が出ている。そして後ろから知り合いになにか呼びかけられたらしく、「なんやて？」といってるみたいに左うしろをふりかえっている。その顔を、近づいてよく見てみた。なにしろ湯けむりで浴室全体が白く煙っていたので。すると、その顔はなんともふざけていた。半分目をつぶって、とろんとした表情。気分よさそうに女湯の真ん中で友だちと話しながら立ちしょんをし続けるたぬきよ。おまえの存在は、妙に腹立たしい。「また来るからな、そこにいろよ」と言い置いて出てきた。

くるみちゃんが『つれづれ⑮』を今読んでるそうだ。

「え?買ってくれたの？　ありがとう。あげようと思ってたけど。持ってくるの忘れてて……。どう?」

「おもしろいよ。今、半分ぐらい」

「東京に引っ越したあたり?」

「うん。カンちゃんが高校に通い始めたところ」

「どんな印象?」

「行動力、あるよね〜」

「こうしたいと思ったら、待つことができないんだよ。去年は移動の多い年だったわ」

「そうだね」

「もう今度こそ落ち着きたい。でもいつもそのときそのときで、今度は落ち着くって思ってるんだけど、なぜか動くことになってしまって」

帰りも動物が出てくるかなと思ったけど、帰りは出てこなかった。

帰りがけ、最近改装された喫茶店にお昼を食べに寄ってみた。時々行くところ。「どんなふうになってるんだろうね。オーナーは変わってないよね。メニューとか変わってるかな」と楽しみにして中に入ったら、中はほとんど変わってなかった。メニューも同じ。ナポリタンを注文したら、どうもおいしくない。う〜ん、と思いながら、帰りの車の中で、
私「おいしくなくなってた」

くるみ「うん」

私「せっかく改装して、新しいお客さんをつかむチャンスなのに……。メニューを一新してよりおいしくする努力を見せるとか、コーヒーのタダ券をつけて意欲をアピールするとか。ダメだね……。もったいない。今までのお客さんも逃がすかもよ。これを機会に。店内も、なんか風通しが悪い感じがしたね」「うん」

昨日見た光景で、車で道を走っていた時、前を走っていたトラックが前から来る自転車をよけていた。そのよけ方が必要以上に大きかったように感じて、ふとその自転車を見てみた。そこには、髪をライオンのたてがみのようになびかせた白髪の女性が険しい顔をして自転車をこぐ姿があった。その険しさを見て、人に近づくのは容易じゃないなと、思った。人っていうのは、相手がこちらに心を開いてくれないと、とても近づけない。本来こういう険しいものなんだと思う。

今日で冬休みは終わり。

なので、まだやっていない宿題を、

さくが嫌そうな顔をしてやっている。

夕食は、きのうはうなぎだったからみんなの分を作ったけど、今日は通常だからしげちゃんと私とさくの分だけを作る。せっせは1日1食で、ものすごい量のごたまぜ丼を作っ

て食べているので、そんな量のごはんを提供できない。煮物だけちょっとおすそ分けした。今日のせっせ丼も不思議なものだった。あまり見ないようにしているが、ちらっと見てしまった。アボカドとソーセージが入っていたので色がいつもよりパステル調だった。せっせと一緒にごはんを食べてると息苦しいし、せっせの頭でテレビが見えないので、私はいつもさっさと食べ終えて席を立つ。なぜ息苦しいか……たぶん日常に一緒に食事をする人という気持ちがないからだろう。たまに温泉旅館にしげちゃんを連れて行った時に一緒にごはんを食べるぐらいはいいけど、ふだん一緒に食事したくない。なんか嫌だ。自分の世界の人じゃないから、リラックスできない。子どもだけかな、大丈夫なのは。しげちゃんも、まあ大丈夫。自分の日常には、他人を入れたくない。せっせは他人じゃないけど、親しい人、仲間という気持ちもない。もしさくがいなかったら、3人だけだったら、私は場所を離して食べてると思う。それか時間をずらすか。今はさくのために、ちょっと我慢して家族的な雰囲気を守ってる。

夜、せっせがまたさくとゲームをしている声がする。せっせの大きな、楽しそうな叫び声。絶対に、せっせが誘っている。そして、さくがつきあってあげてる様子。コーラとか駄菓子も家にいっぱいで、私のいた頃とはあきらかに変わっている。せっせは親とか大人とか教育するという立場になく、遊び仲間みたいな立場にいるので、私が厳しくしなくては。と言っても、いる時だけなので限界があるけど。「お風呂にはいるよ～」と呼びに行った。

私「いつもこんなふうにゲームしてるの？」

せっせ「いや、いつもじゃないです」

私「さくが誘ったの？」

せっせ「さくが誘ったわけじゃないです」

やっぱり。せっせがやりたがってるんだ。

あとでさくに聞いてみた。

「さく、せっせとゲームしたいの？」

「ぼくはどっちでもいい」

「じゃあ、したくない時は断ってよ」

「うん。せっせだったら断れる」

「それか、平日はやめて、土日だけにしてって言おうか？」

「うん」

お風呂《ふろ》で、ローマ字の苦手なさくを特訓。

「じゃあ今日は、bとdの違いを覚えよう。bは棒があって、右にまるくでてるから、右っていう言葉と、ば行のば、っていう言葉がつながったら忘れないからね。右で連想される言葉ってなにがある？」

「ない」

「なんでもいいんだよ」

「思いつかない」

「みぎ、みぎ、……右と左を間違えるタイプだから、お箸《はし》を持つ手というのはダメだし……、みぎ、みぎ……じゃあ、ママの名前のみきから、ママってことにしたら？　次、ば、でなんかない？　ママと、ば。……ば……ば……ばばあでいいんじゃない？　大人の女の人、ばばあっていうでしょう？　みきはばばあ。右がでてるのは、ば。覚えた？」

「うん」

「dはどうする？　左で、だ行。左……左……、左《ひだり》とん平《ぺい》って知ってる？」

「知らない」

「そっかー、左とん平を知ってたら、それでできそうなのに」

「そっちはいいよ。ば、がわかればわかるから」

「そお？」

風呂のテレビをつけようとしたので、つけないでと言ったら、テレビを見たかったようで、だったら今度からひとりで入ると言う。そうだね。

夜、紙に「家のルール」と書いて、居間に貼る。

「家のルール　1　次の日の準備は前の日の夜にすます
　　　　　　　2　夜は10時までにねる

3　せっせとのゲームは土日だけ
4　（以降は思いついた時に追加する予定）」

1月9日（金）

朝、せっせが来たので、ルールを見せて「ゲームは土日だけね」と言ったら、「はい」と言っていた。が、ちょっと憤慨したようで、「僕は別に誘ってないですよ。これではまるで僕が悪者みたいじゃないですか」とくやしそうに言う。

「せっせが誘ってるのかと思って」

「いや。違う」

そして、だったらそれよりも時間を決めた方が合理的だと思うと言うので、そうしたら？　と言ったら、自分で書き加えていた。
3　ゲームは一日45分まで
せっせの行を棒線で消してあげる。「もし、ゲームをさせたくないんだったら、時間を計って、それ以上はしないように見ていようか」と言うので、「あれ？　変わったんだね」と思わず言う。以前は、僕は子どもの味方ですから、なんて言って大人としてさくたちを教育・しつけするということはしないという態度だったけど。そうか、今はあの頃とは状況が変化したから、ちゃんと管理しようという気持ちが少しはあるのかな。

さくが登校し、しげちゃんとのんびりしゃべる。

「目覚まし時計を一個買おうかな、しげちゃんは時計は必要ない?」と聞いたら、「私は腕時計がすごくほしいのよ。男物の見やすいの」「今日、ついでに買ってこようか? 安いの。ベルトがマジックテープみたいなのがないかな」それを近くで聞いていたせっせが、「これですか」と腕を見せる。それはマジックテープの時計ベルトだった。「はめてみて」としげちゃんに渡したら、するっとはめられて「これ、いいわね。腕時計がほしかったのよ。もし買ってくれたらすごくうれしいわ。ちょっと時間がわかって便利だもの」なんて目を輝かせている。

「こんなによろこぶなんて! 私が今日、買ってくるよ。このベルトは売ってるの?」

「いや、僕が買ってきますよ。ベルトは１００円ショップの時計で、ベルトだけはずして普通の時計につけてるんです」

「それいいね。１００円でベルトを買うようなものだね」

「そう。でもこの人はすぐになくしたり壊したりするから、安いのを買ってくる。１０００円ぐらいのを」

「使い捨て感覚でいいよね。前さあ、腕時計をなくしたからって、首から紐《ひも》で目覚まし時計をぶらさげて歩いてたよね。それぐらい時計が好きなんだよ」

今日の夜、カーカが帰ってくるので、「なにか歓迎パーティみたいなのをするんですか?」とせっせが聞く。その時に飲むだろうからと、きのうはお酒をひかえたらしい。

「しないよ。友だちと出かけて一緒にごはんを食べないかもしれないし」と答える。「そうですか……」と残念そう。

それから雑事をしていたら、電話。市役所からだった。私が転出するので児童手当を受け取れなくなり、かわりに受け取るのがしげちゃんになるので、その手続きに来てくださいとのこと。月いくらでしたっけと聞いたら、月5000円だった。少額だったら面倒くさいなと思ったけど、年に6万円だったら、大きい。しげちゃんにそれが入るならいいかと思い、ドライブがてら行くことにした。あれこれあるな。その前にさくの新しい保険証を出張所で受け取らなくては。ついでに夕食の材料を買って、それから今日は掃除をして、仕事もしよう。外は曇りで、白く厚い雲がひくくたれこめていて、とても寒く、とても冬らしい。

「風」を聞きながら行った。改まって聞く「風」は普通だった。普通というか、明るくていい歌だけど、めざまし土曜日の中でアナウンサーのおじさんの声の向こうや天気予報の向こうに聞き耳を立てて聞いたあの時ほどのいきいき感はなかった。やはり、私は生きてるもの、今にしかないもの、が好きなんだ。今という時間の中で、リアルなもの。パチパチはじける泡、シズル感というか。人でも、リアルに生きてる度合いが高い人もいれば、低い人もいる。たまにものすごく、はっとするほど「生きてる」人がいる。そういう人の引力はすごい。思わず凝視してしまう（心で）。あと、好きな人がいる時は、どんな歌も恋の共犯者になっちゃう。歌じゃなくてもすべてが、感情を盛り上げる触媒になるよね。

市役所で手続き。こちらの人も親切なおばちゃんだった。帰りに寄ったドラッグストアの人もよかった。おまけにチオビタドリンクを3本くれた。働く、気取らない、生活人、というような人々に接すると、心が洗われたような気持ちになる。

夕食はハンバーグ。さくがまだおなかすいてないと言うので、せっせとしげちゃんに先に食べといてもらう。せっせはせっせ丼。私は3人で食べるのがなんか嫌だったので、自分の部屋に持って行ってひとりで食べた。もうすぐ、9時にカーカが帰ってくるので、さくは、黙って借りてたゲームを片づけている。

カーカのお迎えに、一緒に行く？　と聞いたら、さくもついてきた。あの歌聞かせてあげるね。花の名。ふたりで黙って聞いたあと、

「このCD、ちょっと借りていい？」と、さく。

「いいけど、どこで聞くの？」

「2分の1成人式のときに使う曲を決めるんだけど、その時持って行こうって思って。ちょうどいいでしょ」

「うん。いいね」

空港に着いて、横断歩道のところに車を止めて待つ。到着が遅れたようで、なかなか出てこない。「さく、ちょっと行って、見てきてよ」

「いやだ、あんなカーカのために」

「カーカのこと、嫌いなの？」

「そうだよ」

「どれくらい？」

「たとえばクラスで一番嫌いな人と同じくらい」

「そこまでとは知らなかった。じゃあ、会えなくても寂しくなかった？」

「ぜんぜん」といいながらも、映画なんか一緒に見に行こうって決めてた日に、カーカは行かないんだってって聞くと、じゃあ、やめようかって言ったりもする。少しは好きだと思う。少しは。

そこへ電話。カーカが出てきた。車に乗せて、帰途につく。おなかがすいているようで機嫌が悪い。話し方でわかる。家について、ハンバーグを焼いて、サラダと豆ごはんと小松菜のお浸しをだす。ごちそうだ～と喜んでぱくついている。やっと心がほどけた感じ。さく、お風呂《ふろ》は今日からひとりで入る。夜のお迎えはちょっと疲れる。

1月10日（土）

さくが、「ママ！雪だよ」と言うので、飛び起きた。外を見ると、ちらちらとたくさんの白い雪。わあっと言って、ふたりで庭に飛び出す。寒い寒いと言いながら数十メートルの散歩。しげちゃんやせっせが居間にいて、テレビを見ていた。「今日は雪だからあまり早く外に出て待たなくてもいいんじゃない？」几帳面《きちょうめん》なせっせは、しげちゃんのお迎えをいつも5分～10分も早く出て待たせてる。「今日は玄関の中で靴をはいて待ってたら？」

そうしてたら、お迎えの車が来て、プップーと呼んでくれた。


注文した油絵セットが届いた。道具のことがよくわからないから、セットで買ってしまった。それと卓上イーゼルとキャンバス10枚。小ぶりの絵のつもりなので、F－4という30センチぐらいの大きさのにした。楽しみ。ゆっくり描こうっと。

そこへ友人のオノッチからメール「今日のお昼はなにごつですか（鹿児島弁）？」

「家にいる予定。お茶飲みに来る？」

「ビビンバ食べにいかないかなあ～と」

「あ、いいよ！」

昼頃、迎えに来てくれるって。その前にさくたちのごはんを準備しとこう。カーカはたぶんまだ寝てるだろう。

小雪のちらつく中をどんど焼き用のしめ縄を集めに子どもたちが来た。寒いのに悪いな。「うちは、ないです～。ごめんね」と言う。ふるえてたみたい。学校のジャージきた中学生とその後ろには小学生か。本当はさくも行かなきゃいけないのに。「すごく寒そうだったよ。さくも行かなきゃいけないんだよ。4年生以上は」「そうなの？」「うん。でも、行かない人もいるけど……。来年は行ったら？　あ、そうか、今年は、さく、転校してたから違うわ」

今日の夜は、どんど焼きがあるらしい。河原で、竹のやぐらと各家庭のお正月のしめ縄飾りが燃やされる。その炭火を使って、それぞれに持ってきた網で餅《もち》などを焼いて食べる人たちもいる。けど、今日は相当寒そう。さくにたらこスパを作る。カーカにはうなぎの玉子とじを作って置いておく。まだ寝てるので。

オノッチが迎えに来てくれて、ビビンバを食べながら2時間近く話す。私たち共通の苦しかった数年前の思い出話に花が咲く。いまだにこんなに熱くなれるということは、相当ダメージを受けたということだ。思い出して、ちょっと気が重くなってしまった。足の裏が1カ所ひび割れて、歩くのも痛いと言ったら、帰りに薬屋に寄ってくれた。そこでよさそうな薬を買う。この薬屋でバイトしてる、苦しかった時期仲間（宮園《みやぞの》ちゃん）がひとりいるので、いないかなとさがしたらお休みだった。いなかったね、残念、今度3人で飲みに行こうよと話す。「今日のどんど焼き、行く?」と聞かれ、さくが行きたいと言ったら行くけど、寒そうだからどうしよう、あんまり行きたくない、と答える。

家に帰ったら、さくの友だちがたくさん来ていて、二手に分かれて、運動とテレビゲームをやっていた。さっそく薬を塗ってみたら、痛みが軽くなったような気がする。

カーカはうなぎも食べずにどこかへジャージのまま出かけたそう。

さくに、どんど焼きに行く?と聞いたら、行くというので、行くことに。オノッチにメールする。餅を焼くセットを準備する。6時に行ったら、ちょうど火がつけられたところで、あっという間に火の手があがり、最高に炎が燃え上がったが、車を止めて近づいたら、もうさっきほどには炎はあがっていなかった。竹の葉が燃えるのは早い。でもこれからが長い。餅を焼く竹の炭をもらえるまで1時間ぐらいかかる。大きなたき火を囲んで、おしゃべりしながら待つ。炭ができたので、餅を焼く。さくの友だちが焼き鳥やフランクフルトを持ってきた。餅も焼けて、砂糖醤油《さとうじょうゆ》と海苔《のり》を巻いて食べさせる。私も食べた。おいしかった。来年は、もっといろいろ持ってきて、焼き芋も焼こうという話をする。ひさしぶりに会った人たちが多く、懐かしく、さくがまた帰ってきたことをクラスメイトのおかあさんたちが喜んでくれて、とてもうれしかった。なんだか、なつかしいあたたかい夜だった。満月で明るく、雪もやんで寒くなく、竹の炭の威力に驚いた夜だった。ものすごい遠赤外線効果というのか。顔が熱かった。足の先は冷たかったけど。炎の光が当たる部分はすごく熱い。

だいぶんしゃべって、そろそろ帰ろうかと、さくを探す。堤防の方で大きな声がするのでそこへ行ったら、いたいた。友だちと斜面をごろごろころがる遊びをしてる。見上げる真っ暗な斜面でころがる子どもたち。その上には夜空に大きなオリオン座。その左上には満月と流れる雲。

家に帰ったら、しげちゃんは寝ていて、カーカがテレビを見ていた。夕食はラーメンを食べてきたようだ。びっくり映像をみて笑ってる。明日宮崎に友だちと行くというのを、さっきその友だちのおかあさんから聞いたので、「明日宮崎に行くんだって?」「うん」「学生証がないから、バス代、学生割引で買えないね。もったいないね。はやく再発行してって言ったのに」９月に渋谷でサイフをなくしてから、再発行の手続きをしなさいといってるのに、ぐずぐずぐずぐずしててしてない。「べつになくても困らない。持ってない人もいるよ」などとのんきに言ってる。でも、それ以来、映画も入場料も大人料金だし、だいぶん損してるんだけどな。

1月11日（日）

朝ゆっくり起きて居間に行ったら、みんないた。せっせが「カンちゃんは、朝早く出かけて行きましたよ」と言う。「うん、知ってる。今日は友だちと宮崎に行くんだって」「僕は悟りましたよ。もうカンちゃんと会うことはないかもと。夜は遅いし、朝は早く出て行くし、顔を合わせる時間はないと」「でしょ？」わかったみたい。家で一緒にごはんを食べる機会はないと思う。

さくが「今日、カーカ、何時に帰ってくるの？」と聞く。

「宮崎だから、遅いと思うよ」

「やった！　ゲームができる」

「カーカの？」

「うん」

「でも、はっきりしないから、カーカのゲームはしない方がいいと思うよ」

「そうか。じゃあ、自分のにする」

「さく、カーカが帰ってきてうれしくないの？」

「うん」

「ぜんぜん？」

「うん。電話で話すのでいい」

さくって、なんか、人に対してあっさりしてる。そういえば、友だちとの関係も、子どもに見られる感情的な執着やだれかを大好きみたいなのがないな。よく遊ぶ仲よしの友だちはいるけど。異様に淡々とした性格なのかも。私のことも、「ママがいた方がいい」って言ったのは最初に1週間いなかった後だけで、このあいだ「ママがいないと寂しいんでしょ？　ママがいた方がいいんでしょ？」と聞いたら、え？　という顔をして、「あれは、ママがいた方がいないよりはいいっていうことで、しげちゃんは何もいわないし、せっせはやさしいし、自由～に暮らせていいんだよ」と満足そうだった。私がいないからかえって、のびのびやれて、楽しいようだ。寂しいなんて全然。自由でラッキー、みたいな感じ。マンガ読みながらお行儀悪く食べても怒られないし。そういえば食事中の姿勢も悪い。左手は使わないし、背中は曲がってるし、体はまっすぐじゃないし。私がいる時は「背中、まっすぐ」って注意するけど。

カーカからメール「交通費5000円だった」

たしか学割だと1500円じゃなかったか。ほらね。もったいない。「学割だといくら？」「1500円。また家に帰ったら教える」だって。何を教えてくれるんだろう。

さくは午後、子ども映画に行くので友だちも一緒に送っていく予定。午前中、帰りは何時に迎えに来てもらう？　と友だちから電話があったそうだ。ちょっと遊んで帰るか、すぐ帰るか。さくはどっちでもいいと言う。私が、遊んでもいいし、すぐに帰ってもいいから、どうする？　と聞くと、どっちでもいいと。「なんでいつもどっちでもいいって言うの？　どちらかというとどっち？」と聞いても、どっちでもいいと言う。本当にどっちでもいいみたいだ。友だちを迎えに行って、3人を映画のところまで送る。結局、ちょっと遊ぶからということで映画が終わった30分後に迎えに行くことにした。

行きがけ、さくと二人の時、さくが「あの映画館、よかったなあ。人も少なくて、自由席で」。ハンサムスーツを見た映画館のこと。

「あれはお正月に特別に公開してたから人が少なかったんだよ。普段はもっと多いよ」

送って、家に帰ったら、しげちゃんがこれから畑に行くというところだった。

せっせが「今朝、カンちゃんが出かける時に会った時、『カンちゃんとちょっと話でもしたかったけど、このぶんじゃ話す時間はないね』って言ったら、『明日があるじゃん』って。『でも明日帰るんでしょ?』って言ったら、『うん』って、まるでそれで十分じゃない? それ以上なにしろって言うの? みたいな感じだったよ。僕は一緒にゲームでもして遊ぼうかなんて思ってたんだけど、そういう感じじゃないね」

「そうだよ。そうだったじゃん。忘れたんだね」

「そうだったかな」

「夏もそうだったでしょ」

「あの時はあんまり会わなかったから」

「私にも、何にもどこ行くともいつ帰るとも言わないし、ごはんも一緒に食べないし、こんな感じだよ、前から」

「そうか」

「そう」

ちょっと残念そうなせっせだった。気の毒! 自転車のパンクも直してあげたのに。その自転車も今回、使われることもなく……。

夕方、さくたちをお迎えに行って、友だちを送って、家に帰る。夕陽がちょうど顔に当たって、ものすごくまぶしかった。

夕食は、今日もひとりで自分の部屋で食べる。ごはんを食べることについて考えてみた。私は一緒にごはんを食べられる人の範囲がものすごく狭いことに気づく。子どもと、生理的に大丈夫な少数の人。一回だけというのなら、まだ我慢できるけど、何度もとか継続してというのは、理由がないとできない。人と接する一回一回のすべてのことに、必然性がないと納得できないみたい。難しい性格だと、自分でも思う。

夜、「10時半に駅に着く」とカーカからメールがあったので、さくと迎えに行った。小さな無人駅にお迎えの車が私を含めて3台。内1台は友だちのお母さん。雨が降ってたので車の中から窓だけ開けて話をする。帰ってきた。交通費のことを話してくれた。学割じゃなかったら2500円だったのだけど、コンビニで買った切符がそういうふうには使えない種類のだったらしく、もう一度正式な切符を2500円で買って、コンビニで買った方は後日使うことにしたそう。宮崎で友だちの友だちと遊んですごく楽しかったそう。きれいな人だった～と言ってる。買ってきたマンガのこととか、楽しげに興奮気味にひとりで調子よくしゃべってるのが、うるさい。旅行の本を静かに読みながら寝ようとしてたら、ピアスを3個あけたいから、ママやってくれる？　とプチンと押す道具を持ってきた。いやだと言ったら、自分でやろうかなと言って、しばらくして、「自分でやったら痛くなかった。ちくんって。昼間、友だちにやってもらったのは痛かったけど」と言いに来た。はいはい。

1月12日（月）成人の日

朝起きたら、冷たいみぞれが降っていた。
今日の夕方、カーカと東京に帰るので、いろいろ準備しなきゃ。さくの明日からの朝食用のくだものやヨーグルトを買ってこよう。いつも総菜パン（カレーパンやサンドイッチ）なんかを食べていたらしいので。もっと栄養を考えて。紙に食べるものを描いておこう。それから今日の夕食を作っておこう。そういえば、家に帰ったらすべてのブラインドが閉じられていて家の中が暗かったのだけど、せっせが「できるだけ家の中の熱が外に出ないように閉じているんです」と言っていた。晴れた日は太陽の日差しを入れた方があたたかくなるんだけど、毎日、昼間も閉じているのだろうか？

昼ご飯をたべている時、洗濯物の乾燥が終わったというブザーが鳴った。乾燥されたばかりの洗濯物はほっかほかだ。さくの背中を覆うようにかけてあげたら、あったかい……と目を閉じている。
さく「カーカ、3日ぐらいしかいなかったけど、しゃべったのは10ことぐらい。せっせなんか、ゼロ！」

私「きのうの朝、しゃべったって言ってたよ」
さく「そうだったね」
私「せっせ、カーカと遊ぶつもりだったんだって。もうそんなカーカじゃないのにね」
さく「そうだよ。カーカ、なんかヤクザみたい。勝手に宮崎になんか行っちゃってさ。遅く帰ってきて」
私「ハハハ。そういう年頃なんだよ」

野球とかサッカーとか、スポーツはあまり詳しくないけど、たまにちらちら目に入る部分で感じるのは、(ある種の)スポーツってやっぱ男祭りだよなあと思う。男である当事者たちのお楽しみ。たのしそうに男たちで盛り上がり、称《たた》え合う。尊敬したりあこがれたりしあうところを、美しいとも言えるが、自己陶酔されると辟易《へきえき》する。あいつに惚《ほ》れる俺が好き、みたいな人には。

1時にカーカが起きてきた。私は夕食の鍋《なべ》作り。こないだのカレーを温めてあげる。
私「せっせがゲームしたがってたよ」
カーカ「やろうと思ってたけど、時間がなかったんだよ」
私「今やれば？　時間あるよ。2時間ぐらい」
カーカ「さく、せっせに電話して」

で、せっせがすぐにいそいそとやってきて、3人でゲームをやり始めた。せっせに壁に貼った表を見せて、朝食用の食料を買ってきたから、これを見てさくが食べるから、玉子を割るとか、できないところは手伝ってあげてとお願いする。「これを、今日は左、明日は真ん中、あさっては右って、ローテーションすればいいんだね」「違うよ。＋ってかいてあるじゃん。一日に左一個、真ん中一個、右一個だよ。左はジュースだけでしょ。よく見てよ」見てもいないし。

ゲームは続く。せっせの声が一番大きい。せっせが一番楽しそう。なにかのゲームをしていて、カーカが「プレステやろうよ」と言う。「とってきて」「はいはい。仰せの通りにいたします、社長」と、いそいそと2階にゲーム機を取りに行くせっせ。

カーカとふたりで、東京の家に帰ってきた。やっぱ、いいなあと、カーカとしみじみ話す。また違った自由さがある。「試験が終わったら、映画借りてみたりしようね」とカーカが言って、私も「うん」と応《こた》える。これから、仕事もしよう。飲みにも行こう。

カーカが録画していた歌番組の、あるミュージシャンを見て私がおもしろおかしくぼろくそに言ってたら、もう嫌になった、とカーカが不機嫌。

1月13日（火）

区役所分室に私の転入届けを出しに行って、それから警察署で免許証の住所変更。しょうがないので、淡々とやる。もうしばらくは移動しないことを祈るのみ。

ワインショップに行ったら、「神の雫《しずく》」にでてた安いけどすごいワインという宣伝文句にひかれ、そのワインを買った。それを今、飲んでるところ。う〜ん……、よくわからない。


カーカは、明日、冬休みの課題テスト。なのに、9時から勉強すると言って、まず寝て、さっき起きたけど、また私のベッドで寝ている。

「カーカ、カーカ」って言っても、目が開かない。

「カーカ。明日テストでしょ。勉強しないと、リュウが来るよ。リュウに食べられちゃうよ。リュウに。どんなリュウ？　どんなリュウ？」リュウネンのリュウ。

「う、うう……ん」と、やがて起きて、冷蔵庫に行き、（半分残しといてあげると言ってたけど私が全部食べちゃったので）チーズブッセがないのに気づき、それで怒って目が覚めた様子。かわりに、いちご大福を食べている。ちんまりお茶をわかして。「おいしいね」とご満悦。

1月14日（水）

昨日は、都会の仙人やよいちゃんとキーちゃんと3人でごはん。この3人で会うのは、10年以上ぶりかも。とりとめもなくしゃべる。店もすいていて、静かでよかった。このところ不景気でデパートやお店がすいているらしい。

私とやよいちゃんがものすごい勢いでわ太郎くんの素朴さと素晴らしさをキーちゃんに機関銃のように語ったことは覚えてる。できたら4人で会おうかって。

スガハラくんからメール。来週、ツツミさんと3人で打ち合わせで会うことになってるんだけど、その時はひさしぶりに私がおごるね、と言ってたら、打ち合わせ+打ち上げなのでこちらでお支払いしますとのこと。わかった。で、お店、じっくり打ち合わせしたいので和食で個室がいいと伝えてたら、どこでもよかったのに、ツツミさんがミシュラン2つ星の高級和食屋を予約したそう。

メールのツツミさんのコメント「初めてなので、楽しみです。むふふ」

スガハラくん曰《いわ》く「確信犯だな……」

うん。そうだね。絶対。

ふと思いついて、きのう話題になったわ太郎君に電話してみた。やよいちゃんが電話するといつも出ないのに、私が電話すると即、出た。今日も、ものすごいあわてっぷり。今、東京に来てるようなんだけど、説明しなくていいことまで、お葬式がふたつ重なってなんたらかんたらと。で、そこは聞き流して「2月あたまに私たちと会える日ある?」と単刀直入に聞く。「あ、あります、あります」「もう決めちゃおうか? いつにする?」5日にした。すぐにやよいちゃんとキーちゃんにメールする。

ザリガニの水槽セットと水草とハウスと流木と砂を注文した。これで準備OK。あとはザリガニを待つだけ。

そういえば、「ザリガニの話も聞いてください」と虫くんがメールに書いていたが、ザリガニの話って、なんだろう。ザリガニのミニ知識? ザリガニの飼い方のコツ? 聞きのがせないザリガニの話? 聞いて、なにか私にプラスになりそうなザリガニの話? その話を聞くことで、私の人生に変化が起きるようなザリガニの話? だったら、ぜひ。

さて、私は「食べよう会」のみんなに、ぜひ紹介したい人がいて、その人というのは前回のエッセイにも書いた女医の赤須さん。それで、その会を早くやりたくて、みんなにメールした。ツツミさんに「ナイロンザイルちゃんへ」とメールしたら、返事の最後に「蜘《く》蛛《も》の糸(のように繊細な)ツツミ」なんてちょこんと書いてあって、ぷっ、と笑う。2月9日に決定。楽しみ。

カーカがいつものようにゆっくりと9時前に帰ってきた。私に近づいて「ごはん」とひとことだけ。

「カーカ〜。それじゃ、ママ、まるで奴隷みたい……。もっと他の言い方してくれない？」と気弱に言う。5割ぐらいの空腹感だと言うので、作っておいたグラタンを温めて出す。「休み明けの試験、国語はわりとできたよ」と言う。「ほんと？　できたの？」と驚いたように私が声をあげたら、「まあまあね」と。「昨日は気持ちはやらなきゃと思ってて、でもいやだなと思ってるのに、体が勝手に勉強してたわ」などと言う。「へえー！　体が勝手に？　いいね！」と言うと、「せまってるからね」と後がないことを自覚している様子。「なにしろ2学期がそうとうダメだったからねー」と後ろ姿に声をかける。隣の、音が筒抜けのカーカの部屋で、エレキギターの練習をしてる。そしてしばらくして、「ギターも疲れるわ、やると、肩が」なんて言ってやめてた。

1月16日（金）

たまにあるのだけど、今日はまったく何もする気がしなかった。じっと家の中にいた。楽しい予感もなく、うれしい気持ちにもならなかった。ただただ、じっとしていた。

1月17日（土）

いつものように昼過ぎまで寝ているカーカ。私も家でゆっくり。

せっせから水槽と水草が届いたと連絡があった。水草を水につけといてとお願いする。

さくは、今私が凝ってるゲーム「フィッシュダム」みたいにするの？　と期待している。

あんなにはできない。ゲームの水槽、ものすごくたくさん中身がつまっちゃった。水草や魚や貝がぎゅうぎゅう。


なごさんに、私がいない時、たまにカーカとごはん食べてねとお願いしてたんだけど、さっきメールがきたそうでカーカが、「今日、なごさんと焼肉食べることになった。てるくんとたいくんもくるんだって」と言う。「え？　今日はママ、こっちにいるのに。来週と間違ってるんだね。私も焼肉、食べたかった。メールしよ」

『今日、カーカに会うんだって？　私もいるのに。といっても私は6時からいないけど』

やっぱ勘違いしてたそう。「私、馬鹿」だって。

カーカとしばらくだらだら話す。
カーカ「山元バンドのこと、今日、なごさんに言おうかな」
私「いいね！　きっとおもしろがるよ。……もしよかったら、焼肉のあと、家に来てもらったら？　そしたらママが帰ってきてから、ちょっとしゃべれるじゃん」
カーカ「いいよ」

私「メールしとくわ。……『帰り、寄って。重要会議アリ』と。……返事来た。『り、了解』だって。ダッシュしてる絵文字つき。ふふふ。楽しみ。そうだ、紙に書いて、バーンと発表しようかな。よくやるじゃん」

で、Ａ４の紙をだして……、筆ペンないかなあ……あったあった。

山元バンド結成！

と書く。「右が開いちゃった」。いいか。

カーカ「いいよ」

この上に他の紙を貼って、じゃーんと剝《は》がそう。その辺にあった紙を上から貼る。

カーカ「一緒にとれたりして」

私「さくとたいくんがギターの練習をして、……ビデオで撮って、ユーチューブにだそうよ」

カーカ「うんうん」

私「じゃあ、帰ったら、発表ね」

人って自分の悩みを地図上にマッピングしてもらったら安心するよね。この心の発達の系統樹の中のここに、今あなたが言った悩みはあって、大丈夫、心配しないで。だれでもが通る流れだから。で、次、これが来るからね、とか言われたら、そうか〜ってもやもやがすっきりするんじゃないかな。

帰ったら、なごさんたちがいた。見ると床に、コート着てマスクしてフードをかぶって赤黒い顔の人が横になっている。てるくんだ。「てるさんったら、熱が38度もあるのに、大丈夫って言って……」となごさん。風邪らしい。それを無視して、

私「じゃあ、重大発表します！　いい？」

なご「ち、ちょっと待って！　それは、なにか、もう、決まって、その報告？」と怖がってる。

私「アハハ、違う違う。これからの計画で、楽しいこと。いくよ！」

紙をべりっ！

山元バンド結成！

なご「アハハハハ」

私「たいくんとさくがボーカルとギター、カーカがベース、ちゅんちんがドラム。そして、曲を作って、それはグッとくるいい歌だけど、カップリング曲は『山元バンドのテーマ』元は元気のげん！ってコーラスが入るの」

なごさんに大うけ。そして、じっと横たわっているてるくんを背後に、私は来月行こうよって話してる温泉をどこにしようか調べ始め、たいくんとカーカとなごさんはカーカの部屋でさっそくギターの練習。とても熱心。筒抜けなのでまる聞こえ。カーカが軽く弾い

たら、なごさんがカッコイイじゃ〜ん！　と感心している。たいくんはずっとゲーム。

　風邪のてるくんが、雪の中の露天風呂に行きたいと言うので（幸か不幸か、ここのところの不景気でてるくんの会社の、過労死するかもと恐れていた忙しさもなくなり、土日が休めるようになったのだそう）、関東周辺の山を調べてたら、そこは雪がない、そこもないな……と横になりながらつぶやいている。すると、私が前に行ったことのある標高2000メートルにある高峰《たかみね》温泉をみつけた。ここは天上の別天地っぽくってすごくよかった。でも、そこはもう土日はいっぱいだった。ぐっと変わって南でもいいよと風邪のてるくんが言う。伊豆《いず》を調べた。いろいろありすぎて、もう面倒くさくなったので、じゃあ場所はお互いにどこかいいとこを調べとこうよ。そして、来週、ザリガニをもらうんだよと言ったら、風邪のてるくんがぴくっとなって、「まあ……いい経験だと思うけど、きっと一度飼うと、二度とは……」なんて言い出した。

　てる「前、もらったことがあって、共食いしてさ。脱皮したては相当うまいらしくて、段ボールで仕切りをしたけど、そこにまるく穴をあけて食ってた……。ははは……。

　夜中、近くを通ると、ガサガサッ！

　……一匹、すごく長生きする奴がいて、神の領域までいってるんじゃないかと怖かったよ。……小さいハサミでプッとはさんで食ってる姿は意外にかわいいけど」

　私「えっ？　ザリガニを？」

　てる「エサを。あげたエサを食ってるって、なんだろう……しあわせ感がある」

私「ああ〜、それは子どもといっしょだよね」
てる「……うん。……ふふふ……まあ、一度飼ったら、たぶん二度とは……」
私「ええ〜っ!」
風邪のてるくんが横になって微動だにせずにぽつぽつ話すザリガニの話は、……説得力があった。いいもん。私じゃなくてさくだから、飼い主は。あるいは……せっせ。

そろそろ帰る時間ということで、カーカの部屋に行ったら、たいくんがゲーム関連機器のコードフリーク? とかっていうのをカーカの部屋で発見して、驚いてそれをじっと見つめている。それは友だちのジュンヤだかだれだかが持ってて、ものすごく欲しい憧《あこが》れの物だったらしい。手に持ってふるえている。カーカが「貸してあげるよ」と軽く言ったら、信じられなかったらしく「ちょっと待って、ちょっと待って」といいながら、手を顔にあてたり、目をつぶったりして、大興奮。しばらく動けない。見ていておもしろかった。あんなに喜んで、驚いて、すぐにはその幸福が理解できなくて興奮で動けない姿が。そこへすかさずなごさんが、「たい。交換条件! ちゃんとギターの練習する?」耳に入らないたいくん。「たい! する?」「……ああ……う、うん……」「約束ね!」なごさんも、ここでそんなこと言うなんて、あんなに聞いてないのにと、私とカーカはそれもまたおもしろくてニヤニヤ。そして風邪のてるくんと、興奮中のたいくんたちは帰って行った。あ、帰りがけ、玄関でなごさんに、

私「あのね、バンド、一発屋でいいんだって」とカーカと話してたことを言ったら、
カーカ「カーカはそうじゃなくてもいいけど」とつけたす。
私「あれ？　その方がいいって言ったじゃない」とふりむいたら、
カーカ「あれはママがそうしたそうだったからだよ。カーカはずっとでもいいんだよ」
私「へえ〜っ」なに？　じゃあ、いつも人に合わせてるの？
とごちゃごちゃ言ってる間に、楽しそうに帰って行った。

私「曲を作らないとね。子どもたちが作ったらいいって思ったけど、最初は無理だろうからママが作ろうかな。カーカたちが言った言葉をつないだようなのがいいね。フロに入りながら考えるわ」
カーカ「ママ、作れるの？」
私「うん。簡単だよ。メロディってね、もう出つくしたって言われてるんだよ。今売れてる歌も、ほとんどメロディは聞いたことのあるようなのばっかりでしょ？　本当にたまに天才がいて、100人にひとりぐらい、新鮮な曲を作る人がいるけど、それ以外はメロディは過去の何かとだいたい同じだよね。詞だよ。違うのは」
カーカ「でもママの作る曲ってなんか……」
童謡っぽい？
私「ハハハ、だね。曲はみんなで考えてもいいんじゃない？　やりながら」

カーカ「物語みたいになってるの？」
私「子どもが物語みたいなのを歌うの気持ち悪いじゃん。自分で作ってるんならいいけど、大人（ママ）が作るんだから。ふだんの話し言葉みたいなのがいいよ。そして、いい歌。おもしろいんじゃなくて」
カーカ「そうだね。いい歌がいいね」
私「素朴で、ただ気持ちが伝わればいいよね。意味というより。みんなのエネルギーがストレートに届くような。言葉じゃなく。たいくん、どんな声だっけ？」
カーカ「ちょっとかすれてる」
私「かすれてるの、いいね」
カーカ「でも高いよ」なにしろまだ小3。
私「それは、だんだん低くなるんじゃない？」
たいくんって、目が小さくって、おもしろくて、男の子って感じで、かわいくてやんちゃでチャーミングな子。前はすご〜くうるさかったけど、だいぶ静かになってきてよかった。車の中でてるくんたちとしゃべってる時、「みきさん、（DVDの）音が聞こえないから黙ってて」と怒られなくなったし。

1月18日（日）

自分にとって特別な魅力があってすごく惹《ひ》かれるけど、うん？　と思うところがある人がいる。その場合、どこまで気持ちを巻き込ませるか。翻弄《ほんろう》されたままでいるか。

たとえば、芸術家で、変わり者のエキセントリックな人がいたとして、才能も魅力もあるけど、現実にはちょっと非常識な部分があり、まわりの人に迷惑をかけていたりする場合、あるところまではその魅力ゆえに許したり我慢したとしても、いくら素敵でも、もうこれ以上は我慢できないと思うことがある。やはり、どんなに魅力や才能があっても、人として守るべきところは守ってもらわないと（約束を守るとか、不義理をしないとか、礼節を守るとか、そういう基本的なところ）、その人をいいとは認められないよね。どんなに魅力的で才能があっても、非常識な変わり者って嫌いだ。それを許す人たちがいるから、調子に乗るんだと思う。ああいう人たちって、常に新しいターゲットを見つけて、渡り歩いている。次はあそこでトラブルか、と遠めに見てると、必ずそうなってる。

1月19日（月）

朝、お弁当を作ってあげながら、テレビをつけた。いろいろな天才子どもの特集で、泣き虫○○ちゃんが頑張ったとか、子役の演技のすごさに大人たちびっくりみたいな論調に辟易《へきえき》する。こういう子どもの取り上げ方って、日本独特だと思う。大人が、自分たちの感じたいように子どもを編集してる。作ってる大人の気持ち悪さがよくわかる。たとえば、他の国だったら、もっと子どもを子ども扱いしてないよね、なんてカーカに話す。「日本のこういうところ、すっごく合わない」と言ったら、「外国に住めば？」と言う。「でも、それ以外のたくさんのことは、日本が合うんだもん」「しゃべれないしね」「うん。こういうテレビの考えが合わないから、最近は見てない。……ちょっと前までおもしろかったアメトークも、こないだ見たら全然おもしろくなかった。この機会に、本とか読もうかな」

「そうだね」

そう。なんか、今の自分に合うことをしよう。

人の悩みを見ていて、人の多くの悩みは、考えてもしょうがないことを考えすぎることにあると思った。考えないでいられるのも、知恵と工夫だ。考えてもしょうがないことを考えて、その考えをみんなが回りに撒《ま》き散らしあって、アリ地獄みたいになってる人たちがいる。


ヒマだったので映画でもと思い調べたけど、あまり見たいのがない。で、ディカプリオの「ワールド・オブ・ライズ」を見に行く。前半ちょっと寝ちゃったけど、最後はちゃんと見て、まあまあだった。戦争やテロやスパイものを見ると、どうしても男の祭りだと思ってしまう。戦争なんて始めなきゃ、その後の苦労もないのにと。戦闘的な人たちが大げさに興奮して戦い始めるけど、戦いたくない周りまで巻き込まれていい迷惑。テロやスパイやCIAや軍人や市民などの凄《すご》さや残酷さやカッコよさやいたたまれなさが切りとられて映像化されて、そこだけ見るとほほーなんて感心しちゃうけど、よくよく考えたら、だったら最初からやんなきゃいいんだよねって思っちゃう。仲間うちの喧嘩《けんか》と一緒。喧嘩ってたぶん、しなきゃしないですむのに、したい人が始めるんだよ。したがる人がいるんだよ。まるで人間が自分の右手で左手を切って、「だれだ！」って叫んでるみたい。……って、つらつら思っちゃった。で、それよりも印象に残ったのが、ディカプリオとケイト・ウィンスレットの苦しい夫婦の物語の予告。迫力あった。内容とは関係ないと思うけど、人って、やっぱ、人を愛したいと思う生き物なんだなと思った。でも、愛するって、現実になると、かなり現実的だよね。リアルな日常の中で、どれだけ美しく愛を育てていけるかって、人によるね。恋愛の高ぶりの落ち着きどころを現実生活の中のどこにもっていくのか、それぞれのカップルによって違うだろうし。ぼろぼろに傷つき合っても必要な相手というのもあるんだろうな。私はそういう経験はないけど。私の場合、人を好きになったら、ものすごく考えすぎて、なぜその人を好きなのか、これこれこうだから好きなんだ、その好きの理由はこうなんだよ、だからこれこれこうしたらこうなるから、どう考えたって、こうじゃん、だからこれこれこうすべきなんだよ、なんて自分で自分につっこみを入れてしまって、自分で「はい」なんて答えてうなだれる、なんてことが多い。でも本当の感情はコントロールできないので、ただただ行方を見送るしかない。池に魚を放すように、自由に泳ぐに任せる。私の自由にならないから。なんだろうなあと考えると、結局、恋愛も、それぞれの心の中でやってるってことなんだよね。好き同士って言っても、相手と自分は別の人間だから、好きの意味が同じじゃない。相手の言葉や態度と、それに対する自分の解釈で作られた第3のワールド。自分にさえ自分の好きの意味がわからないとしたら、第3世界は、もっと曖昧《あいまい》。

で、そんなことを考えながら歩いてたら、帰りの駅で見た女の子の横顔がはっとするほどかわいくて好きな顔だった。ぽそっとしてて。ここでまた好きな顔についても考えた。電車にゆられながら。さっきの顔好きだったなあ。それは理性じゃなく、もう反射的に好きだった。あんなにかわいい人、いいなあ。あんな顔だったらよかったな、と。好きな顔を見てはっとするけど、それにもまた慣れていくのだろう。顔は顔、って。顔は好きだけど、あの子の性格はわからない。顔は好きだけど、友だちになるわけじゃない……。そして降りる駅に着いたので別のドアからでようとしたら、その女の子がいて、正面の顔を見たら、ぜんぜん思ったのと違った。好きでもなかった。

なにもかもが、そういうものかもしれない。

カーカが、今日はめずらしく早く帰ってきた。5時半。夕食はいつも家にある残り物みたいなのをつまむ程度なので、何も準備していない。「早く帰るって言ったら、いいものを作って待ってたのに」と言ったら、「寝るわ」と言って寝始めた。筒抜けの私の部屋に、鼻をズルズルすする音が聞こえてきた。風邪かなと思う。

てるくんから、温泉、どこにする？　の電話。秘湯だったら2泊もしなくていいんじゃないかと言う。だったら1泊にして近場にする？　などといろいろ話す。そして最後に、

「そうそう、重要な話。インフルエンザA型にかかってた」

「ええーっ！」

「ごめんごめん。熱が下がらなくて、さっき病院に行ったらそうだった」

「カーカ、今、寝てるけど。うつってるかも」

「土曜日、一緒にいた人はどうすればいいですか？　って聞いたら、手洗いとうがいぐらいしかないですねって」

「もうーっ、だいたい、熱があったらご飯食べに来たらダメだよ」

「そうだった」

「迷惑なんだよ。自分は大丈夫です、大丈夫ですって言って、人前に出る人がいるけど、自分はよくても人にはよくないいんだよ」

「ハハハ。だよね」

「うちはね、熱のでない家系なんだから、ちょっとでも熱があったら高熱ってことなんだよ！」

「あ、やっぱそう？」

「そうだよ！　37度は人の38度、38度は人の39か40度だよ！　普通の病気では熱はでないから」

こ、このバカてこ〜！（子どもの頃、てこって呼んでた。てこちゃん。ちなみに小学校でのあだ名は「まめ」。小さくて丸かったから？）熱が出たら、どんなに来たくても、ご飯とか遊びとか温泉とか旅行とかには来ちゃダメ！　と言っとく。そりゃ自分は風邪をおしても来たいだろうけど、人にうつったら困るでしょ。ぷんぷん。

カーカの部屋のドアを開けて声をかけてみた。「カーカ、具合悪いの？」「ううん」ドキドキ。もし熱が出たら、明日すぐに病院に行って、インフルだったら学校を休んで……。私も注射して、明日の打ち合わせもキャンセルかも……。でもてるくん、マスクはしてたな。

カーカが起きてきたので、雑炊を作ってあげる。喉《のど》がなんか変、と言う。さっきのてるくんの話をする。今日は加湿器をつけて寝させることにした。私はどうしても今、風邪をひきたくないので、ビタミンCを飲み、マスクをかける。気のせいか頭が痛いような気がする。

筒抜けのカーカの部屋から、ずいぶん遅くまでテレビを見ながら笑ってる声が聞こえた。

1月20日（火）

朝、私は別に異常なし。カーカは？

どう？　と、気になって、カーカの部屋をのぞく。寝てる。「熱、測ってみて」「うん」起きてきたが、「なんか風邪っぽいよ」なんて言ってる。「ほんと？」

熱はそうなかった。36・5度。でも「関節が痛い」と言う。

「か、関節？　じゃあ、やっぱりインフルエンザかも。関節が痛くなったり、全身がだるくなったりするんだよ。そして熱が出て……。もし、今日学校で熱が出たら、すぐ帰ってきてね。病院に行くから。しばらく休まないとだめだよ。そして再登校の時にはお医者さんの証明書がいるんだってよ。ママ、あさってからいないから、その時は食料を買いだめしとくね。今日、体温計、持って行って、時々測ってよ」

「うん」

「風邪の時は早く寝なきゃいけないんだよ。夜更かしがいちばんいけないのに、昨日、遅くまで起きてたでしょ」

「そうなんだ。知らなかった」


家から電話。せっせが「さくの唇が乾いて、ひびわれてるから、今日リップクリームを買って来ようと思うんだけど、いつも使ってるのとかあるの?」と聞く。「ないよ。なんでもいいよ。店の人に聞いたら?」それからさくに「あさって帰るからね。ザリガニ連れて」

「あさって……」

「なに?」

「いや、早いなって思って」

「早い? 遅いじゃなくて?」

「うん」

なんだか、私がいなくても、本当に大丈夫みたい。うれしいような……。

3月に行く温泉を決めたので（下田《しもだ》の「アンジン」と言う新感覚宿にした）、なごさんにメールする。カーカが風邪気味って書いたので、なごさんから冷や汗とあやまりの顔文字つきのメールが！

「潜伏期間は3〜5日なので今週末まで出なければ大丈夫かと思いますが、ドキドキしているのも嫌ですよね。うつしてたら最悪だし！　本当にすみません。私としたことが……危機管理アンテナが鈍ってました〜！　てるさん、今朝、会社に欠勤の連絡をしたら『対策を会議する』と言われ、初めてインフルエンザの及ぼす影響の大きさを知って落ち込んでいるところです（昨日インフルエンザと判っても、動けるからマスクして会社に行くと言ってました）。もしおねえちゃんが宮崎にいる時にかんちゃんの体調が悪化したら、私、看《み》に行きますので連絡下さい。かんちゃんにもメールします」

ああ〜、こんな、ちゃんとわかってる人からメールが来ると、溜飲《りゅういん》も下がるというもの。

「落ち込め、落ち込め！」とてるくんに伝えてもらう。

この部屋で苦しそうに横たわっていたバカてこ。あの時もウィルスがばら撒《ま》かれていたのか！　あるいは、マスクが止めたか。きのうカーカに、「てるくん、焼肉食べてた時には、マスクはずしてたよね？」と聞いたら、「うん。ビールとワインまで飲んで、なんか目がうつろだったよ。真っ赤な顔して、ねむそうだった〜」。

そん時もウィルスが……！

今日は「悲しみが乾くまで」を借りてきて見た。いやあ〜、好きだった。けして明るくない悲しく重い人間ドラマだったが。ベニチオ・デル・トロっていう役者さん、初めてきっちりとみたけど、すごくカッコよかった。ほんのわずかしかなかったけど、笑ったところが。こんなボロボロの役でも素敵だなんて。いや、ボロボロだからよかったのかもしれない。ハル・ベリーの弟役の、太った男の子（オマー・ベンソン・ミラー）も好きだった。悲しむ姉のためになんでもしてあげる役柄で、「よし」って、どんなにつらいことでもとにかく今はなんでもやってあげる、その時の表情が好きだった。なんでもしてあげようと思った人の潔さみたいなのが。麻薬中毒の恐ろしさも感じたし、いつもながら、人が泣かないようなところでぐっときてしまった。ベニチオなんとかの出てる映画、ちょっと続けて見てみようっと。「トラフィック」と「21g」（今やってる、チェなんとかっていう革命家の映画、あれ、この人だったなんて。あれは見たくないかも）。

学校のカーカにメールしてみた。「熱、どう？」「36度を保ってるよ」「オオー！」

夜は、スガハラくんとツツミさんと高級和食屋で打ち合わせ。どうだったかと言うと、……まさにおやじの聖域だった。個室だったけど、おやじさんたちの大きな腹の底からの笑い声がどこからかとどろき渡っていた。ワハハワハハというおやじたちの屈託のない声が響き、ものすごく楽しそう。私たちの個室はといえば、どんよりとした、空気のよどんだ、風通しの悪いようなところだった。料理の味は、味が濃く、塩分が強く、どうもおいしく感じられない。それは3人とも同じ意見。おやじの酒のつまみにはいいのかもしれない。おやじの家。おやじの帰ってくる家……。で、なんだかみんな食が進まず、お酒も進まず、やはりこういうコース料理は知らないところは難しいということになった。前もって知ってる人の意見を聞くとかしないと、失敗する可能性が大きい。ここだって「今日もおいしかったよ」と言って帰って行った人もいたのだ。自分と味覚の似ている知人のお薦《すす》めがいちばん安全だね、と言いながら、とぼとぼと夜の道を歩く。「今日はこれからテレビでオバマ氏の演説を聴くんです。どこで聞こうかな〜」とツミさんが楽しそうに言っていた。

家に帰ったら、カーカの熱が37・6度に上がっていた。これは、インフルエンザだろう。明日は学校を休んで病院だ。様子を気にしていたなごさんに伝えると、申し訳なさそうにごめんねって謝っていた。普通の人の38・6度に相当するねって。

てるくんからもお見舞いの電話あり。「アンジン」のこと、アド街に出てたらしく、提携しているお寿司《すし》屋で夕食を食べるプランがすごくおいしそうだったので、それにできるかなというので、さっそく調べてそれにした。すっごくたのしみ〜とうれしそう。

1月21日（水）

きのうの店の値段の高さと内容に衝撃を受け、どうしても世の評判を知りたくて口コミを見てたら、私と同じような感想を抱いている人がいた！　タバコと、競馬とパチンコ話でメートルあがるおやじに涙、みたいな文章。おおお〜、同じ気持ちです。でも、その周りにはすごく褒めている人もいたので、やっぱり自分に合うか合わないかってことですね。

熱が38度を越えたカーカと、朝一で隣のビルの中にあるクリニックへ。風邪らしき出勤前のサラリーマンが目立つ。やはりインフルエンザだった。薬と解熱剤をもらい、私はそこで紹介されていた総合ビタミン剤を衝動買いし、家に帰って、担任の先生に報告の電話をかける。ゆっくり休んでくださいと言われる。ハアハア苦しそうなカーカ。熱も高く、体中が痛いそう。私は部屋で「ジュノ」を見た。なかなかよかった。なまいきだった子が素直になる時って、泣かせる。部屋の壁がトントン。カーカが私を呼んでいる。行けば、頭を冷やすもの、って。用があったら今みたいにトントントンしてねと言っとく。38・9度。もうちょっとも動けないらしい。何か食べたいものは？　いちご。わかった、今から買ってくる。DVDを返して、また借りてこよう。今日はずっと映画の日にしよう。

「題名のない子守唄」と「告発の時」を見た。ううっ。どちらもいい映画だったけど、すごく気持ちが……なんか、晴れない。次回は明るいのにしたい。

てるくんより、心配の電話。まあ、寝てるしかないから、もし頼みたいことが出来たらお願い、と言っとく。それからカーカの部屋にタオルを替えてあげようと行ったら、起きて携帯を見てた。夕方飲んだという解熱剤のおかげか、熱がちょっと下がったらしい。37度台。うどんを食べるというので一緒に食べる。「おいしく食べれる。熱が下がると動けるね」と昼間よりもずいぶんよくなったみたい。解熱剤、早く飲めばよかったのに。

私が「さくは、宮崎でずいぶん羽根をのばしてるみたいだよ。あさって帰るねって電話したら、早いね、だって。ごはんもマンガなんか見ながら食べてるし、お行儀も悪いし、ママがいる時は注意しなきゃ」と言ったら、「せっせもね」「そうそう。いつも飲んでるし。ママがいた時はやめさせたけど、きっといない時は飲んでるね」

「でも、さく、よかったね、行って」とカーカがしみじみ、ぽつり。

「うん。そうだね」

こういう時のカーカは、お兄さんみたいで好きだ。

さっきの熱が高かったとき、悪夢を見たという。もうひとりの自分が作られて、みんながそっちを大事にしてどうのこうのという怖〜い夢。もうろうとしてよく飛び降りたりする事故があるから、薬に高熱の出た最初の2日間は子どもをひとりにしないでくださいみたいな注意書きが書いてあったのでそのことを言ったら、「あの悪夢を見たから、それ、なんとなくわかるわ」と言う。「そうか〜、そうなんだね。そういう感じでか。怖くて逃げたくなるよね」。

1月22日（木）

カーカの熱がだいぶ下がった。もう36・7度まで。なごさんにもメールする。うどんを食べるというので、また作る。きのうよりも味がして、よりおいしいと言う。ヨーグルトも食べていた。

さて今日は、宮崎に帰る日。10時に近くのマックの前で虫くんからザリガニを受け取る約束をしている。そのまま空港に向かって、11時半の飛行機に乗る予定。

最初は前日に受け取るつもりでいたので、そのまま一日置いといていいよね？　とメールしたら、「ひと晩ぐらいは大丈夫だと思いますけど、ちょっとかわいそうかもしれません」なんて言うので、「じゃあ、朝早くて悪いけど、10時に持ってきてもらっていい？」と聞いたら、「ザリガニちゃんの幸せがいちばんですから、気になさらないでください」と言う。それで、今。

「10時に出かけるからね。またメールするね」とカーカに挨拶《あいさつ》して、自分の部屋で待つ。そこへ虫くんから、雄雌の判別がむずかしくて20分ぐらい遅れるというメールが。10時半までにここを出られたらいいけど。私も途中まで行った方がいいかな……。10時10分なのにまだ私がいたので、「まだ行かないの？」とカーカが言う。「うん。実はね……」と状況を説明する。「だったら昨日のうちにもらっとけばよかった。それか、雄雄でもいいのに」。カーカも「虫くん〜」と笑ってる（でも、早起きしてやってくれて、本当にすごく大変だったらしい。雄が思いのほか、多かったのだそう)。

やはり私も駅に近づいておいた方がいいかもと思い、もう出かける。私も出るから、こっちに向かってきてとメールする。10時25分ぐらいに途中で会う。「遅くなってすみません」と言うので、「雄雄でもよかったのに」と言ったら、「いえ、ぜひ子どもが生まれるところを体験してください」と。袋に入ったザリガニをもらう。2匹。小さくかわいい。

「こっちの赤いのが雄で、こっちが雌です」

挨拶もそこそこに別れて、小雨の中、タクシーに飛び乗る。

ずっと飛行機の座席に置いて、無事、鹿児島空港に到着。

家に帰る途中、ファミマのオノッチのとこに顔を出すことにした。店に入ったら、チワワのシロチョロの里親フクちゃんがいたので、「おお〜い」と挨拶。すごく喜んでくれた。そして、オノッチを呼んでくれた。「オオオ〜」と抱き合う(心で)。

いつも新製品のお菓子をパパパッとくれる。

「こんなことなら、いつも来るよ」

「いつも来てよ」

家に帰って、ザリガニの水槽の下準備をしたり、いろいろ。さくが帰ってきたので、一緒に作る。砂と水と水草とお家を入れて、ザリガニたちを入れる。オスとメス一匹ずつ、どちらもまだ3センチぐらいの大きさ。

最初は怖がってたみたいだったけど、やがていろいろ歩き回ったり、くつろいだり、眠ったりしはじめた。けし粒みたいな小さな黒い目がかわいい。ザリガニがまだ小さいので、どこにいるか探さないとすぐにはわからない。

今日の夕食は私たちは豚しゃぶ。せっせはせっせ丼。一緒に食べた。せっせ丼がまたすごかった。しげちゃんが見てなにか言ってた。なにか言われるのがいやだったのか、せっせはスーパーの袋で丼《どんぶり》をくるんだまま端っこから食べていた。

オフロで、ザリガニの名前をちょっと考えてみた。最終的にはみんなで決めるけど、私が考えたのは、オレンジ色のオスはキャンディ、薄茶色のメスがビスケット。キャンディとビスケット。色からの連想。紙に書いて、水槽のわきに置いとく。

さくがきて、「オスなのにキャンディってどうかな?」と静かに言う。

「あ、別に決定じゃないから。候補。さくも考えてよ」

せっせが「この茶色いのは、浮かびましたよ。模様から、うりぼう」

うりぼうもつけ加える。オレンジが唐辛子みたいだから、カラちゃんというのも書いとく。茶色いのに泥ちゃん沼ちゃんをつけ足す。どうしてもメスの薄茶色の方にかわいいのが浮かばない。

このあいだスガハラくんとツツミさんと打ち合わせをしていて(今年の春、アメリカに行く計画。私の心ひかれるニューメキシコかアリゾナあたり)、運転はスガハラくんにまかせよう、と話した。するとツツミさんが「わたくし、アメリカで事故をおこしたことありますから、その時の対処法もバッチリです」と自慢そうに言う。聞けば、レンタカーを運転していて、助手席の妹さんがさっき買ったサラダを食べようとしていたので、「ちょっと、私の分まで食べないでよ」と脇見しながら怒ってたら、前の車にドーン。

スガハラ「そりゃ、かなりの食いしん坊エピソードだな」

ツツミ「でも、そのぶつかった相手の老夫婦がとってもいい方で、あなたたちの旅を台無しにしたくないわっておっしゃってくださって」。でも10対0の割合でこっちが悪かったので、やはり警察にいったのだそう。そのレンタカーは、その後廃車になったんですけど、とおっとりと話すツツミさん。

その時話したことで、私の考えが、ある時期ある時期で変化していくという話。

スガハラ「だいたい、年頭の計画は、変わりますよね」

私「そうだね」

毎日の流れって、大きな波が上へ下へ曲線を描いてアップダウンしながら進んで行くとすれば、ある周期で外に向いていたプラスの時期が、内向きの波に変わったなと自分で自覚したのが3日前。ここ数ヶ月の、人に会ったりどんどん外へ出て行ったりの気持ちがパタリと静まり、水の中に沈潜というか、スーッと沈んでいった。そうなると、途中までやってきた計画もしばらく保留。なくなるんじゃないけど、次へレベルアップするために一《いっ》旦《たん》休憩みたいになる。ふたたび始まった時は、よりパワーアップして戻ってくる……のかな？　もう変わっちゃったから、今は前のことがまったくわからない。以前の気持ちが想像すらできない。

明日はさくたち4年生の「2分の1成人式」。「○○くんの作文がいいよ。○○くん、最初読んだとき、泣いてた」「ええーっ、自分で?」「うん」「じゃあ、きっと感動するね。明日も泣くかな」「明日は泣かないよ」「さくたちも、それ聞いて泣いたの?」「僕たちは泣かなかったけど」

楽しみ。

1月23日（金）

精神的フォロー。それが大事。

出勤前のくるみちゃんにちょっと寄らない？　と声をかけて、ちょっとしゃべる。ザリガニを見せる。かわいいね〜、私の知ってるザリガニとちがうわ、などと言う。オレンジ色のと薄茶色の、ほとんど同じ形なのに、オレンジ色の方がやはり目をひく。

「2分の1成人式」に行ってきました。最初、校長先生が証書をひとりひとりに渡す時、何回かウッと泣きそうになった。そしてそのたびに、今のこのウッの理由はなにかなと考えた。思い出がよみがえった時。いろんな記憶が。自分の子どものことじゃなくても、他の子どもの幼い頃のこととか。あと、ねぎらいの言葉をかけられた時にもぐっとくる。校長先生の話と担任の先生の話もよかった。○○くんの読んだ作文は、普通だった。単に○○くんが涙もろいってことだった。歌うたってる時からひとりで泣いてたんだって。「未来へ」をみんなで歌ってた。それがよかった。

そこに来ていた若いママたちに、来週、みんなでごはん食べない？　と誘う。10人ぐらいで集まることになる。みんなそれぞれ悩みや相談事があるようで、本当はいろいろしゃべりたいんだろうなあと、よく、ひしひしと感じることがある。けど、そう簡単に人としゃべれないから、話せずに挨拶だけして通りすぎることになる。

そうそう、ひとりひとりのなりたい職業を、その証書を渡すときに校長先生が読み上げたんだけど、2名をのぞいてみんなお医者さんとか警察官とかスポーツ選手とかパティシエなどの職業を言ってた。のこりの2名は、体が弱い子の「健康」と、さくの「(つりで)大物を釣り上げる」だった。さくはまだなりたいものがないのだそう。でもよかった。こないだみたいにサラリーマンって書かないで……。

とにかくいろいろ波風はあるにせよ、さくはこっちの生活を満喫している。山元バンド結成の報告には触手を動かさなかったけど、いやいやながら？　受け入れてくれた。

買い物に行って、また「風」を聞く。車にこれしか入ってないから。素直な歌い方がいいな。素直さっていい時と悪い時があるけど、これはいい。

素直さが悪い時って、あるよね。素直さにうんざり、微妙な機微を感じろよ、的な。素直さも、むずかしい。「あの人の、とても素直なところが好きなの」って言ってた人が、別れる時は「あの人の素直すぎるところが嫌い」なんて言うものだし。好きになるところが嫌いになるところって言うけど、いえてると思う。

オバマ氏関連のニュース記事で、ひとつ、好きなのがあった。それは、ホワイトハウス最年少のスピーチライター、27歳のジョン・ファヴローのこと。オバマ氏の思考や発言、書籍などを研究し尽くし、心が読めるといわれるほどらしい。「研究し尽くし」ってところになぜかひかれた。それって、冷静な情熱、だよね。

最近よく思うけど、やっぱり運命って誰にもわかんないのかも。試練は多い。

その時はぼんやりしてても、あとになってハッと気づくとか。その時は必死でも、あとになって、見えなかったことがしみじみわかるとか。

返す物があるというので、さくを友だちの家に送っていく。その行き帰りのたんぼ道を車で走りながら、いつものようにふたりで話す。

「どう？ 東京とこっち」

私には気になる恒例の質問。いまだに気になる。あれでよかったのか。別にこっちが平和というわけではなく、こっちだっていろいろあるようだけど。

「こっちが絶対いい！ あっちは、よく病気になってたし、友だちは暴力的だし。……来ないと、ボコすって言うんだもん」

じゃあ、よかったんだね。

「じゃ、よかったね、帰って来られて。空気も悪かったよね。光化学スモッグ注意報とか……」

「うんうん」

もう、この質問、これからはしなくていいや。

だれかが河原で凧《たこ》をあげている。

私「今日、学校で、あげてたね」

さく「うん。あれ、1年生だよ。帰り、見ようよ」

私「うん」

さく「今日の2分の1成人式、泣いた？」

私「校長先生の話と、先生の話のところで、ちょっとグッときた」

さく「他のお母さんたちは泣いてた？」

私「わかんない。あんまり見たらいけないかなって思って見なかった」

さく「○○くんの作文は？」
私「あはは。あれはさあ、感動というより、単に涙もろいんだよ！」
さく「お母さんはどうだっただろう」
私「わかんない。うれしかったんじゃないのかな？」
さく「僕が大物を釣りたいって言った時に、笑ってる人がいて、それがおかしかったな」
私「ホント？　……でも、サラリーマンって言わなくてよかったよ」
さく「うん。……それは夢がないかなって思って」
私「だよね。花の名、流れなかったね」
さく「あれね、みんなで歌う歌だったの」
私「そうか。だからキロロの『未来へ』か」

夜、あまりにもひまだったので、ひとりで温泉に行く。熱くなればぼんやりとなって、気も晴れるかなと思い。でも露天風呂《ぶろ》にずっといて考え事をしていたから、頭は覚醒《かくせい》しっぱなしで、ぜんぜん気も晴れず、いつもと同じだった。

露天風呂と水風呂とふつうのお風呂に交互に入りながら考えたことは、プラスマイナスゼロのこと。たとえば、誰かをすごく好きになって、好き同士になって、つきあったり結婚したりする時、必要以上に興奮して盛り上がった場合、その盛り上がりと同じ量のマイナスがそのあとに必ずやってくる。いきなりか、じわじわかはわからないけど。それが心のしくみのような気がする。感情の揺り戻しみたいなの。しあわせでも必要以上に浮き足だってない人にはそういうのはない気がする。

悲しみや苦しみの埋め合わせもあるだろう。それはゆっくりと。すこしずつ希望が芽生えるみたいに。

片思いでずっとつらい思いをしている人には何があるんだろうって考えてみた。なんの見返りもないのだろうか。そんなはずはないよね。ひとりでずっとなにかに耐えてきた人は、心が強くなるんじゃないかな。強さや人へのやさしさ、思いやりが身につくんじゃないかな……などと、延々、風呂で。ホント、ヒマなんだと思う。

ザリガニちゃんたちは、見るたびにいろんな場所でくつろいでいる。苔《こけ》のドームの上や、砂の小道。水草を体にからめて空中でゆらゆら眠ったり。かわいい。どうしてもオレンジ色の方に目がいっちゃうので、それを見てから、茶色の生存を確認する。でも、メスが地味な茶色っていうのは、敵に襲われないようにだから、それだけ意味のある色なんだよね。大事な色なんだよね。

1月24日（土）

ウオオー！　一夜明けた今日は、ものすごくいい天気！

気温は高くないけど、青い空と強い日射し。やはり、気持ちって天気に左右される。昨日まではずっとどんよりした天気だったから。

それに、たっぷり眠った。私は夢で気分転換するんだった。ずっと夢の世界に行ってなかったけど、今日ひさしぶりに行って、リフレッシュできた。温泉なんかじゃ全然ダメだけど、夢ではできる。遠い遠いところへ旅行に行ったような作用がある。よかった……、ここしばらくの内省的で厭世《えんせい》的な気分じゃない。とてもおだやかな気持ち。

天気はよかったけど、外は寒かった。塀にからんだ蔦《つた》を剪定《せんてい》していたら、指がかじかんできたので、すぐに退散。コタツでマンガを読んでいるさくの首に「外は冷たいよ。ほら」ってくっつけたら、嫌がりながらも、「もう一回やって」。冷たさのあとが気持ちいいんだって。

カーカはもう、昨夜、体温が35度台になったというので、病院に行って、熱が下がった証明書を今日のうちにもらってきたらと言っとく。

オノッチから電話。今本屋に来ていて、仕事でお世話になってる30歳の男の子が私の本を好きだっていうから（妹さんが読んでたとかなんとか？）詩集をプレゼントしようと思うんだけど、たくさんあって迷ってて、どれがいいと思う？　という相談。

「う〜ん。そこに『エイプリル』ってある？」

「……あった」

「それはけっこう男の子っぽいよ」

「『やがて今も忘れ去られる』っていうのも心惹《ひ》かれるんだけど」

「あ、それもしみじみだね。オノッチがピンときたのでいいんじゃない？」

「また、お願いね（サイン）」

「ハハハ」

「だって、よろこぶんだもん」

「うん。いいよ。もちろん。オノッチって私の宣伝部長だよね。サンキュ」

電話を切ってから考える。う〜ん。30歳の男の子ね……、いろいろだしな、とつぶやきつつ、クロゼットに向かう。どういう傾向のものが好きなのかわかんないからなあ……。

詩？　写真？　おもしろいイラスト？　いくつか取り出してみた。『このワガママな僕たちを』『すみわたる夜空のような』『好きなままで長く』『波間のこぶた』『風の強い日に考えたこと』も入れるか……。『いやいやプリン』は好きかなあ？　私は好きなんだけどな。

明日オノッチと会うから、持って行ってあげよう。

するとまたオノッチから電話。「今、山の方を見たらすごくきれいだったから、真幸《まさき》駅の方にドライブしないかなって」

「ハハハ。いいよ〜」

さっき取り出した本を鞄《かばん》にいれる。

待つ間、ミニ文庫『風の強い日に考えたこと』をひさ〜しぶりに見てみる。……感動。
なんか、いい。こういうイラストマンガ、また作りたいな。『うまいウソ』も読んでみた。
最後から2個目の詩を読んで、クッと泣けた。

目に見えない雪がふりつもるように
たくさんの人が笑いますように

あと、これも。

「どうしてもという強い意志」
あなたが何をしてもいいよ
それが
どうしてもという強い意志から
生まれたことだったら

だけど
心からの気持ちでないことは
どんなこともしないでね

これも好き。

「あなたの目つき」
あなたが仕事中に物を見る目つき
それはきびしくつめたく見える
そしてとても美しい
あなたが人に目を向ける時
きびしさがなくなり
やわらかくなる
できるなら私はあなたには
物のように見られたい

オノッチが来た。本をひとつかみあげたら、よろこんでくれた。「これ全部はあげない。私ももらう」って。オノッチもさっきの本屋で『エイプリル』と『やがて今も……』を買ってきてた。その男の子に詩とエッセイとどっちがいい？　と聞いたら、「詩がいい」って言ったらしくて。

車でブーッとドライブ。オノッチが1週間ぐらい前にあったNHKのドキュメンタリーを偶然見たら、真幸駅の1年間を追う、というものだったそうだ。真幸駅は無人駅で観光の列車が日に数回とまる。その駅のちょっと上に棚田100選に選ばれた田んぼがあるという。80歳の老夫婦がやっていて、その話がすごくよかったんだよと、オノッチが興奮気味に話してくれる。へえーっと聞いてるうちに、真幸駅に着いた。駅舎の前で売っているお菓子や土産物を眺める。オノッチが売り場のおばちゃんにこのあいだのNHKを見て、と言ったら、そこにあの80歳のおばあちゃんもちょうどいて、「この人だよ」とおばちゃんが教えてくれたら、おばあちゃんはかぶっていた帽子をぬいでくれて、オノッチはすごくうれしくて、一緒に写真撮ってもらってた。おばあちゃんも「うれしい」といって笑っていた。私が「棚田は今もやってるんですか?」と聞いたら、「今年までかもしれない。鹿といのししが多くて」とのこと。さっきのおばちゃんが、ドキュメンタリーの、おばあちゃんがしゃべってるところは薩摩《さつま》弁でぜんぜんわからないから画面の下に標準語の訳がでてたって、ものすごく大笑いしながら話して、私たちも笑った。「よんごひんご、のところに、曲がって、って。アハハ」

それからホームにある「幸せの鐘」をオノッチがつきたいと言うので、行ってついて、私もひとつついた。なんだかすごく楽しい時間だった。

寒いので、車に入って、もうすぐ来るという列車を待つ。

待つ間、いろいろ話す。昨日の2分の1成人式の話をして、子どもたちの顔が、ちょっと見ない間に変わっていて、驚くし、感動するよね、と。すると、オノッチ、このあいだカーカたちの同級生の男の子を偶然見かけたらしい。まるまるしていたのがほっそりとしてて、痩《や》せたねって言ったら、まだまだですよと。その男の子のことを私が、「あの子、やさしいよね。私があの子に対するカーカの態度の悪さを叱ってたら、笑いながら、もういいですよ～って言って、止めてくれたんだよ」「うん。なんでも受け止めてくれるタイプだよね。どっしりとした岩のような」「うん。カーカたちって、本当はああいう人がいいと思うんだよ。でも若い頃ってそういうんじゃなくて顔がかっこいい人とかに行くよね。やさしくておおらかな人がいいって、今の私たちはわかるけど」「そうそう。そうなんだよ。今、この年齢になって初めてわかることや、見えることとってあるよね～」と、ふたりでしみじみとする。

列車がやってきた。乗客はみんな降りて、写真を撮ったりしてる。やがてスイッチバックしながら列車は上がって行った。

オノッチがお参りしたいと言うので、前に散歩で行ったちょっと怖いふるめかしい像のある神社に行く。お賽銭《さいせん》箱の前で、１００円にしようか20円にしようか迷ってて、「20円じゃあんまりだよね」ってつぶやいていたから、１００円入れたんだと思う。ぽんぽんと手を合わせていた。私は後ろで1回だけ手を打って、あまりの寒さにそそくさと車に駆け込む。車を出しながら、こんな古い像があるところだから、今年はいいことあるかも、と希望に満ちた顔をして言う。うん。私はそんなオノッチの顔を見て、希望を感じたよ。

1月25日（日）

せっせとしげちゃんの会話を聞いているとおもしろい。きのうの朝食の時、しげちゃんがテレビに見入って、ごはんが進んでないとせっせが文句を言う。
せっせ「早く、食べなさい」
しげ「食べてるわよ」
せ「テレビを見てるじゃない」
しげ「口は動かしてるのよ」
せ「いいわけばっかり」
しげ「いいわけじゃないわ。状況を説明しているのよ」
せ「ほらまた、へりくつ」
しげ「へりくつじゃないわ」
みかねた私が、「口を動かしてたの？　動かしてなかったの？　ゆっくり食べることはいいことだと思うけど」と、思わず口をはさむ。
しげ「動かしてたわ」
せ「この人の言うことは、あてにはならないんだよ」
しげ「おにいちゃん。変よ」
まあ、勝手にさせとこう。せっせはこのあいだ私から怒られたのがこたえたらしく、今回帰ったら、さくの部屋にせっせがゲーム用にと持ってきていたテレビがなくなっていた。また自分の家に持って帰ったようだ。それからATOKは、更新の情報が見られるようになっていた。そういうアイコン発見。

さて、朝起きたら、庭の木にうっすらと雪が積もっていた。白い粉砂糖のように。

朝ご飯を食べてから、さくとザリガニの水槽を1時間ほど見続ける。かわいくて飽きない。雄の方は流木登りが好き。流木のてっぺんと水草のてっぺんから何度もジャンプして水中を泳ぎ回っている。スイスイスイ。雌は陰に隠れてることが多いが、たまに出てきて苔《こけ》のドームの上を横切っていく。飾りの貝や石を入れようかって言って、庭に取りに行って入れたけど、やはり海のものは合わない。白すぎるものも合わない。少しだけ入れて、あとは様子をみることにした。今週末カーカが帰ってきたら、名前を決める予定。今、候補の紙にみんながいろいろ書き込んでいるけど、ピンとくるものはまだない。

虫くんに、ザリガニの元気な様子を報告する。安心してた。返事に「昼にペットショップで撮ったアゴヒゲトカゲです。可愛かったです」の画像。う〜ん。じっと見てみたが、どうも私にはかわいくは見えない。恐竜みたい。

さくが「絵は描かないの?」と言う。そう、油絵の道具は届いたのに、まだ描いていない。「うん。今は寒いから、もうちょっとあったかくなってから描こうかなって。さくも描かない？」「ぼくは絵は苦手だから」「でも油絵はちょっと違うよ」

携帯……、デコメも入らず、いろいろ使いづらいので、換えたいと思っていたところ、今日、写真を撮っていて、なんかもうダメだ、すぐに換えたいと思い、ｄｏｃｏｍｏショップに走り込む。アマダナのスライド式の新しいのがあったので、それにすることにした。茶色の。色も形も画面デザインも好き。

さくの友だちが何人か来て、いろんなことをして遊んでいる。せっせも一緒になってゲームしたり運動したりしている。「家が壊されないように見てる」という理由らしいが。みんながよく卓球で遊ぶので、人のために何かを買うのが好きなせっせは「折りたたみ式の卓球台を買っていいだろうか」と私に聞きに来た。いいよと答える。夕方みんな、外へ「せっせ、サッカーしよう」と出て行った。せっせが着替えに帰って、また来た時には、さくたちは家に帰ってきていた。せっせが外を探したけどいなかったらしく、家に来てさくたちがいるのを見つけ、「家に帰ってたんだ……」といいながらまたトボトボと自分の家に帰って行った。せっかく着替えて来てくれたのに。

夜は、オノッチといつも元気でおもしろい宮園ちゃんと3人でごはんを食べに行く約束だったのだけど、宮園ちゃんが熱が出て、残念だけど行かれないと言う。急遽《きゅうきょ》もうひとりさがすことに。こんな時にすぐ呼べるのはくるみちゃんしかいない。すると、「待ってました！　大歓迎」という返事。３人でイタリアン。料理が来るたびに、宮園ちゃんに「料理と私たち」の画像を送る。「楽しんでます。でも、ひとつたりないのは宮園ちゃん……」。宮園ちゃんから、悔しそうなうらやましそうな返事が届く。次はぜひ！　と。お酒に弱いくるみちゃんが酔ってきた。「もう、水のませとけばいいよ。水でもこのまま酔い続けるから」とオノッチに教える。私はさっき買った携帯と説明書を凝視する。なんかよくわかんない。「失敗したか……」とつぶやいてたら、くるみちゃんが、自分の携帯のやり方をしつこく説明してくれるが、それは私のメニューと違うから、参考にならないって言ってるのに、何度も何度も言ってくる。オノッチは、写真を撮っては宮園ちゃんに次々と送りつけている。

４パック入り「しょうが湯」というのがお店のレジ周りに置いてあったので、それを買ってお風呂《ふろ》に入れていた。２回目の時、お風呂に入れたあとの袋をふとみたら、裏にお召し上がり方なんて書いてある。よくよく見ると、お風呂のじゃなくて、飲むやつだった。あはは〜と思い、さくに、これ飲むやつだったと言ったら、ええ〜、そんなお風呂に入ってたのと嫌そうな顔。

1月26日（月）

木の根が石を持ち上げたので、造園屋さんにそこを切ってもらった。これで安心。ついでに他のところにも手を入れてもらう。夏に伸びて困る蔓《つる》も根っこから切ってもらった。今日はとてもうすら寒く、家にいても冷え冷えしている。

1月2月って、寒くてどうしても気持ちがおとなしい。家の中でじっとしていることが多い。3月からは気持ちがうきうきしてきて、ぱーっと晴れるんだけど。1月2月が私の試練の時期だ。今日もどんよりとした曇り空。

今朝のザリガニ2匹の画像を、虫くんにメールする。「オトウチャン！　ボクたち元気だよ！」すると水槽の中の水草を見て、「アナカリスとミクロソリウムとウィローモスがありますね」って、スラスラ答えたのに感心する。私は水草セットっていうので買ったんだけど。好きな人はやはり違うなと思った。見え方も違うんだろうな。

カーカから電話。元気そう。いい感じだよ、お皿洗ったりしてるよ、と言う。勉強はどう？　大丈夫そうなの（留年）？　と聞いたら、「あああ〜」と。ちょっとずつでもやっててよ。1点でもいいから点数とれるように。1ページでもいいからコツコツやってよ。と言ったら、そうだね〜、って。どうなるんだろう、ホント。

今日遊んでる時、さくの言葉遣いが悪くてせっせとちょっとケンカになったそうだ。せっせがやさしいからさくはワガママになるときがあるので、さくに注意しなきゃ。せっせにも、しげちゃんを怒るときの乱暴な言い方をやめて欲しいとお願いする。せっせは私たちにはいつも極端な丁寧語なのに、しげちゃんにだけは、気安さからか、このバカ！とか言うから。

夜、さくが作文を書きたくなくて機嫌が悪くなり、そこに私がコタツのまわりを片づけてって注意したので、どんどん悪化して、今日はひとりで2階で寝るという。自分でベッドに布団を敷いていた。私もひとつ布団を追加してあげて、最後には穏やかにおやすみと言い合う。マンガ読みながら寝るそう。もやもやする夜だった。でも、ひとりで寝るようになったということは、成長したってことか。

私は、ゴマ粒みたいなものからでも小山ぐらいの大きさのものを引き出す、つまり大げさに表現するのがうまいと思う。恋愛の詩はそれで書いてるようなものだ。感情の断片を顕微鏡でのぞくみたいなふうにして。また、どんなウソでも真実のように書けたりもする（そういえばそれが作家の仕事か）。真実味あふれる（ウソついてるわけじゃないけど、かといって本当でもない）表現を日常生活でも幅広く駆使し、人間関係の潤滑油として活用しているが、その能力がちょっと内向すると、重い石がどんどん深海の奥深くに沈んで行ってしまう如く、想像の世界に入っていってしまう。それが行き過ぎると、かなり落ち込んだりもする。

1月27日（火）

さくが昨日はひとりで2階で寝たことを知って、「こどもの成長は、ひと晩でやってくるんだな……」とせっせがしみじみとした口調でいう。私もちょっと寂しいような気持ちになった。でも、私も子どもの頃、小学生の後半は自分の部屋をいろいろ形作るのが好きで、ちょこちょこ模様替えをしたり、車庫の屋根に土を運んで花壇を作ったりして、自分の世界を作ったものだった。その楽しさを知ったら、案外気持ちいい。さくもひとりの空間の心地よさを知っていくのだろう。

前回の本にかかせてもらった皮膚科の赤須さんからメールで、御本を読んだ方が連日イボとりに来られますとのこと。うれしいような、イボとりばっかりだったら申し訳ないような……、でもやっぱうれしい。そして、来られる方みんな、なんか私に似ているのだそう。

「そして、あることに気づきました。いらっしゃる患者様同士がとてもよく似ているのです。服装、言葉遣い、外見、自然志向派とか。そしたら、ナースのひとりが、『患者さまは銀色夏生さんに似ていませんか？』と言うのです。

『確かに!!』

前から思っていたことですが、血液型で性格がわかるように、肌タイプで性格がわかるようなのです。これって面白いと思いませんか？　ますます皮膚に魅せられている私です……。

PS．患者さまはお帰りの際、「来て良かった」とおっしゃってくださいました。

山元さんのお顔に泥を塗らずに済んでホッとしています」。

いえいえ。こちらこそ、恐縮です。私が赤須さんのことを紹介したかったのは、赤須さんに、世の女性のために自分の持っている力を役立てたいという無欲な使命感みたいなものを感じたからです。そういう意味で、(勝手に)同志みたいな気持ちなんですよ。でも、六本木という場所柄、セレブ奥様や外資系キャリアウーマンが多そうなそこに、私みたいな自然派たちが、連日イボとりに……。想像すると笑える。なごさんも、ずっと前から気になってるのがあるので、ぜひ赤須さんにみてもらいたいと言っていた。「私の弟の奥さんのなごさんが、ずっと昔からあるほっぺの奥の気になるにきび？　みたいな固まりを診てほしいと言ってました」と伝えると、「なごさん。よ〜く知ってます」って。本、読んでくれてるから（なごさん、その後、赤須さんにそのほっぺの奥のニキビの化膿《かのう》した部分を取ってもらったそう。なんと直径1・5センチもの脂肪のかたまりがあったそう！　あと、私となごさん、しゃべり方や笑い方が似てらっしゃいますね、って。血がつながってるかと思ったって。あと、イボとり以外にも肌全般、さまざまですよ〜と。よかった）。

今日はザリガニの女の子の方から天国のオカアチャンにお話が。

「天国のオカアチャン！　アタチ、だんだん色黒になってくみたい～。ヤゴに似てるって！」もうどうみても薄茶色から茶色へ。

するとオカアチャンから「天国より。大丈夫！　アンタはあたしの子なんだから、美白の遺伝子が入ってるわ。人間のお母さんに、『みにくいアヒルの子』という話を読んでもらいなさい」という返事。添付されていた写真のオカアチャンは、本当に雪のようにロウソクのように真っ白。堂々としていて、白いトドかライオンみたいだった。

……そう、だから、この雄と雌の子どもには真っ白が産まれる可能性があるらしい。

さて、今、『食をめぐる旅』という本の原稿をまとめているところです。いろんなところに行った食べ歩き文。で、2年ほど前、そのことを思いつくきっかけになった角川書店の編集者の方のことを、完成間近の今、急に思い出してしまったので、スガハラくんにメールした。

「ところで、私、またふと思ったんですが……、この「食めぐり」を考えるきっかけになった、『本の旅人』の編集長、別名「角川でいちばん経費を使う男」さん、

まだ変わりなくお元気ですか？

あの時に、お寿司《すし》の回にお誘いしますと約束したことを、最近、よく思い出します。

遅くなりましたが、まだあの時のままのあの方なら、

来月か再来月、お寿司（かまたは別の物でも）を私が招待したいのですが。

あの日ごちそうになってしまったし。

産みの父を招き、4人でお礼参りしませんか？　銀色」

そう、その、角川書店でいちばん経費を使う男と呼ばれているというその方は、頭の切れそうな、仕事のできそうな、素敵な方だった。隣のスガハラくんが、ことさら深い春がすみの中をただよっているように見えたものだ。

ところで、この食めぐりの原稿を読んで、スガハラくんが「僕の言ってない言葉がかいてあります」とか、「銀色さん、僕とツツミの言葉を間違えて覚えてらっしゃいます」などと言うので、ハッとした。私はその人の話した言葉に関しては、ものすごく慎重に管理しているはず！　すると、「プリズムって言葉は言ってないし、五月雨《さみだれ》を集めて……なんていう俳句はツツミでしょう」と言う。「？？　言ってたよ。ね、ツツミさん」「はい。スガハラ先輩。確かにそうおっしゃってました」酔っぱらってて、覚えてないらしい。びっくりした～。よかった。スガハラくんも、覚えてないことに驚いていた。そして、「プリズムなんていいこと言ってんなあ、オレ」と、満足げ。

スガハラくんから返事「おー！　ぜひ!!『本の旅人』編集長・遠藤《えんどう》、相変わらず調子イイ感じのようです。さっそく日時を設定しましょうか。いくつか候補をいただければ、調整します～」

「そうそう、遠藤さん！

いつも、ふっと、いろんなことを思うんだけど、その、ふっ、が天からのご神託みたいな気がしてて、できるだけ流さないようにしているのです。

えっと、私は、2月なら、20日から26日。3月は9日から13日がいいです。

寿司で4人ってどこがいいんだろう？

だれか、行ったことのあるところがいいかもね。

ツツミ、忙しそうなら、3人でもいいよね。……フッ。

（キャー、なんということを！　というツツミさんの声が聞こえたような！）

うそうそ、4人で行きましょう。　銀色」

産みの父が遠藤さんなら、母は間違いなくツツミさんです。彼女の食べっぷりに興味を持ったことから生まれた企画だからです。

「銀色さま
ツツミ、銀色さんの予想通りの反応を見せました（笑）。

遠藤は普段肉食らしく、寿司屋情報は期待薄です。

ツツミにも間違いのないところをいくつか挙げてもらいます。　スガハラ」

「あ、肉食だったら、肉でもいいよ。だって、遠藤さんのために行くんだから。

でも、じゃあ、なんであの時、寿司、なんて言ったんだろうね。

ジャンルは遠藤さんのお好きなものに任せましょうか。　銀色」

「エンドウ肉食説、ツツミ情報なので（「遠藤さんは味覚がお子ちゃまだから、お魚の味は分からないみたいですよ」といつもの調子で慇懃《いんぎん》に毒を吐いてました）。

エンドウ本人を捕まえて聞いてみますね。

「銀色さま　　　　　　　　　　　　　スガハラ」

エンドウ、さきほど外から戻ったところをつかまえました。

私『銀色さん、お寿司にこだわらず、エンドウさんの好きなものでいいってことなんだけど、どう？』

エ『いや、なんでもいいっすよ』

私『でもツミから、肉好きって聞いたけど？』

エ（うれしそうに）『じゃあ、ニクで！』

やはり肉好きのようです……。

肉系もナイロンザイルにリストアップしてもらいます。

「ハハハ！　　　　　　　　　　　　　スガハラ」

肉だな、こりゃ。

ツツミ、わくわくだな。銀色」

「またしてもツツミの誘導にはまりましたかね……。

ひとまず、どんな店が挙がってくるか、見てみましょう。　　　スガハラ」

というメールのやりとりだったが、なんか……私……遠藤さんのこと、いいふうにイメージ化しすぎていたような。「まだあの時のままのあの方なら」などという美しい言葉でふりかえるようなあの方ではないんじゃないか（笑）？　ぜひとも、お会いした時に、いろいろと聞いてみよう。それにしても、なぜそんなふうに思ってしまったのか。たぶん「角川一経費を使う男」というキャッチフレーズに、それだけ経費を使って許されるということは、相当仕事ができるんだなと思ったからだ。そうでなく、ただ調子のいい人、世渡り上手という可能性もあるわけか……（冗談ですよ）。

台所のテーブルの上に私が作った水槽世界は、透明な水の立方体の中に、明るい色の砂、苔《こけ》付きココナッツドームが2個。水草の小さな林、龍《りゅう》がおたけびをあげているような形の流木、貝殻と石。スポンジボブのミニ人形でできている。そこに小さなザリガニちゃん（生後3ヶ月）が2匹、音もたてずに暮らしている。揚げたての川エビみたいな赤い方はオス。活発。水草のてっぺんからダイブするのが好き。エサをあげるとすぐに来る。茶色いのはメス。たいてい物陰に隠れてる。エサはいつ食べているのかわからない。きれいな緑色の苔や水草を眺めていると、心が安らぐ。

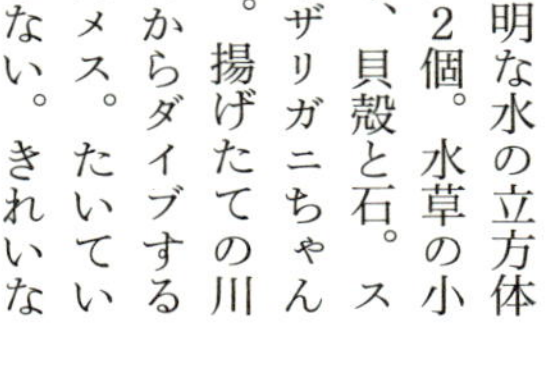

私の友だちで、仕事上の人間関係でショック&悲しく落ち込んでいる人がいて、その話を電話でちょっと聞いた。外だったので、またかけ直すと言ってあとでかけたら、あのあと、わーっと泣いて、ちょっと落ち着いたと言っていた。いろいろと苦しいことはあるけ

ど、しょうがないよね。私はそれでよかったと思ってるし、彼女もそうだと思うと言うけど、感情的には割り切れないらしい。しばらくは大変だと思うけど、乗り越えて欲しい。時間がたてば、きっと元気になるから。たぶん今が一番、苦しいから。私もとても気持ちが沈むことがあるけど、時間がたてば、絶対これは忘れられると思って、耐えている。うすれない苦しさはない。とにかく今だけ、耐えようよ。

苦しいときでも　楽しそうに笑える
悲しいときでも　楽しそうに笑える
人はみんな
苦しくても　笑って生きている
どんなに悲しくても　笑って生きている
だから笑っている人を見ても
幸せだとはかぎらない
心の中で　号泣していることもある

1月28日（水）

「肉だったら私、ローストビーフがいいなあ……。
ナイロンザイルちゃんにしたら、あんなの手応《てごた》えのない紙みたいなものだろうけど。

私、ローストビーフだったら、おいしく食べられるんだよ。銀座の鎌倉山はどうですか?」と、スガハラくんにメールしといた。スガハラくん、HPのメニューを見て、「おいしそうですね〜、ここにしましょう」と。あ、ステーキもある。

午後、ひとりでぬるい炭酸温泉へ。2時間は入っていた。頭を浴槽の縁にのせて、ふわ〜っと浮かんでいたらいつのまにか眠くなってて、カクンと落ちそうになった。あと、お湯の出口から泡が数個、こちらへ流れてくるのを、3メートルほど離れた水面近くからじっと見ていた。ここまでくるまで、割れませんように……などと思いながら。プチンと割

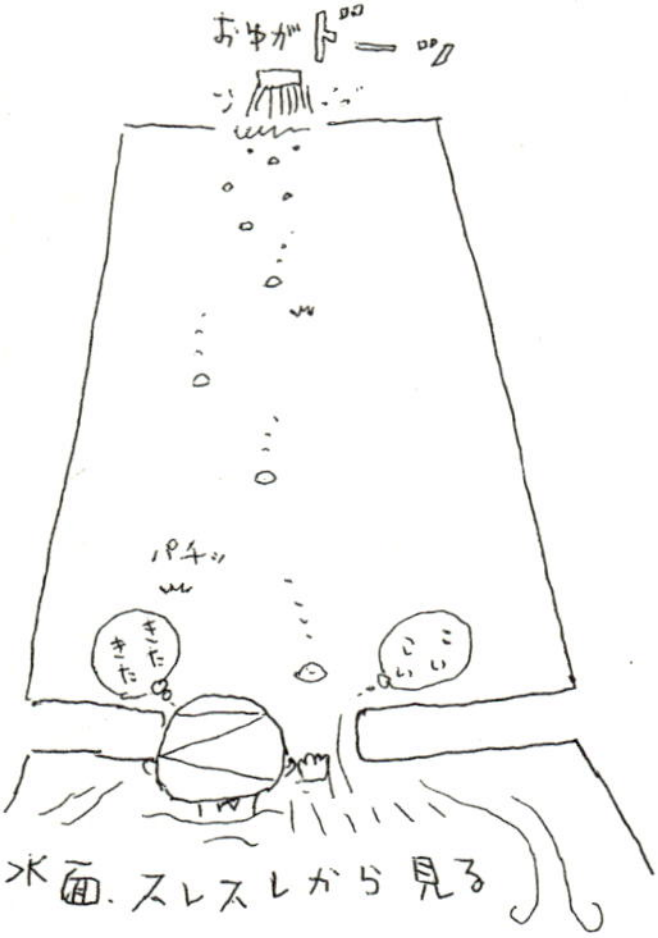
おゆがドーッ
パチッ
きた きた
こい こい
水面、スレスレから見る

れたり、また次のがやってきたり。ずいぶん長く割れなかったり。

　せっせが注文した折りたたみ卓球台が届いたので、夜、さくと卓球をする。卓球しながらいろいろ話す。学校のこと。もうすぐあるお祭りのこと。

映画館でのことを思い出して、

さく「ああ……、ハンサムスーツ、かぶりたかったな」

私「でしょう？　ママも、かぶったさくの写真を撮りたかったよ。あんなチャンス、ないよ。ハンサムスーツだよ。本物の。でも、だれもいなかったしね。シーンとしてて」

さく「そう」

私「受付の人も見てたし」

さく「カーカだったらかぶれたかな」

私「カーカだったらかぶったよ」

さく「だよね。心がないし」

私「そんな～」

さく「はずかしいという心が」

私「ああ、それね。うん、ないね」

さく「……どうしよう。カーカがニートになったら」

私「大丈夫だよ。カーカみたいなのはどうにかなるんだよ」

さく「そうかな。……カーカ、帰ってくるんでしょ？」
私「うん。あさって」
さく「あーあ」
私「いやなの？」
さく「うん」
私「でも、友だちの家に泊まりに行くって言ってたよ」
さく「なら、いいや」
私「そんなに嫌なの？」
さく「うーん」
私「ちょっとはいいでしょ？」
さく「うーん」
私「じゃあ、カーカがいてうれしいのはどういう時？」
さく「ないよ」
私「旅行に行く時とかは？　てる君と遊ぶ時とか」
さく「ああ〜、それはね。……これからだね、ここが楽しくなるの」
私「ここ？　ああ、春になったらあったかくなるしね。今が一番寒いもんね」
さく「うん」
私「ママ、春になったら、庭にいると思うよ。お花が咲いたりするでしょ」

卓球の後、ザリガニの水槽を見に行ってビックリ！ なんか、ある。脱皮してる！ あのおとなしかったメスが、さっきまでの1・5倍ぐらいにドーンと大きくなって、まるでセミエビみたいになって、むくむくした体で水草につかまっている。元気いっぱいだったオスのオレンジが、小さく小さく見えて、物陰に隠れるようにしてる。セミエビ……、こわい……。まるでヤゴみたいなんてからかってたら、ものすごい脱皮攻撃。降参！ もう子どもじゃない。「子どもじゃないね」と、さくも。中学か高校生。カーカだ、カーカ。ドデーンと。

「キャアー！」と虫先生に報告したら、「この時期は目を離すとあっというまに大きくなります」と。虫先生からの添付画像は、本日、仕事で行ったいるかショーのいるかのジャンプ（ぼんやり）。「かわいかった～」とおっしゃる。

1月29日（木）

しげちゃんに、せっせのしげちゃんに対する言葉遣い、どう？ 変わった？ と聞いたら、「うん、いくらかね。そんな気がするわ」とのこと。よかった。

本日も、午後、ひとりで温泉へ。ぬるぬるの泉質の「あきしげゆ」。先客がひとりいて、「子どもさんには危ないですね」と言う。「……？ すべるからですか？」「ええ」

そう、浴槽の床もつるつる。手で縁を持って入らないと危ない。私もそのあと一度むこうずねをぶつけた。でも、すごく効きそう。細かい泡もついてる。2時間もいた。あたたまって、気持ちいい。外は雨だった。

夕方、さくと卓球。だんだん慣れてきて、続くようになった。数えて、38まで。

寝る前に水槽をのぞいたら、……なんとオスも脱皮していた。でもメスほどには大きくない。こうやってどんどん大きくなるのだそう。そして、秋には100匹の子ども？

私には最近ずっと、気のふさぐことがあって、それで連日温泉に入って気を紛らしているわけだが、自分ではどうしようもできない、行動で解決できないたぐいのものが大の苦手だ。どうしようもないことなので、ただ黙ってじっと考えているしかない。で、かなり長くこの状態がつづいているわけだけど、もうそろそろパッと気持ちが切り替わるんじゃないかなと思う。気持ちって何がきっかけになって切り替わるかわからないけど、案外ちょっとしたことで変わる。きれいな夕陽をみても、ふっきれることがある。それは悩み続けることによって徐々に変化し、蓄積されていったものがちょうどその瞬間に臨界点に達し、その時に目の前にあった景色や人の言葉が新鮮に印象づけられるからだと思う。そして、このもやもやを乗り越えたら、新しい強さを身につけるんだろうな。

1月30日（金）

ひさしぶりにエイジくんを（また、ふと）思い出したのでメールしてみる。元気なのだろうか。今、何をしているのだろう。去年の5月あたりの、ぐったり疲れた映画「ミスト」以来だ。

「ひさしぶりー！　最近の精神状態はどう？　落ち着いてるの？」

すると、2日後の昨日、返事が来た。友だちに紹介されたお店でバイトしながら楽しくやってるそう。あと、「学校もいい感じで、宿題頑張ってますよ」とあった。うん？「学校って？」と返信。

「菊地《きくち》成孔《なるよし》というジャズメンにドレミのイロハから叩《たた》き直されてます」

ふ〜ん。それはエイジくんにとって、なんかとてもいい感じに思えたので、「へえ！それ、すごくいいね」って言ったら、「すごく楽しいですよ」って。で来月、ごはん食べる約束をする。「じゃあ、10日は？」「了解しました」

そして、夜になったので寝たら、夜中に目が覚めてしまい、ぼーっといろいろなことをつらつら考えていた。エイジくんが言ってたジャズメン……、私、ジャズってさっぱりわからないけど……、その先生、菊地なんとかって人……なにか、聞き覚えがある……。なんか……、なんだっけ…………。

ハタ！　と気づいて（文字通り）ガバッと起き上がった。もしかして！

クロゼットを開いて、私のテレビ評の本『テレビの中で光るもの』をさがした。1冊だけあった。目次をさがす……、あった、122ページ。急いで開く。

やっぱり！　私がその方の本がおもしろかったので感想を書いた、あの毒舌の天才のジャズメンだ。へえー。

1月2日は私にとって気力・体力ともレベルダウンする冬ごもり、冬眠のような時期なので、今日も温泉へ。つるまる温泉。泉質はきのうのつるつるのお湯がいちばんいいかな。今日のところはモール泉といって焦げ茶色。黒い枕木を水につけたらこんな色になるんじゃないかなという色と臭い。でも、つるつるしている。きぴきぴして、つるつる。ゆっくり考え事をしながら長くいた。

実は昨日の寝る前に、長らく気がふさいでいたというあのことが、ぱっと晴れたのだ。

私は、突然襲ってくる不幸や不可抗力の出来事に関してはあきらめが早いけど、自分のミスで起こった失敗はいつまでも考え込み、もやもやするところがある。今回のは不可抗力の方だと思っていたのに、いつまでももやもやしているのでおかしいなと思っていたら（つまり、注意していたのにやってきたということは、あれは注意できない不可抗力のたぐいのものだったのだろうか？　私は今までそれを防げる方にジャンル分けしていたのに。もしそうだったら、私は認識を改めなきゃいけない。自分の意思ではコントロールできないものと)、その気になるところのひとつ前の段階で、私は小さなミスを犯したことに突然気づいた。隙があった。そうだ、あの時のあれだ! と膝《ひざ》を打ったのです。あれがなければ、こうなりえなかった。おかしいなあと思っていたんだよ。私、普段かなり慎重にしてるのに。そのこととは、ちょっとした気のゆるみというか、心の隙だった。たとえば(以下、あまりわかりやすくもなく、また的を射てもいない例だけど、考えるの面倒で、ごめん)、幼稚園のドアがあって、そこから10人の知ってる子どもが入ってくるよと急に言われたとする。え? と思ったが確認するまもなく、パッとドアが開いて、10人がどっと入ってきた。でも実はその中に見知らぬ隣町の子どもがひとり紛れ込んでいた。でも一斉に入ってきた時は、気づけなかった。勢いにおされて。で、その見知らぬ子どもがいろいろ思いがけない問題を起こした、というような感じ。勢いや流れに負けて、ん? と思う瞬間があったのに微細なチェックを怠った。ドアの向こうの廊下で一度チェックするべきだった。冷静に。そうすれば勢いに負けることもない。次回からは、そうしようと誓う。で、まあ、その今回のもやもやの原因が作られた地点がわかったので、私はスッキリして、悩みと思っていたものもなくなったという次第。ずっと考えていたところの、ひとつ奥にあったんだなあ、原因が。それに気づいた瞬間は、おもしろかったよ。見つけた!という感じ。なので昨夜は気分よく、サボテンの写真など見ながら就寝できました。

昨日考えていた、悩みの臨界点を越えたのではなく、そうじゃなくて、それは悩みじゃなく、問題だったのです。問題だから解決できた。答えが出たからスッキリ。私の犯した、あそこのあれね。だったら、もうそうしないようにしよう、ということ。それなら私がコントロールできる種類のものだったから。

いやあ〜。

今日は、さくのクラスのお母さんたちと飲み会でした。すると、となりの大部屋で大森うたえもんさんのリハーサルライブがある模様。みんながご飯を食べ終わった頃、そのライブが始まった。どうぞどうぞという雰囲気だったので、私たち9名、一斉にそちらへ移動する。坂本九《さかもときゅう》の「上を向いて歩こう」や「なみだくんさよなら」を最初に歌ってて、それがよかった。この人、本当に歌が好きなんだと思った。なんとなく、お母さん方（といっても彼女たち、まだ若い）がこっちにきてよかったなと思う。こういう場では、女は花だと思った。もし彼女たちがいなかったら、ここはおじさんと関係者ばかりだ。いつもこういう時に私のとる態度は、人前で何かを披露する人に対する心からの応援態勢なので、自分の性格をなくして、とにかく楽しそうに拍手をする。すこしでもその場を盛り上げたいと願う。最後にみんなでお礼の気持ちでCDも買った。他にも一生懸命におもしろい芸をしてくれる人もいて、演芸というものを考えた夜だった。こういう物は必要だなと。あと、目の前のテーブルでだれも食べない鴨鍋《かもなべ》がぐつぐつ煮え立っていて、どうぞ食べてくださいと言われたけど、私たちはもうさっき食べたし、申し訳ない気がして、だれも食べなかった。けどそれも悪いかと思ってちょっとだけみんなで食べたのだけど、その出汁がすごくおいしかった。麦焼酎《しょうちゅう》を注文して、氷はあったけど近くに水がなく、歌を聞きながらロックで気分よくどんどん飲んでいたら、つい飲みすぎた。……かなり飲みすぎた。

家に帰ったら、カーカが帰ってきてた。やはり家の中がちょっと明るい。ドライヤーを、できたら持って来てって頼んどいたら、荷物になるなんてブーブー言いながらも持って来てくれた。こういうところ、案外やさしいところがある。

私「カーカ、どうだった？　ママのいない一週間」

カーカ「前も言ったじゃん。早かったよ」

私「前の次の今回のことを聞きたいんだよ。また違うじゃん」

カーカ「ひとりだといろいろするね。アイロンもかけたし。うん。ひとりだとすることが多いよ」

ザリガニを見たり、しばらくぐだぐだする。2学期、成績が1で、期末テストの点数がクラスでビリだった古典が、今回はクラスで2番目だったと淡々と言う。

私は思わず「カーカ～」と情けない声でカーカを見る。

「今回はやったからだよ」

「じゃあ、やってよ～」やればできるんじゃん。やらないだけじゃん。

やってよ、カーカ。やっぱり留年はしないでほしいよ。あのやさしくて熱心で私たちが好きな家庭教師の先生は、お正月明けから体調を崩されていてみえてない。もしかしたら他の先生になるかもしれない。でも、ひとりでも、勉強したら、まだいいんだから。

「うん、でも、やらないと思うよ」と冷静に言う。留年しない程度に勉強するんだろうな。「勉強がそんなにできてもしょうがないし」なんてこないだきっぱり言ってたしな。

「さく！　もう寝るよ！　明日、お祭りで眠くなるよ」なんてカーカが声をかけて、さくも2階にあがって行った。さくもまんざらじゃなさそう。今まで2階でひとりで寝ていたカーカだったので、カーカもちょっとうれしそうに見えた。

（私が覚えていたのは以上がすべてだった。が、次の日に判明したこと。「乾燥機をかけたまま来たけどいいかな？」ってカーカが言って、「いいんじゃない？」と私が答えたことを覚えてなかった。私が今朝、「新しい携帯買ったんだよ」と言って説明を始めたけど、それはきのう全部聞いたし、「ボタン、押しにくいと思ったけど慣れたらよくなった」という発言も一語一句、同じことを言ってたらしい。へえ〜、酔ってても、同じこと言うんだな。とにかく、記憶がところどころ消えていたのです。麦焼酎のロックぐいぐい。あれが……。）

1月31日（土）

カーカが帰ってきたので、ザリガニの名前を決める。紙に書かれた名前を読んでみたけど、だれも、どれもピンとこない様子。犬はすぐに浮かんだのにって言ったら、犬は表情があるけど、ザリガニにはないからイメージがわかないと言う。こうなったら私が独断で決めよう。チャロ（メス、茶色なので）とパプリカ（オス、パプリカみたいな色なので）。

今日と明日は町にいろんな出店が並ぶお祭り。くるみちゃんと見に行く。私が枕崎《まくらざき》産のかつおぶしを買っても、くるみちゃんのサイフの紐《ひも》は固い。「買わないよね～」「買わない」鶏の皮せんべいの試食があったので食べたら、すごくおいしかった。後を引く。「どうしよう。買おうかな。でも、すごいカロリーだよね」「すごいよ」うーん、と迷いながら、だんだんそこから遠ざかる。それから、白い百合《ゆり》の球根を5個。カサブランカの球根を1個。沈丁花《じんちょうげ》の植木を1本買った。北海道のだし昆布をふたりとも買い、豆2袋をくるみちゃんが買い、最後、梅が枝餅《うめえもち》を買って、家でお茶を飲むことにする。昨日、飲みすぎて胃がチクチクする……と言いながら、梅が枝餅を1個食べて、お茶を飲みながらだらだらしゃべる。天気もまあまあよく、穏やかな一日だった。その後、「かつおぶしと沈丁花、やっぱり私も欲しいので、明日買いに行きまーす」というメール。「私も行くかもしれないから、行くとき声かけて」。

さくは相変わらず、決まった服しか着ない。上はどんなに寒い日でも、綿のカーディガン。ズボンはふたつ。こないだ、洗濯機に入っていたのを、取り出して着て行った。せっせが、「そういうものだよ。僕もそうだった」と。

カーカは今日は友だちの家に泊まり。夜10時頃、友だちとちょこっとだけ家に帰って来た。さくはひとりでテレビ見たり、宿題したり、フロ入ったり、私は自分の部屋で「イロモネア」を見たり本を読んだり。それぞれに自分のことをして過ごした。

さくとお笑いでだれが好きかと話してて、

私「ママは『ものいい』とか、みち子の役をする太った人とか……。最近『エンタの神様』にでてる若くてさっぱり系のふたり組とか……」

今人気のオードリーはあんまり。

さく「パパね、オードリーが好きなんだって」

私「ふうん。さくはだれが好きなの？」

さく「わかんない。だれでもいい」

私「この人が出てきたらうれしいってないの？」

さく「うん」

まただ。なんでもいいって。でも、ちょっとはあるはずなのにな。前はアンジャッシュや陣内智則《じんないとものり》が出てきたらよろこんでたじゃん。

2月1日（日）

2月になって、うれしい。

今日は快晴で、あたたかく、風もなく、すごく気持ちのいい天気。

くるみちゃんがやってきて、さくと3人で出店を見に行こうとしたところ、さくはしげちゃんたちがやってる臨時駐車場を見に行くと言って、途中で曲がって行ってしまった。さくの昼用のカレーパンを買う。売る人の感じがよかったので、うれしくなる。こういう出店で、売る人の感じが悪かったら、なんだか損したような騙《だま》されたような気になるものだ。昨日の球根の人と、沈丁花の人もよかった。大判焼きを1個買ってしげちゃんに差し入れしようと、1個でも買えますか？　と若い売り子のおにいちゃんに聞いたら、驚いたような顔をして、1個ですか？　1箱じゃなくて？　と怪訝《けげん》そうな様子。「あ、もしなかったらいいです」と言ったら、作り手のおじさんに尋ねて、大丈夫な感じ。でも、1個売りはしていないらしくて、6個入りの箱から1個手で取ってくださいと言う。1個とる。紙の袋をもらう。100円渡す。なんだか、買ったのが悪いような気持ちにさせられた。あの男の子、商売慣れしてないな。お客さんの対応が下手。たとえ1個でも売れてうれしいというところをみせないと、買ってよかったと思ってもらえないから、次が続かないのに。リピーターで商売って成り立っているようなものなのに。他の大判焼きのお店はどこも1個でも売っていて、100円と90円だった。それから、その大判焼きをしげちゃんに届けたら、さくもいて、くじびきする？　と言ったらついてきた。1回やって、またすぐしげちゃんとせっせのとこへ帰って行った。かつおぶしを買いに行ったら、昨日より100円値上がりしていた。天気がいいからかな。でもくるみちゃんは昨日の値段で売ってもらった。

　それから植木屋さんでくるみちゃんが沈丁花を買う時、すごくいいにおいがどこからかするので探したら、黄色いロウバイの花だった。あまりにいいにおいなので、それを買う。3500円。重かったのと、人が多かったので、肩にかついで歩く。人波の中、ロウバイが空中を移動する。すれ違ったおばあちゃんが、それは……いくら？と聞くので、「ロウバイ、3500円でした。そこを右に曲がったところで」と教える。家に帰ってしばらくするとカーカがちょろっと帰ってきて、これから電車に乗って隣の町まで友だちを送ってくると言う。今日は夕方6時に家を出てふたりで飛行機で東京に帰る予定だ。「気をつけてね！」と送り出す。

「やっぱ、いいわ」と言っていた。「こっち？」「うん」

　天気のいい午後。まるで私の好きな春のよう。なのでうきうき気分で庭に出る。あたたかくなると、私はそれだけでしあわせだ。ロウバイと沈丁花と百合の球根を植えよう。

12時。「あっついねー！　なんでこんなに暑いの？」と言いながら、さくが帰ってきた。「6千円か7千円ぐらい、（駐車場の）売り上げがあったよ」と報告してくれた。「そう、よかったね」「うん」「カレーパン、食べなさい」「うん」
植えました。ロウバイも沈丁花も百合の球根も。草の芽がもうあちこちに生えてきてい
て、それもちょっと取った。もうすぐどんどん出てくる時季。蔦《つた》の先を切ったり、枯れた
シダを刈ったり、剪定《せんてい》したり、庭の仕事が楽しかった。
夜、カーカと東京へ。これもまたうれしい。
今あるものを、大事にしたい。明日までの仕事、頑張ろう。これからの仕事も、頑張ろ
う。心から、無心になにかをやっていれば、きっといいことがあるだろう。

2月2日（月）

朝、カーカにお弁当を作る。
出る時、「ママ、『徹子《てつこ》の部屋』とっといてね」と言う。「うん。だれがでるの？」「言っ
たじゃん」「いつ？」「酔っぱらってた時。もう、これも覚えてないんだね」「う……ん」
「お笑いの。徹子のつっこみにたじたじって」「そうだったっけ。……今日、CD屋行く？
『歩み』買って来てくれない（CMの、友近《ともちか》の顔が好き）？」「今日は行かない。行ってき
まーす」
お昼。やぶちゃんとツッチーという、カーカの小学校時代のお母さん仲間とランチ。オ

バマ氏からマンションの植栽まで、日常のこまごまとした庶民的なことをしゃべる。私は嫌いな人や知らない人と庶民的な話をするのは嫌だけど、好きな人と庶民的な話をするのは好き。ん？　……好きな人とはどんな話も楽しいということか。そのツッチーは3人の女の子のお母さんで、人がいいのでいろんなことを引き受けてしまってとても忙しくって、でも文句も言わないで、おおらかに楽しむところがあり、すごく美人、というのはいつも書いていることだが、忙しさのエピソードで、前に洗濯物を畳みながら寝ていたということを聞いて、すごいね〜なんて思ったものだが、先日はドライヤーをかけながらうたたねしていたそう。「ねえねえ。今までいちばんすごかったのはなに？」と聞いたら、笑いながら「歯磨きしながら寝ていたことがあるのよ」と言う。私、なんだかツッチーって、魂の位（そういうのがあるとしたら）が高い気がする。穏やかで、受け入れる感じが。

やぶちゃんは、今朝「今日、11時半だよね。楽しみ」ってメールを間違って、私じゃなくカーカに送ったそうで、「すみません。誰ですか？」と返ってきたそう。あわてて、ごめんごめんって説明したらしいけど、やぶちゃん、カーカのことを本当に認めてくれていて、礼儀正しいし、頭もいいし、いつもとても気になると言う。これを機会にメル友になろうかななんて言ってる。やぶちゃんとなごさんは、私はどちらも物事をおもしろがるところが似てると思っていたのだけど、カーカに対するシンパシーの持ち方も似ていると思う。このふたりがカーカという存在をきちんと認めてくれてるから、私は安心だ。まあ、カーカは人になにを言われても、それで心が動くこともなくマイペースだし、人のやさしさに影響されない代わりに、人の悪口もけして言わない。なんかそういう1本筋の通ったところを、ふたりは感じているんだと思う。ダメなところも知ってるし。やぶちゃんの娘の冬子ちゃんと去年の夏休み、私が宮崎に帰っていてカーカがひとりでこっちにいた時に、横浜で遊ぼうって待ち合わせしたけど、カーカが寝過ごしてすっぽかしてしまったことがあり、起きてから大慌てであやまりのメールをしたらしいけど、そのメールが本当に悪かったって思ってるようなメールだったよとやぶちゃんが言う。いい子だよ、って。

私「カーカと約束しない方がいいよ。特に午前中は」

やぶ「私たちもそれを恐れて、何度も何度も確認したんだよ。待ち合わせが結構早くて、横浜に9時とかだったから、大丈夫？ 大丈夫？ って。そしたら、うん！ めざまし一〇〇個かけるから！ なんていってたから……」

その日の夕方、一緒にご飯食べない？ って誘ってあげればよかったって、今でも思う……なんてしんみりつぶやくやぶちゃん。ありがとう。

ランチも食べ終え、建物から外に出て、横断歩道まで歩く間の別れ際になって、やぶちゃんが私に「山元さん（私のこと）って先見の明があるって話で」と話しだした。実は前に「今年の映画の新人賞、女の子ふたりがあの頃同じ小学校にいた子だね」というメールがやぶちゃんから来て、へーそうなんだ、ってただ思った。ひとりは長渕《ながぶち》さんの長女で、もうひとりは「蛇にピアス」の子。その「蛇にピアス」の子って、カーカがちょっと前から、「この人いいよね」なんて言いだして、「写真集買って」とかまで言ってて、好きみたいだった。「同じ小学校だったらしいよ」って。私は、ときどき何かのインタビュー記事でみかけて、「へえー、オーディションのあとに事故にあったんだ」と、それぐらい。

で、やぶちゃんの話なんだけど、「山元さんがあの時に写真撮った女の子が女優になったって、友だちと話してたんだけど……」「なに？　どういうこと？」立ち止まって、聞いてみたら、なんと、写真を撮らせてもらったあの女の子。説明すると、たしかカーカが2年生の時の小学校の入学式の日、学校に用事があって出かけた時に見かけた上級生の女の子に心惹《ひ》かれて、その時に撮った小さく写ってる写真を見せて、「この女の子、だれか知ってる？」ってみんなに聞いたら、「ああ～、だれだれちゃんだよ」って言って、知ってる人を経由して手紙を渡してもらった。写真を撮らせてもらえませんか？　って。撮らせてもらえることになって、うちの前や、近所の公園を散歩しながら撮った。家でケーキ食べたり、さくをあやしてもらったり、カーカとも遊んでくれた。体育会系って感じの、静かで落ち着いていてしっかりしていて、私の思ったような子だった（今さがしてみたら、『つれづれ⑩島、登場。』の4月6日と16日にそのことが書いてある）。その時に印象に残っているのが、カーカと遊んでて、ふっと首をかしげて笑いながら「うーん。不思議だな。わかんないな。読めないなあ」なんてその女の子がつぶやいたこと。「なに？」と聞いたら、その子はだいたい人の心みたいなものが読めるらしいんだけど、カーカのは読めないんだって、それを静かに不思議がっていたのが、私にはおもしろかった。で、その時の写真を本に使わせてもらって、本をあげたりして、そして私たちはそれから宮崎に引っ越したんだけど、その時の女の子が、吉高由里子《よしたかゆりこ》さんなんだって！

「ええええっ！　やぶちゃん、それ、ほんと？」

「うん」

「どうして今まで言ってくれなかったの？」

「知ってると思ってた」

「でも、私、雑誌の記事とかで、たしか読んだことあるけど、気づかなかったよ」

「名まえが違うから」

「ええー、本当なの？　カーカ、好きなんだよ。……え？　え？」

私は大興奮して、でももう別れるところで、「じゃあ、またメールするね！」と言って別れた。それから、美容院にカットとカラーリングに行く。

あの、髪の毛しか見てない感じのいい美容師さんに、「これからのばしたいんですけど、とにかくおまかせします」と言った。すると、また髪の毛だけを見ながら、チャッチャッと切っていく。なんだか後ろをそいだりしている。短くなってるんじゃないかな。

出来上がった。鏡の中にいたのは、コケシ。

「う、うしろの方とか、けっこう短いですね」と言ったら、「うしろ、重かったみたいでしたので。これからのばされていけばいいと思いますよ」とすがすがしくニッコリ。

「ありがとうございました」とコケシの頭を下げて、出る。

帰りにデパ地下で食材を買う。オムライスを作る予定。あと、お弁当の材料。

マンションのエントランスホールに入ったら、ちょうどカーカも帰ってきたところらしく、上の廊下から「ママ！　ママ！」なんて呼んでいる。部屋に入ったら、カーカが「はい」って、私に「歩み」を手渡してくれた。「今日、ヒマだったから、買ってきた」「うわ、サンキュウ」こういう時のカーカは好き。またまたクールなお兄さんみたいなんだよ。代金も請求しないし。

そうそう、で、さっそくやぶちゃんから聞いた情報を伝える。

!!

カーカも大びっくり。

私「でも、本当かな？　どこか、写真ない？」

カーカがパソコンで捜してくれた。

カーカ「これ」

私「拡大して」

パチ。

私「ああああーっ、これ！　面影ある！　これ、そうだ！　きっと。あのおねえちゃんだよ、カーカ。カーカ、一緒に遊んだんだよ」

カーカ「ホントだったら、すごいね」

私「あのママの本、なんだっけ、タイトルも忘れちゃった。アマゾンで調べようかな。でもアマゾンって、本に星がついてるから嫌なんだよね。自分の本は見たくないんだよ」
カーカ「3個とか、2個とかね」
私「カーカ、見てくんない？」
カーカ「うん」
私「カーカが小学校1年生ぐらいだから、10年ぐらい前にでた本だよ」
カーカ「カチャカチャ……『いやいやプリン』のころ？」
私「わかんない。あ、本のチラシ、見たらわかるかな」
本に挟んである紙。あった。
私「やっぱ、これかも。『バイバイ、またね』。これ、女の子の写真を集めたやつだし。これ、宮崎にあるんだよ」
カーカ「せっせに、カーカが忘れたブーツと一緒に送ってもらおうよ」
私「うん」
さっそく電話する。4冊送って、と言う。「うん、うん」と言ってくれた。
私「カーカさあ。覚えてないの？　あのおねえちゃんと遊んだこと。家で、神戸屋キッチンのケーキ食べて、その写真をチラシに使ったんだけど、あの写真が好きだったな。ちょっと下向いてて、たしか」

私がうれしくって、5メートルぐらいの狭い部屋を往復しながらくるくる回っていたら、カーカに「ママあ！」ってたしなめられた。だって、うれしいんだよ。すごく。なんでだろう。あの子が、自分の夢を叶《かな》えて（女優になるのが夢だったかどうかは知らないけど、たぶん今やってるってことはやりたいってことなんだよね）、それが成功していることが！　なぜだか、すごくすごくうれしいんだよ。人のことでこんなにうれしいこと、ないぐらいかもしれない。あの子が！　あの、あの、あの、あの子が。でも……あの小学生の頃のイメージのままで考えているので、もう変わってるかも……。

オムライスを作りながら、電話したり、走ったり、途中、カーカに炒《いた》めてもらったりしてたら、「ママ。味、ちゃんとみてるの？」と疑問を抱いてる。みてないよ、全然。でも、いい感じじゃん。見た目。卵も溶いて、フライパンに広げる。ジャー。出来た。

カーカ、自分でケチャップで顔を描いて、食べ始める。

私「あのね、わ太郎くんがね、また占いの話をしても信憑性《しんぴょうせい》ないかもしれないけど、わ太郎くんが言ったの。今年、今までブレていたものが1本につながるって。集大成なんだって。そういえば……十数年前にママに出会ったのは、今日のためだったんだわ、なんてこないだ言ってた友だちもいたよ。つらいことを電話で聞いてあげた時」

カーカ「山元バンドは？」

私「あれは、まあ、そんなに本気じゃないけど……」

カーカ「やっぱね。ショック。カーカ、本気なのに」
自分の部屋に入っていった。私は「歩み」を聞く。カーカの部屋に行って、
私「カーカ。山元バンド、やろうか。今のママたちだったらできるかも。流れが、ほら」
カーカ「でしょ？」
私「はい。これ、歌詞」
カーカ「できてんじゃん。いつ書いたの？」
私「こないだ、フロで。ふんふんって」
カーカ「すぐできるんだ」
私「できるよ（心で書くの）。じゃあ、ママちょっと出かけてくるね」
カーカ「今日はだれ？」
私「虫くん。ザリガニのお礼と、ザリガニについて」

広場の真ん中にいて、と言ったら、本当に真ん中に立ってる。

ハ！　あんな真ん中に。私だったら絶対にとらない位置取り。私だったらたぶん、中心から端っこまでの距離の2対1ぐらいのあたりに立つだろう。

その広場を見下ろせる場所にいたので、虫くんを見ながら電話する。

「本当に真ん中にいるんだね」

「でも、いちばん真ん中はさけました」と言いながら、きょろきょろしてる。いちばん真ん中は何だったんだろう。私を見つけたので、「あっちに進んで」と指さして、電話を切る。

あっちの向こうでこの道とあの坂が出会うはず。

来た来た。

お店は、場所的には近いんだけど、狭い路地を入って、階段を下りて、ひとりでは通れないような真っ暗な道を通ったところにあった。

まさに隠れ家。隠れ家すぎてか、誰もいない。そこでおいしくゆっくり食べながら、ザリガニについていろいろ質問した。そのあと、いつまで続くかわからないですけどと言いながら、今ハマってるというインドハーブのことを教えてくれて、その中のヘナのトリートメントをくれた。

私「……そういえば、虫くんって、インドっぽいよね」

虫「そうですか？」

私「うん。顔もなんか、そういうふうに見えてきた。だんだん（笑）」

虫「でもそれ、本当に気持ちいいんですよ」と目を輝かせて言う。

小さな耳の形というパスタ（オレキエッテ）を食べながら、

私「これ、探検隊の帽子みたいだね。とか、こんな形の貝、あるよね～」

虫「たから貝ですね」

家の壁に埋めこんだやつだ。
無邪気な虫くん。生き物の話しかしない。まだまだ謎は多い。

家に帰ってカーカに、
私「虫くんがね、『つれづれ⑮』のさくが行ってきますっていってる写真の顔が、小さい頃の自分にそっくりで驚いたって。他のは似てないそうなんだけど」
カーカ「へえー、虫くんってきれいな顔してんの？」
私「うん。あとね、カーカの気持ちがわかるような気がしますって。たぶん、大学生ぐらいになったら変わると思いますって。それはママもそう思うんだけどね……。
ね、今度の連休、さくが来るから、みんなで山元バンド結成会議をやらない？　ちょっとイカちんに電話してみる。このこともまだ話してないしね」
電話するけど、でない。
私「でないわ」
カーカ「あの人、いつも出ないじゃん」
すぐに折り返し、かかってきた。
私「もしもし？　今、話していい？」
イカ「うん」
私「あのね！」いつもは必要最低限の言葉しかしゃべらないんだけど、今日は頼みごとなので、明るく元気で、ハイテンションな私。たぶん、今度はなんだ？　と思ってるはず。
「山元バンドっていうのを作ることにしたの」
イカ「うん」
私「で、イカちんにも協力してほしいんだけど」
イカ「うん」
私「たいくんとさくがボーカルとギター、カーカがキーボード、イカちんがドラム」
イカ「ベースは？　ベースがいないと」
私「う～ん。そっか～！　じゃあ、カーカがベース。それはまた考えることにして。で、たいくんとさくにギターを教えて欲しいの」
イカ「うん」
私「で、私が詞を書いて、みんなか、イカちんが曲をつけて、ユーチューブに出すの」
イカ「うーん」
私「でね、今度さくが来るでしょ？　その時、みんなで1回、集まらない？」
イカ「うん」
私「土曜日とか、日曜日？」
イカ「11日がいいんじゃないかな。その日、帰るでしょ」
私「あ、そうだね。じゃあ、また連絡するね」
イカ「うん」

カーカ「どうだった？」
私「うん、うん、って言ってた。イカちんはやさしいから、なにも反対しないよ」
カーカ「だよね」
私「でも、ユーチューブに出すって言ったら、うーんって言ってたよ」
カーカ「なんでだろう」
私「慎重だからさ。いつもそうだよ。軽くないじゃん」
カーカ「そうだね」
私「なごさんにもメールしよう！」
「第1回、山元バンド結成会議。2月11日水曜日。恵比寿アジトにて！　同時に、デビュー曲、発表！」ま、曲はまだできてないけど、こう言った方がおもしろいから。
「わ〜お。朝、てるさんに確認してまたメールします!!」だって。
カーカ「てるぴん、呼ぶの？」
私「わかんない。聞いてみるって言ってる。まあ、いても邪魔になんないけどね」
カーカ「てるぴん、すぶりしてるだけだもん」
私「そうそう」
てるくんって、常にじっとできなくて、すぶりしたり、体を動かしてる。子どもみたいに。
カーカが私のパソコンの中の自分のファイルを整理して、デスクトップのアイコンを消してる。「どうしよう、ママのフィッシュダム消しちゃったら」

「消さないでよ。癒《いや》しアイテムなんだから。……あのさあ、カーカ、これから楽しそうだから……、頑張ってね」

「またそこへ行くの？」

「だって、カーカが留年したら、すべてが消えちゃうからさ」

それから、やぶちゃんとなごさんって、いろいろな点で似てるよねって話す。

私「あのふたりだったら、完全に信頼できるじゃん」

カーカ「わかる」

私は、あのふたりにだったら、殺されても納得できるだろう。その時は、たぶん私にさえも理解できる理由があるのだと思うから。信頼って、究極は、そういうことだよね。

2月4日（水）

「チェ」がいいらしい。戦争っぽいから敬遠してるって言ったら、でもカッコイイよって、デル・トロファンが言っていた。むむむ。見に行かなくては。見に行かなくては。見に行かなくては。今日、行こう。

きのう、デパ地下でお菓子を買った。いろんな地方の銘菓を取り揃えているコーナーがあって、私はいつもそこに行っては、じーっとじーっと見て、ほとんど買わないのだけど、きのうは3個も買ってしまった。週に1回とか、月に1回しか入荷しない銘菓があったので。ひとつは京都の「やき栗」、もうひとつは岐阜のメレンゲでできた「雪《ゆき》たる満《ま》」。そして桜の花入りどら焼き。「雪たる満」を食べてみた。だるまの形。甘くてさくさく。ちょっと甘すぎるかな。「やき栗」は、栗のまわりが栗ペーストで包まれ、それがこんがり焼き上げられていて、おいしかった。

つき物が落ちるように、ふっ切れるということがあるが、なんか今朝はそんな気分がする。たしか昨日までは、どんよりしていたような気がする。だんだん春にむけて、冬ごもりから抜けてきたのかな。

調べたら、「チェ・28歳」を渋谷でやってる。「39歳」も近くでやってる。デル・トロ新米ファンの私、今日は2本続けて見よう！　と勢い込んで渋谷へゴー。そして「28歳」を見始めたら……すぐに眠気が……。眠い……。たまに起きて画面を見てても、何も頭に入ってこない。それでも1時間20分ぐらいはうとうとしながら見てたかな。携帯のバイブがぶるぶるしたので、それを機会にもう外へ出ちゃった。この映画に私は合わなかった。帰りにツタヤで「21g」と「トラフィック」を借りよう。まずこれを見なきゃ。ツタヤ。「トラフィック」は、2枚あるという在庫が貸し出し中だった。チェ（おやじギャグ）。

にしても、2枚って。「21g」と「チャーリー・ウィルソンズ・ウォー」と「ベガスの恋に勝つルール」を借りた。

表現するということは、自分の大切なものを手放すことによって、大切なものを生み出すことだ。生み出されたものが素晴らしいものであるためには、いつもその縁のぎりぎりのところを歩いていなきゃいけない。安全な道ではなく、境目を。もしかすると、何かを手放すことでしか何も生み出されないのかもしれない。

カーカが帰ってきたので、しばらくしゃべる。由里子ちゃんのことをまた話す。
私「うれしいんだよね。あの子が夢を叶《かな》えたってことが、すごく。そのことを思うと、胸の中があたたかくなる」
カーカ「カーカも」
私「カーカが、知らないで、この人いいよって何度も言ってたのも、いいよね」
カーカ「うん。写真集買ってってまで言ってたよね」
私「よかったなあ。なんかいいエピソードだったね。これだけで、もういいね」
カーカ「うん」
この話をする時、ふたりともうれしい。

幻冬舎からでる文庫『家族旅行あっちこっち』ができたので、カーカに見せる。「足、長〜い。やせてるね〜」なんて自分で言いながら見てる。私が特に好きな写真は、ビッグピーナッツの前のカーカ（この頃って素直な笑顔）、カーカのモアイ像の顔はめパネルの幼い顔「すんごいかわいいね！　カーカ、これ見て。幼稚園生みたい」、運玉が2個はいったカーカを見上げるマンガみたいなさく「キュロッ」、馬のとなりで怖くてブルブルふるえるさく、韓国の「このさくが好き」のさく（カーカがすごく痛くてギャーギャー言ってるのに、まったく無関心なところ）。

さくの2分の1成人式の時の写真を見せる。

カーカ「これ、さくがしあわせになってからのだよね」宮崎に引っ越した後ってこと。

私「うん」

カーカ「よかったわ」

スガハラくんへ

「あのね、今、『つれづれ⑮』を見てたんだけど、写真の中で、お弁当のページがあるでしょ？　左下の写真のウィンナーの上に白いのがあるんだけど、あれって、お弁当のおかずかな？　それとも印刷ミス？　見てみて」

カーカにも見てもらったけど、わかんないって。

2月5日（木）

先生（師匠）って、たぶん、すべてがわかる人じゃなくて、わからないと言わない人なんだと思う。わからないと言わないと決めた人というのかな。

せっせに送ってもらった『バイバイまたね』が届いた。これだ！　たぶんそうだ。表紙を開き、由里子ちゃんの写真を見ながらそこに書かれている詩を読んでいたら、涙がでてきた。

思い出す。

思い出した。

あの時。あの頃。

彼女の、わからないけど希望に満ちた未来、を願って私は詩を書いた。

彼女の、不思議な落ち着きやお兄さんのような包容力を思い出す。

「本、とどいたよ！」とカーカにメールしたら、すぐ「どう？」

「うん。やっぱそうだと思う。いいよ。見てみて」「たのしみだわ！」

「21ｇ」を見た。…………。見なくてもよかった。非常にどんより。「チャーリー・ウィルソンズ・ウォー」で気分転換できるかなあ。

できなかった。すごく眠くて、やっとの思いで見終わった。「ベガスの恋に勝つルール」。

これこそ、気楽にたのしめそう。

「銀色さま
むむむ!?　こ、これは!???

ということで都甲《とこう》（デザイナーさん）とデータを確認しました。

まず、口絵の入稿データを見ると、確かに白いのが入っております……。

さらに詳しく調べるために、その写真のみのデータを特定して、拡大してみます。

（そのとき都甲と私のいる装丁課は、「ＣＳＩ：科学捜査班」のラボのような緊張感に包まれました）。出てきた画像に目を凝らすと、そこには白と黒と黄色に彩られた物体が……。

捜査官都甲「やはり、なんらかのおかずの一部のように見えます……」

捜査主任スガハラ「うむ、そのようだ……」

具体的に何なのか、特定は出来ないのですが、事故ではなさそうです。

後ほど、その画像を送りますので、ご確認いただけますでしょうか。

スガハラ」

「ハハハ！　どうもありがとう。

私の想像では、チーズと海苔《のり》をくるくる巻いたものかな？って。

でもそれにしては白すぎる……、と。でも、きっとそういうものですね！

ありがとう。トコちゃんにも！　銀色」

「おべんとうの物体写真をお送りします。
我が捜査班は、『エンゼルフィッシュ型のようじ』
では、と推測しております……。　スガハラ」

「そうだ！
ニモの、エンゼルフィッシュの楊枝《ようじ》だ！
でかしたぞ！
迅速かつ慎重な捜査、ご苦労であった！（ポンポン）　銀色」

「ハハッ。ありがたきシアワセでございます。
しかし、脳トレみたいですね。
いったん気づいてしまえば、エンゼルフィッシュ以外に見えないのですが、
気づくまでが一苦労。こちらも楽しませていただきました〜」

「ベガスの……」、見終わった。最初はなんか、う〜ん……なんて思いながら見てたけど、最後はよかった。ふざけてた人が真面目になる瞬間が、やはり好き。真剣な時の人が。

夜、やよいちゃんとキーちゃんとわ太郎くんと軽く食事。フレンチビストロ。あたたかくカジュアルな店内で気楽にしゃべる。やよいちゃんがやけに薦《すす》めた内臓のソーセージみ

たいなの、みんな嫌だ嫌だって言ってるのに、クセがないからってやよいちゃんが強引に頼んで、……不評だった。

占いはもう打ち止めにしようと思ったけど、わ太郎くんだし、聞き忘れたことがあったから、これまでっていうことで、ひとつ聞く。それは、私の人生のパートナーとの出会い！ そんなこと聞くようになったなんて、オオ！……もうそろそろその時期かも。ヒントは、「2009年の旅、気になる場所、今までと違う興味ある場所、おもしろい視点、同じ空気を持ってる、ある場所で変わらずにやってる、表現者、職人、作る人、専門分野、私よりもちょっと若い、名士、旧家、財産、自然、景色、ひらめき、新鮮、新しいテーマ、新しい扉を開く、違うジャンル、今の流れの上、外国」

6月にアメリカに行くので、それが、ポイントかも。ニューメキシコかアリゾナの砂漠。なんか……次は外国人でしょうか……？ それとも外国に住んでいる日本人。

キーちゃんとやよいちゃんがブレスレットを作ってもらうというので、私は眠くなったし、先に帰ることにする。「じゃあね～、おやすみ」と帰りながらふりかえったら、3人がまるでコタツで団らんしてるみたいに見えた。ホテルのラウンジなのに。

2月6日（金）

今日の夜から、さくはこっちに来て、11日までパパと遊ぶ。9、10日は平日だけど、先生に言って学校はお休みにしてもらった。その間に初めてのスキーに連れて行ってもらうそう。ひとりで夜の飛行機に乗ってきて、空港までパパが迎えに行ってくれる。その連絡で、せっせと電話で話す。
私「ザリガニ、元気？」
せっせ「元気ですよ」
私「だれが面倒みてんの？」
せっせ「もちろん僕ですよ。水も換えときました」
私「ええっ、さくは？　さくのために飼ったのに。……やっぱ、家って、みんな、面倒みるの、苦手なのかなあ……ハハハ」

私はよく、いろいろなことを決心して、こうしよう！　と決めるけど、すぐにやっぱりやめたとなるので、もう決めないことに決めた。……また決めてる。決めないことにしよう、か。

2月7日（土）

カーカと「ベンジャミン・バトン」を見に行く。おもしろかった。3時間だと覚悟していたので、退屈もしなかった。ブラピの若い顔をみたかったけど、ほとんどおじいさんの顔だったのがちょっと残念。でも短かったけど、若い時の顔はカッコよかった。小説だったら想像だけだけど、映画は特殊メイクで実際みたいな画面を作ってくれるので、イメージがわきやすい。切ない話だったけど、ありえない話なので、ある種、ファンタジー。終わって、六本木ヒルズに映画見に行ったらいつも行くお店で麻婆豆腐《マーボー》を食べる。「また、ここぉ〜」と、カーカにぶーぶー言われつつ。ブラピのカッコいい顔を見たいので、帰りにツタヤで若い頃の映画を借りて帰りたいといったら、カーカも同じこと考えていたそう。帰りに寄ったら、いいのはなかった。「トラフィック」もまだ貸し出し中。何も借りずに帰る。最近、カーカと楽しく暮らしてる。

（すぐに、続く）

＊わおっ！　いろんな木の実やドライフルーツがぎっちりつまった、ものすごく密度の高いグラノラバーを食べた気分ではないですか⁉
このハイテンションと本の厚さもここがピークで、次回はたぶん、もうすこし静かな私をお見せできると思います。いつも読んでくれて、ありがとう。愛してます！

2009・5・5　銀色夏生

決《き》めないことに決《き》めた

つれづれノート⑯

銀《ぎん》色《いろ》夏《なつ》生《を》

角川文庫 15752

平成二十一年 六 月二十五日　初版発行
平成二十一年十二月 二 十 日　三版発行

発行者—井上伸一郎
発行所—株式会社角川書店
東京都千代田区富士見二—十三—三
電話・編集（〇三）三二三八—八五五五
〒一〇二—八〇七八

発売元—株式会社角川グループパブリッシング
東京都千代田区富士見二—十三—三
電話・営業（〇三）三二三八—八五二一
〒一〇二—八一七七
http://www.kadokawa.co.jp

印刷所—暁印刷　製本所—BBC

装幀者—杉浦康平

本書の無断複写・複製・転載を禁じます。
落丁・乱丁本は角川グループ受注センター読者係にお送りください。送料は小社負担でお取り替えいたします。

©Natsuo GINIRO 2009 Printed in Japan

定価はカバーに明記してあります。

き 9-71　ISBN978-4-04-167373-7 C0195